Protocolos críticos

Adelaide Calhman de Miranda, Andréa Catrópa,
Antonio Marcos Pereira, Arali Lobo Gomes, Claudio Daniel,
Douglas Pompeu, Eduardo de Araújo Teixeira, Joana Darc Ribeiro,
Luciana Araujo, Luciene Azevedo, Luisa Destri, Luz Pinheiro,
Marlova Aseff, Rodrigo Almeida, Samantha Braga,
Shirley de Souza Gomes Carreira

PROTOCOLOS CRÍTICOS

ILUMI//URAS

Copyright © 2008
Itaú Cultural

Copyright © desta edição
Editora Iluminuras Ltda.

Capa
Michaella Pivetti

Preparação de texto
Aluísio Leite

Revisão
Ariadne Escobar Branco
Ana Luiza Couto

(Este livro segue as novas regras do Acordo Ortográfico da Língua Portuguesa.)

CIP-BRASIL. CATALOGAÇÃO-NA-FONTE
SINDICATO NACIONAL DOS EDITORES DE LIVROS, RJ

P96

Protocolos críticos / Adelaide Calhman de Miranda... [et al.].
- São Paulo : Iluminuras : Itaú Cultural, 2008.
304p.

Trabalhos desenvolvidos no Laboratório *On-line* de Literatura
e Crítica Literária do Rumos Literatura 2007-2008
Inclui bibliografia
ISBN 978-85-7321-297-6 (Iluminuras)
ISBN 978-85-85291-88-4 (Itaú Cultural)

1. Crítica - Brasil. 2. Literatura brasileira - História e crítica.
I. Instituto Itaú Cultural.

08-5282.   CDD: 869.909
                  CDU: 821.134.3(81).09

01.12.08   02.12.08   009996

2009
EDITORA ILUMINURAS LTDA.
Rua Inácio Pereira da Rocha, 389 - 05432-011 - São Paulo - SP - Brasil
Tel. / Fax: (55 11)3031-6161
iluminuras@iluminuras.com.br
www.iluminuras.com.br

SUMÁRIO

APRESENTAÇÃO 11

INTRODUÇÃO

A crítica literária brasileira... no laboratório 15
Alckmar Luiz dos Santos

CRÍTICA LITERÁRIA

Escassos vasos comunicantes —
a relação entre crítica e poesia brasileira contemporânea 27
Andréa Catrópa

Retrato do crítico enquanto cúmplice secreto:
Bernardo Carvalho na *Folha de S.Paulo* 41
Antonio Marcos Pereira

Quatro tomadas sobre o mercado e a crítica 57
Douglas Pompeu

O *Overmundo* como parâmetro de uma crítica digital? 73
Rodrigo Almeida

PRODUÇÃO LITERÁRIA

Geração 90: uma pluralidade de poéticas possíveis 89
Claudio Daniel

Três escritores-tradutores no
cenário literário brasileiro contemporâneo 105
Marlova Aseff

Diligências num caleidoscópio, com Luiz Ruffato 119
Samantha Braga

Marcelino Freire: entre o rap e o repente 133
Eduardo de Araújo Teixeira

Os narradores de *Cinzas do Norte* 149
Luz Pinheiro

Figuração da experiência melancólica
na crônica de Caio Fernando Abreu 165
Joana Darc Ribeiro

Imigrantes: a representação da identidade cultural em
Relato de um certo Oriente e *Amrik* 177
Shirley de Souza Gomes Carreira

A língua pulsante de Lori Lamby 193
Luisa Destri

O mapa da morte na literatura
homoerótica brasileira contemporânea 209
Adelaide Calhman de Miranda

De dentro: testemunho e escritura literária
da experiência prisional 225
Luciana Araujo

Disritmia narrativa: a literatura de Mutarelli 241
Arali Lobo Gomes

A escrita ordinária de uma assinatura 251
Luciene Azevedo

RUMOS LITERATURA 2007-2008

Rumos para além dos muros 269
Claudia Nina

QUEM É QUEM 285

PARCEIROS 299

APRESENTAÇÃO

Este livro apresenta os trabalhos desenvolvidos no Laboratório On-line de Literatura e Crítica Literária do Rumos Literatura 2007-2008, *mediado pelo professor e poeta Alckmar Luiz dos Santos, da Universidade Federal de Santa Catarina, que no texto* A crítica literária brasileira... no laboratório *narra os principais aspectos de criação e produção do projeto. Para escrever um ensaio reflexivo sobre os dados do processo de inscrição e mapeamento do programa foi convidada a jornalista e professora da Pontifícia Universidade Católica do Rio de Janeiro, Claudia Nina, autora de* Rumos para além dos muros. *Para o título do livro, recorreu-se a uma das várias expressões criadas pelo professor, ensaísta e escritor Silviano Santiago. Protocolos Críticos. Uma referência ao ideário literário desenvolvido por aquele que trabalhar com crítica ou ensaio literário.*

No ano de 2006, quando começou o trabalho de arquitetura do Rumos Literatura 2007-2008, o primeiro desafio foi escolher o tema para a terceira edição do programa. Em que aspecto da produção literária o Rumos Literatura *deveria atuar? De saída, buscou-se pensar em uma área onde os programas de fomento e incentivo fossem raros, mas necessários. Outra preocupação era que o tema impactasse a maior área possível do território literário brasileiro. Depois de algumas discussões e pesquisas, o personagem principal do* Rumos Literatura *começou a tomar forma. A crítica literária produzida no país seria a figura principal do programa. E, por uma questão de coerência com os outros trabalhos que a instituição vem realizando desde 2001, a fronteira temporal dessa produção deveria ser a do início dos anos 80. Saiu-se, então, a especular com os vários agentes literários o que eles pensavam sobre um programa não acadêmico que abordasse a crítica literária brasileira contemporânea. Deve-se dizer que não causou surpresa a reação dos interlocutores. A expressão "vocês vão se meter em vespeiro" foi a resposta mais imediata, assim mesmo, com a palavra "vespeiro" sempre a ser repetida. Mas logo vinha o contraponto: "mas seria um trabalho muito necessário para a* vida literária brasileira". Como o programa Rumos Itaú Cultural não existe para lidar com a mesmice, decidiu-se por lidar com o necessário vespeiro em 2007-2008. Para chegarmos a essa decisão, as opiniões de algumas pessoas foram fundamentais, entre elas as dos professores e pesquisadores Luiz Roncari (Universidade de São Paulo), Leda Tenório da Motta (Pontifícia Universidade Católica de São Paulo) e Flávio Carneiro (Universidade Estadual do Rio de Janeiro), além do escritor Luiz Ruffato. Vale lembrar que outro fator corroborou para que a crítica literária fosse o tema do programa em 1999: uma série de conferências sobre a crítica de artes foi organizada pela instituição sob o nome de Rumos da Crítica.

Em novembro de 2006, o edital do Rumos Literatura 2007-2008 já estava escrito:

"Em sua terceira edição, o Rumos Literatura 2007-2008 é dirigido a interessados em desenvolver textos reflexivos sobre a literatura e a crítica literária produzidas no Brasil contemporâneo. O programa busca colaborar no desenvolvimento de suas potencialidades ao estimular em sua formação, na ampliação de sua rede de relacionamentos intelectuais e profissionais e, posteriormente, lançar e divulgar uma publicação com sua produção autoral.

Rumos Literatura 2007-2008 trata das possibilidades de reflexão sobre a produção literária brasileira contemporânea em seus vários gêneros, principalmente na forma de crítica e ensaio literário. O programa assume como objetivos possibilitar a percepção sobre os trabalhos de acadêmicos, jornalistas, escritores e pesquisadores no campo da reflexão sobre a produção literária brasileira surgida a partir do início dos anos 1980.

A seleção de projetos será realizada em duas categorias:
    a) Produção Literária
    b) Crítica Literária"

O ano de 2007 marcou a fase de divulgação do edital, inscrições e seleção dos trabalhos a serem desenvolvidos em 2008. A principal atividade para a divulgação das inscrições foi a série de Colóquios Rumos Literatura, que ocorreu em São Paulo, Pernambuco, Paraíba, Rio de Janeiro e Paraná.

O programa Rumos Literatura 2007-2008 recebeu um total de 577 inscrições, provenientes de 24 estados brasileiros. Acre, Rondônia e Roraima não apresentaram registro de inscrições. Desse total, 107 foram trabalhos inscritos na categoria Crítica Literária e 470, na categoria Produção Literária. Depois do processo de triagem e exclusão de trabalhos que, por um motivo ou outro, não atendiam às exigências do edital, foram encaminhados aos membros da comissão de seleção 269 projetos. Essa pré-seleção registrou 34 trabalhos na categoria Crítica Literária e 235 em Produção Literária.

Para ler, analisar e selecionar os finalistas, o Rumos Literatura contou com uma comissão formada por Alckmar Luiz dos Santos, Heloísa Buarque de Hollanda, da Universidade Federal do Rio de Janeiro, Jaime Ginzburg, da Universidade de São Paulo, Leda Tenório da Motta, Lourival Holanda, da Universidade Federal de Pernambuco e Luís Augusto Fischer, da Universidade Federal do Rio Grande do Sul.

O edital do programa previa a seleção de dez projetos na categoria de Produção Literária e até quatro projetos na categoria Crítica Literária, mas a comissão de seleção, por unanimidade e concordância do Itaú Cultural, optou por selecionar doze trabalhos na primeira e quatro na segunda categoria — trabalhos que estão publicados na íntegra neste livro. Entre as dezesseis propostas selecionadas pela comissão, quatro apresentaram projetos voltados para a área de Crítica Literária: Andréa Catrópa, 33 anos, de São Paulo, com "Palavras átonas sobre fundo branco: um quadro da crítica sobre poesia contemporânea"; Antonio Marcos Pereira, 36 anos, de Salvador, com o projeto "Crítica literária como interpelação e exploração: a produção crítica de Bernardo Carvalho 2001-2007"; Douglas Pompeu, 24 anos, residente em Campinas, com "O mercado da crítica"; e Rodrigo Almeida, 22 anos, do Recife, com a proposta "Processos multimidiáticos de colaboração e interatividade na crítica Literária Brasileira e Contemporânea: um estudo de caso do site Overmundo". Esses são os títulos originais de inscrição, que eventualmente sofreram modificações até a publicação deste livro.

Os doze selecionados na categoria Produção Literária foram: Adelaide Calhman de Miranda, 36 anos, de Brasília, com o projeto "Entre o proibido e o impensável: a homossexualidade na Literatura Brasileira Contemporânea"; Arali Lobo Gomes, 20 anos, de São Paulo, com a proposta "Disritmia narrativa: a literatura de Mutarelli"; Claudio Daniel, 45 anos, de São Paulo, e o projeto "Re-visão da poesia brasileira de 1980 a 2000"; Eduardo de Araújo Teixeira, 34 anos, de Mauá (São Paulo), com "Marcelino Freire: entre o rap e o repente"; Joana Darc Ribeiro, 35 anos, de Inhumas (Goiás), com "Entre ruínas e epifanias: figurações da experiência na crônica de Caio Fernando Abreu"; Luciana Araujo, 27 anos, *de Taboão da Serra (São Paulo), com "Testemunho e formalização literária da experiência marginal"; Luciene Azevedo, 38 anos, residente de Uberlândia, com o projeto "Blogs: a escrita de si na rede dos textos"; Luisa Destri, 22 anos, de São Paulo, com "A língua pulsante de Lory Lamby"; Luz Pinheiro, 40 anos, residente em São Paulo, com "A construção dos narradores do romance* Cinzas do Norte*", de Milton Hatoum; Marlova Aseff, 36 anos, residente em Florianópolis, com o projeto "Escritores-tradutores: a influência na literatura traduzida por escritores contemporâneos em suas próprias criações e no sistema literário nacional"; Samantha Braga, 31 anos, de Belo Horizonte, com o projeto "O zâpeur e a cidade: a narrativa caleidoscópica de Luiz Ruffato", e Shirley de Souza Gomes Carreira, 51 anos, do Rio de Janeiro, com o projeto "Imigrantes: representações e identidades transculturais na Literatura Brasileira Contemporânea".*

Para o Itaú Cultural, a experiência de trabalhar com o "vespeiro" da crítica literária brasileira foi instigante. E deve ser repetida. Tanto que, para as próximas duas temporadas, o tema e o formato do programa literário devem permanecer.

Itaú Cultural

Introdução
A CRÍTICA LITERÁRIA BRASILEIRA... NO LABORATÓRIO

Alckmar Luiz dos Santos

A crítica literária brasileira se profissionalizou? Sim e não, dependendo do que se quer entender por profissionalização, sobretudo quando esta se assimila à especialização. Não se pode falar, certamente, que tenhamos intelectuais que fazem da crítica sua atividade mais importante, exercida em órgãos de comunicação de onde tiram seus rendimentos. Se há gente assim, constitui exceção das exceções e, de fato, não dá o tom e a toada de nossa crítica nacional. Consultando-se um banco de dados de história literária,[1] encontram-se 143 escritores, nascidos entre os anos de 1800 e 1880, que exerceram o ofício da crítica. Mas nenhum deles exclusivamente. E o mesmo se dá, quando fazemos igual pesquisa nos dias de hoje. Tomando os nascidos entre 1920 e 1990 (setenta anos, para se ter algum termo de comparação com os dados anteriores), chegamos a 379 nomes. Novamente não se encontram críticos exclusivos.

Por outro lado, comparando as atuais gerações com as primeiras dessa nossa estirpe de críticos, percebe-se que já há muito se superou certo diletantismo e algum amadorismo, boa parte pendendo, claramente, para o lado da especialização. É claro que não estou pensando aqui em nomes como Araripe Júnior, José Veríssimo, Sílvio Romero, profissionalíssimos no sentido da seriedade e da competência com que exerceram esse ofício, tendo feito dele sua atividade intelectual mais proeminente. Nem penso, muito menos, em alguns de nossos escritores mais importantes que também se fizeram críticos, como Machado de Assis ou José de Alencar: mesmo não apresentando aí uma atuação frequente, tiveram momentos de relevo, a exemplo, entre outros, da crítica de Machado a *O primo Basílio* de Eça de Queirós, ou à participação central do jovem Alencar na polêmica envolvendo "A confederação dos Tamoios", de Gonçalves de Magalhães. Penso naqueles tantos, imensa maioria entre os 143 acima mencionados, que exerceram uma crítica mais impressionista e menos aparelhada, metodologicamente falando. De fato, se entendemos por crítico

[1] http://www.literaturabrasileira.ufsc.br.

profissional aquele que assenta suas leituras em bases epistemológicas claras, em elementos filosóficos minimamente fundados, não se pode dizer que o fossem, ao contrário do que, aos poucos, foi-se consolidando entre a gente das letras nacionais. E, para isso, é inegável o papel do ensino universitário no Brasil, contribuindo decisivamente para essa profissionalização que se consolidou como especialização. É dentro dele e por causa dele que se afirmaram em definitivo as bases de uma crítica compenetrada de sua missão e, ao mesmo tempo, ciosa de suas bases teóricas. O que não quer dizer que seja crítica isenta de defeitos, equívocos e omissões — longe disso! Ou que não houve nem há crítica séria e aprofundada, longe das academias de ensino. Novamente, é importante esclarecer que estou falando de tendências gerais e não de exemplos individuais. Mas não deixa de ser interessante notar que dois de nossos maiores poetas do século XX, Manuel Bandeira e Cecília Meireles, depois de consagrados na criação literária, chegaram a exercer a crítica, ao mesmo tempo que passavam a se dedicar ao ensino da literatura. Bandeira, por exemplo, publicou seu importante estudo sobre a autoria das *Cartas chilenas*, em 1940, na *Revista do Brasil*, pouco depois de ter sido nomeado professor de literatura do Colégio Pedro II e pouco antes de se tornar professor de literatura hispano-americana da Faculdade Nacional de Filosofia; Cecília Meireles, de seu lado, desde cedo dedicou-se ao magistério fundamental, tendo se tornado, a partir de fins da década de 1930, professora universitária, o que contribuiu certamente para as críticas que fez, nos anos 1950, sobre a figura e a obra do escritor António Diniz da Cruz e Silva.

Repetindo, então: é inegável uma associação não só temporal, mas de causa e efeito, entre o exercício de uma crítica literária mais bem fundamentada e a consolidação do ensino das letras no meio universitário. É este que vem dar as condições e estabelecer as exigências mínimas para a especialização da crítica a que me referi. Repito também que essa condição não isenta o exercício da crítica de problemas, sobretudo aqueles decorrentes da condição periférica em que estamos. Duas coisas devem ser ditas a esse respeito. A primeira delas é chamar a atenção para uma constante no exercício dessa crítica literária acadêmica especializada. No mais das vezes (não sempre, felizmente, mas com incômoda frequência), cada nova geração que vai surgindo esmera-se em renegar, rebaixar e apagar parte ou boa parte da tradição crítica que a antecede. De um lado, há casos em que apenas os conceitos e elementos teóricos mais contemporâneos, quase sempre trazidos de pensadores estrangeiros, têm validade e serventia, sendo brandidos como evidência suficiente de um pretenso atraso de tudo que até então se fez no país. Estão sempre prontos a citar o último ensaio de Agamben, mas nada sabem de Joaquim Norberto. Em outros casos, diante de alguma diferença conceitual entre distintos grupos de críticos, opta-se explicitamente por um lado e, nessa operação, cuida-se de rebaixar o outro e apagar sua importância. É operação que revela extrema miopia, uma vez que um lado acaba sempre se organizando e aprofundando suas ideias e métodos a partir dos embates com o outro. Mandar às favas um dos lados participantes do debate significa desmanchar toda a riqueza conceitual e crítica a que puderam eventualmente chegar os dois lados, justamente em função das diferenças e das disputas entre eles.

A segunda coisa que gostaria de comentar é a divisão da intelectualidade brasileira em várias ilhas, formando um arquipélago de regionalidades, como observa Alfredo Bosi no capítulo introdutório de sua *História concisa da literatura brasileira*, e que seria reflexo de nosso passado colonial. Não resta dúvida de que, apesar dos atuais paradigmas na produção cultural, isso ainda subsiste em nossa crítica literária especializada acadêmica contemporânea (perdoem-me essa fieira de adjetivos, mas ajuda a não esquecer aspectos relevantes do que estou querendo enfatizar). Estamos produzindo intelectualmente em um sistema em que faz toda a diferença a partir de qual universidade se fala, e por meio de quais veículos de comunicação se fala. Há uma espécie de selo de qualidade ISO que permeia as intervenções nos debates e permite até a própria construção dos debates. Em outras palavras, podemos afirmar com todas as letras que a figura do intelectual de província não desapareceu. A diferença reside no fato de que, antes, ele exercia seu — digamos assim — provincianismo dentro dos limites de sua região; raramente escapavam de lá sua figura intelectual ou suas palavras. Atualmente, graças às (bem-vindas!) facilidades das tecnologias de informação e comunicação, cada um de nós pode alardear seu pretenso ou provável provincianismo para todo o país. Pode-se afirmar que, nesse caso, não se chegou à eliminação das periferias, como alguns apressados e otimistas têm propagandeado. O que ocorreu foi que as periferias foram colocadas em circulação. Antes, ser periférico implicava mover-se nos estreitos limites de sua condição geográfica. Hoje, ser periférico significa falar ou escrever, ser ouvido ou lido com estreiteza (dependendo de se ter ou não, pespegado à imagem, aquele selo ISO a que já me referi). Mudou a aparência, a dinâmica e a esfera de atuação do provincianismo; subsiste ainda sua lógica excludente (e, por vezes, autoexcludente).

Uma das constantes, em quase todos os tempos e lugares, na crítica literária é a individualidade a partir da qual se constrói seu discurso, individualidade que não raro se desdobra em isolamento! Observemos de perto e veremos que quase tudo dá aparência de fechamento à participação do outro: a leitura das obras literárias, o aprendizado teórico e com outros críticos, o exercício da escrita, tudo isso parece exigir certa dose de alheamento, um isolamento à semelhança dos imãs do islamismo, que se encerram em torres para levar a voz a seus pares. Parece se esquecer da dimensão intersubjetiva de todo gesto de linguagem, esse crítico encerrado numa torre de marfim particular e só dele. Daí, desse alheamento, decorrem duas atitudes. A primeira é a tendência a ignorar a necessária participação de outros em suas atividades, ainda quando essa participação se dá de forma indireta. "O diabo são os outros", ecoam os hábitos da crítica literária, hábitos de quem parece ler, pensar e escrever na solidão das bibliotecas, dos escritórios e das salas de aula (e quem, de fato, fala a partir da sala de aula, além do professor dublê de crítico literário?!). Mas o diabo é que, sem os outros, nada se resolve nem avança: não há crítica a ser lida nem obra literária a ser discutida. Nem elogios ou asperezas a serem trocadas e que animam, ainda que momentaneamente, algum debate mais promissor. Será que essa tendência ao alheamento, temperada com o desejo de resguardar uma pretensa nomeada, é que tem levado a crítica literária contemporânea a abdicar das polêmicas e das querelas? Mesmo quando se leva à coletividade a produção da atividade crítica, em congressos, em palestras, nos artigos de periódicos etc., mesmo nesses casos parece que, às vezes, não se escapa a um solipsismo crítico: exige-se de quem lê e ouve a mesma fidelidade aos limites e horizontes com que se debate cada um dentro de seu exercício crítico. Ao dirigir-se à coletividade, necessária para ecoar e amplificar seu discurso, não raro o crítico espera dela a mesma autoindulgência ou o mesmo encantamento com suas próprias perspectivas. E, no caso em que ele se insere em alguma coletividade, no mais das vezes não supera o alheamento, pois pertencer a um dado grupo não é sinônimo de debate cultural enriquecedor com outros, mas meramente de exibição e manuseio de um vocabulário específico e absconso, de um jargão que se torna apenas senha de iniciados em certa seita intelectual. São expressões e palavras quase esvaziadas de conteúdo conceitual, mostradas apenas pelo valor de exibição e de exibicionismo.

É possível, porém, ver uma segunda atitude derivada dessa tendência do crítico literário ao isolamento e que consiste justamente na tentativa de se entender dentro de uma especificidade linguística, literária, cultural. Quase estava dizendo nacional, mas esta parece estar fora de moda. De toda maneira, sendo pré-, trans- ou pós-nacional, é claro que ninguém, muito menos o crítico, escapa a sua condição. E é justamente quando tenta se entender dentro de seus condicionantes, quer dizer, que escreve em uma dada língua — o português —, a partir de uma certa situação profissional, aprendendo seu ofício com uma ou outra corrente de críticos, dialogando amistosa ou antagonicamente com críticos e escritores do presente e do passado, é aí que sua atividade se fortalece, é aí que ele se torna capaz de superar a individualidade e fazer sua voz chegar a alguma coletividade intelectual do país. É aí que as periferias e os arquipélagos culturais se dinamizam; não que se desfaçam, mas passam a se deslocar, trocam de sentido, desaparecem em uns lugares para reaparecer em outros. Momentaneamente, o centro pode estar em Belém do Pará e a margem, na Universidade de São Paulo. E, para isso, para essa dinamização do periférico e do provinciano, têm sido fundamentais as tecnologias de informação e comunicação (mesmo que, paradoxalmente, traduzidas ao mesmo tempo em massificação e elitização). Elas têm permitido deslocar e deslocalizar essas ilhas culturais, que não estão mais necessariamente ligadas a regiões geográficas ou subordinadas a situações preestabelecidas de exclusão e de inserção.

As digressões acima foram e são necessárias, não só pelo que tentam entender da crítica literária brasileira, mas por terem permeado todas as atividades desenvolvidas no *Laboratório* On-line *de Literatura e Crítica Literária* do programa *Rumos Literatura 2007-2008*, sobretudo no que se quis fazer a contrapelo ou como complemento às tendências mais gerais dessa nossa crítica contemporânea. Ao se selecionarem participantes que não fossem críticos experimentados ou consagrados (vale lembrar que a exigência era não terem tido publicado nenhum livro de autoria individual), se quis justamente provocar a entrada nesse debate de pessoas que ainda não estivessem totalmente dentro dos sistemas habituais e dos esquemas hegemônicos.

Essa experiência teve, então, início em dois encontros que tivemos no Instituto Itaú Cultural, quando nos conhecemos todos e, sobretudo, quando pudemos discutir e preparar o trabalho nos meses seguintes. Algumas linhas de coerência já estavam estabelecidas: a ideia do *Rumos Literatura* era incentivar a escrita de novas reflexões críticas, e não meramente dar publicidade a trabalhos já escritos ou em adiantada fase de elaboração; era fundamental a constituição de um ambiente colaborativo de reflexão, em que as questões, os problemas, as estratégias de leitura crítica fossem compartilhados e debatidos entre todos; era importante tentar novos caminhos e novas estratégias de leitura crítica, desvinculados quando e o quanto possível das linhas e dos grupos intelectuais já estabelecidos no cenário literário brasileiro. A partir dessas condições, estabeleceu-se um protocolo inicial de trabalho, que pressupunha a utilização de um ambiente de ensino a distância desenvolvido pela Universidade Estadual de Campinas, o *TelEduc*. Em nosso primeiro encontro, pudemos aprender a pôr em uso suas ferramentas: *Correio*; *Bate-papo*; ferramentas de compartilhamento de informações, como o *Mural* e o *Material de Apoio*, e de produções, como o *Portfólio*; ferramentas para organização de atividades, como as seções de *Atividades* e de *Dinâmica do Curso*. Dessa maneira, foi necessária uma fase inicial de aprendizado de um ambiente de ensino a distância, coisa de que os participantes tinham graus bem distintos de conhecimento: uns poucos já possuíam alguma experiência, mas a maioria nunca tinha passado por nada semelhante.

Uma vez estabelecidas as rotinas de utilização do *TelEduc*, pôde-se dar início aos trabalhos, às conversas. Os temas das discussões semanais dão ideia de como essa dinâmica de trabalho intelectual coletivo foi, aos poucos, se estabelecendo. Tivemos coisas óbvias, como "Conversas da primeira semana de abril". Passamos por questões mais pontuais, como "Discussão das leituras específicas dos respectivos ensaios". Discutimos questões estratégicas do trabalho intelectual: "A metodologia da leitura e da escrita críticas". Chegamos, então, às questões práticas da produção dos ensaios: "Primeira discussão dos planos de redação", "Discussão dos planos de redação e preparação do trabalho com os orientadores", "Organização do trabalho inicial de redação", "Redação do ensaio", "*Nel mezzo del cammin di nostra vita*", "Como vão as versões finais?", "Entrega dos ensaios!".

Ressalte-se que, a meio de todo o processo, o grupo que, ao início, havia selecionado os dezesseis participantes foi chamado a intervir uma vez mais, agora na forma de apoio ao trabalho de leitura, reflexão e de escrita dos ensaios. Para isso, os participantes foram divididos em grupos de dois ou três, e cada grupo colocado sob a orientação de um crítico literário. Assim, Heloísa Buarque de Hollanda, Jaime Ginzburg, Leda Tenório da Motta, Luís Augusto Fischer, eu próprio e Tânia Ramos (esta substituindo Lourival Holanda, que ficou impossibilitado de participar dessa outra fase) viemos colaborar em três momentos decisivos: durante o mês de maio de 2008, na elaboração inicial do plano de redação dos ensaios; em julho, na fase intermediária de escrita dos trabalhos; em agosto e setembro, na finalização dos ensaios. Mas ressalte-se que sempre se procurou tirar dessa orientação o sentido mais tradicional da orientação acadêmica da pós-graduação, uma vez que se buscava, constantemente, o exercício de uma ampla autonomia de reflexão e de escrita pelos participantes.

Em suma, da forma como foi realizado o trabalho, os participantes foram incentivados a trocar ideias e experiências dentro do grupo, por meio de encontros semanais pela Internet, em sala de *bate-papo*, ensejando uma possibilidade concreta de leitura, reflexão e escrita coletivas. Ora, isso se contrapõe frontalmente ao habitual na área das Letras: seja no diletante, seja no profissional do jornalismo de cultura, seja no professor universitário (classe a que estão ligados, direta ou indiretamente, todos os selecionados e os selecionadores), o hábito sempre é o da leitura solitária, da reflexão individual, da escrita nunca compartilhada, como já enfatizei. Não conheço experiências semelhantes anteriores, mesmo em períodos mais curtos do que os oito meses que durou esse nosso trabalho. De fato, ao longo desse tempo, foi uma constante a troca de ideias, o debate frequente, a proposição de projetos em comum fora do *Rumos*, as leituras recíprocas do que iam produzindo os participantes, a veiculação de atividades literárias próprias a cada um, comentários sobre as respectivas vivências acadêmicas... Não é exagerado dizer que os resultados seriam outros se fosse mantido o esquema tradicional de produção solitária. É claro que houve graus diferentes de participação: no preparo dos ensaios finais, por exemplo, alguns já estavam bem além do esboço do projeto aprovado originalmente; outros, ainda não haviam saído desse estágio. Contudo, mesmo esses que já estavam em fase mais adiantada de reflexão e até de escrita não tiveram como ficar completamente incólumes e alheios à experiência de construção de um espaço coletivo de exercício da crítica literária.

Acrescente-se a isso tudo o fato de termos reunido uma gama diversificada de temáticas, obras e autores a serem estudados; de experiências profissionais e intelectuais; de expectativas; de perspectivas teóricas. Mesmo as limitações impostas de antemão (além de não terem livro nenhum publicado, os participantes deveriam escolher obras e autores a partir de 1980) não diminuíram a riqueza das diferenças entre os participantes. Dentre eles, tivemos coordenadores de cursos e estudantes de graduação de Letras, alunos e professores de pós-graduação, jornalistas, poetas, uns já exercendo crítica literária em jornais, outros ainda muito longe disso. Escolheram temas dos mais diversificados: prosa contemporânea, temática da imigração, literatura homoerótica, tradução, poesia contemporânea, Caio Fernando Abreu, Milton Hatoum, Hilda Hilst, Luiz Ruffato, poesia e rap, *blogs* literários etc. E foi justamente essa riqueza das diferenças e das divergências que permitiu duelos muito instigantes — sempre metafóricos, é claro! — entre os participantes, trazendo a necessária contraposição às ideias e aos métodos preestabelecidos de cada um de nós. Mesmo aqueles menos desenvoltos no uso das ferramentas da Internet acabaram tendo seu quinhão dessa atmosfera de trabalho coletivo que se formou. Repito que isso é bastante incomum, se não raríssimo, no meio literário. No mais das vezes, ficamos entregues a nossas perspectivas teóricas, nossas obsessões temáticas, a nossos autores prediletos, às formas literárias a que nos amoldamos melhor. E o uso do espaço coletivo é, com infeliz frequência, ocasião para o exercício de uma dialética da maledicência apenas travestida de debate acadêmico. Posso dizer que conseguimos ficar quase totalmente incólumes a isso!

Os resultados poderão ser avaliados nos ensaios deste livro. Mas poderão ser ainda mais bem observados no que cada um dos autores fará a seguir. Como primeiros resultados dessa experiência praticamente inédita de crítica, é claro que esses ensaios ainda apresentam muitos dos hábitos e dos métodos já arraigados em seus autores. Mas é certo que estes ainda terão muito a desenvolver com o que, no laboratório de crítica literária do *Rumos Literatura*, puderam exercer. Primeiramente, a quebra do isolamento, isto é, a possibilidade de compartilhar hesitações, de cada um contestar suas certezas e de pôr em dúvida suas escolhas teóricas e metodológicas já feitas, a partir das opiniões e das leituras de outros participantes. Em segundo lugar, puderam pôr em marcha diálogos e tensões entre a tradição teórico-crítica brasileira e as influências estrangeiras (vale ressaltar que não tenho nada contra Agamben; ele apenas teve o azar de ser tomado como exemplo). Outro ganho evidente pode estar no processo intelectual que construímos. Nele, as periferias geográficas e intelectuais extrapolaram seus limites e se dinamizaram; pretensos ou reais centros e referências foram, por assim dizer, instabilizados. Participantes de várias regiões do país puderam pensar, falar e escrever, sem alguns dos obstáculos trazidos por estarem afastados do eixo Rio-São Paulo; puderam explorar temáticas, perspectivas e autores ainda não aceitos pela canonicidade tácita das correntes críticas dominantes. Repito, já há ganhos evidentes nos ensaios que aqui estão. Minha própria experiência de escritor, professor e crítico saiu certamente muito enriquecida desse processo. Ouso, então, pensar que coisa ainda mais valiosa está por vir desse grupo, nos próximos anos.

CRÍTICA LITERÁRIA

ESCASSOS VASOS COMUNICANTES — A RELAÇÃO ENTRE CRÍTICA E POESIA BRASILEIRA CONTEMPORÂNEA

Andréa Catrópa

I

Dois posicionamentos surgem frequentemente quando o assunto é nossa literatura: de um lado, a preocupação por zelar pelo dado nacional e contribuir para seu estabelecimento definitivo; de outro, o desejo de se desvencilhar do empecilho local em prol de uma expressão com pretensões à validade universal. Nesse sentido, consideramos que a ideia da identidade brasileira marca profundamente mesmo as correntes artísticas e críticas que a negam em seu discurso.

Nossa hipótese é de que essa problemática tem seus prolongamentos até os dias atuais, conforme pretendemos demonstrar neste trabalho em progresso, que busca desvendar alguns aspectos da relação entre crítica e poesia contemporânea no Brasil. A escolha do tema se deu pelo fato de que uma parcela da crítica poética produzida atualmente poderia ser genericamente qualificada como uma crítica de impasse, que não raro desloca sua atenção dos procedimentos de construção literária para questões generalizantes, como: qual a pertinência de se produzir poemas hoje em dia; ou a produção recente deveria nos apresentar algo de inédito e radicalmente novo em termos de técnica poética?

Adiantamos que o quadro não é novo e, enraizado na queda de prestígio do padrão iluminista, difundiu-se exemplarmente durante a modernidade. Leyla Perrone-Moysés (1998) já encontra na atuação dos escritores-críticos de meados do século XX (como Octavio Paz e Haroldo de Campos) índices de um mal-estar relativo ao ato de avaliar. A dificuldade em encontrar balizas para delimitar um juízo estético teria levado esses autores a dedicarem-se não só à criação, como também às reflexões teóricas que preparariam a recepção de seus trabalhos. Nessas reflexões, a autora observa outro traço comum nos autores que formam seu *corpus*: a abordagem sincrônica da história literária, com a eleição de alguns nomes fundamentais para a *práxis* de cada um, como o *paideuma*, de Pound. Retomamos, assim, uma crença que chegou aos dias atuais amparada por um contexto cultural amplo que em muito extrapola as aplicações artísticas: não há passado, mas passados, o que dificulta a possibilidade de que a objetividade presida o juízo crítico. Dessa forma, o ato de julgar — que, como ressalta Perrone-Moysés (1998, p. 9), estaria implícito na etimologia da palavra "crítica" — deve demonstrar sua própria filiação: quais pressupostos valoriza, e o que espera de seu objeto?

A noção de crise de valores que se acentua, sobretudo, após a atuação das vanguardas europeias, associa-se no Brasil à própria crise identitária constitutiva. Se nossos primeiros modernistas retomaram o mito romântico da construção de uma identidade nacional via literatura, eles o fizeram em um contexto propício, visto que a dessacralização dos valores do Ocidente, reclamada pelos movimentos vanguardistas, foi muito bem aproveitada por nossos artistas do início do século XX. Assim, a miscigenação de raças e o elemento primitivo passaram a ser evocados como um diferencial positivo, sendo a indefinição do caráter macunaímico um traço de legitimidade de nossa arte que, diferentemente do movimento empreendido pelos europeus, não precisava buscar inspiração em "culturas exóticas" além do próprio território. A ironia antropofágica constitui-se quando a própria crise dos valores eurocentristas contribui para legitimar aquilo que até então era apenas uma falha ou falta no dado nacional.

Algumas décadas depois, o concretismo vem retomar esse "acerto de contas" com a tradição ocidental em chave diversa do primeiro modernismo, buscando justamente abandonar a fixação de grande parte de nossa literatura — seja ela de criação ou de crítica — com a expressão de uma especificidade do nacional. Observamos, porém, que nesse caso a obsessão inversa poderia denunciar a vigência e o peso do pensamento renegado, aliando-se, ainda, a um outro traço bem característico do momento histórico brasileiro dos anos 1950: a utopia progressista do "país do futuro".[2]

Mesmo que o otimismo nacionalista que impulsionou a poesia concreta e o primeiro modernismo tenham obtido respostas frustrantes

---

[2] Para um panorama da recepção crítica da literatura brasileira, indicamos a leitura de dois estudos sobre a dinâmica entre as correntes críticas nacionais, que são cronologicamente complementares, contemplando juntos o período que vai das últimas décadas do século XIX à década de 80 do século XX. São eles: 1) Ventura, R. *Estilo tropical: História cultural e polêmicas literárias no Brasil, 1870-1914*. São Paulo: Companhia das Letras, 1991. 2) Motta, L.T. *Sobre a crítica literária brasileira no último meio século*. Rio de Janeiro: Imago, 2002.

da história, ainda na década de 1970 e em boa parte da década de 1980 pairava sobre a produção artística do país a possibilidade de um certo maniqueísmo benéfico aos dualismos excludentes, derivado de uma separação clara entre esquerda e direita, liberalismo e conservadorismo, progresso e atraso. O quadro, relacionado à situação política que vivemos até 1985, sustentava uma atmosfera híbrida, em que reflexos do pensamento pós-moderno conviviam com arraigados traços conservadores, o que, de certa forma, escamoteava a complexidade dos rumos socioeconômicos do mundo ocidental.

Nesse sentido, podemos afirmar que a ditadura adiou um enfrentamento amplo de alguns aspectos da cultura de seu tempo, mesmo que estes tenham surgido em algumas manifestações artísticas, como a "poesia marginal" carioca. Acreditamos que o estado de exceção que vigorava no Brasil tenha sido um dos motivos para esse adiamento, o que inclusive dificulta a aplicação irrestrita das teorias relacionadas ao pós-modernismo em solo nacional. Isso deriva não só do fato de que muitos pensadores europeus e norte-americanos formularam suas teses a partir da perspectiva de países desenvolvidos, mas também de uma resistência clara de parte de nossos estudiosos da literatura em adotá-las. O arraigado tema de que "ainda temos tudo por fazer" nos impediria, nesse caso, de adotar estruturas teóricas que empreendessem uma desconstrução de instituições bem consolidadas em seus países originários, mas que no Brasil se caracterizariam pela fragilidade.

Assim, parte da crítica poética contemporânea[3] — ao observar seu objeto de estudo — identifica nele traços como o achatamento do futuro e do passado em um eterno presente, a retração do engajamento em questões relativas à coletividade e a individualização exacerbada. A observação dessas características, que inequivocamente relacionam-se à problemática da pós-modernidade, é abordada sob um ponto de vista frequentemente pejorativo, que considera a poesia mais recente estagnada, seja pela diluição das conquistas formais modernas, seja pela incapacidade de articular uma resposta política em seu discurso. Dessa maneira, alinhado a uma cobrança formal, que esperava a categoria do novo aplicada à inovação estética, ou

---

[3] É preciso fazer a ressalva de que a eleição do *corpus* deste trabalho acabou privilegiando três críticos paulistas. Ainda que não afirmemos a possibilidade irrestrita de divisão de linhas teóricas de literatura por regiões geográficas brasileiras, é interessante observar que a postura da crítica fluminense acerca da produção poética contemporânea é bem diversa da paulista, conforme nos mostram os trabalhos de Heloísa Buarque de Hollanda, Ítalo Moriconi e Flora Süssekind, só para citar três exemplos.

consoante a uma ideia política que aliava o novo a uma atitude socialmente combativa, ambos os direcionamentos críticos, nem sempre excludentes, parecem desgastados. Isso porque a estagnação que apontam não é exclusiva da poesia e invade também a crítica, sem que necessariamente esteja acarretando questionamentos sobre a própria prática. Disso resulta um discurso "da certeza sobre a incerteza", o que enfraquece muito o debate contemporâneo sobre a produção literária.

II

Iremos em seguida nos debruçar sobre dois trabalhos significativos desse "mal-estar" crítico acerca da produção contemporânea de poesia. Justamente por terem uma qualidade singular na produção mais recente, ou seja, exercerem de forma inequívoca a concepção de crítica como juízo, ilustram alguns dos pontos a que nos referimos anteriormente. São eles "Considerações sobre a poesia brasileira em fim de século", de Iumna Maria Simon, e "O inconfessável: escrever não é preciso", de Alcir Pécora.

De outra natureza é a atuação de Marcos Siscar, cujo texto "As desilusões da crítica de poesia" constitui o último de nossos objetos neste ensaio. Entendemos que a atuação desse crítico, poeta, professor e tradutor mostra um movimento complementar àqueles empreendidos por Simon e por Pécora: Siscar não só busca compreender as particularidades do contemporâneo como volta seu crivo também para os procedimentos de valoração e análise de obras.

Consideramos importante ressaltar que os textos foram publicados fora da grande imprensa, em veículos especializados: no caso do trabalho de Simon, na revista *Novos Estudos Cebrap* (com a qual a autora já havia colaborado em outras situações); no caso do segundo, na revista *Sibila* (da qual Alcir Pécora tornou-se coeditor a partir de 2005); e, no caso do terceiro, na revista literária *Inimigo Rumor* (de cujo conselho editorial o crítico faz parte desde 2004).[4] A primeira, cujo volume inaugural foi publicado em 1981 com apresentação de Roberto Schwarz, demonstra como no início dos anos 1980 ainda estava presente uma concepção de resistência cultural unificada contrapondo-se ao inimigo comum: as forças

---

[4] Pécora, Simon e Siscar têm colaborações publicadas em veículos da grande mídia. No entanto, é oportuno observar que a produção de Pécora nesse âmbito é bem mais frequente do que a dos outros dois autores.

governamentais reacionárias. Assim, quase vinte anos depois, quando surgem as revistas *Inimigo Rumor* (1997) e *Sibila* (2001), a cena já é outra, pois as divergências ideológicas e estéticas de projetos literários coexistem em uma situação de forjada indiferença, que raramente conta com uma exposição pública e bem fundamentada tanto das próprias escolhas quanto dos motivos de desaprovação das escolhas alheias.[5] Assim, atualmente essas três revistas participam de um panorama no qual cada publicação é refém de sua especificidade, contando com colaboradores específicos que escrevem para leitores também específicos.

III

"Considerações sobre a poesia brasileira em fim de século", texto publicado em 1999, resume algumas reflexões de Iumna Maria Simon acerca da poesia brasileira contemporânea. É importante registrarmos que, a essa altura, a pesquisadora já havia se dedicado à sistematização de seu pensamento sobre alguns dos mais significativos eventos da poesia nacional ocorridos desde meados da década de 1940, apreendidos sob uma chave histórica, que busca alinhavar o especificamente literário aos eventos sociais que definiriam os contornos da identidade nacional. Esse pensamento alimenta o ensaio que aqui examinaremos, e em cujo final do penúltimo parágrafo encontramos a seguinte passagem, que dialoga com a epígrafe do ensaio:[6] "Mas eu, como crítica literária, desconfiada das ideias de moderno, novo e jovem, interessada ainda nas coisas boas de fato, como posso considerar superadas carências *que sinto* dentro de uma situação cultural que se recusa a satisfazê-las?" (Simon, 1999, p. 36).

Guardemos o trecho, e retornemos ao início do texto, que atribui à poesia nacional do século XX a capacidade de se "atualizar esteticamente e de participar dos destinos da sociedade" como um de seus traços mais característicos. A partir das iniciativas do primeiro modernismo, teríamos

---

[5] Paulo Franchetti desenvolve argumentos sobre a "rarefação do embate crítico" no ensaio "A demissão da crítica" (disponível em: <http://www.germinaliteratura.com.br/enc_pfranchetti_abr5.htm>, consultado em: 20/08/2008).

[6] A epígrafe de Westwood aponta para o esgotamento de um ciclo. A estilista, após ter dado ao *street wear* o status de tendência a que a moda deveria abraçar e seguir, a partir dos anos 1980 começou a integrar ao estilo pessoal irreverente as referências ao passado e a pesquisa histórica. "As pessoas hoje querem apenas três coisas: o novo, o moderno e o jovem. Ninguém se pergunta mais o que é uma coisa boa de fato, que é o que me interessa." (Vivienne Westwood, 24/04/1999, *O Estado de S. Paulo.*)

conquistado uma expressão literária que conjugaria as mais novas conquistas formais europeias ao dado local, o que teria proporcionado a nossa literatura uma "superação provisória da dialética do localismo e do cosmopolitismo" (Simon, 1999, p. 28)

Quando, no entanto, o ideal progressista mostra-se desacreditado frente aos eventos socioeconômicos das últimas décadas, "os constrangimentos do empenho atualizador vêm à tona, expondo as faces de uma contemporaneidade artística que é tão viva quanto... insuficiente". A autora conclui, então, que "temos no Brasil uma tradição literária moderna plena, anticonvencional, relativamente crítica, mas que já não funciona" (Simon, 1999, p. 29).

As breves passagens aqui transcritas possibilitam a observação de um dado relevante, que talvez configure certa inadequação entre fundamentação teórica e tratamento do tema, já que tanto no texto citado quanto em outro mais recente, "Mundos emprestados e rigor de construção. Notas sobre a poesia brasileira atual", publicado em 2003, há um olhar homogeneizador e distante para a poesia contemporânea, ao mesmo tempo que a marca pessoal da ensaísta constantemente rompe os paradigmas da objetividade científica. É fato que a ideia de objetividade é um conceito amplamente discutível, mas insistimos na hipótese da incongruência estilística no ensaio de Simon.

Para esclarecer essa afirmação, tomamos como exemplo "Belo, forte, jovem", publicado por Mário de Andrade em 1939 e que trata do lançamento de um livro de Vinicius de Moraes. Em um dos parágrafos iniciais, podemos ler:

> Os *Novos poemas*, que nos deu nos últimos dias do ano passado, são o seu quarto volume de poesia em cinco anos, e o melhor de todos. Não o mais ordenado, porém. Pelo contrário, é bastante irregular e desequilibrado, e onde estão os piores e os melhores versos do poeta. Desapareceu aquela firmeza dos livros anteriores e aquela personalidade entregue que, conhecido um poema, não nos preocupava mais, reconhecia em todos (Andrade, 2002, p. 19).

A linguagem direta da crítica expõe não só o poeta Vinicius como também o crítico Mário, democraticamente distribuindo para ambos a possibilidade da falha. Saltam aos olhos algumas características de texto, como o tratamento do assunto "crítica literária" despojado das citações teóricas e francamente baseado em sua experiência como leitor e escritor, e a utilização de linguagem trivial e ritmo ágil combinados à abordagem detalhada da obra. Consideramos, portanto, que o estilo marioandradino — incorporador de suas opiniões e preferências — está em perfeita harmonia com seu impressionismo crítico, ancorado na experiência e no conhecimento acumulados a serviço de seu espírito perquiridor.

Sem negar o quão sugestivos são os questionamentos de Simon a respeito da poesia contemporânea, e como é importante que essa produção encontre alguma ressonância crítica, não podemos deixar de observar que, em seus textos, o tema encontra um tratamento generalizante que não pode ser considerado acidental, mas antes se associa à própria estruturação. Ainda que no ensaio mais recente a crítica examine brevemente dois poemas de Tarso de Melo, esses estão a serviço de sua argumentação, não permitindo que o leitor tenha uma dimensão de sua relevância na obra do autor, nem em relação à produção contemporânea, já que, apesar da afirmação da qualidade de seu trabalho, Simon reduz sua análise a alguns traços construtivos e a breves partículas de sentido, empregando algumas expressões desalentadas como "epifania óbvia", "ornatos lacunares" e "fraca especificação verbal do poema".

No caso específico de "Considerações...", a questão da identidade nacional surge mesclada ao conceito de literatura, já que, conforme explicitamos há alguns parágrafos, Simon afirma que "participar nos destinos da sociedade" foi um traço de nossa poesia, mesmo quando sabemos como é escasso o alcance dessa arte num país com tão restritos hábitos de leitura. Afirmá-lo é, portanto, ampliar o alcance dos movimentos empreendidos em meio à elite intelectual — ainda que Mário de Andrade exemplifique bem como alguns escritores nacionais se voltaram para a tentativa de se aproximar de manifestações legitimamente populares. Parece-nos, portanto, que a "participação" da poesia nos destinos da sociedade — se não pode ser tomada senão em um sentido figurado — torna-se cada vez mais difícil quanto mais complexa e multifacetada esta se torna, sem que esqueçamos como a massificação da cultura tende a apartar os assuntos literários para o rol das especificidades. A essa ideia de confinamento, Simon responde com a seguinte formulação, que definiria o beco sem saída em que se encontra a poesia de nossos dias:

Da retradicionalização dos anos 1980 ao pluralismo poético de nossos dias, a poesia contemporânea se cristalizou de tal maneira que quase todos os seus procedimentos e técnicas se tornaram anacronismos, isto é, recursos poéticos que prescindem da experiência e da própria poesia, reduzidos ao culto de gêneros, referências e alusões a si mesmos. Enfim, consumista de todo legado da tradição (moderna e antiga) o dado novo é que a criação poética vai se tornando cada vez mais uma tradição zelosa de si e de seus próprios valores (Simon, 1999, p. 35).

Uma observação atenta da atuação da crítica literária contemporânea — sobretudo no que diz respeito à recepção da obra poética mais recente — também poderia, no entanto, identificar ao trabalho crítico alguns dos problemas acima relacionados à poesia, já que o empobrecimento do campo do jornalismo cultural e a ampliação do campo de estudos pós-graduados confinou nas bibliotecas universitárias e nos veículos especializados os estudos de literatura. Assim, a apreciação crítica não é mais encarada como algo que diz respeito ao leitor comum, tendo se tornado "assunto de especialistas". E assim como Simon (2003, pp. 143-145) leva os poetas a se questionarem sobre sua atuação paradoxal entre o desejo de inserção no mercado (ou de obtenção de verbas públicas para financiar suas obras por meio de prêmios e incentivos governamentais) e a idealização anacrônica da função poética, devemos estender também para a crítica esses questionamentos. Ainda que nos pareça infrutífero insistir na hipótese de que alguém possa se dedicar anos à seara dos estudos literários sem o mínimo traço de vocação, apenas para conseguir uma bolsa de pesquisa, é pertinente considerarmos que a obrigatoriedade de apresentar relatórios e de concluir os estudos sob pena de ter que restituir à agência de pesquisa os fundos obtidos deve refletir, ao menos parcialmente, nos trabalhos elaborados. Isso sem mencionar os recentes métodos de avaliação de cursos superiores, em que a questão da produtividade se mede antes pela quantidade do que pela qualidade. A elaboração de artigos, dissertações e teses, a participação em bancas, debates e congressos — em suma, o legado intelectual da vida acadêmica — parece ficar confinado, sob essa visada, aos âmbitos da oficialidade e da obrigatoriedade. Reafirmamos, no entanto, nossa intenção de recusar qualquer perspectiva totalizante nesse sentido. Antes, nos interessa, sim, tirar dessa perspectiva algo que nos parece procedente: a profissionalização do trabalho intelectual corresponde à dificuldade de correr riscos e de incorrer deliberadamente na possibilidade do erro (ou o "direito de errar" amplamente defendido pelos modernistas, e que surge no exemplo da crítica de Mário de Andrade). O estímulo à exposição frequente da produção aliado à ausência de comprometimento intelectual tem gerado, inclusive, desconforto em muitos participantes de congressos e simpósios acadêmicos, que têm se assemelhado mais a uma Babel do que a um espaço para o debate e para a troca.

IV

Essa ideia da abundância da produção textual — voltada, no entanto, para a criação literária — nos remete ao texto de Alcir Pécora (2006, p. 93), em que o crítico afirma que "não parece haver nada relevante sendo escrito, essa é a mais provável razão desse poço, desse mar de coisa escrita". Pécora defende a ideia de que encarar a atividade de escritor como algo comum e ordinário é uma "forma de morte vil", já que:

> Exatamente porque escrever não é preciso, escrever pode ser tudo menos uma atividade entre outras quaisquer. Escrever é um ato que, de saída, já deve uma explicação: ele tem de reinventar sua própria relevância, a cada vez, ou então se condenar a ser apenas uma ideia torta de novidade: o retorno do mesmo, piorado (Pécora, 2006, p. 97).

Estudioso destacado da literatura colonial brasileira, é organizador, entre outras obras, de *Máquina de gêneros* (2001a), em cujo prefácio, intitulado "À guisa de manifesto", o autor elabora uma crítica à abordagem historicista da literatura por considerá-la falha no tratamento de questões que dizem respeito diretamente à tradição letrada e à conformação do texto em detrimento das relações da obra com o que lhe é exterior.

Especificamente em "O inconfessável...", o crítico utiliza seus conhecimentos de retórica para construir um texto irônico e espirituoso, no qual mescla elementos referentes à religião ("preceitos", "criação católica", "sentimento cristão"), à literatura ("Dante", "Virgílio", "Horácio") e à teoria ("Agamben", "Perloff", "Verney").

O estilo crítico arriscado associa-se, em sua prática, ao anátema. Como "maldito" ou "excluído", está liberado dos constrangimentos morais de um indivíduo razoável (ainda que a prudência seja ironicamente evocada por diversas vezes em seu texto). Não por acaso, na "nota do organizador" de *A obscena senhora D*, Pécora (2001b, p. 13) destaca, entre as muitas qualidades da autora Hilda Hilst, o fato de que no livro o "método aporético tanto pode ser loucura, quanto ciência" e de que seu repertório de recursos estilísticos é aplicado de forma a "atingir a ruptura do emprego seguro ou conhecido". Em contraste com as críticas de Pécora à "mediania" que assola a maior parte da produção literária contemporânea, a excepcionalidade da obra de Hilst é positivamente ressaltada por ele, nos dando uma pista do que o autor espera de uma obra respeitável.

O exame mais atento da forma como o autor constrói seu texto revela, no entanto, o quanto seu "risco" é calculado, não tanto pelas generalizações[7] — também presentes no trabalho de Simon — mas principalmente pelo tom sentencioso, que parte inicialmente de um fato inconteste, como a ausência de relação entre o passar do tempo e o consequente surgimento de "algum grande autor" para a afirmação de que "não há nada de relevante sendo escrito". A passagem de uma afirmação inquestionável para outra de qualidade oposta ocorre sem gradações, de forma que a argumentação sedutora de Pécora compensa a parcialidade de muitas suas colocações por meio de fragmentos impactantes, como este, de número onze:

> Se escrever não é preciso, devemos absolutamente concordar com Horácio quando nos diz que não é razoável retirar do poço os escritores que tiverem o bom senso de se atirar lá, fingindo inspiração ou loucura. Simplesmente não é civil salvar escritores da morte prematura (Pécora, 2006, p. 94).

A ideia de que "não precisamos de mais atividade na roda" é construída pelo uso de termos que semanticamente giram em torno da morte (*corpos*, *trevas*, *moribunda*, *defunta*, *sono*) e da mediocridade (*vulgarização*, *irrelevante*, *medíocres*, *lugares-comuns*, *vida média*, *banalidade*, *escritor qualquer coisa*), associando-os expressivamente. Desde o primeiro até o trigésimo sétimo fragmento, Pécora constrói o texto sobre variações dessa mesma ideia, que aproximam as expressões "poço" e "mar de coisa escrita" como sendo sinônimas. Ressaltamos, com isso, que a noção de *artifício* se revela central para Pécora e — coerente com sua demanda crítica —, no entanto, revela um descompasso entre o rebuscado estilo do autor e o paralelo rebaixamento do tema. É por essa chave que se pode entender como é construído o tom provocativo do ensaio, que acaba por contrastar e particularizar a perícia do autor à imperícia e à inespecificidade daqueles que se dedicam ao "maquinismo fabril-escriturário".

---

[7] Há casos em que Pécora delimita bem seu objeto, como em "Momento crítico: Meu meio século" (disponível em: <http://www.germinaliteratura.com.br/enc_pecora_jan5.htm>, consultado em: 20/08/2008).

V

Em "As desilusões da crítica de poesia", Marcos Siscar (2006, p. 5) situa o texto de Pécora no modo "quase precioso do aforismo ou da moralidade", considerando que, ao tratar dos problemas da literatura contemporânea, acaba por se contaminar pela "complacência retórica e institucional". Docente e pesquisador, como os outros dois críticos que são alvo deste estudo, Siscar guarda em relação a eles uma particularidade: é também poeta. A força de suas reflexões teóricas, no entanto, evita que seu questionamento à atitude da crítica em relação à poesia atual seja feito sob uma perspectiva reativa ou ressentida. Consideramos que esse crítico traz em diversos de seus trabalhos, como "O discurso da história na teoria literária brasileira" e "A cisma da poesia brasileira",[8] provocações fundamentais, que empregam o método da desconstrução para revelar contradições internas da crítica, principalmente quando esta usa a ideia de crise apenas associada a esferas alheias à própria prática.

Ao reclamar atenção para o fato de que nessa noção reside toda a utopia do discurso moderno, e, portanto, ao afirmar sua historicidade, o autor ressalta que, na contemporaneidade, a ideia de crise ganha contornos particulares:

> Se a crise é um discurso histórico-teórico, e se ela depende também do sujeito que a enuncia, hoje, uma terceira consequência se impõe: quando um crítico aponta a situação degradada do contemporâneo, ele expressa um desejo ou interesse de refundação; ele expressa pelo menos uma demanda de sentido. O discurso da crise está ligado à perplexidade diante do que se perdeu, ao desejo de começar de novo ou, pelo menos, do desejo de entender como chegamos até aqui (Siscar, 2006, p. 4).

As implicações da demanda crítica acerca da poesia reveladas por Siscar permitem que pensemos em que medida a própria crítica, comprometidos seus critérios de julgamento, não aponta falhas alhures como forma de atenuar a sua inadequação. É irônico observar que a ideia de um possível "desaparecimento" da literatura tal como a conhecemos surge pontualmente nos textos de Pécora — quando ele discorre sobre a ausência de probabilidades de um bom autor voltar a surgir — e de Simon

---

[8] O primeiro disponível em: <http://www.criticaecompanhia.com/siscar.htm> e o segundo disponível em: <http://www.germinaliteratura.com.br/sibila2005_acismadapoesia.htm>, ambos consultados em: 09/08/2008.

(2003, p. 147), quando a autora afirma o quão restrita é a experiência da poesia culta, já "que é preciso lembrar que essa audiência de classe pode estar sendo desmanchada e a classe social que correspondia a ela pode no futuro deixar de existir". Nesse sentido, morta a voz da poesia, resistiria a teoria como um eco?

Provavelmente não; portanto, a crítica cobra da literatura um retorno de "seus grandes momentos", dando a essa demanda, muitas vezes, o nome de "novo". Não por acaso após diagnosticar as contribuições dos principais movimentos poéticos do século XX sob o signo da novidade, Simon conclui seu texto perguntando-se sobre o que poderia ser o "novo", ou estar em seu lugar em 1999. Já em Pécora (2006), a busca do dado novo assume um caráter menos marcado pela conexão entre os campos literário e sociopolítico. O intolerável, para o autor, seria a "vulgaridade do escrito", associando assim o conceito de novidade ao excepcional.

Questionando o peso das solicitações que regem certas leituras críticas, Siscar (2006, p. 4) enfatiza o quanto é importante reconhecer que "a poesia é também o topônimo de um desejo ou de uma afirmação ideológica". Nesse sentido, talvez muitas das censuras feitas à poesia sejam motivadas pela expectativa de se encontrar ali não apenas um discurso ética e esteticamente instigante, mas também a explicitação de um projeto ou de uma construção programática utópica. O reconhecimento de uma falta na literatura evidenciaria, ao menos em parte, a projeção em negativo das esperanças da crítica, o que eclipsaria qualidades, tanto boas como más, da produção mais recente. As particularidades da criação contemporânea poderiam assim estar escondidas sob o vulto da crítica que gera essa zona de eclipse.

Retomamos, então, algumas considerações compartilhadas com o leitor na primeira parte deste ensaio, já que o fator da afirmação da identidade nacional parece ser um complicador desse cenário. A características comumente associadas à cultura brasileira, como a irreverência e a precariedade da memória nacional, contrapõe-se o extremo zelo aos "símbolos pátrios" da literatura. O peso do pretérito parece, dessa forma, não vitimar apenas a poesia recente como também sua crítica, conforme constata Siscar (2006, p. 2) ao apontar uma tendência atual de "monumentalização acrítica dos poetas do passado, em especial os do modernismo".

VI

Entre os três trabalhos escolhidos como objetos do presente ensaio, "As desilusões da crítica de poesia" nos parece ser o mais adequado a uma necessária discussão de alguns pressupostos acerca da produção contemporânea, já que não contrapõe à incerteza dos caminhos da criação atual a certeza da produção crítica sobre a ineficácia ou nulidade desse percurso artístico. Essa tendência nos parece ter sido até hoje favorecida por uma situação na qual os críticos têm assumido a função de sacerdotes da cultura literária em um país de poucos leitores, ora resguardando suas relíquias, ora distribuindo suas hóstias (ou "biscoitos finos") entre os poucos iniciados. O peso que incide sobre esses papéis dificultou o exame das possíveis incongruências instrumentais críticas para tratar dos objetos contemporâneos, mas um trabalho como o de Siscar sinaliza para o despontar dessa prática no interior da crítica brasileira.

Consideramos, assim, que o tom por demais assertivo diminui o alcance dos textos de Simon e de Pécora, amparados na noção negativa de ausência de novidade e relevância da literatura contemporânea, e positiva em relação à passividade crítica:

> (...) Longe de se atirar com a força e a ingenuidade estúpida da juventude contra o mar de quantidade que a devora e contra qual nada pode (a não ser acreditar baixamente que a banalidade é a destinação universal da escrita), a crítica foi sendo morta na cama, enquanto dormia, e seu corpo paulatinamente sendo substituído por simulacros que Foucault chamou certa vez de meninos bonitos da cultura (Pécora, 2006, p. 97).

Simon (2003, p. 145), de forma menos peremptória que Pécora, também concede essa "absolvição" da crítica quando cita a seguinte passagem de Alfonso Berardinelli: "Além do que existem hoje mais escritores do que leitores, uma situação paradoxal e ingovernável que paralisou a crítica". Ressaltamos que a grande quantidade de textos poderia, ao contrário, ser justamente um estímulo a seu exame. Se a função da crítica não é tentar estabelecer critérios para selecionar objetos e abordagens pertinentes, qual seria seu papel?

Parece-nos, então, que toda a assertividade de ambos os autores quando se trata de verificar a falta de interesse da produção mais recente subitamente se atenua ao abordar as dificuldades da própria crítica, aproximando do outro problema verificável nela própria e que, podemos dizer ainda mais, para o qual sua própria atitude tem em parte contribuído. Ao encerramento da poesia corresponde o encerramento da teoria, e os escassos vasos comunicantes entre ambas as instâncias só tendem a piorar o quadro considerado, com o perdão do trocadilho, literalmente crítico.

REFERÊNCIAS BIBLIOGRÁFICAS

ANDRADE, Mário de. *O empalhador de passarinho*. Belo Horizonte: Itatiaia, 2002.
PÉCORA, Alcir. "O inconfessável: escrever não é preciso". *Sibila — Revista Semestral de Poesia e Cultural (ensaios)*. São Paulo: Martins Fontes, n.10, pp. 92-99, nov. de 2006.
_____. "À guisa de manifesto". In *Máquina de Gêneros*. São Paulo: EDUSP, 2001a.
_____. "Nota do organizador". In HILST, H. *A obscena senhora D*. Rio de Janeiro: Globo, 2001b.
PERRONE-MOISÉS, Leyla. *Altas literaturas – escolha e valor na obra crítica de escritores modernos*. São Paulo: Companhia das Letras,1998.
SIMON, Iumna Maria. "Mundos emprestados e rigor de construção. Notas sobre a poesia brasileira atual". *Reescrituras*. Amsterdã e Nova York: Editions Rodopi, v. I, pp. 137-150, 2003.
_____. "Considerações sobre a poesia brasileira em fim de século". *Revista Novos Estudos Cebrap*, n. 55, pp. 7-26, nov. de 1999.
SISCAR, Marcos. "As desilusões da crítica de poesia". *Lugares dos discursos*, X Congresso Internacional, Abralic (ISBN 978-85-98402-04-8), 2006.

RETRATO DO CRÍTICO ENQUANTO CÚMPLICE SECRETO: BERNARDO CARVALHO NA *FOLHA DE S.PAULO*

Antonio Marcos Pereira

I

Digamos, para efeito de argumento, que por volta de 2002 eu já costumava ler a coluna de Bernardo Carvalho na *Folha de S.Paulo* há um bom tempo. Não lembro exatamente o que me fez ficar apegado à coluna inicialmente — a hipótese que me parece mais plausível está ligada a algum tipo de confirmação de um credo meu que, embrionário e informe, encontrou em algum escrito de Carvalho uma formulação explícita e bem resolvida que me fez admirá-lo e desejar ler mais de seus textos. Isso é uma hipótese que a sequência da história confirma, mas há um matiz peculiar que aparece em um episódio que talvez ajude a entender o tipo de relação que fui desenvolvendo com os escritos de Carvalho.

Logo que foi publicada a tradução brasileira de *Ninguém nada nunca*, de Juan José Saer, corri para ler. Nessa época, eu já era um leitor de Saer há uns cinco anos. Era difícil conseguir coisas importadas, e eu contava com o acidente ou com a boa vontade dos gestores da biblioteca da universidade para conseguir algo novo do Saer — foi assim que li *Cicatrices, El Entenado, Glosa, La mayor*. Foi, portanto, uma alegria ter uma tradução local.

Feita pelo próprio Carvalho, a tradução incluía um luxo adicional: um posfácio do tradutor, intitulado "A leitura distraída". É um texto modesto, que parece expor sinceramente uma caminhada de leitura, fornecendo alguns recursos para a aproximação ao texto de Saer, ao reconhecimento de seu valor e sua peculiaridade. Um de seus focos é investir em uma relação contrastiva entre a narrativa saeriana e aquela característica do *nouveau roman*, o que seria provavelmente um dos primeiros lances interpretativos disponíveis, dadas certas semelhanças aparentes de estratégia e projeto. Investindo no valor da nuance e na eloquência do indício, Carvalho especifica a diferença que vê entre o projeto de Robbe-Grillet e o de Saer. Observando algumas passagens do livro de Saer nas quais os personagens estão lendo, Carvalho valoriza essa solicitação da leitura como expressão de uma certa política, e conclui justificando o título de seu texto ao apontar para o que julga ser o sentido comum dessas leituras: ao distraírem os personagens das crenças que têm a respeito de quem são, propiciam uma abertura ao novo, a uma outra possibilidade de percepção de si e do mundo, uma angulação alternativa da sensibilidade e da compreensão.

Quando li esse texto senti um incômodo que, hoje, mais de dez anos depois, não consigo obviamente recuperar com precisão. Não sei, insisto, o que me incomodou nessa exposição — hoje, relendo-a para escrever este ensaio, julgo-a correta, e talvez o único senão que encontre nela seja seu extremo comedimento, fruto talvez da defrontação que ali se operava entre um crítico e narrador jovem e um autor da estatura de Saer. Mais adiante eu leria textos excepcionais de Carvalho, inclusive sobre Saer (há um necrológio belíssimo). Mas, naquele momento, esses textos ainda eram matéria do futuro, insuspeitos e imprevisíveis. Diante do posfácio, lembro bem, perdurou um incômodo.

O que estava acontecendo comigo então? Especulando hoje com a vantagem do tempo passado, imagino que estava começando a entender que há algo na produção de crítica que depende de uma relação como essa que ali se estabelecera entre mim e Carvalho, e forjando um entendimento da crítica como um trabalho da tensão. Por um lado, havia a tensão entre uma leitura fácil de Saer como um agente tardio, derivativo e periférico do *nouveau roman,* e uma outra, que dirigia o leitor para algo que não estava em lugar nenhum antes que Saer aparecesse para produzir aquele conjunto de exigências e experiências que seus textos colocavam ao leitor. Por outro, havia a tensão entre meu entendimento ainda muito medíocre da eloquência do trabalho de Saer e uma captura mais fértil e produtiva, mais capaz de estabelecer consequências da leitura de ficção como a de Carvalho. Certamente o mapa dessas tensões é mais complexo, tem mais matizes do que posso expor aqui, avança em mil detalhes peculiares que não é o caso de explorar. Importa mesmo é sublinhar que aí começa a aparecer para mim um conjunto de desejos e crenças que vão se ligando a outros fios da trama contingente e errática da experiência para me trazer até aqui, mais de dez anos depois, num esforço para reconduzir minha atenção a esse momento passado e, com isso, convidar o leitor a perceber o que me faz estar aqui, hoje, comentando o trabalho de Carvalho como crítico. Nessa trama um interesse é, obviamente, o de escrever, que aqui começava a ganhar os contornos de escrever crítica, de me tornar um crítico — tema, que eu saiba, de elaboração pouco frequente, quer na crítica, quer na ficção. E uma crença é que, no campo heterogêneo de atividades situadas que tentamos homogeneizar ao nos referirmos à "crítica", havia um jeito que me parecia melhor, uma maneira mais apropriada de fazer as coisas, de propor uma posição — e esse jeito, que para mim estava ligado a essa operação de trabalho com a tensão, de favorecimento da tensão no processo interpretativo, isso creio ter encontrado pela primeira vez ali, naquele posfácio de Carvalho ao livro de Saer.

II

Há, seguindo por essa via, um conjunto de cenas de minha constituição como leitor a partir das leituras que Carvalho veiculava em sua coluna, bem como balizas que apontam para a emergência de um desejo de ser crítico a partir dessa mesma experiência. Esses textos, veiculados em jornal, apresentavam às vezes uma voltagem tão particular que hoje me faz questionar o suposto vão que separa a crítica acadêmica da crítica jornalística — diferenças certamente há, mas o fato é que como leitor da coluna de Carvalho aprendi *muito*, e reverti significativamente esse aprendizado em minha trajetória acadêmica. Essas influências recíprocas ainda precisam de um exame mais acurado — não é isso que farei aqui. Mas importa sim destacar o valor de uma atividade que se torna um componente habitual da experiência, produzindo um sedimento histórico que vai se reforçando ao longo de anos de leitura e atenção. Para mim, falar da produção crítica de Carvalho é recuperar uma miríade de imagens e usos da leitura, revelados em tudo que têm de comezinha materialidade: leio na biblioteca e no ponto de ônibus; comento as leituras na sala de aula e na mesa de bar; dirijo meu consumo a itens que me foram apresentados nos textos.

Aqui aparecem dois aspectos que, embora mesclados na experiência, merecem ser distinguidos e examinados separadamente. Um diz respeito a uma faceta da leitura das resenhas de Carvalho: são os momentos nos quais verifico hoje a presença de uma relação de nutrição e amplificação de predileções ou tendências que já reconhecia em mim. Lia as colunas, buscava alguns autores mencionados, recuperava leituras já realizadas com outras nuances de atenção, derivava consequências para a maneira como refletia sobre os produtos culturais e minhas relações de consumo e fruição dos mesmos. O outro aspecto é uma versão da famosa ansiedade da influência no âmbito da crítica, traduzida justamente na relação inevitável entre a modelagem moral dada pelo circuito de simpatias entre o leitor e o crítico e pela necessidade de encontrar algum veio de antagonismo ou dissenso que permita que aquele que agora é leitor erga em algum momento sua voz própria. Assim, ao mesmo tempo que reconhecia o papel formador dos textos de Carvalho, tinha de reconhecer que, se desejava de fato produzir algo como aquilo, teria de ser algo que fosse também distinto daquilo.

Articulando de maneira mais explícita alguns episódios dessa minha história como leitor da coluna de Carvalho, lembro de imediato da leitura que fiz de *Amor*, de André Sant'Anna: fiquei muito entusiasmado com o amálgama de delírio e mordacidade, com o ritmo feérico do livro. Aquilo parecia refrescante, incisivo, criativo, original. Com essa disposição, apresentei o livro a um e outro amigo e a reação foi a mesma: era chato e derivativo, diziam eles — eu estava perdendo a cabeça, obcecado por novidades. Mantive minha crença no interesse daquilo, mas foi preciso esperar que saísse outro livro de Sant'Anna, *Sexo*, para vê-lo resenhado por Carvalho e ali encontrar precisamente o argumento simples e certeiro, a contextualização precisa e, claro, a chancela a Sant'Anna que se tornava, também, de maneira oblíqua e involuntária, uma chancela a minha leitura de Sant'Anna. Mas qual leitor habitual de crítica não teve experiência semelhante? Quero crer que estou apontando nesse depoimento apenas uma regularidade na relação entre críticos e seus leitores, e não uma anomalia. Todavia, justamente por seu caráter regular, normal, ordinário, a questão tende a ser banalizada, e creio que não há nada de banal aqui: estamos nos dirigindo àquilo que é provavelmente um esteio da relação entre a produção dos críticos e essa entidade meio amorfa e muitas vezes privada de traços fisionômicos precisos: o público leitor.

Isso que tem lugar na leitura da resenha de Carvalho ao livro de Sant'Anna aparece resumido em uma observação que, aparentemente *en passant*, concentra para mim o núcleo do problema: ao aludir à relação óbvia entre os escritos de Sant'Anna e um contexto social, histórico e político com o qual esses escritos se relacionam, do qual dependem e que satirizam e provocam, Carvalho lembra que, isto posto, não estamos diante de sociologia: não é por seu valor de verdade como perquirição do social *tout court* ou reprodução de uma realidade dada de antemão que os livros de Sant'Anna são interessantes — eles são interessantes por manifestarem invenção e criação, por utilizarem o dado social como plataforma de lançamento para algo que não estava, nem está, nunca, dado, até que o autor manifeste sua visão particular das coisas, cristalizada em seu projeto artístico, que eventualmente será lida por alguém que, então, e só então, saberá como é o mundo com a adição desse objeto novo, palpitante, magnético, interessante: alguém que perceberá as ondas de repercussão que esse objeto provoca em sua própria percepção das coisas, e viverá então uma experiência de deslocamento e transfiguração, um reposicionamento, ainda que ligeiro, de categorias tomadas como estruturantes e incontornáveis. Terá, portanto, *experimentado* a leitura e, nesse processo, terá experimentado um pouquinho ser outro, e dessa defrontação com a alteridade sairá também contaminado, perturbado, para um mundo que não será obviamente o mesmo.

Selecionei, para comentar, três textos que me parecem mais representativos, e que articulam uma cadeia particular de relações internas, um sistema que parece reiterar aquela angulação de literatura que Carvalho insinuou em sua leitura de Sant'Anna. Um desses momentos está num texto intitulado "O espaço negativo", devotado não a um objeto literário, mas ao trabalho da artista plástica britânica Rachel Whiteread. Whiteread se notabilizou por uma série de trabalhos que exploram mais ou menos a mesma ideia, que talvez se explicite melhor por meio da descrição de um trabalho como *Casa*, de 1993. Nele, Whiteread se apropriou de uma residência proletária na Inglaterra que estava marcada para ser demolida e a preencheu com concreto, resultando então que, demolidas as paredes, o vazio da casa (bastante diferente da casa vazia) passa a se erguer no ar. É um objeto inédito, que evoca uma condição singular da experiência, misto de reconhecimento e estranhamento: diante dele, sentimos uma certa familiaridade, como se reconhecêssemos o vazio por força de nossa experiência prévia como eventuais ocupantes de espaços semelhantes, mas, ao mesmo tempo, sabemos estar diante de uma anomalia, de algo que nos parece próximo mas que é obviamente outro, que perturba nossas categorias mais ordinárias para a compreensão dos objetos e de nossa relação com eles. Tudo que era antes sustentáculo, firme, sólido e estruturante, evanesce, deixando no lugar uma protuberância anômala, uma exposição do avesso das coisas, um "mundo fora dos eixos", um mundo que "pode ser o exato oposto do que acreditamos que ele é".

Outro momento está na leitura que Carvalho faz do trabalho do cineasta português João César Monteiro – o título desse texto é precioso, e lembro de minha reação ao lê-lo até hoje, abrindo a página da coluna e encontrando simplesmente um "Não" no cabeçalho. O cerne do comentário de Carvalho recai sobre o polêmico *Branca de Neve,* filme realizado por Monteiro em 2000 a partir de um texto de Robert Walser. Monteiro concebeu o filme como um projeto de exposição da palavra e negação da cena – o filme é quase todo tela preta, com os atores dizendo as falas e a eventual aparição de um céu, algumas nuvens. Em um dado momento, aparece a figura de Monteiro que, numa cena muda, fala a palavra "Não", que reconhecemos pelo lento movimento dos lábios; noutro aparece uma foto de Walser. E é isso: cinema para se ver de olhos fechados, cinema sem imagens, cinema contra as imagens. O que há na experiência do filme de Monteiro é um contato com as palavras, o texto de Walser, e com aquilo convocado pelas palavras na experiência da cada um: vamos ao cinema, portanto, para "ver" literatura, para um encontro com um "ponto de fratura", para uma zona de tensão entre a imagem e a palavra: vamos ver *Branca de Neve* e vivenciamos a frustração de expectativas canônicas: temos um encontro com a anomalia, com uma certa manifestação do silêncio, com uma forma de alteridade que busca produzir eloquência por meios menos óbvios. Financiado com dinheiro público, o aparecimento do filme de Monteiro gerou um furor midiático ao qual ele respondeu com um "Quero que o público português se foda!" em um programa de TV na noite de estreia. Temos, portanto, o seguinte circuito dramático: Monteiro — cineasta-inventor, transgressor, alheio às demandas de um certo público — associa-se a Walser — patriarca de uma literatura menor e criador de uma obra única, artífice da letra miúda e da prosa mínima que escolheu para si uma forma branda de segregação manicomial que parece mais um depoimento lúcido sobre o pesadelo da vida contemporânea — e aparece no comentário de Carvalho como tendo produzido uma obra cujo valor está no que ela nega ser: nega ser cinema como esperamos que o cinema seja e, assim, provoca, interroga, tensiona nossa compreensão do que o cinema *pode* ser. Nessa mesma rota, nega também o que a literatura *deve* ser: o filme é só "um texto lido", mas é "só" um texto lido? "Não", diz Monteiro, "Não", diria Carvalho: é criação e invenção, insere no jogo ordinário das coisas um objeto novo, uma tensão inaudita, um outro esquema de provocações, uma outra disponibilidade de ser.

Por fim, há um texto sobre Thomas Bernhard, "Lobo! Lobo!", um dos momentos em que Carvalho comprime miraculosamente reflexões, incidentes do cotidiano e indícios de uma visão do literário. Bernhard, aqui, funciona muito mais como um trampolim que como um alvo direto: aparece na abertura do texto e abre o caminho para uma reflexão sobre a própria natureza da ficção que se mantém em aberto, se mantém como um problema a ser resolvido, como desafio para o leitor. Postura admirável, pois em vez do sossego propiciado pelo bater do martelo do juízo final — o que seria tranquilamente chancelado, como de fato é muitas vezes, já que o espaço exíguo da crítica nos jornais não permite, dizem, muito matiz e coage o pensamento exposto a certa unilateralidade para fins de argumento —, Carvalho avança sem titubeios em sua posição e é precisamente a consistência dessa posição que dá guarida à imprecisão e à possibilidade do novo e da alteridade resguardadas no movimento de conclusão. O mote é a chegada de uma caixa de livros velhos, e o reencontro com livros de e sobre Bernhard — autor que sempre aparece nas referências de Carvalho como uma voz que lhe interessa e fascina —, algo que sempre me alcançou como enigma, já que não percebia nos traços fenotípicos da ficção de Carvalho nada do modo ruminativo, do teatro trágico e mordaz e do ensimesmamento obsessivo e hipnótico da prosa de Bernhard. E a partir de um comentário sobre as figuras de relevo na biografia de Bernhard, Carvalho passa a comentar esse eterno desejo de referente que ocupa tanto comentário sobre literatura hoje. Assim, fala do sucesso do gênero biografia, e reflete sobre o que havia constatado em uma oficina de criação literária que tinha realizado como parte de uma intervenção da qual participou, promovida pelo grupo Teatro da Vertigem, na Brasilândia, um bairro da periferia de São Paulo. Os alunos da oficina, para espanto de Carvalho, estavam siderados pelo conteúdo real das histórias que narravam ou ouviam, e investiam antes de mais nada na recuperação narrativa de uma factualidade na qual estavam envolvidos. Isso era utilizado como fiel da balança da qualidade, e importava mais na economia simbólica daquele grupo de jovens do que qualquer empenho de distanciamento ou remoção, pela via da narrativa, do cotidiano enfrentado por eles. Expandindo essa reflexão, Carvalho menciona o interesse fiel de fatias inteiras da população na fofoca, nos bastidores, na "vida real" que está por trás de qualquer empreitada ficcional — seja ela a telenovela ou o futebol —, o que vê como sendo uma disseminação de uma visão empobrecida do imaginário: uma visão que toma a imaginação como acessório descartável e supérfluo, e que estabelece um juízo a respeito do que é real que destitui o imaginário de sua condição estruturante da experiência. Nessa discussão, recupera uma anedota celebrizada por Nabokov em suas palestras: nela, tentando estabelecer o grau zero disso que hoje chamamos de literatura, Nabokov diz que provavelmente essa empreitada surgiu não quando um garotinho adentrou a aldeia correndo, gritando "Lobo! Lobo!" e os aldeões puderam ver, perplexos, o animal em seu encalço, mas sim quando um garotinho adentrou a aldeia gritando "Lobo! Lobo!" e não havia nada — nada visível, nenhuma criatura de pelos, dentes e fúria predatória óbvia — a marcar o campo com suas pegadas, a distribuir seu hálito malévolo ao redor. Havia a invenção de um fato, a projeção, retrospectiva ou prospectiva, de um fato, havia muitas coisas nesse grito — mas não o fato tal qual o conhecemos, tal como esperamos que ele se apresente, reduzido a sua assumida e peremptoriamente monótona facticidade habitual.

III

O que está em jogo nessas observações, que encadeei e resumi acima? Algo lhes confere organicidade, creio — há um empenho sistemático em operação. Há neles um padrão de saliências, uma evocação frequente do valor do "não", um trabalho de oposição, um esforço agonístico. Literatura não é isso, aquele objeto não é o que se pensa à primeira vista, cinema não é apenas aquilo, o real talvez não seja tampouco apenas isto e enfim, e derivando uma conexão com os propósitos imediatos deste texto aqui, a crítica talvez possa ser, também, capaz de frequentar a diferença por uma via particular — talvez possa ser um amálgama de reflexão sobre a experiência e o exercício de exposição da leitura, algo que se renda menos a um desejo programático unívoco e seja antes parceira de um acolhimento generoso da pergunta, do problema, do irresoluto e do diferente. A recusa pelas formas canônicas de ver e perceber aponta para uma concepção do literário, ou do ficcional, que abdica de sua funcionalização estrita, e convida a sua observação como algo que, se tem uma função, é justamente a de perturbar os lugares estabelecidos do funcional. Ao cabo de suas observações sobre a anedota de Nabokov, Carvalho diz que, ao contá-las em um encontro de autores nos Estados Unidos, foi interpelado por um autor do Mianmar que, aparentemente irritado, lhe perguntou se o discurso da Bíblia, então, não era um discurso verdadeiro. Carvalho diz que ficou mudo, e que até aquele momento era incapaz de dizer se a interpelação favorecia a visão de privilégio do factual acima de tudo, que ele antagonizava, ou se, com fina ironia, o autor da pergunta não estava propondo uma outra volta do parafuso, levando ainda mais adiante o elogio da ficção e de suas possibilidades produtivas que o próprio Carvalho havia feito pouco antes. Nessa irresolução, nessa investida na potência e na promessa da abertura e nesse reconhecimento do que o ficcional pode fazer, jaz talvez um dos legados maiores desse conjunto de leituras para minha própria experiência, para minha maneira de ler, minha formação como crítico.

IV

Agora, pensando já nos arremates deste texto, manipulo meus papéis em busca do sedimento desses meses passados na companhia de Bernardo Carvalho, relendo seus textos, verificando sistematicidade, levantando questões de leitura, registrando sugestões retiradas de leituras e conversas: esses são os meses que passei desde que comecei a fazer este ensaio. Manuseio então a miríade de notas que eu, grafomaníaco, inscrevi em vários caderninhos e fichas e encontro algo que me chama a atenção pelo que há de singelo, frágil e inicial ali, mas que responde, em uma cadeia causal quase em linha reta, pelo que estou fazendo aqui:

> · PROJETO BERNARDO CARVALHO — RUMOS ITAÚ
>
> 1. Prazo: 31·08
> 2. Resolver se dirijo o projeto à carteira de PRODUÇÃO LITERÁRIA ou de CRÍTICA:
>   a. Pendo mais para o segundo caso, por acreditar que uma certa anomalia há de valorizar o projeto
>   b. Todavia, temos a escassez de bolsas ofertadas na carteira de crítica
> 3. O eixo de proposta, em um caso ou noutro, tem como foco a produção de BC desde 2002 — ano que inicia a coleta de "crônicas" de O Mundo Fora dos Eixos e para o lançamento de Nove Noites.

Essa ficha, sem data e sem maiores detalhes, já um pouco suja e borrada pelo manuseio, é certamente o primeiro registro que tenho da rota que me trouxe até aqui: é a primeira tradução de um desejo em possibilidade, a primeira diagramação estratégica de uma série de passos que resultaram na consecução do projeto de acordo com as balizas previstas, em seu envio — como é característico do meu comportamento procrastinador — aos 45 minutos do segundo tempo, e ao telefonema que me surpreendeu no trânsito, meses depois, com a boa notícia que, em um certo sentido, me dizia que eu estaria aqui, quase um ano mais tarde, produzindo este texto. Como não observar, nessa primeira anotação, a presença de uma questão estratégica como a ligada ao número de bolsas destinado a cada carteira? Ou verificar que já nesse primeiro estágio do trabalho parto de um pressuposto de empatia entre minhas opções teóricas e existenciais e as da comissão julgadora, supondo que "uma certa anomalia há de valorizar o projeto"? A materialidade deste ensaio está consignada aí, nessa fichinha envelhecida, inscrição de um dos vários começos que terminam aqui.

Encontrar essa ficha me leva também a meu encontro com Carvalho, em uma oficina de criação literária coordenada por ele. Recebi a notícia dessa oficina como uma dádiva; já estava imerso na fatura deste ensaio, já estava às voltas com meu "projeto do Bernardo Carvalho". Lembro-me bem de minha excitação no primeiro dia, e de como as conversas progrediram, de como o contato com ele foi, pouco a pouco, se estabelecendo, em paralelo às conversas com os outros colegas de oficina, de como tudo se desenrolava e como tudo se concluiu, com sucesso e leveza, em um dia magnífico, ensolarado e convidativo. Parti para essa oficina imaginando que traria de lá recursos valiosos para este ensaio, para minha pesquisa: que ela se constituiria em um laboratório único para meu trabalho de observação da produção de Carvalho, que o "contato com o autor" me propiciaria a oportunidade maior de teste de hipóteses que eu poderia almejar. Tudo isso era, sem dúvida, manifestação de um pensamento medíocre, uma reflexão canhestra, um desejo míope. Teste de hipóteses? Onde eu estava com a cabeça?

Não estava, certamente, esperando encontrar elementos no comportamento de Carvalho que confirmassem essa ou aquela de minhas crenças a respeito de sua produção como crítico. Supunha, claro, uma certa consistência, mas mesmo isso era vago — consistência, afinal de contas, com o quê? Só podia ser com a figura autoral que eu havia cristalizado ao longo dos anos de leitura de seus textos. Mas não se tratava da tolice desmedida de buscar lá, nas famosas intenções autorais, o esteio último da interpretação que eu porventura viesse a oferecer de seu trabalho aqui. Independentemente disso, o fato é que fui à oficina movido por um desejo, ainda que impreciso, de confirmação. Em nenhum momento eu imaginava que algo da ordem da surpresa, do encontro com o adventício, pudesse mudar meu esquema estabelecido de trabalho, meu problema de pesquisa. Imbuído do intuito de tratar do *corpus* de Carvalho como crítico, minha movimentação inicial foi atrelá-lo ao que Leyla Perrone-Moisés chamou de "crítica-escritura". Valorizando uma certa indeterminação e uma maleabilidade na própria angulação formal do gênero "crítica literária", Perrone-Moisés sugere haver uma manifestação sistemática de uma cepa de crítica que se licencia a almejar o caráter de invenção, a assinatura estilística e o empenho de uma poética em termos análogos aos que balizam o funcionamento da própria literatura. Essa crítica-escritura, que ela localiza e diagnostica em Blanchot, Butor e Barthes poderia, imaginei, ser vista também na produção de Carvalho — com sua assinatura inegável, com seus tropos particulares, suas exibições de autoetnografia e sua desfaçatez em incluir, dissimuladamente, ficções onde se espera encontrar crítica. Pensava, no início desse projeto de investigação do trabalho de Carvalho como crítico, que localizar em seus textos a manifestação de uma crítica-escritura local era, ao mesmo tempo, valorizar seu trabalho — o que eu obviamente desejava, pois era uma maneira de honrar uma leitura crucial em minha formação — e reposicionar a noção (ou conceito, há que se discutir isso) formulada por Perrone-Moisés, que me parecia também interessante — pois se dirigia principalmente a autores que me interessavam, como Barthes e Blanchot. Não há maneira melhor de valorizar um trabalho que reinseri-lo no campo, reconduzi-lo ao debate em que ele, eventualmente, pode virar mais uma vez moeda, pode servir às trocas do presente — era nisso que eu pensava no momento em que enviei o projeto original para o Itaú, e ainda acredito nessas coisas, ainda defenderia e defenderei tais posições.

Assim, o encontro com Carvalho, se não me propiciou exatamente o teste de hipóteses que eu pensava poder realizar, propiciou-me uma mudança de trajetória que, agora, com o benefício do tempo passado, parece ter sido salutar. Pois de fato nos encontramos, conversamos sobre literatura e coisas afins ao longo de uma semana, por força da estrutura do trabalho da oficina ele leu minhas investidas como aspirante a ficcionista e as comentou, e a certa altura este trabalho de investigação da trajetória dele como crítico apareceu na conversa — e foi, com franqueza recíproca, comentado, discutido, escrutinado. Mas, de tudo o que ocorreu ao longo da oficina, recolho dois incidentes, que em sua eloquência particular desembocaram no itinerário que, finalmente, cumpri aqui. O primeiro foi um comentário realizado por ele no contexto mesmo da oficina, em um momento no qual ele se dedicava a falar sobre as características particulares dessa intervenção, desse diálogo que pode ocorrer entre uma pessoa já experiente no manuseio da produção de narrativa e outra que aspira a esse lugar. Carvalho contou então algumas de suas experiências — hilárias — de neófito diante de um autor famoso, que ele admirava e respeitava; falou também sobre a importância que o contato com a produção de Thomas Bernhard teve para ele, para seu reconhecimento do que importava na construção de uma identidade como autor, na produção de uma dicção particular, de uma voz como narrador ou poeta. Então, disse acreditar que a literatura era sempre produzida no momento em que cada um se dava conta de que aquilo que pensava ser seu maior defeito é, na verdade, sua qualidade como narrador: que todo grande escritor produz a obra, rompe com a tradição, resolve a contabilidade opressora da angústia de influência por essa via, dizendo sim ao que é defeituoso e, por isso mesmo, particular e intransferível, em sua captura das coisas, em sua visão e seus gestos.

Essas observações de Carvalho pareceram tiros na mosca para mim. Traziam algo de precioso, uma alegoria versátil e incisiva que poderia ser acoplada não apenas à fatura de ficção, mas às possibilidades da crítica e mesmo ao que, afinal de contas, estamos a fazer aqui em geral. Tendo labutado por anos e anos em um divã, a ideia de que há um bem no defeito, e que a porta para uma certa matriz de sucesso está no acolhimento daquilo que nos faz destoar de uma expectativa dada, de um modelo de ser já pronto e disponível — e o que é um defeito senão isso? —, me pareceu evidentemente muito interessante e fértil. O que seria produzir um texto sobre a trajetória de Carvalho como crítico, pensei, que valorizasse algum defeito e que, justamente por isso, apresentasse uma pegada minimamente idiossincrática, afirmasse com alguma bravura um rumo particular?

Isso encontrou mais ressonância ainda no outro momento que me parece digno de nota para os propósitos aqui — quando, no último dia, já na despedida, todo o clima de hora final instalado, obrigados e apertos de mão sendo distribuídos, Carvalho me perguntou se eu conhecia um conto de Conrad, *The Secret Sharer*, e, diante de minha negativa, sugeriu que eu o lesse. "Acho que você vai gostar", disse, "É um texto belíssimo, muito importante para mim, acho que você vai achar algo de interessante para seu projeto ali, vale a pena". Preciso de muito pouco para me levar à leitura, e pensei que Carvalho não teria feito esse comentário à-toa: logo que retornei a Belo Horizonte providenciei ler o texto. A trama é conhecida, e segue um padrão comum na ficção de Conrad: há um esquema de romance de aventuras, uma configuração de heroísmo, perigo e exotismo, e um conjunto de provas e obstáculos factuais que são interpretáveis como efetivas situações de exame moral, de desenvolvimento existencial. Diz-se que foi baseado em uma história de crime que Conrad teria conhecido em sua época de marujo, mas isso é irrelevante. O que importa é que, nesse romance de formação em miniatura, o famoso *topos* do duplo é tratado de maneira muito particular, que se reveste de especial interesse se pensarmos, mais uma vez, em uma possível transação alegórica que transfira a questão para o campo da crítica, para nossa compreensão da crítica em um viés que, se eventualmente pode pecar por um certo sentimentalismo, certamente contribui para remover a discussão sobre o tema de esferas de pura abstração e retorná-la para uma dimensão mais próxima da experiência de quem lê e faz crítica de literatura. O "cúmplice secreto" da história de Conrad é o sujeito que, tendo sido acusado de um crime, nada em fuga até um navio que está sendo capitaneado por um jovem que tem ali sua primeira situação de comando: ele tem a formação necessária, cremos em sua competência para a tarefa, mas falta-lhe o traquejo dos hábitos sedimentados, o conhecimento propiciado pelo manuseio reiterado da mesma embarcação, a perícia construída ao longo de uma história de relacionamento com a mesma tripulação. Nada disso o jovem capitão sem nome tem, e ainda por cima decide dar guarida a um jovem como ele, acusado de assassinato, em fuga, e cuja única esperança é uma nova vida, de anonimato e exílio, em uma das ilhas da costa javanesa. À medida que a narrativa avança, somos carregados pela intensidade do vínculo que se forma entre os dois — vínculo misterioso, fruto de um pacto de fidelidade que nunca é explicitamente firmado, mas que se afirma a cada gesto do jovem capitão que, fiel a sua concepção de retidão e integridade, arrisca quase tudo para criar condições que lhe permitam salvar seu parceiro secreto, tornando-se assim um cúmplice de algo invisível, um companheiro de alguém que, aos olhos de todos os outros, não existe, não está ali. E é justamente nesse laço secreto, de reciprocidade imprecisa, nutrido em murmúrios que ninguém mais ouve, que reside aquilo que permite ao jovem capitão — que narra a história já ido em anos — afirmar-se, encontrar sua voz, dar rumo a sua embarcação e assumir plenamente o comando de sua tripulação.

Essa leitura, que me impressionou e comoveu, igualmente me deixou diante de uma alegoria que me parecia muito produtiva para entender o que estava em jogo no processo no qual eu estava envolvido. O que é, afinal, tornar-se crítico de literatura? Como se produz uma voz nesse *métier*? O duplo do aspirante a crítico é, afinal, o antecessor, o crítico de outra geração que o neófito admira e busca emular? Ou é o autor com quem estabelece relações de admiração e aprendizado? Quem é a voz que aparece no meio da noite enquanto o crítico está numa intempestiva vigília para anunciar uma parceria que, marcada pela tensão entre conformismo e bravura, termine por dar cabo de uma vida de hesitação e medo e ofereça uma oportunidade para que, enfim, velas e leme devidamente ajustados permitam o progresso na justa singradura? Resposta para essas questões, obviamente, não tenho. Mas longe de mim negar a alegria que tenho hoje, ao poder concluir essa jornada de tantos começos, com perguntas como essas.

Nota bibliográfica: *Este ensaio faz uso de várias referências; a maior parte delas aparece obliquamente, antes como parte dessa matriz imprecisa à qual nos referimos como "influência" que como um dado passível de circunscrição explícita e qualificável como citação. Assim, o que segue é apenas uma coleta de remissões ao que está mais à flor da pele, mais obviamente relacionado com o conjunto de leituras que realizei e que desembocou neste texto. Impossível, entretanto, concluir esse trabalho sem aludir às conversações travadas ao longo do processo, e sem depositar publicamente minha gratidão aos que apareceram em minha trajetória e que, com generosidade e disponibilidade, contribuíram para que eu mudasse de lugar — isto é, aprendesse algo. Destaco, portanto, os diálogos com Luciene Azevedo, Bernardo Carvalho, Luis Augusto Fischer, Rachel Esteves Lima e Douglas Pompeu, without whom not. Além disso, agradeço também a toda equipe do Núcleo Diálogos do Itaú Cultural e aos demais colegas rumeiros, pela propiciadora gentileza e generalizada solicitude.*

REFERÊNCIAS BIBLIOGRÁFICAS

AIRA, César. *Pequeno manual de procedimentos*. Curitiba: Arte & Letra, 2007.
CARVALHO, Bernardo. "A leitura distraída". Posfácio à tradução de *Ninguém, nada, nunca*, de Juan José Saer. São Paulo: Companhia das Letras, 1997.
_____. *O mundo fora dos eixos: crônicas, resenhas e ficções*. São Paulo: PubliFolha, 2005.
LIMA, Rachel Esteves. "O ensaio na crítica literária contemporânea". *Revista de Estudos de Literatura*, Belo Horizonte, v. 3, pp. 35-42, 1995.
PERRONE-MOISÉS, Leyla. *Texto, crítica, escritura*. São Paulo: Martins Fontes, 2005.
SALLES, Cecilia Almeida. *Redes da criação: construção da obra de arte*. São Paulo: Horizonte, 2006.
SMITH, Barbara Herrnstein. *Contingencies of Value: Alternative Perspectives for Critical Theory*. Cambridge: Harvard University Press, 1988.
SOUZA, Eneida. *Crítica cult*. Belo Horizonte: Editora UFMG, 2002.

QUATRO TOMADAS SOBRE O MERCADO E A CRÍTICA

Douglas Pompeu

> *"A troca recupera tudo, aclimatando o que parece negá-la:*
> *apreende o texto, coloca-o no circuito das despesas inúteis..."*
> Roland Barthes

I

Consideremos a crítica brasileira a partir dos anos 1970, momento em que a produção se divide entre o rodapé literário e o confinamento nos *campi* universitários e, portanto, o espaço para os críticos-*scholars* no jornal é reduzido. É nesse contexto que as seções de livros e os suplementos passam, nas palavras de Flora Süssekind (1993), a simples páginas de classificados anunciando os últimos lançamentos das grandes editoras. Contexto em que começa também a supressão dos principais suplementos culturais, como é o caso do Suplemento Literário de *O Estado de S. Paulo* e do Suplemento Dominical do *Jornal do Brasil*. Não por acaso, data de 1969 o decreto da regulamentação da profissão de jornalista, em que se encontram críticas à linguagem praticada pelos acadêmicos e ao caráter argumentativo do texto de origem universitária. Decreto, aliás, a favor da adjetivação abundante e da afirmação que dispensa os próprios pressupostos e contra o texto que não seja compreensível para o que a grande imprensa convencionou chamar de leitor médio. Do outro lado, é a partir dos anos 1970 que os cursos de pós-graduação iniciam um período de nítido crescimento e alcançam certo prestígio. A isso se somam o caráter científico do texto acadêmico e o tratado como gênero privilegiado na produção universitária. Nesse momento, o leitor interessado em crítica é carta marcada e o jargão criticado pelos jornalistas passa a regra geral entre os *scholars*.

Surge então o crescente exibicionismo por meio da especialização e a obsessão pela atualização metodológica na produção acadêmica, mencionados por Süssekind (1993, p. 29): "vide a 'mascarada' de métodos-modas dos anos 60-70: *new-criticism,* formalismo, estilística, estruturalismo, lukacsianismo". Como explica a autora, a aplicação de termos e métodos servia mais para dar a impressão de superação do atraso e, como truque teórico, era tão eficiente quanto o texto-que-brilha, a exibição da própria personalidade e o acúmulo de anedotas biográficas frequente no caso da crítica de rodapé que, junto do tratado, convergiam para o mesmo ponto: a rejeição ao esforço teórico. Esforço que se concentrou no surgimento de um novo modelo de crítico, resultante de uma divisão dentro da própria crítica universitária, isto é, o teórico da literatura. Luiz Costa Lima e Haroldo de Campos seriam dois bons exemplos desse crítico que logo vai se desdobrar "num quase duplo, em guarda diante de 'aplicações' de métodos e do arremedo de cientificidade das teses-tratados" (Süssekind, 1989, p. 31): o ensaísta, ou seja, o crítico-especialista que buscava atuar de maneira mais imediata na vida cultural desse período. Seus alvos de intervenção eram comumente os cadernos de cultura da época e seus expoentes eram oriundos tanto da universidade (Antonio Candido, Silviano Santiago, João Alexandre Barbosa, Davi Arrigucci) quanto de fora dela (José Paulo Paes, Augusto de Campos, Sebastião Uchoa Leite).

Ao passo que dentro da universidade a disputa entre quem tem mais autoridade para comentar literatura desemboca no conflito entre teóricos e especialistas, fora da universidade, no entanto, o temor pela teoria toma forma sob a fobia generalizada da crítica, o que contribuirá para a ampliação do número de *releases* literários, reduzindo o lugar na imprensa que até então era disputado pelo crítico, qual fosse sua procedência. Por outro lado, com o crescimento do mercado editorial na década de 1980, quando o espaço dedicado à literatura é ampliado nos jornais, a reflexão crítica mais atenta é desencorajada, já que os interesses se concentram em aumentar o número de vendas, não de analisar ou questionar o valor dos produtos. Quem ganha mais espaço nesse momento é aquele que Süssekind chama de crítico-jornalista, pois é a ele que resta atuar na mídia de maior investimento por parte da indústria do livro: os jornais. Portanto, com o desenvolvimento da indústria cultural no Brasil, novamente estamos diante de um duelo entre *scholars* e jornalistas, mas com a diferença de que agora a conquista da autoridade intelectual passa por certo confronto entre a imprensa e a universidade.

Daí as condições da crítica literária no presente. Com a expansão do mercado nos anos 1990 e as transformações na área de produção da imprensa, o jornal assume de vez seu caráter telegráfico e experiências encontradas antes nos suplementos culturais não são mais possíveis. Depois da informatização e dos prazos industriais de fechamento de edições, como comenta Elizabeth Lorenzotti (2007, p. 77), "é improvável que se possa reescrever um texto, apurar melhor, pensar. Não há tempo para reflexão. Não há espaço para discussões, para troca de ideias e para atualização do conhecimento profissional". Nessas condições, o que se vê é o desenvolvimento de um processo contínuo de rarefação do embate e da reflexão crítica presente nos jornais ao mesmo tempo do confinamento dos críticos nas universidades. Nesse meio, o que ganha espaço cada vez maior é resenha. É na resenha, que ainda hoje vem ampliando seu espaço nos jornais de grande circulação e nas revistas literárias, que o crítico, distante do debate, parece materializar a promoção de um produto junto ao consumidor a que ele se destina, tornando o jornal uma espécie de catálogo de vendas dos produtos literários. Entretanto, não se trata aqui de reaver o duelo, defendendo a crítica especializada ou alardeando o advento do jornalismo cultural; a própria demarcação de fronteiras é inconveniente para a crítica. Muito menos se trata de demonizar o mercado, segundo a opinião de que nele não há espaço para argumentação e que sua única engrenagem é o convencimento desarrazoado da propaganda, ou, ao contrário, de santificá-lo, segundo a opinião de que nele há espaço para o exercício livre do direito de escolhas. Se a circulação da obra de arte não pode prescindir do mercado, partilhamos da sugestão de Franchetti (2005), para quem não só deve haver no mercado espaço para a crítica, como ela mesma é por si um bem quando nele tem lugar. A questão que preocupa no presente é a ausência do debate e do real confronto com os objetos e a suposta decadência da crítica em sua relação com o *marketing* das editoras e produtores, fatores que têm sua pior consequência quando se pensa principalmente na valoração dos objetos literários.

II

Em *O mercado dos bens simbólicos* de Pierre Bourdieu (1992) encontram-se duas lógicas econômicas que implicam modos distintos de produção e circulação dos produtos culturais. Relacionadas à atividade crítica contemporânea, a lógica "antieconômica" da arte pura e a lógica das indústrias literárias e artísticas podem oferecer uma primeira imagem dos passos e do papel do crítico de nosso tempo como também um esboço dos problemas de valoração dentro do campo literário.

Segundo o sociólogo, a oposição entre as duas lógicas se materializa em "dois ciclos de vida do empreendimento de produção cultural" (1992, p. 168). De acordo com o ciclo de produção do empreendimento, há uma diferenciação na seleção de manuscritos publicáveis e, nesse ponto, a atribuição de valor, visto que publicar já é um ato de avaliação, segue ora a lógica do rápido giro de capital, ora a lógica econômica que aposta no êxito simbólico em longo prazo. Nesse sentido, a política da produção de ciclo curto é tributária de um conjunto de agentes e de instituições de promoção, ao passo que o êxito simbólico e econômico do ciclo longo depende da ação de alguns "descobridores" — nesse caso, de autores e críticos que trabalham para a editora e que quase sempre atuam no sistema de ensino.

Num mercado dessa natureza, no qual se separam a todo custo produtos meramente comerciais de produtos puramente artísticos, é pois na figura do crítico que as obras de arte "puras" encontram o sujeito dotado da disposição e da competência próprias para sua apreciação e consumo. É no crítico que o desafio do comércio das coisas não comerciáveis, que se dá somente "à custa de um recalque constante e coletivo do interesse propriamente 'econômico'" (Bourdieu, 1992, p. 171), procura se resolver num misto de convicção desinteressada e de concessão mínima às necessidades econômicas denegadas. Sua competência, obediente às leis específicas do campo, se faz pelo reconhecimento de seu nome e da autoridade que esse nome implica, isto é, por um capital de consagração que tem poder legítimo sobre objetos e autores. Assim, nas formas de produção, circulação e consumo é o crítico, ou melhor, o resultado textual de seu posicionamento, que se ajusta como vetor na valoração dos objetos.

Portanto, antes de discutir o problema do valor literário, é preciso rever as fronteiras do texto crítico e seu comprometimento com a política e com os empreendimentos editoriais, no intuito de pôr a prova o quadro apresentado. Parafraseando Bourdieu, investigar o ponto médio entre as convicções desinteressadas e os interesses econômicos na publicação de um comentário, já que os produtos sobre os quais a crítica teria real valor de promoção seriam justamente aqueles que aspiram consagrar-se.[9]

[9] Principalmente no caso brasileiro, quando na era da industrialização editorial e no auge da indústria do entretenimento, considerando o peso de instituições escolares no consumo dos cânones literários, o aumento dos investimentos estatais e privados no campo e o incentivo arbitrário em nome da cultura e do culturalismo, que toma forma na proliferação emergente de editais públicos, premiações, concursos e festas literárias — muitas vezes promovidos por empresas editoriais —, é justamente por meio dos objetos consagrados da cultura que se dá a ampliação desse mercado seguro que investe em longo prazo.

Nesse sentido, apesar de manifestar sua indisposição às formas grosseiras de *marketing*, o que prevalece no texto que ocupa o lugar da crítica nos jornais? Qual o interesse para o crítico em comentar um lançamento quando na maior parte das vezes não há espaço sequer para argumentação? Não estaria, desse modo, toda e qualquer resenha fadada à rendição ao mercado, já que comentário elogioso, exposição neutra ou censura, na condição de serem os comentários mais visitados por um público massificado, todos eles levam, pelo sim ou pelo não, ao consumo? Se seguirmos de maneira intuitiva as impressões confessadas até agora, ao modelo de crítico que hoje toma frente nos cadernos culturais não apenas seria possível a acumulação legítima de que fala Bourdieu como também manter uma fonte de renda e cavar um lugar de prestígio, por meio dos serviços que presta direta ou indiretamente à indústria cultural?

Talvez seja possível tirar alguma sugestão de resposta da enquete realizada pelo suplemento cultural *Mais!* da *Folha de S.Paulo de* 22 de junho deste ano, em que se perguntava aos diversos expoentes da cena literária atual qual é a estrela de maior grandeza nas letras brasileiras: Machado de Assis ou Guimarães Rosa? A possibilidade é considerável, já que as respostas publicadas são tanto de *scholars* quanto de escritores e sua proposta se dá pela vontade de polêmica numa possível rivalidade entre as estrelas. Mas o que mais chama a atenção nesse fato é que a inviabilidade da enquete como crítica possa funcionar como espaço performático para os críticos. Local em que o crítico pode pôr em cena sua autoridade, seu capital de consagração por meio da assinatura e das marcas de um estilo. Nesse ponto, não é sintomático que a grande maioria que aceita responder a enquete faça valer sua natureza de campeonato? Não que a comparação entre autores seja ilegítima ou que à literatura só caibam a circunspecção e o ceticismo. Na verdade, condizente ao ligeiro prestígio de exibir um estilo, o que essa enquete põe em evidência é a forma como vêm se apresentando o espaço destinado à literatura nos jornais de grande circulação[10] e o débito dos agentes do campo literário em relação ao veículo.

Seguindo na mesma direção, se é certo que a forma privilegiada da crítica presente nos jornais é a resenha, outras sugestões podem ser obtidas se examinarmos mais de perto os caminhos textuais que resultariam nesta espécie de *marketing* indireto que precede nossas indagações. Um *corpus* interessante para a análise seria o extinto *Jornal*

---

[10] Forma, aliás, que se aproxima muito da imagem de literatura trabalhada pelo marketing cultural.

de Resenhas.[11] Interessante, visto que a atividade do suplemento vai de 1995 a 2002, faz parte de uma parceria editorial entre universidades brasileiras e um jornal de grande circulação e cobre, portanto, um período posterior àquele investigado por Lorenzotti. Portanto, além de alcançar nossos dias, o material nos põe frente a um espaço na mídia em que hipoteticamente pode-se fugir do comentário apressado e o saber que se desenvolve no confinamento universitário pode dialogar com os objetos do presente. A investigação procura testar aqui uma pergunta simples: se é possível fazer crítica por meio de resenhas, quais, das 152 resenhas sobre literatura publicadas nestes seis anos, poderiam ser definidas como comentários que se rendem às estratégias de mercado e quais escapam a esse caráter?

Num primeiro exame, o pequeno número de resenhas destinadas aos lançamentos da literatura nacional, frente à quantidade de resenhas destinadas a traduções, reedições e antologias, pode confirmar o quadro aqui apresentado. Ainda mais considerando que desses lançamentos uma mísera parcela faz parte do trabalho de estreia de algum autor. Por conseguinte, o próprio leque de críticos é maior e mais diferenciado no que diz respeito às reedições ou às novas traduções dos clássicos, ao passo que se encontra geralmente no comentário de críticos-escritores a pequena parcela de resenhas que trabalha com a problematização, no caminho do embate com os objetos ou da avaliação. Daí que dois modelos de resenha podem ser diferenciados por suas marcas textuais: a pura exposição elogiosa que em seu alto nível se manifesta por meio da paráfrase e de uma escrita cifrada e a exposição mais ou menos neutra que parte dos problemas de composição da obra, proferindo num tom cético suas linhas de filiação, por meio de critérios velados ou tão disfarçados que beiram a arbitrariedade. No primeiro caso, o terreno mais propício é o da poesia. O que se lê são textos que em sua grande maioria servem perfeitamente às orelhas que envolvem o livro numa atraente embalagem discursiva. A predileção dos resenhistas vai da glosa de discursos já estabelecidos até a paráfrase dos versos dentro do comentário que nada tem a dizer além do que o próprio poema já disse. Aqui, não se vê nenhum caso de censura ou de problematização da obra; todo e qualquer comentário é religiosamente elogioso, é uma celebração. No fundo, a imagem que parece mais nítida é o mosaico de pastiches

---

[11] Veiculado pela *Folha de S.Paulo* e que agora se encontra organizado e encartado em três volumes por Milton Meira do Nascimento, São Paulo: Discurso Editorial, 2001.

desbotados; se esses textos são direcionados ao fantasma do leitor médio, é porque ficam no meio do caminho, já que não funcionam como exercício livre de inteligência e avaliação e muito menos como estudo rigoroso de uma obra.

No caso da resenha destinada à prosa, o modelo se encarrega, por boa parte do texto, da exposição do argumento e da estrutura narrativa, apontando, vez ou outra, falhas ou problemas de composição, mas saindo pouco do resumo ou da sumarização. É comum, sendo o comentário elogioso ou não, que sua avaliação se faça por meio da filiação na esteira de publicações do próprio autor ou da filiação histórica, no caso de um autor estreante. De modo geral, se a resenha se faz fora do comentário elogioso e parafrásico, ela procura o equilíbrio da exposição neutra dos produtos. As problematizações, que permanecem sobre questões formais como o ritmo da narrativa ou a construção dos personagens, não alcançam o caráter do debate e do confronto e, prevalecendo assim como regra de apresentação, fazem que a publicação de uma censura se torne descabida e desfavorável. O mais alarmante é que justamente por esses fatores a leitura das resenhas, no nível de texto e, por vezes, até de informação, não provoca nenhum interesse. O efeito é que a maior parte das resenhas parece ser feita sobre livros folheados, não lidos. E isso tudo sem mencionar o comentário que procura cobrir em apenas um impulso quatro lançamentos simultâneos: sinal da impaciente mobilização publicitária num mundo onde a massificação torna o leitor interessado num público cada vez mais indiferenciado?

No quadro em que prevalece a inocuidade do texto crítico, as bases axiológicas que motivariam o embate com os objetos não são expostas de forma declarada. Antes disso, a publicação da resenha parece bastar à natureza do comentário, fazendo acentuar a hibridez do texto que, se aprova por meio da publicação e recusa por meio do silêncio, de fato, suspende seu juízo e cancela o debate. O valor dos objetos e a escolha dos produtos comentados não estão em discussão. A falta de parâmetros que não estejam entre a continuação do consagrado no passado ou a promessa de consagração futura marca a crítica nos jornais de hoje. Nesse ponto, até as resenhas produzidas por críticos-escritores, que poderiam fugir a esse quadro, podem ser vistas como estratégia de apadrinhamento, em que um autor que já detém capital simbólico suficiente, ao resenhar o livro de seu afilhado, insere-o no campo e no ciclo de produção. Ciclo, aliás, que tem por política uma atitude curiosa. Pois, considerando que o produto literário, ao contrário dos *best-sellers* de curta duração — promovido através do marketing direto, pela propaganda e pelo *merchandising* —, não pode prescindir de um *marketing* indireto da crítica, o que, na verdade, se vê no *Jornal de Resenhas* é o aparelhamento da imprensa por um grupo de alto poder intelectual que atua de maneira anfíbia no papel de agente e de descobridor. Parece que, aqui, a imprensa só funciona como uma instituição de promoção dos produtos culturais, através do saber ou da sofisticação discursiva que se produz na universidade e é glosado nos jornais, fazendo dela uma instituição ideal de intermédio entre a produção e o consumo.

Daí talvez o espaço cada vez menor para a crítica literária nos jornais. Com a dificuldade da crítica brasileira em lidar com produtos contemporâneos e ao mesmo tempo se livrar dos paradigmas consagrados da modernidade, enquanto ao público não especializado a crítica predominante hoje no Brasil pouco interessa, aos criadores ela soa antiquada e pouco contribui no apontamento de caminhos para a criação literária. Do modelo de crítico que vem tomando a frente nos jornais ou mesmo da atividade crítica nesses seis anos do *Jornal de Resenhas*, podemos deduzir que a resenha se tornou mais valiosa como possibilidade de diluir um saber institucional e de capitalizar o poder do crítico no campo da cultura do que como lugar de avaliação e de risco no debate independente. Desse ponto de vista, o problema não se reduz ao caráter editorial da imprensa; talvez seja preciso considerar também o esvaziamento da atitude crítica na universidade brasileira, sobretudo por meio do engessamento paradigmático ou mesmo da manutenção de um vocabulário hegemônico. Somando a tudo isso o despreparo do crítico jornalista num campo de recente relevância econômica no Brasil.

O problema também não se encontra no gênero do texto privilegiado nos jornais. A resenha era utilizada de maneira livre, inteligente e avaliativa no *Suplemento Literário*, há pouco tempo criativamente por Bernardo Carvalho e atualmente no exercício independente dos resenhistas do jornal *Rascunho*. Na verdade, talvez seja a resenha, mais do que as teses ou os artigos especializados, o gênero capaz de dar conta da matéria contemporânea e apontar novos caminhos ao criador. Texto de fácil circulação e talvez por isso mesmo propício ao debate.

III

Se hoje, porém, a maioria das estratégias direcionadas aos privilégios culturais pode ser descrita como pura estratégia de mercado ou como efeito de uma economia que deseja, não somente que produtos novos, mas também que novos horizontes, sejam descobertos para logo serem convertidos em meios e produtos lucrativos, de um outro lado, esse argumento parece pôr em segundo plano aquele ponto de vista, segundo o qual toda manifestação avaliativa é antes resultado de fatores contingenciais, do que de uma lógica singular ou de uma categoria funcional. Do mesmo modo, se há um discurso sobre o estado atual da crítica, em que prevalece a impressão de que o presente carece de bons talentos críticos, nostalgia que vê nos críticos do passado sujeitos mais bem preparados e que puderam reconhecer, no calor da hora, os objetos distintos de seu tempo, a perda de centralidade da cultura erudita no auge da indústria cultural surge como uma outra possibilidade de descrição.

Em primeiro lugar, considerar que o valor literário é constantemente variável, mesmo ou até antes da motivação do mercado, não implica desconsiderar que as variáveis em questão não são limitadas ou regulares. Nas palavras de Barbara H. Smith (1988, p. 15), o valor literário não é propriedade de um objeto ou de um sujeito, mas antes o produto da dinâmica de um sistema, em que o conceito de valoração abarca uma extensão considerável de formas de comportamento. Uma vez que uma delas é beneficiada, pode-se reconhecer que existem certas formas de valoração que são, para certos propósitos, de interesse particular. Na maioria das vezes, esses atos são públicos e verbais, manifestações explícitas de valor. O que nos interessa neste momento é justamente essa manifestação explícita que parece fugir da crítica publicada nos jornais. Manifestação que aqui se dá de forma velada, pois não exibe sequer gosto idiossincrático ou duvidoso que mova a escolha ou a adesão afetiva das obras a serem resenhadas.

Para tanto, vale iniciar aqui alguma reflexão sobre as políticas da crítica avaliativa, que, em nosso caso, antecede e cobre a manifestação ou a inibição encontrada na resenha, tendo origem exclusivamente nas universidades. A própria recusa ao impressionismo da crítica de rodapé que, segundo Franchetti (2006, p. 52), se deu a partir do prestígio de várias correntes formalistas, nas últimas décadas, e logo foi incorporada aos interesses gerados na esteira da profissionalização do homem de letras, serve como exemplo de uma das frentes dessas políticas que, a serviço da manutenção do *cânon* acadêmico, trata de inibir essa espécie de manifestação explícita das obras, prevenindo a exibição e evitando o possível reconhecimento de sistemas divergentes de valor. Nessa direção, o discurso da crítica contemporânea parece erigir ao redor de si uma aura de objetividade analítica. Daí as acusações de que "a seleção dos objetos pareça estar cada vez mais direta e explicitamente determinada pela sua adequação aos métodos, pressupostos e objetivos da análise" (Franchetti, 2006, p. 53). Reforça a acusação o caráter descritivo da crítica presente nos jornais, em que, apesar da divisão entre notícia e opinião, o julgamento e a exibição do gosto não são explicitados. Antes, a exibição do valor e do gosto é escamoteada a favor da sensação de segurança que a objetividade desfruta no presente.[12] Desse modo, o crítico que antes podia ser descrito como um modelo de sensibilidade e erudição, responsável por um texto destinado a expor e aclarar reações subjetivas frente a um objeto distinto, é um sujeito senil frente ao crítico que souber traçar um conjunto de esboços teóricos ou metodológicos de maneira coerente. O que se tem como resultado é que o gosto não se apresenta mais como a base do julgamento e aquela estabilidade na atribuição de valor, obediente a determinados hábitos vigentes, passa como um acordo tácito entre a crítica e o leitor.

Em relação à resenha que sequer manifesta o gosto ou discute o valor, pode-se, por exemplo, argumentar que o *status* socialmente privilegiado e altamente valorizado de um certo discurso muitas vezes acaba reconduzido para o mercado eficaz, que pode funcionar como instituição política de um autor e de seu empresário, o crítico. Nesse sentido, qualquer censura nos critérios culturais, estéticos ou temáticos deixar-se-ia menosprezar por uma espécie de anúncio publicitário, que ao exibir trejeitos de um discurso privilegiado tem poder de convencimento para o consumidor que vê na capitalização simbólica motivo indiscutível de entusiasmo. É aqui que se encontra, por exemplo, a face perversa de propostas como a morte do sujeito, o descentramento, a escritura e a crítica-escritura, "assimiladas como criatividade espontânea ou como dispensa de qualquer competência ou formação" (Perrone-Moysés, 2000, p. 342) no exercício e no texto.

Ora, nesse caso, a assertiva sobre a carência de individualidades talentosas, em que o talento é medido pela capacidade de apontar agora

---

[12] Segurança adquirida também no cancelamento do debate que a objetividade parece garantir.

os cânones seguros do futuro, pode assim ser contrariada tanto pelo despreparo quanto pela indisposição no reconhecimento de objetos distintos frente à produção exuberante do presente. Neste último, ecoa o severo diagnóstico de Franchetti (2006, p. 56), segundo o qual a meta dos críticos respeitados e respeitáveis não parece ser a de apreender a especificidade ou a materialidade de um objeto, mas apenas fazer ressaltar sua própria "individualidade" como crítica. Em relação ao despreparo, a crítica não se posiciona suficientemente sobre a possibilidade de que os supostos fatores que nos trouxeram ao caráter da crítica hoje acompanham uma transformação, em que a ideia de literatura que surgiu no século XVIII e atravessou o XX perde terreno para o multiculturalismo como "mercadoria turística e cultural" (Lyotard, 1986, p. 63). Assim, numa sociedade midiática, em que a literatura parece marcada pela marginalização no sistema da comunicação,[13] seu espaço parece cada vez mais reduzido e viciado. Se não há contribuição na formação do gosto e nos critérios de avaliação, o surgimento dos objetos novos não vai além do traço distintivo em meio ao conjunto opaco da produção contemporânea.

Portanto, considerar que o futuro da arte depende da crítica implica que, no campo artístico, é tarefa do crítico apontar o novo, sendo ele tanto um produto que se destaca como um caminho que se liberte do discurso repetitivo. Isso quer dizer que, se a crítica não se posiciona no presente, a indústria cultural ganha cada vez mais espaço na formação do gosto e na dinâmica de valoração dos objetos, instituição que obedece basicamente a assunção de que o discurso crítico pode ser tomado como dado objetivo na circulação de produtos, por meio de um presente indiferente e vazio.

IV

Em 1989, George Steiner imaginou uma cidade onde falar sobre arte seria proibido, onde todos os críticos nasceriam irreparavelmente banidos. Ao avesso da *polis* sugerida por Platão qualquer discurso oral ou escrito sobre livros, pinturas ou peças musicais seria considerado palavreado ilícito. Resenhas de livro deveriam seguir o modelo do comentário encontrado nos jornais filosóficos do século XVIII e nos jornais trimestrais do século XIX: resumos impassíveis das novas publicações, junto de trechos representativos e, finalmente, os preços. Não haveria jornais de

[13] Ver Ferroni, 2005.

crítica literária, seminários acadêmicos, leituras ou colóquios deste ou daquele poeta. Sem interpretações, sem ensaios de opinião. Como sucedâneo dos milhares de artigos e livros sobre o verdadeiro sentido em *Hamlet*, haveria sim catálogos escrupulosos e razoáveis da obra de um artista, em que as reproduções de melhor qualidade seriam avaliadas como as mais legíveis. Visto que o comentário permitido seria somente o filológico, uma espécie de contextualização histórica (pois toda explicação é, em alguma medida, avaliativa e crítica), sem nenhum outro impedimento, estaria formada a república ideal para escritores e leitores, na qual deveria prevalecer o contato direto e imediato com os objetos da cultura.

Recentemente, a cidade de Steiner abriu um lacônico e, talvez por isso mesmo, brilhante ensaio do crítico italiano Mario Lavagetto. Nele o argumento de Steiner se desenvolve num panorama modificado. Se os grandes livros pareciam submersos na crosta de um discurso parasitário que os circundava e, por conseguinte, os tornava inalcançáveis, como por milagre, ou pela milagrosa autorregulamentação do mercado, podem-se contar os dias para a real instauração da república da imediação. Graças às novas formas de comercialização do livro, derrubou-se um muro: a literatura primária vende muitos milhões de cópias, ao passo que a literatura secundária, o comentário crítico, está reduzido a um estado de semiclandestinidade — a circulação se reduz ao público universitário, às listas bibliográficas do programa de curso. Assim, o discurso acadêmico se fecha cada vez mais nele mesmo, o diálogo se restringe. Duas são as tendências: de um lado, trancar-se num discurso sem janelas em que se possam quixotescamente simular interlocutores, reconhecimentos, problemas cruciais para combater, interpretações a atacar ou defender penosamente; de outro, procurar alguma visibilidade por meio de colaborações em jornal, pesquisas de ocasião que levam à exposição pública ou mesmo por meio de investimentos na produção literária.

Nesse último caso, voltamos à questão do interesse do crítico em se lançar à exposição pública, pois se ele faz parte do jogo cômodo entre o consumo estético e o poder político social, entre o lazer e a indústria do livro, a crítica perde a propriedade de escuta paciente de um texto a favor da competição no empório degustativo do leitor médio, e tal competição compele notícia e publicidade. Nesse sentido, pode até haver a ilusão da imediação com os objetos da cultura: todos os dias, por meio de páginas de jornal, leitores, consumidores de bens simbólicos, são direcionados a supostos objetos dignos de apreciação (livros, peças musicais, exposições), mas o envolvimento pessoal com os objetos está padronizado, são estimados e, nesse ponto, confirmam um dos papéis-chave da crítica de jornal que tentamos acusar aqui: prestar serviço ao mercado e regulamentar a economia. De seu ponto de vista, o consumidor pode até acreditar que o serviço se presta a ele, pois como apreciador ele demanda a ocupação de lugares ameaçadoramente vazios, já que a apreciação da arte é ainda hoje disseminada como atributo de nobreza e lazer distinto. Daí que o texto crítico publicado nos jornais precisa manter o equilíbrio salutar entre "a reivindicação anárquica, contrautilitária e subversões estéticas de um lado, e de outro a prudente liberdade da imaginação civil" (Steiner, 1989, p. 29).

Se o quadro, contudo, parece apocalíptico, é preciso considerar que o diagnóstico apresentado não concorre inevitavelmente para sua perpetuação. Vale lembrar aqui a célebre sentença de Jacques Lacan — "só há causa daquilo que falha",[14] pois neste momento é justamente a falha ou a falta do exercício crítico que possibilita alguma reflexão sobre suas causas. E somente por meio da manifestação dessas causas podemos diferenciar o texto crítico ou metacrítico que está, de fato, a serviço da literatura. Diante desse diagnóstico, é função da crítica analisar e investigar com rigor tanto causa quanto efeito do texto crítico que se instalou nos jornais e nas universidades brasileiras nos últimos anos.

É provável que o mercado literário se expanda e que o investimento no caráter publicitário da crítica acabe ainda mais constante, que o leitor de crítica literária se torne um sujeito excêntrico num futuro próximo e que os cadernos culturais se assumam de vez como páginas de classificados ou catálogos de venda cultural; no entanto, é possível entrever alguns fortes indícios de mudança e de oxigenação do campo. E a Internet, como espaço em que a crítica pode e vem se desenvolvendo isenta de interesses de mercado e de financiamento editorial, é um dos principais indícios que contrariam a inocuidade futura do exercício. Os principais sinais se encontram em revistas que estão hoje no auge de sua atividade e mesmo as que florescem inspiradas pela repercussão que o espaço virtual vem tendo na vida e na cultura.[15] Os melhores exemplos estão nas revistas *Cronópios*, *Mnemosine*, *Agulha*, *Trópico*, *Sibila* e mais recentemente na empreitada irreverente, mas não menos séria, dos resenhistas da *Copa de*

---

[14] Lacan, Jacques. *O seminário*, livro 11: os quatro conceitos fundamentais da psicanálise (1964). Rio de Janeiro: Jorge Zahar Ed., 1998.
[15] O que desmonta o argumento sobre a pouca confiabilidade da informação veiculada pela Internet.

Literatura Brasileira, em que o confronto com a produção contemporânea nacional é marca inerente do exercício crítico. Em geral, são projetos que pressionam o mercado, pois movem uma demanda considerável em direção a publicações industriais. Paralelamente a tudo isso, é preciso considerar também que a própria finalidade desse texto vem ganhando mais espaço dentro da academia, no debate sobre as formas de crítica orientada ao consumo e sobre o jornalismo cultural.

Não dá para medir o espaço que nos separa da república de Steiner. Como vemos, há muitos fatores envolvidos e concorrentes. Mas, no intuito de apontar caminhos possíveis para uma crítica menos transparente, talvez seja preciso fazer valer as palavras de Lavagetto (2005, p. 69), segundo o qual a crítica não é, e nem pode ser, simples constatação, descrição ou catálogo: seu propósito é cercar algo que está no texto e que determina seu funcionamento. Afinado a esse propósito, um dos exercícios da crítica hoje deveria ser o de estimular o debate nos jornais e revistas, por meio da recusa à paráfrase e à glosa e de uma eclética curiosidade sobre tudo o que é proposto pela cultura contemporânea, para que ele, o debate, seja reconhecido e funcione como parte inerente da competição de mercado. No que compete ao âmbito acadêmico, ainda vale a sugestão rortyana segundo a qual o exercício de descrever muitas coisas de maneiras diferentes, até se criar um padrão de comportamento linguístico adotado pela geração em formação, possibilita a criação de novas metáforas sobre a plataforma e o contraste das antigas. Desse modo, pode ser possível fugir do engessamento paradigmático e empregar atenção suficiente aos objetos contemporâneos. Talvez, por essas vias, ao texto crítico não sobre somente a máxima barthesiana que nos serve de epígrafe.

REFERÊNCIAS BIBLIOGRÁFICAS
BARTHES, Roland. *O prazer do texto*. São Paulo: Perspectiva, 2004.
BOURDIEU, Pierre. "O mercado dos bens simbólicos". In: *As regras da arte: gênese e estrutura do campo literário*. São Paulo: Companhia das Letras, 1996.
FERRONI, Giulio. *I confini della critica*. Napoli: Alfredo Guida Editore, 2005.
FRANCHETTI, Paulo. "A demissão da crítica". *Sibila — Revista de Poesia e Cultura*. São Paulo: Martins Fontes, n. 8, dez. 2005.
_____. (2005)."O mercado da crítica". Disponível em: <http://www.germinaliteratura.com.br>. Acesso em: 20/06/2008.
_____. "Crítica e saber universitário". In: *Estados da crítica*. São Paulo: Ateliê Editorial, 2006.
LAVAGETTO, Mario. *Eutanasia della critica*. Torino: Giulio Einaudi Editore, 2005.
LORENZOTTI, Elizabeth. *Suplemento Literário: que falta ele faz!*. São Paulo: Imprensa Oficial do Estado de São Paulo, 2007.
LIOTARD, Jean-François. *Le postmoderne expliqué aux enfant*. Paris: Galilée, 1986.
PÉCORA, Alcir. "Momento crítico (meu meio século)". *Sibila — Revista de Poesia e Cultura*. São Paulo: Martins Fontes, n. 7, dez. 2004.
_____. (2005). "O inconfessável: escrever não é preciso". Disponível em <http://www.cronopios.com.br>. Acesso em: 20/05/2008.
PERRONE-MOYSÉS, Leyla. "Que fim levou a crítica?". In: *Inútil Poesia*. São Paulo: Companhia das Letras, 2000.
SÜSSEKIND, Flora. "Rodapés, tratados e ensaios: a formação da crítica brasileira moderna". In: *Papéis colados*. Rio de Janeiro: UFRJ, 1993.
RORTY, Richard. "A contingência da linguagem". In: *Contingência, ironia e solidariedade*. São Paulo: Martins Fontes, 2007.
SMITH, Barbara Herrnstein. *Contingencies of Value: Alternative Perspectives for Critical Theory*. Cambridge: Harvard University Press, 1988.
STEINER, George. *Real Presences*. Chicago: Chicago Press, 1991.

O *OVERMUNDO* COMO PARÂMETRO DE UMA CRÍTICA DIGITAL?

Rodrigo Almeida

> *"Ao curso dos grandes períodos históricos, juntamente com o modo de existência das comunidades humanas, modifica-se também seu modo de sentir e de perceber. A forma orgânica que a sensibilidade humana assume — o meio no qual ela se realiza — não depende apenas da natureza, mas também da história."*
> Walter Benjamin
> "A obra de arte na época de sua reprodutibilidade técnica."

Ninguém ampara o cavaleiro do mundo delirante

Só de o título definitivo do presente ensaio ter passado de afirmação — quando minha ideia era apenas um projeto — para dúvida já diz o bastante sobre as mistificações e desmistificações metodológicas de uma pesquisa. Um ponto de vista nos impulsiona para depois ser desconstruído. O título assertivo me jogaria num deslumbramento primeiro, que existia e me trouxe até aqui, mas que nesse momento associo a uma cordialidade que o próprio *Overmundo* precisa evitar. Por isso, a dúvida. Seja como for, antes de adentrarmos no perigoso reino da vanguarda ou monarquia colaborativa, é preciso fazer um rápido apanhado e dizer — correndo o risco de ser "levyano"[16] — que a cada dia se torna mais difícil discorrer sobre a cultura contemporânea e seus desdobramentos sem relacioná-la com o paralelo desenvolvimento tecnológico. Parece até papo repetido. Assim sendo, é importante registrarmos, até a título de testemunho, as possibilidades nascentes com a convergência digital — um fenômeno aclamado ora promissor, ora alienante — que vem, e é claro que vem, influindo em diversos patamares do cotidiano, na comunicação agora massiva, dual e *personal*, e em tudo que ainda chamamos de arte.

Além de tomarmos como irreversível, esse processo se insere numa era de fragmentos — chamada de pós-modernidade por uns e de modernidade cansada por outros. Temos profundos diálogos entre

[16] Referência ao teórico Pierre Lévy.

linguagens, hibridização de formas e a dispersão de antigas fronteiras. A convergência não está sozinha. Antes tínhamos as belas artes, agora falamos em novas artes: tecnoarte, bioarte, arte-crime. Antes tínhamos as disciplinas e o anseio acadêmico de se estabelecer como disciplina; agora a interdisciplinaridade rompe as fronteiras da academia. "Abra os olhos e verá a inevitável marca na história", dizia uma das pichações de Rafael Augustaitiz ao apresentar sua conclusão de curso, por meio da intervenção e invasão do centro universitário em que estudava. De fato, a própria noção de fronteira e de um *modus operandis* específico, que diferenciava a gestação do artista das telas de outro das folhas, ou mesmo que formatava a transgressão do artista como distinta da de um criminoso, se dilui nesse contexto, fazendo da literatura, imagem; do cinema, palavra; da pintura, *performance*. Isso reverbera no perfil do crítico — que pode insurgir sem ser artista, acadêmico ou jornalista — e nos perfis de críticas que se distanciam de um "único" ideal: crítica genética, biográfica, impressionista, visual, estrutural e semiótica se misturam. Tudo é permitido. E não que não fosse antes: precisamos saber dosar o excesso de visibilidade do presente para que ele não se torne a perda de um passado, pontuando sempre que necessário o novo, mas sem nunca perder de vista a história. Essa mediação é imprescindível: mesmo jovens e com pouca lembrança já lemos Haroldo, Tarkovski e Glauber, vimos Truffaut, Warhol e Pasolini, dançamos com Jomard e admiramos a transmutação artística recorrente em Greenaway (ou deveria dizer Lynch?). Pois é, sabemos que Adão, Eva e um criacionismo inédito não estão entre nós.

    Deixando de lado ressalvas iniciais, porém, se partirmos da interseção e mútua influência entre a cultura e a tecnologia, observaremos como a produção textual em circulação no ciberespaço vem sofrendo suas metamorfoses. Ainda discretas, mas metamorfoses. Para começar, temos de levar em conta a possibilidade multiforme de expressão diante de uma tela — apesar das já multiformes não diante de uma tela — que reinstituem a "palavra" escrita como apenas "uma" ferramenta, não mais como "A" ferramenta única e exclusiva de comunicação. Sequer podemos considerar que o uso da palavra na Internet continua o mesmo, já que há uma liberdade quanto à publicação de "conteúdo", expurgando assim qualquer censura ideológica ao teor e normativa ao tom: as abreviaturas, a oralidade, gírias unidas a academicismo e o caráter hiperpessoal dos *blogs* se destacam. É batata e não há como ter controle. Desde que aderimos ao vigésimo primeiro século, não é preciso ser especialista para *postar* em circulação global imagens, sons, vídeos, links, emoticons ou qualquer outro recurso. Somos, ao menos em tese, escritores/produtores e leitores/consumidores globais.

Isso nos leva a pensar que basta uma conexão e uma vontade de se expressar para que estejamos aptos a nos tornar artistas, críticos ou jornalistas. Mesmo em literatura, essa ideia não é nova. Desde o século XVII, o homem — principalmente os homens de letras das colônias e províncias — já atentava para a importância da construção de prelos simplificados. O domínio completo da técnica de impressão de um livro, do início ao fim, tornava-o não só um "autor a mais" lançado, mas seu próprio editor: um senhor de sua obra (Eisenstein, 1998, pp. 120-1). Atualmente, com as tecnologias digitais, essa produção completa de conteúdo se associa diretamente ao processo da colaboração e ao da interatividade, constituindo portais coletivos, hierarquizados horizontalmente o quão o capitalismo tardio permite e se apropria. O conselho administrativo/financeiro continua, os editores se tornam raros e um mar de repórteres é constituído. Todos podem ser críticos (de boteco, mas críticos). A edição se torna sugestão. Já se fala, inclusive, num jornalismo *open source* que é claramente uma adequação empresarial aos novos tempos. Quem não muda sua organização é atropelado pelo trem e hoje a tendência é justamente o contrário do que se via na antiga lógica de emissão única para recepção múltipla: interfaces inteligentes que capacitem o usuário como produtor de opinião e informação diante de uma janela de opções midiáticas. A crítica da crítica ganha uma via oficial.

Outras fronteiras são colocadas em xeque; afinal, esse aparente caráter autônomo do internauta, uma *flanerie* ligada a um "*do it yourself*" tecnológico, não funciona apenas como uma liberdade nunca antes sentida, mas como uma tendência autofágica, que cresce enquanto se devora. Não só a percepção multiforme e a expressão multiforme se assumem como objeto (e ler isso numa folha de papel soa um tanto picareta), pois o ponto central do regime colaborativo — que nos lembra a cooperação científica do início da era moderna, que uniu diferentes saberes e diferentes visões sobre saberes na constituição de grandes sistemas — se funda na heterogeneidade de premissas, no multiculturalismo ante o eurocentrismo e no abalo da distância essencial e simbólica entre o autor e seu leitor. Ambos se tornam líquidos, invertem-se, colocam-se um no lugar do outro até se fundirem num só. Ultrapassa-se aqui a noção de complementaridade veiculada preponderantemente no interior do sistema literário, atingindo o nível da confusão entre os papéis. O autor escreve e o leitor escreve por cima.

O menos burocraticamente possível, temos a potencial leitura, antes dita passiva, agora descontínua, pronta a se converter numa escrita, numa resposta, numa mudança de foco. Isso não gera necessariamente uma escrita potencial, pois o excesso de opiniões termina por questionar a própria legitimidade da crítica como uma ferramenta de legitimação. Temos a crítica assumidamente hiperpessoal, mas temos a crítica anônima; temos a crítica que disponibiliza o objeto criticado, mas há uma epidemia de opiniões uniformes. Existem sim contradições. É um momento de diálogo e de "crise", mas, como nos ensina o mestre Lourival Holanda, melhor que seja de crise mesmo, porque a crise nega a estagnação do pensamento em favor da transformação. Nesse sentido que devemos seguir. Pelo bem ou pelo mal, a literatura e a crítica literária postas em debate na Internet encontram uma diversidade de pontos de vista, uma divulgação que torna a visualização desvinculada do *mainstream*. Os conglomerados comerciais são substituídos por pessoas, as pautas unilaterais por propostas individuais; estatutos rígidos se quebram, abandonam seus postos antagônicos para se tornarem um tudo ao mesmo tempo aqui agora. Ponderar o que vale e o que não vale a pena em meio a esse pandemônio, em meio a essa "hiperinflação informacional"(Santos, 2003, p. 36) e hiperinflação do descartável, é nosso grande dilema. Vivemos no regime do excesso que conduz confusão para além do saber (Chartier, 2002, p. 20).

Obviamente, nem tudo é novo. Benjamin[17] já observava essa nova conjunção entre autor e leitor há setenta anos e devemos tomar seu exemplo, como sintoma da modernidade na virada do século XIX para o XX, com os olhos apontados para frente. Em especial se levarmos em conta que toda mídia "nova", e mesmo a Internet se inclui nisso, traz consigo as bases de mídias anteriores, uma remediação, de forma que fica difícil encontrar na produção textual, e na crítica, uma característica

---

[17] "Durante séculos, um pequeno número de escritores encontrava-se diante de vários milhares de leitores. No fim do século passado, a situação se modificou. Com a ampliação da imprensa, que colocava à disposição do público órgãos sempre novos, políticos, religiosos, científicos, profissionais, regionais, um número crescente de leitores passou-se — inicialmente de modo ocasional — para o lado dos escritores. [...] Entre o autor e o público, consequentemente, a diferença está em vias de se tornar cada vez menos fundamental. Ela é apenas funcional, podendo variar segundo as circunstâncias. A competência literária não mais repousa sobre uma formação especializada, mas sobre uma multiplicidade de técnicas, forjando-se assim um bem comum" (Benjamin, 1985, pp. 227-8).

que a diferencie por completo do que veio antes. Fiquei obcecado em fazê-lo até perceber que estava sendo precipitado. Muito do que é escrito na Internet ainda é puro reaproveitamento do que era/é escrito nos meios impressos, podendo inclusive transitar de um a outro sem grandes perdas.

Pois é, o potencial multiforme ainda sofre do velho uniforme. Engraçado que essa seja uma recorrência mesmo com os mundos e fundos prometidos diariamente, mesmo tendo de refletir sobre as novas maneiras de fazer, transmitir e fixar significados (Silverstone, 2002), assim como sobre a diversidade de práticas de leitura e escrita. Não há limite de caracteres, mas os textos curtos e superficiais se multiplicam; podemos apontar diretamente toda intertextualidade, mas um recurso simples como os *links* são esquecidos ou desconsiderados pelos leitores. O hipertexto ainda é claudicante e só o tempo nos dirá até que ponto, de fato, seus elogios serão confirmados e até que ponto uma distinção entre a crítica digital e a crítica impressa poderá ser feita. Uma distinção discursiva, formal, social e utilitária. Trata-se de uma situação próxima de quando instituímos o regime do impresso diante do manuscrito no século XV. Os últimos livros copiados à mão e os primeiros saídos da prensa conservavam uma ampla semelhança, a tal ponto de não conseguirmos identificar as propriedades de um e de outro (Eisenstein, 1998, p. 37). Não se passa de uma conjuntura a outra sem transições. O novo não aflora do nada simplesmente. Vivemos nossa própria época de incunábulos, com tensões e passos em falso: o labirinto da hipermídia injeta liberdade, mas solapa antigas referências, antigas formas de localização, antigos apoios. E, nesse caso, é preciso se perder para aprender a navegar.

Dessa forma, a investigação do ensaio — e não se enganem, pois muito da reflexão foi posta aqui de forma aberta — se debruça sobre a crítica literária e seu comportamento nessa pretensa transição, nessa propensa metamorfose, tomando como objeto o *site* colaborativo *Overmundo* (www.overmundo.com.br). Criado em caráter experimental no final de 2005 e lançado oficialmente em março de 2006, o portal é concebido como uma grande encruzilhada reflexiva e cultural do Brasil de livre uso, acesso e construção. Percebi logo de cara que a abertura completa à participação, contraditoriamente, gerou uma restrição no consumo, dando um caráter de fórum ou coletivo a uma proposta que pretendia ir além. Se compararmos o número de acessos ao portal — lembrando de seu apelo nacional — com a versão *on-line* do *Jornal do*

Commercio de Recife — cujo apelo é extremamente regional —, vemos que o segundo tem seis vezes mais usuários diários que o primeiro (dados de março de 2007). É como se o *Overmundo* só tivesse conseguido estabelecer intimidade profunda com entusiastas do estudo ou da feitura da cibercultura, o que é um gueto dentro do interesse pela cultura, deixando de lado uma gama enorme de potenciais "overmanos" e "overminas". O debate — postulando a crítica como debate — é que perde, principalmente quando se institui uma cordialidade excessiva, um jogo de elogios vazios. Apesar de o nome ser comumente apontado como uma americanização, suas origens remetem ao poema de Murilo Mendes, *Overmundo*, presente no livro *Poesia liberdade*, de 1947 (e escolhi quatro versos quase-mas-não-sequenciais para usar como subtítulos). O objetivo deste ensaio não é me fechar num caso específico, o *Overmundo*, nascendo e morrendo num único ventre, do *Overmundo*, mas uma tentativa de postulá-lo como parâmetro para uma discussão maior. Mantendo sempre o direito à dúvida. E acho que essa ideia está clara desde o primeiro parágrafo.

Que anda, voa, está em toda a parte

No intuito de revelar o percurso, me registrei no *Overmundo* em agosto de 2006 e admito: entrei mais pela novidade que por consciência da iniciativa. Logo produzi contribuições, estabeleci contato com colaboradores, gostei do ambiente frutífero de trocas, da possibilidade multimidiática de construção textual, prosseguindo assim pelo ano seguinte até parar e seguir apenas como observador. Sem dúvida, a capacidade do *site* de agregar pessoas dos quatro cantos do país, de cidades fora do mapa midiático central, faz da colaboração conjugada à interatividade seu grande trunfo. E, nesse caso, não se trata de delírio, mas de uma prática cotidiana. Ao mesmo tempo que há dispersão, há uma noção de encruzilhada que reúne todas as idiossincrasias em um só lugar. A premissa de qualquer interessado poder se cadastrar e escrever sobre o que deseja — com enfoque na cultura e num debate sobre o que é cultura — ilumina um território antes invisível, algo que nenhum jornal, revista ou mesmo agência de notícias consegue ou se interessa em fazer. Num momento podemos ler uma crítica de Uruaçu (GO) sobre o livro *De longe toda serra é azul*, escrito por Fernando Schiavini, falando intimamente da questão indigenista no país, e no momento seguinte descobrir, por meio de uma colaboração de Teresina (PI), a existência da revista *De repente*, fundada pelo poeta, violeiro e repentista Pedro Costa na tentativa de incentivar e divulgar a literatura de cordel. A distância entre os estados se torna a distância de um clique.

Quando os usuários assumem a postura de se debruçar sobre particularidades regionais, que lhe são mais íntimas, ou quando assumem uma pessoalidade imensa sobre temas distantes, o objetivo do *Overmundo* parece completo. A autoralidade ressurge e se torna múltipla, coexistente. Isso porque a própria estrutura do portal estimula o labirinto hipertextual: toda e qualquer contribuição aponta, numa coluna ao lado, para dezenas de outras contribuições "afins", que por sua vez apontam para outras dezenas de contribuições afins e assim por diante, a perder de vista. O risco (e aqui isso é um ganho) de se perder é imenso. A carcaça do *site* não pede uma revisão — afinal, dentro da proposta de cultura livre me parece bem esculpida —, mas talvez a lógica de autogestão e de abertura para construção coletiva possa ser repensada. Se por um lado os organizadores tentam manter o *Overmundo* dentro da linha, por outro, uma série de problemas se acumulam. A proliferação de perfis *fakes* — que quebram não só a noção de autor, como a de quem é o "sujeito" no ciberespaço — é apenas um deles: se qualquer pessoa pode se registrar e se tornar crítico do que quiser, temos de nos preparar para os que vão se registrar, encarnar qualquer persona e promover e/ou destruir qualquer artista. A abertura que alimenta o *Overmundo* é seu maior risco de sobrevivência.

Além disso, não podemos deixar de enxergar como, em termos quantitativos, o *Overmundo* reflete uma velha situação dos meios de comunicação tradicionais, principalmente no que diz respeito à visibilidade nacional dos eixos centrais em detrimento aos periféricos. Não se trata de uma repulsa ao eixo Rio-São Paulo. Longe disso. Dentro do próprio eixo central ressoam periferias e marginalidades temáticas, além dos temas não esgotados. Não podemos tomar a aparelhagem de poder entre hegemônico e subalterno de forma maniqueísta, mesmo que tenhamos em mente que muita visibilidade para um lado resulta em pouca visibilidade para outro. Tomemos, por exemplo, a contribuição "Escritor bom é escritor morto", produzida por um usuário do Rio de Janeiro, a partir do seminário internacional *Rumos Literatura* em 2007. O autor resolveu discutir literatura contemporânea a partir de uma ideia de autor fundada no passado, questionando nossa procura por "grandes nomes" no contemporâneo. Não é um tema novo, invisível, nem nada; também não aborda uma particularidade apenas carioca, mas carrega uma discussão pertinente, em especial como metatexto do próprio espaço em que foi veiculada.

Por outro lado, percebi que a dispersão, como apresentação do desconhecido, se confunde— e isso é uma estratégia velada — com serviços de quem os escreve. Isso cria uma situação ambígua, pois não sabemos até que ponto estamos diante de um pensamento sincero, crítico e relevante sobre um tema e até que ponto é apenas propaganda disfarçada. Um texto de destaque foi publicado no início de 2008, sobre o papel do agente literário, escrito por um agente literário que ao final coloca seu contato e se autoproclama um dos únicos especialistas no país. Nenhum dos comentários tocou no ponto da autopromoção, que meus olhos se sobrepôs ao próprio tema, nem se perguntaram se nossa realidade pede esse papel no sistema. Pelo contrário, e isso é um dilema num espaço em que as pessoas deveriam estar atentas: os comentários assumiram sem constrangimentos um tom de clientes pretensos escritores desesperadamente em busca de um agente literário para publicarem seus livros. A banalização desse tipo de atitude passa a confundir um espaço de debate cultural, com uma ampla agência de serviços nacionais. Talvez seja o caminho mais curto para tornar o *Overmundo* autossustentável — o que é importante —, mas nesse caso teríamos de falar menos em liberdade e mais em consumo.

Não é preciso muito para perceber como o portal bebe de iniciativas anteriores; os administradores fazem as honras da casa e deixam abertos ao público todos os créditos. Isso é um avanço quanto aos direitos autorais, fundamentando um sistema que tanto reaproveita como se põe à disposição para ser reaproveitado. Tais diretrizes se oficializam ao substituir o tradicional plágio pelo compartilhamento consentido, algo que só se tornou uma realidade graças a distribuição pela licença Creative Commons,[18] assim como pela disponibilidade do código do sistema para *download*. Qualquer pessoa pode pegar a estrutura desenvolvida pelo *site* e desenvolver seu próprio *Overmundo* ou outro *site* parecido com ele, desde que seja aberto e livre pelas mesmas licenças. O mercado ainda

---

[18] Atribuição-Uso Não Comercial-Compartilhamento pela Licença 2.5 Brasil pela qual podemos copiar, distribuir, exibir, executar a obra e criar obras derivadas, desde que os créditos sejam dados ao autor original, da forma especificada pelo autor ou licenciante e que tal uso não tenha finalidades comerciais.

não sabe como lidar com iniciativas novas e vanguardistas, que tornam transparentes todo o abismo entre os interesses comerciais baseados no controle completo de conteúdo e a tendência contemporânea de liberdade desse mesmo conteúdo. O *Overmundo* não contribuiu para os modelos colaborativos da chamada *Web 2.0* por seus recursos originais, mas por agregar ferramentas que antes eram utilizadas isoladamente.

Assim sendo, temos uma genealogia complexa: muitos dos conceitos empregados no *site* tomam emprestados recursos de desbravadores da nova Internet, como a *Wikipédia*, o *Slashdot* e o *Kuro5hin*. Partindo do que o *Overmundo* fala sobre o *Overmundo* farei minhas considerações. Da Wikipédia é aproveitado o modelo de contribuições, mediante registro, donde o "overmano" e a "overmina" têm o direito de escrever sobre o que desejar. Fala-se de uma linha editorial, mas quando se assume a dispersão, a editoria vira censura — uma reclamação que os administradores têm ouvido e lido nos últimos meses. Do *Kuro5hin* e do *Slashdot*, o *Overmundo* formata uma espécie de conselho coletivo, uma ágora de decisão, em que as contribuições entram no ar e são editadas a partir das sugestões dos próprios usuários cadastrados. Temos assim as filas de edição (48 horas) e de votação (48 horas para atingir um mínimo de votos), que filtra (filtra?) todo material postado. A hierarquização dos conteúdos do portal se equilibra entre o tempo de postagem e o número de votos recebidos.

A espinha dorsal do *Overmundo* é chamada de *Overblog* e funciona como um espaço público de debate, no qual os usuários podem lançar críticas, ensaios, entrevistas, apesar de que a quebra de fronteiras também atinge esses formatos e faz da entrevista, crítica; do ensaio, entrevista e da crítica; ensaio. Podemos pensar nas colaborações, e nos *blogs* internos, como um substituto direto das colunas dos meios impressos, em que o editor se torna um sugestor coletivo e o crítico se assume como senhor de todas as escolhas e responsável por todos os riscos. Infelizmente, no campo da literatura acontece — e não tanto no da música e do cinema — de os críticos pouco ou não se utilizarem das ferramentas de que o portal dispõe (imagens, áudio, vídeo e mesmo links). Algo que se fosse mais explorado poderia criar uma especificidade do material em relação ao suporte em que está sendo veiculado. Parece que os usuários não sabem como utilizar e dosar esses recursos dentro de seus conteúdos, menos ainda pensar conteúdos integrados num caráter multimidiático. O hipertexto pode funcionar como um avanço, mas em excesso pode causar uma fragmentação que termina não nos levando a canto, ou melhor, conhecimento nenhum.

Por isso é tão complicado falar num estatuto — se é que há a necessidade de um — que caracterize a crítica digital e que a diferencie do meio impresso. Não existe um formato preestabelecido para a crítica literária, ela precisa se misturar, tornar-se outra. O *Overmundo* pretende se afirmar como um laboratório multimídia para invenção de novas maneiras de divulgação e discussão da produção cultural, colocando numa posição de autoquestionamento a maneira como a própria crítica se estrutura e como se relaciona com a obra original. Um canal direto entre o crítico, autor e leitores se estabelece, estimulando as contra-argumentações diante do que foi escrito. Entretanto, a maioria dos comentários na seção de literatura não procura fomentar a discussão, mas elogiar o texto sem acrescentar muito. Isso cria um clima "cordial demais", o que não só é maléfico para a crítica em si como também menospreza o poder dos comentários. A interatividade e colaboração, como potenciais, se esvaziam.

Dentro da interatividade, se finca a perversa lógica de usar o comentário como moeda de troca, algo que se associa diretamente com o fato de a atuação dos usuários contar pontos para o karma, uma forma de distinguir, a partir da atuação e da produtividade, níveis diferentes de pesos nos votos dos usuários. É um tiro dado pela culatra: um mecanismo criado para estimular contribuições e tornar a hierarquização justa se transformou no combustível de "comentários vazios", numa busca exagerada por votos. As expressões "texto ótimo" e "parabéns" são majoritárias. No caso de entrevistas, os usuários poderiam usar a oportunidade para continuar o diálogo; afinal, alguns dos entrevistados também são usuários. Pelo contrário, o que acontece é uma volta ao recorrente "legal", "parabéns pelo diálogo esclarecedor", "ótima iniciativa". Ergue-se uma necessidade de marcar presença, uma espécie de "passei por aqui" que mais parece "passei por aqui e talvez nem li". A crítica de mão dupla, na verdade, pouco resiste (existe). Comentários do tipo "Lido, gostado e votado!" chegam a ser constrangedores, quando um mesmo usuário o repete em diferentes textos. Existe um movimento interno para acabar com essa cordialidade, mas ainda me parece um movimento isolado: a sensação maior é a de que ou se entra no jogo de elogios ou não se joga. A diversidade de pontos de vista se perde; a provocação e a contestação viram artigo de luxo e até de xingamento por quem assume apenas o status de "usuário cordial". Não que a razão da crítica seja a distinção forçada de opiniões, afinal a polêmica pela polêmica tem o mesmo efeito do elogio pelo elogio.

Pensando assim, acredito que o *karma* é o grande sabotador do portal. Além do estímulo às avessas dado aos cordiais, essa atribulação instituiu uma espécie monarquia interna que passa invisível: no *Overmundo*, poucos têm um valor de voto alto e muitos permanecem com seus valores baixos. Sem contar que uma porcentagem pequena, 28 para ser mais exato, é paga por suas colaborações, enquanto se espera que todo o resto de usuários poste novos materiais espontaneamente. Há um dilema corporativo aqui. Soa como um surto de verticalização num pretenso mundo de horizontes. Em um espaço em que todos lutam pela legitimação da crítica, legitimação concedida pelos próprios usuários, uma parcela parece privilegiada, como se estivesse legitimada *a priori*. A crítica digital tem como maior caráter o dilema da legitimação, enraizada no dilema de quem concede e de quem recebe essa legitimação.

OBSERVAI SUA ARMADURA DE PENAS

Parte da reflexão sobre o contemporâneo só se preocupa com o que acontece na ponta do desenvolvimento, no campo do "sempre-novo", do agendado pela grande mídia, do último lançamento. Entretanto, essa "evolução" — se é que podemos usar esse termo — não é tão idílica como já nos mostrou a história e se dá em camadas, de maneira desigual e não linear. Estabelecendo um paralelo com o ciberespaço, percebemos uma severa desigualdade na usabilidade rotineira dos usuários, a partir do letramento digital que possuem, o que traz reflexos na liberdade de direção dentro do ambiente virtual. Como vimos, há propostas de *sites* colaborativos que engatinham, mas as bordas e os centros continuam vivos, camuflados mas vivos. Prova disso são os "portais-currais" (Uol, Globo.com, Terra), espaços tidos como autossuficientes para não nos perdermos no "mar de informação", mas que, de fato, como aponta André Lemos, "embora busquem agregar supostos conteúdos importantes, nos tiram, enquanto fenômeno hegemônico, a possibilidade da errância, da ciber-flânerie, nos transformando em surfers-bois, marcados pelo ferro do e-business" (Lemos, *on-line*). Temos com a Internet novas liberdades, novas formas de expressão, novas interações transterritoriais, mas temos de aprender a lidar e a desviar das novas restrições e das formas — maquiadas — de controle. Se não o fizermos, as mudanças de suporte valerão pouco.

Essa minha visão contrasta com o que afirma, por exemplo, Lucia Santaella ao dizer que a Internet, como rede (e prefiro a noção de emaranhado), não "se constrói segundo princípios hierárquicos, mas como se uma grande teia na forma do globo envolvesse a terra inteira, sem bordas, nem centros" (Santaella, 2004, p. 38). O ciberespaço não pode ser resumido apenas como ruptura hipotética afinal é além de ruptura, manutenção de continuidades e desigualdades preexistentes. O contemporâneo, e já sabemos disso desde Santo Agostinho, se assume como uma convergência de distintos tempos em um só tempo, um espaço em que sistemas materiais e simbólicos convivem em diferentes estágios. É um pouco o que nos diz Gilles Deleuze, ao afirmar que não estamos lidando com "o curso empírico do tempo como sucessão de presentes", mas com "seu desdobramento constitutivo em presente que passa e passado que se conserva, a estrita contemporaneidade do presente com o passado que ele será, do passado com o presente que ele foi" (Deleuze, 2005, p. 325). O tempo e a tecnologia não compartilham de uma uniformidade espacial. Essa ressalva é importante, porque define a existência de níveis de letramento digital (Marcuschi, 2005), coexistentes, influenciados pela intimidade e liberdade do navegador com o discurso eletrônico que produz e que consegue recusar. A própria Santaella é de grande valia ao definir diferentes tipos de navegadores (errante/novato, detetive/leigo e previdente/experto), a partir da profundidade de ações que conseguem realizar no ciberespaço. Ela aponta diferentes formas de navegação, muitas vezes influenciadas até pela personalidade do navegador, que pode diferenciá-lo da corrente ou encaminhá-lo para a ela.

    É arriscado refletir sobre fenômenos culturais recentes, mas é preciso. Afinal, muito da não reflexão é causada por um comodismo de deixar os processos se petrificarem, uma lógica que se funda na força do "hábito" em ocultar o vigor das mudanças. Há uma clara falta de perspicácia na postura diante de um fenômeno recente, do qual não conseguimos vislumbrar todas as saídas e consequências, pois não temos o tempo decorrido que nos conforta e nos enche de segurança. Por outro lado, penso em seguir um caminho distinto de autores consagrados como Lucia Santaella e Pierre Lévy, mesmo que ambos discorram sobre o ciberespaço. Ambos tendem a se fundamentar a partir da ideia de "potencialidade", o que me parece muito tentador, mas, por outro lado, também me parece deslumbrado demais. Será preciso cobrar da "potencialidade", questionar até onde o potencial inserido pela colaboração vai e até onde ele limita a si mesmo. Precisamos ser claros e não cair na dualidade, em que de um lado a Internet emana como solução de todos os males e, de outro, como o centro vital de simulacros e cataclismos. Para além das distopias e utopias da cibercultura, nossas pesquisas precisam adotar uma sobriedade.

E OUVE SEU GRITO ELETRÔNICO

O *Overmundo* tem de superar o *karma* do consenso vazio ou a iniciativa terminará caindo num caminho sem volta: ou o da censura editorial dos jornais ou o da superficialidade geralmente atribuída aos *blogs*. É preciso encontrar um meio-termo, se desvencilhar dos caminhos preconcebidos, da quantidade-limite de palavras e termos e da falsa convergência inconvergente. Trata-se de uma busca por um antiformato — que nem precisa ser tão "anti" assim — mas que nos compreenda, não nos rotule e nos posicione como tal. As expressões são multimidiáticas e precisam revelar a mescla de linguagens dos constructos discursivos que são. Também acredito que não precisamos nos apegar aos que pretendem explicar a arte em critérios científicos e rígidos ou, por outro lado, meramente descrever e contar sinopses. A própria arte não pede essa domesticação: o que caracteriza o trabalho artístico é a impossibilidade de redução do enigma criativo.

Assim sendo, o perfil crítico impresso, televisivo, radiofônico nos soa ultrapassado, enquanto não desperta para uma produção de sentidos próxima de um artista transmídia e livre. De fato, estamos distantes da lógica de guia de consumo ou do agendamento imposto à crítica tradicional. Acredito no compartilhamento como forma de democratização ao acesso de obras e informações e a política contrária sempre marginalizou grande parcela da população. Não se pode ficar omisso quanto a isso. O *Overmundo* não deve trabalhar pelo consenso, mas pelo dissenso, pelo debate das ideias que se diferenciam, se confrontam, se devoram; pela substituição do determinante pelo ambíguo ou pelo ponto de vista duplo, múltiplo. Essa era a premissa valorosa e ela está se esvaziando. É preciso tornar toda e qualquer conclusão apenas o mote de uma nova e nova discussão. Todos os artistas e metidos a intelectuais — resgatando o sentido não pejorativo da palavra — estão convidados. Nem tudo é novo e ideal, todos sabem, mas é preciso continuar mesmo assim.

REFERÊNCIAS BIBLIOGRÁFICAS
BENJAMIN, Walter. "A obra de arte na era de sua reprodutibilidade técnica". In: *Obras escolhidas: magia e técnica, arte e política*. São Paulo: Brasiliense, 1985.
CANCLINI, Néstor García. *Consumidores e cidadãos: conflitos multiculturais da comunicação*. 3. ed. Rio de Janeiro: Editora UFRJ, 1995.
CHARTIER, Roger. *A aventura do livro: do leitor ao navegador*. Reginaldo de Moraes (trad.). São Paulo: Editora UNESP/Imprensa Oficial do Estado de São Paulo, 1999.
_____. *Desafios da escrita*. Fulvia M.L. Moretto (trad.). São Paulo: Editora UNESP, 2002.
DANTAS, Thereza. "O grito eletrônico do *Overmundo*". Disponível em: <http://www.digestivocultural.com/ensaios/ensaio.asp?codigo=160>. Acesso em 06/07/2008.
DELEUZE, Gilles. *A imagem-tempo*. Eloísa de Araújo Ribeiro (trad.), Renato Janine Ribeiro (rev. tec.). São Paulo: Brasiliense, 2005.
EISENSTEIN, Elizabeth L. *A revolução da cultura impressa: os primórdios da Europa Moderna*. Osvaldo Biato (trad.). São Paulo: Ática, 1998.
LEÃO, Lucia. *O labirinto da hipermídia: arquitetura e navegação no ciberespaço*. 3. ed. São Paulo: Iluminuras, 2005.
LEMOS, André. "Morte aos portais". Disponível em: <http://www.facom.ufba.br/ciberpesquisa/andrelemos/portais.html>. Acessado em: 16/07/2008.
LÉVY, Pierre. *Cibercultura*. Carlos Irineu da Costa (trad.). São Paulo: 34, 1999.
_____. *Tecnologias da inteligência: o futuro do pensamento na era da informática*. Carlos Irineu da Costa (trad.). São Paulo: 34, 2002.
MARCUSCHI, Luiz A.; XAVIER, Antônio C. (orgs.). *Hipertexto e gêneros digitais*. 2. ed. Rio de Janeiro: Lucerna, 2005.
MENDES, Murilo. *Overmundo*. Disponível em: <http://*blog*.sitedepoesias.com.br/poemas/overmundo/>. Acessado em: 20/08/2008.
SANTAELLA, Lucia. *Navegar no ciberespaço: o perfil cognitivo do leitor imersivo*. São Paulo: Paulus, 2004.
_____. *Por que as comunicações e artes estão convergindo?* São Paulo: Paulus, 2005.
SANTOS, Alckmar Luiz dos. *Leitura de nós: ciberespaço e literatura*. São Paulo: Rumos Itaú Cultural Transmídia, 2003.
SHOHAT, Ella; STAM, Robert. *Crítica da imagem eurocêntrica: multiculturalismo e representação*. Marcos Soares (trad.). São Paulo: CosacNaify, 2006.
SILVERSTONE, Roger. *Por que estudar a mídia?*. Milton C. Mota (trad.). São Paulo: Loyola, 2002 (1999).

PRODUÇÃO LITERÁRIA

GERAÇÃO 90: UMA PLURALIDADE DE POÉTICAS POSSÍVEIS

Claudio Daniel

A CRISE DAS VANGUARDAS E A POESIA DA AGORIDADE

A poesia vive em conflito com o tempo e o pensamento e manifesta essa tensão na linguagem, construção estética que dialoga com a história, pessoal e coletiva, ao mesmo tempo que afirma sua própria identidade como artefato artístico. Roman Jakobson, no livro *Os problemas dos estudos literários e linguísticos,* de 1928, já apontou essa dupla face do texto literário: seu aspecto diacrônico, que se relaciona com o tempo e o espaço, e o aspecto sincrônico, que diz respeito aos elementos formais da escritura e sua relação com a tradição literária. Segundo o linguista russo, "a obra poética deve na realidade definir-se como uma mensagem verbal na qual a função estética é a dominante", embora também manifeste "estreita relação com a filosofia, com uma moral social etc." (Jakobson, 1990, p. XIX). A poesia brasileira recente, e em especial aquela produzida na década de 1990, reflete de maneira enfática essa tensão com o tempo, o pensamento e a tradição criativa, e por esse motivo iniciaremos este ensaio com uma contextualização histórica, sem cairmos na ilusão de um determinismo mecanicista. Nosso objetivo é abordar as principais tendências do período (logo, é um estudo de *poéticas*, não de autores ou obras), mas antes será útil fazermos uma pequena reflexão sobre a mudança de paradigmas ocorrida a partir de 1989, que marcou o pensamento estético e cultural nas últimas décadas, inaugurando o momento que Haroldo de Campos chamou de "pós-utópico". Com a queda do muro de Berlim e o posterior colapso da União Soviética, ocorreu um esvaziamento da busca de políticas sociais alternativas, o que levou Francis Fukuyama a declarar o "final da história": a civilização teria alcançado seu estágio último com a democracia liberal e a economia de mercado globalizada, alimentada pela constante renovação tecnológica, como a automação industrial e a informática, pela especialização da produção e elevação das jornadas de trabalho. A concepção de "pós-história", sem dúvida controversa, por desconsiderar realidades nacionais desiguais, alimenta a ideologia de um mundo unipolar, em que o Estado cede lugar ao capital e o espaço público se confunde com o privado, tornando anacrônica a ideia de utopia: não se trataria mais de mudar o mundo, mas de se adaptar aos valores do mercado, considerados eternos e universais. Nesse contexto cultural, o conceito de vanguarda entrou em eclipse, já que o ideal de mudar a arte tem seu correlato no ideal de mudar o mundo; sem utopia, não há vanguarda (e lembremos aqui o lema de André Breton: unir o "mudar a vida" de Rimbaud ao "mudar o mundo" de Marx, equação em que está implícito o "mudar a arte" de Lautréamont). A aceitação do projeto político hegemônico segue em linha paralela com o conformismo de certas linhas estéticas atuais: enquanto a ciência e a tecnologia buscam novos conhecimentos, técnicas e processos, necessários à própria dinâmica industrial, alguns poetas de tendência neoclássica escrevem hoje sonetos com rigorosa estrutura métrica e rímica, temas e metáforas tradicionais da poesia lírica e um vocabulário arcaizante, por vezes com uma retórica romântica; outros retomam o projeto modernista da década de 1930, com ênfase no discurso sintático linear, na linguagem prosaica, no humor ingênuo e na temática cotidiana, elementos já exauridos na década de 1970 pela "geração mimeógrafo", que reutilizou o poema-piada e o poema-crônica-de-jornal de Manuel Bandeira e Carlos Drummond de Andrade, sem acréscimo de informação estética nova. Na prosa de ficção, alguns autores voltaram ao romance realista, cujo modelo é Graciliano Ramos, ou ainda desenvolvem uma prosa midiática, que parodia Charles Bukowski e a literatura *beat*, em especial sua aura de transgressão comportamental, traduzida como pornografia (mas sem as preocupações políticas, ecológicas e espirituais de autores como Allen Ginsberg, Michael MacClure e Gary Snyder). No caldeirão da pós-modernidade, todas as formas do passado remoto ou recente tornaram-se válidas, já que a categoria do *novo* foi deslocada do pensamento artístico e a própria "noção de valor estético" foi "desestabilizada", conforme escreveu Heloísa Buarque de Hollanda no prefácio à antologia *Esses poetas* (Hollanda, 2001, p. 9). Segundo ela, "assistimos ao que poderia ser percebido como um neoconformismo político-literário, uma inédita reverência ao *establishment* crítico" (idem, p. 16). Numa era de acomodação estética e cultural, sem um projeto de futuro para a arte ou para a sociedade, estaríamos condenados ao eterno retorno de linguagens codificadas, sem nenhuma possibilidade de experimentação estética?

No ensaio "Poesia: questão de futuro", Eduardo Milán afirma que "A poesia latino-americana de hoje se debate numa clara divisão: regressar de forma acrítica a um passado canônico ou continuar a busca de novos meios de expressão" (Milán, 2002, p. 72). O retorno a um "passado canônico", segundo o poeta e crítico uruguaio, implica a "fuga de um presente caótico" e seria uma "tentativa de buscar refúgio naqueles momentos históricos, especialmente em sua aura, que auguravam uma tranquilidade espiritual dependente de um certo estado do mundo" (idem). A esse "estado do mundo" corresponderiam formas tradicionais bem conhecidas na história literária, como o soneto, a lira, o romance, cuja "carga crítica implícita" e "grau de novidade" estariam "perdidos para sempre" (idem). O retorno a essas "formas canônicas do passado", prossegue o autor uruguaio, por sua "perda de atualidade", supõe uma "aformalidade" que só é possível "pelo estado atual do mundo: perda da fé na história como motor de mudanças, derrocada das utopias, tanto estéticas como históricas" (idem). A conclusão do autor, porém, não é pessimista: a busca do novo passaria por uma "revalorização" (não retorno) do passado, vê-lo "com os olhos de hoje", não para repeti-lo, mas para aprender com ele e se pensar em novas estratégias de criação. A tese defendida por Milán é similar à apresentada por Haroldo de Campos, que via na "apropriação crítica" de uma "pluralidade de passados" o ponto de partida para uma "pluralização de poéticas possíveis" (Campos, 1997, pp. 268-9) Renunciando ao "projeto totalizador da vanguarda", Haroldo de Campos propõe uma "poesia de pós-vanguarda" ou da "presentidade", que estaria "em dialética permanente com a tradição" (idem). Essa poesia do agora não exclui a ideia de invenção, "que continua sempre vigente", conforme declarou em sua última entrevista, publicada na revista *Et Cetera*. "O poema pós-utópico nasce pontualmente nessa conjuntura dialetizada, onde são muitas as possibilidades combinatórias do passado de cultura com a agoridade, a presentidade, a imaginação criativa, a invenção" (idem). O diálogo com o "passado de cultura", segundo Haroldo de Campos, deveria ser seletivo, recuperando elementos ainda estranhos ou pouco assimilados ao nosso repertório poético, e portanto com um grau ainda presente de novidade e surpresa (podemos recordar aqui a recuperação da forma do labirinto poético, realizada por Frederico Barbosa, ou ainda a recriação do *oriki* iorubá por Antonio Risério e Ricardo Aleixo, no campo da etnopoesia).

Haroldo de Campos aponta também a importância dos meios eletrônicos, que "podem trazer um novo e fecundo instrumental para a criação (como já o estão fazendo, veja o caso paradigmal de Augusto de Campos e as personalíssimas intervenções de Arnaldo Antunes)" (idem). Heloísa Buarque de Hollanda aponta que, mesmo dentro de um cenário literário em boa parte conservador, "a poesia articula-se em várias realizações e *performances*, com as artes plásticas, com a fotografia, com a música, com o trabalho corporal" (Hollanda, 2001, p. 14), citando inclusive o "poema holográfico", "o poema clip", a "videopoesia tridimensional" e os "lançamentos programados de CDs" (idem). A poesia mais inventiva realizada hoje não está apenas nos livros, mas também nos meios eletrônicos, inclusive em revistas digitais como *Artéria*, *Errática*, *Popbox*, e nas obras intersemióticas de autores como Lenora de Barros, João Bandeira, Elson Fróes, Lúcio Agra e André Vallias, que investigam as possibilidades combinatórias entre escrita, som, imagem e movimento. Ao mesmo tempo que se desenvolve uma poesia digital, surgem tendências de renovação do texto poético, como o neobarroco, o minimalismo, o formalismo informal e a etnopoesia, como veremos nos tópicos seguintes.

A POÉTICA DA "PÉROLA IRREGULAR"

A poesia da Geração 90 tem como marcos fundadores os livros *Rarefato* (1990) e *Nada feito nada* (1993), de Frederico Barbosa; *Collapsus linguae* (1991) e *As banhistas* (1993), de Carlito Azevedo; *Saxífraga* (1993), de Claudia Roquette-Pinto; e *Ar* (1991) e *Corpografia* (1992), de Josely Vianna Baptista. Todos esses livros, de elevado grau de elaboração de linguagem, registram estilos e obsessões pessoais bem definidos; no entanto, é possível identificarmos algumas similaridades formais, como o uso da metáfora, a riqueza imagética, as referências à pintura, à fotografia e ao cinema, o vocabulário erudito e a sintaxe fraturada, que não elimina o discurso mas o redimensiona de maneira inventiva. São poemas que se afastam da espacialização gráfica e da fragmentação léxica do concretismo e também da linguagem coloquial e prosaica da "geração mimeógrafo", aproximando-se de uma construção mais hermética ou barroquizante que exige do leitor uma cumplicidade de repertório e uma não menos árdua estratégia de leitura. O verso não é abolido, mas reconstruído para além da camisa de força da métrica e das facilidades oferecidas pelo verso livre, abrindo um campo de experimentação para a poesia como elaboração verbal. A presença do barroco, nesses poetas, é mais explícita na fase inicial de Frederico Barbosa (leitor de *A experiência do prodígio*, de Ana Hatherly, e autor de um *Labyrintho difficultoso*) e em Josely Vianna Baptista, tradutora de poetas latino-americanos neobarrocos como Lezama Lima, Severo Sarduy e Nestor Perlongher; já em Carlito Azevedo e Claudia Roquette-Pinto, essa presença é menos visível como referência direta, mas é verificável em seus procedimentos estilísticos (que incorporam ainda recursos da poesia francesa e norte-americana). Com certeza, não podemos afirmar que esses poetas formam uma tendência no sentido de uma articulação voluntária de autores em torno de um projeto específico, ao contrário do que aconteceu na poesia de língua espanhola, em que o neobarroco é um movimento assumido por poetas como José Kozer e Roberto Echavarren, autores de ensaios e antologias em que essa proposta é apresentada em termos teóricos e conceituais. No caso brasileiro, podemos falar em sincronicidade e coincidência de leituras e pesquisas estéticas, sendo possível localizar uma linhagem barroquizante em poetas anteriores, como Haroldo de Campos (*Galáxias*), Paulo Leminski (*Catatau*), Wilson Bueno (*Mar paraguayo*) e Horácio Costa (*Satori*). Entre os elementos que permitem aproximar os autores brasileiros de seus pares latino-americanos podemos citar a quebra de fronteiras entre os gêneros literários e a criação de textos híbridos entre prosa e poesia (como ocorre nos textos de Josely Vianna Baptista, por exemplo, em que a espacialização entre as letras e o alinhamento "blocado" expande as linhas, simulando o andamento da prosa); a mescla de referências cultas e populares, em especial da cultura de massa (como os poemas de Frederico Barbosa que dialogam com o cinema e o jazz); e a colagem de símbolos e referências extraídos de fontes ocidentais e orientais, do presente ou de um passado remoto, conforme uma visão mais abrangente e sincrética da cultura (o que distingue a escrita barroquista da concepção "nacional-popular" dos anos 1960-70 que inspirou a poesia de participação política). A esse respeito, escreveu o crítico Manuel da Costa Pinto, no livro *Literatura brasileira hoje*: "O sincretismo americano de línguas, raças e civilizações foi elevado pelo neobarroco à categoria de mito fundador, identidade trans-histórica à qual podiam ser anexadas outras culturas" (Pinto, 2004, p. 55). Na literatura brasileira, porém, segundo o mesmo crítico, "o neobarroco ficou mais circunscrito à dimensão de uma subjetividade que sobrevive ao naufrágio dos discursos nacionais, recriando seu mundo através de uma mitologia pessoal que se apropria de diferentes tradições literárias" (idem). Como exemplo dessa poética sincrética que explora ao máximo os recursos lúdicos da linguagem, reunindo efeitos sonoros e visuais para estimular a experiência sensorial e intelectiva do leitor, citamos a terceira parte do poema *Rarefato*, de Frederico Barbosa:

> Dominado pela pedra, insone,
> descolorido, o crime principia
> nas altas horas de noite vazia
> ganha corpo no decorrer do dia.
>
> Ganha corpo no decorrer do dia,
> dominado pela pedra insone
> dor de náusea delicada e infame,
> das altas horas da noite vazia.
>
> Dor de náusea delicada, infame,
> nas altas horas na noite vazia
> ganha corpo no decorrer, no dia
> dominada pela pedra, insone.
>
> Ganha corpo no decorrer do dia,
> dor de naúsea delicada e infame
> descolorido, o crime principia
> alia-se ao tédio impune e some.

Essa seção do poema é formada por quatro quartetos, com versos de métrica próxima ao decassílabo, que se repetem nas estrofes em diferentes posições, com poucas variações e acréscimos, permitindo diferentes leituras e possibilidades rítmicas, constituindo um *labirinto de versos*, técnica combinatória e permutatória praticada no maneirismo português e que ganhou impulso na época barroca. Já no *Labyrintho difficultoso*, do livro *Nada feito nada*, Frederico Barbosa faz um *labirinto de palavras*, em que a distribuição espacial e geométrica das palavras na página permite leituras na horizontal, na vertical, na diagonal e em sequências livres, multiplicando a geração de significados. É preciso ressaltar que essa tendência barroquizante não acompanhou toda a trajetória dos poetas aqui citados; Frederico Barbosa, por exemplo, inaugurou nova fase com os livros *Contracorrente* (2000) e *Louco no oco sem beiras* (2001), em que concilia o artesanato da linguagem com uma temática mais urbana, incorporando o uso da gíria, do palavrão e do discurso coloquial livre; Carlito Azevedo renunciou à experimentação estética, que obteve resultados mais radicais no livro *As banhistas*, assumindo outro projeto, que retoma a tradição modernista de Bandeira e Drummond e a poesia marginal da década de 1970; Claudia Roquette-Pinto buscou uma dicção mais lírica, intimista e discursiva em livros como *Corola* (2001) e *Margem de manobra* (2005), que incluem também poemas sobre a violência urbana no Rio de Janeiro e conflitos internacionais como os de Sarajevo. Josely Vianna Baptista, por sua vez, manteve a dicção barroquizante em *Os poros floridos* (2002), mas com outra arquitetura poética, que abdica da visualidade e adensa o discurso com um trabalho semântico que explora as possibilidades sensoriais da palavra, com ênfase na relação entre a escritura e o corpo, recordando a metáfora de Sarduy da poesia como tatuagem. A estética barroquizante, talvez a mais inventiva da poesia brasileira contemporânea, teve continuidade criativa na obra de autores mais jovens, como a paulista Adriana Zapparoli e o cearense Eduardo Jorge, que estrearam em livro na presente década.

A POÉTICA DA ARQUITETURA CONCENTRADA

A construção poética concisa, fragmentária, que condensa os recursos da linguagem e se choca com violência contra a sintaxe discursiva e a própria noção de verso define a tendência minimalista, que teve um momento de expansão na poesia brasileira na segunda metade da década de 1990, a partir da publicação do livro *Ossos de borboleta* (1996), de Régis Bonvicino, que também divulgou entre nós a poesia norte-americana de vanguarda, e em especial a obra de Robert Creeley, expoente do *Black Mountain College*, e dos autores ligados à *Language Poetry* da década de 1970, como Michael Palmer e Charles Bernstein. O minimalismo defendido por esse grupo, ao qual se ligaram inicialmente poetas jovens como Kleber Mantovani (*Sombras em relevo*, 1998) e Tarso de Melo (*A lapso*, 1999), entre outros, pratica procedimentos facilmente identificáveis que, pela excessiva repetição, logo se tornaram fórmulas fixas: o uso exclusivo da caixa baixa, o espaço duplo, os verbos no infinitivo, a descrição elíptica de cenas urbanas e a incorporação no vocabulário de termos como *algum*, *ninguém*, *esse*, *talvez*, *entre*, *como*, para reforçar uma imprecisão do sentido — recurso que, como aponta Marjorie Perloff no texto de orelha a *Ossos de borboleta*, advém da leitura de "mestres norte-americanos como William Carlos Williams, Robert Creeley e George Oppen" (Bonvicino, 1996). O principal recurso estilístico utilizado por essa tendência é a metonímia, aliada à elipse, embora apareçam também metáforas de sabor surrealizante, que derivam dos *tender buttons* de Gertrude Stein. A esse respeito, Manuel da Costa Pinto fala em "justaposição de frases nominais, refratárias às correlações lógicas", e ainda de uma "língua desconexa" (Pinto, 2006. pp. 86-7). A reverberação das técnicas mais evidentes da *Language Poetry*, que não pode ser reduzida a esses recursos, acabou estabelecendo um padrão que não causa mais surpresas. Vale a pena ressaltar que a prática da concentração verbal, da fragmentação e da síntese já estava presente na "poesia pau-brasil" de Oswald de Andrade, que, no dizer de Paulo Prado, oferecia, "em comprimidos, minutos de poesia" (Andrade, 1978, p. 70). A experiência poética oswaldiana, que deriva das "palavras em liberdade" do futurismo italiano, das técnicas de montagem do cinema e do diálogo com as artes plásticas (em especial o cubismo), foi o ponto de partida da Poesia Concreta, na década de 1950, que operou uma síntese radical das vanguardas históricas, levando à desarticulação da sintaxe e da palavra, à espacialização e reconfiguração visual do poema. A influência concretista é visível em diferentes poetas que, nas últimas décadas, praticaram uma poesia concisa, substantiva, focada na materialidade da palavra poética, como Carlos Ávila, Duda Machado, Paulo Leminski e Júlio Castañon Guimarães, e está presente em boa parte da produção poética mais recente. Um poeta minimalista da Geração 90 que merece atenção pela originalidade e voz pessoal é Ronald Polito, autor de livros como *Solo* (1996) e *Vaga* (1997), entre outros títulos. A angústia do deslocamento, o mal-estar no mundo e o desencontro de sentido entre a linguagem e as coisas são algumas das obsessões do autor; ele cria uma tensão entre o subjetivo e o objetivo numa escrita clara e de contornos mínimos, que se contenta com a brevidade de um haicai para resumir a paisagem existencial. Assim, por exemplo, no poema *Muda*, publicado no livro *Vaga*:

> silêncio sem fim
> um grito em um estojo
> — para não esquecer —
> entre suspiros afora
> rumores de golpes
> — ruídos

Esse poema é construído a partir de oposições entre silêncio e grito, memória e esquecimento, ausência e presença, com economia de metáforas e imagens; o aspecto temático é sugerido, de modo impreciso, por termos como *rumores*, *suspiros*, *ruídos*. Numa composição de apenas seis linhas (sugerindo a justaposição de dois haicais), o autor conseguiu criar uma atmosfera de tensão (sintetizada na linha "um grito em um estojo") sem usar a voz em primeira pessoa e sem delimitar ações externas; é um poema altamente sugestivo, que faz pensar na concentração da poesia japonesa e na pintura de traços mínimos do *sumi-ê*. Outros poetas minimalistas que se destacam pela originalidade, entre os que publicaram o primeiro livro após 2000, são Virna Teixeira (*Visita*, 2001; *Distância*, 2005), Danilo Bueno (*Fotografias*, 2002; *Crivo*, 2004) e André Dick (*Grafias*, 2002; *Papéis de parede*, 2004).

A POÉTICA DO FORMALISMO INFORMAL

A influência do cinema, da música popular, da filosofia oriental, da mitologia *beat* e das histórias em quadrinhos é visível em autores como Ademir Assunção (*LSD Nô*, 1994; *Cinemitologias*, 1998; *Zona branca*, 2001), Maurício Arruda Mendonça (*Eu caminhava assim tão distraído*, 1997), Ricardo Corona (*Cinemaginário*, 1999; *Tortografia*, 2003; *Corpo sutil*, 2005) e Rodrigo Garcia Lopes (*Solarium*, 1994; *Visibilia*, 1997; *Polivox*, 2001; *Nômada*, 2004). São poetas que mesclam referências cultas às linguagens da comunicação de massa, explorando também o imaginário e as formas estéticas de culturas não ocidentais, como os mitos indígenas e a poesia chinesa e japonesa. Eles criaram revistas literárias como *Medusa*, *Coyote*, e *Oroboro* e realizaram *shows* e *performances* artísticas, levando a poesia para fora de seu ambiente exclusivamente literário. Ademir Assunção organizou o ciclo de música e poesia *Outros Bárbaros*, no Itaú Cultural, e lançou o CD *Rebelião na Zona Fantasma*, no qual faz um interessante cruzamento de linguagens com o *blues*, o *rock* e o poema falado; Ricardo Corona gravou os CDs *Ladrão de fogo* e *Sonorizador*, onde dialoga com a música contemporânea de vanguarda, e Rodrigo Garcia Lopes lançou o CD *Polivox*, explorando os recursos da poesia vocalizada com os ritmos da música popular brasileira. A criação de Ricardo Corona abrange também o campo da poesia visual, em que conta com a parceria da artista plástica Eliana Borges (em *Tortografia*). Apesar do interesse de todas essas formas de experimentação com o som, a imagem e a expressão corporal, vamos nos ater, neste tópico, à produção textual dos autores. No livro *Cinemitologias*, composto de pequenos poemas em prosa que dialogam com desenhos indígenas, Ademir Assunção faz um diário de sonhos, construídos com recursos da linguagem cinematográfica, como nestas passagens:

13.05

É como se um pássaro pousasse na pálpebra do Dragão Adormecido. É como se o Dragão Adormecido sonhasse um planeta habitado por flores de oxigênio. É como se as flores de oxigênio roçassem a têmpora de um samurai enlouquecido. É como se o samurai enlouquecido só existisse no sonho de um poeta que sonha com um dragão sonhando. É como se nada disso existisse. É como se fosse pintura de Matisse. É como se fosse cena de um filme de Kurosawa. Sonhos.

18.11

Cacos de vidro rasgando à superfície da água. Um peixe-miragem mergulha no espelho, crispa as escamas em seu próprio reflexo, engole-se a si mesmo, desaparece no lago profundo de seu avesso.

No prefácio a *Cinemitologias*, Ademir Assunção diz que buscava, "nesta pequena aventura literária", obter "um fluxo vertiginoso de imagens, como os processos oníricos, reciclados e transformados em linguagem escrita" (Assunção, 1998, p. 10). Citando Glauber Rocha, que "comparava a estrutura de montagem da linguagem cinematográfica com a estrutura dos sonhos" (idem), Ademir procurou não apenas fazer "referências explícitas a sonhos e filmes", mas "incorporar elementos implícitos do cinema em suas próprias estruturas — cortes, fusões, sequências, *closes*, *flashbacks*, silêncios, ruídos" (idem). O diálogo de Ademir Assunção com o cinema, iniciado em *Cinemitologias*, fica mais evidente no livro seguinte *Zona branca*, onde encontramos, no poema "O Sacrifício", versos como estes: "doce aroma de tâmaras / apodrecidas /: borboletas de vidro / asas-navalha / no ar pesado / da câmara mortuária / onde volto / para morrer mais um pouco" (Assunção, 2001, p. 14). Aqui, a elipse funciona como um corte de câmera, e a aglutinação de substantivos, como montagem. A visualidade é reforçada pela espacialização das palavras na página, que cria uma estrutura para o movimento rítmico e fanopaico do poema, e ainda por *closes* como estes: "unicórnio de chifre amputado" (idem); "leões famintos no zoológico urbano / mordem as próprias orelhas" (idem, p. 41), "*strippers* que após a roupa / arrancam a própria pele" (idem, p. 48). Ricardo Corona também realizou um interessante cruzamento de linguagens no livro *Cinemaginário*, onde encontramos poemas como "A lua finge mas já reflete sóis": "lascas de zinco refletindo / um sopro quente passa / do solo sobe um hálito quente / um vento mantra passa / o rubro horizonte roça a pele da pedra / a lua finge mas já reflete sóis". Esse poema é construído com versos roubados de outras peças do livro, numa operação de montagem e colagem, que dialoga com as técnicas do cinema e também das artes plásticas (lembremos aqui Kurt Schwitters, aplicando bilhetes de metrô e outros impressos da sociedade industrial em suas telas). Em Rodrigo Garcia Lopes, vamos encontrar procedimentos da linguagem cinematográfica em diversos momentos de sua obra, como na série "Seis movimentos de câmara", do livro *Nômada*. Esse poeta, assim como Maurício Arruda Mendonça, assimilou influências de Paulo Leminski e da poesia concreta, mas também de autores norte-americanos como Walt Whitman, Gertrude Stein, John Ashbery, e William Burroughs e da poesia chinesa e japonesa. O resultado desse sincretismo é uma poesia de dicção coloquial, melódica e fluente, com o uso eventual de rimas, aliterações e do verso longo, próximo à prosa, mas sem desprezar o uso espacial das linhas na página. A imagem é um elemento importante para a articulação de seu pensamento, com o uso de *closes* e cortes metonímicos para a descrição de cenários da natureza, como neste fragmento de "*Stanzas in meditation*", do livro *Visibilia*: "Folhas negras caem, rufam em profusão. O vento encrespa a / Água, Tempo enruga / faces. Um vale revela / *cannyons*, grutas" (Lopes, 1997, p. 31).

A POÉTICA DA MISCIGENAÇÃO TRANSISTÓRICA

A recriação de formas poéticas de culturas antigas e não ocidentais, como o *oriki* africano, o *sijô* coreano ou os cantos xamânicos de tribos esquimós corresponde a uma tendência conhecida como etnopoesia, cujo principal representante é o poeta e ensaísta norte-americano Jerome Rothenberg. Conforme diz Pedro Cesarino, a etnopoesia não é uma "estética dos excluídos" (Rothenberg, 2006, p. 7), ou seja, uma valorização da poesia praticada por autores de determinados grupos sociais marginalizados historicamente, como mulheres, negros ou *gays*, ação afirmativa de caráter mais político ou sociológico do que estético. Também não se trata de "exotização" (idem), nem de um exercício de arqueologia literária que trata os textos de povos antigos como linguagem arcaica ou morta. Estamos diante de uma noção mais radical da literatura, que olha para o passado sem perder de vista o momento presente e os desafios do processo de criação. Rothenberg afirma que a etnopoesia nasce da suspeita de que "certas formas de poesia, assim como certas formas de arte" que "permeavam as sociedades tradicionais", geralmente com um sentido religioso, "não apenas se assemelhavam, mas há muito já haviam *realizado* o que os poetas experimentais e artistas estavam tentando fazer" (idem, p. 6). Como exemplo dessa afirmação, o autor norte-americano cita os rituais indígenas em que "música & dança & mito & pintura" faziam parte da obra artística coletiva, algo similar ao que entendemos como *happening*. Nessas manifestações poéticas ancestrais, em que sonho, mito e arquétipos coletivos estão presentes, dando uma dimensão sagrada ao fato artístico, o próprio corpo faz parte da encenação poética, pelo uso de determinadas vestes, tatuagens e adornos, pela prática da dança individual ou coletiva, por práticas sexuais. Rothenberg percebeu que a poesia ancestral não é apenas uma construção *verbal*, mas multimídia. Por isso mesmo, dialogar com tais formas de manifestação artística por meio da tradução intersemiótica ou da criação de novos textos poéticos não significa buscar uma suposta "pureza" ou "autenticidade" de culturas arcaicas, mas transgredi-las para trazê-las ao presente como formas vivas, pulsantes, e não convertê-las em peças de museu. Enquanto nos Estados Unidos o tema da etnopoesia tem sido pesquisado desde a década de 1950, despertando o interesse de autores da geração *beat* como Gary Snyder, este é um fenômeno literário "quase amortecido na poesia brasileira contemporânea", segundo Pedro Cesarino (idem, p. 8). Sem dúvida, podemos recordar os diálogos criativos com as culturas indígena e africana realizados ao longo de nossa história literária por Gonçalves Dias (*I Juca-Pirama*), Sousândrade (*O guesa errante*), Mário de Andrade (*Macunaíma*), Raul Bopp (*Cobra Norato*) e outros poetas, mas estudos sérios de etnopoesia no Brasil são ainda raros; podemos citar o livro *Oriki orixá*, de Antonio Risério, conjunto de ensaios sobre a poesia ritual iorubá acompanhado de recriações inventivas dos textos africanos; a tradução do *Popol Vuh* por Sérgio Medeiros e Gordon Brotherston; a antologia de poesia guarani chamada *Kosmofonia mbya guarani*, com traduções de

Guillermo Sequera e Douglas Diegues; os *Cadernos de Ameríndia*, com traduções de Josely Vianna Baptista; e sobretudo a poesia de Ricardo Aleixo, que buscou inspiração no *oriki* num livro notável chamado *A roda do mundo* (1996), de onde citamos o poema *Mamãe grande*, dedicado a Iemanjá, em que o andamento anafórico e reiterativo iconiza o movimento das ondas:

> todas
> as águas do mundo são
> Dela, fluem
> refluem nos ritmos
> Dela, tudo que vem,
> que revém, todas
> as águas
> do mundo são
> Dela,
> fluem refluem
> nos ritmos Dela.
> tudo que
> vem, que revém,
> todas as águas
> do mundo
> são Dela, fluem
> refluem
> nos ritmos Dela, tudo
> que vem
> que revém.

Essa forma de composição poética, que pertence à tradição oral africana, conforme diz o poeta e antropólogo Antonio Risério no livro *Oriki orixá*, era utilizada para louvar os deuses, reis e personalidades ilustres (a palavra *ori* quer dizer "cabeça", e *ki* significa "canto"). O *oriki*, poema cantado e dançado em cerimônias sociais e religiosas, não tem "medida métrica fixa, armação estrófica ou número de 'versos' previamente estabelecidos" (Risério, 1996, p. 42). Não se trata de uma "forma fixa", mas de uma "forma orgânica", que "opera pela justaposição de blocos verbais" e "pelo princípio da montagem", excluindo a linearidade de tipo aristotélico; a estrutura do texto é paratática, com as proposições se sucedendo "numa colagem de unidades, sem que se providenciem nexos discursivos para uni-las num encadeamento lógico e/ou cronológico" (idem, p. 44). O próprio Risério realizou interessantes recriações de *orikis*, traduzidos diretamente do iorubá, respeitando as aliterações, assonâncias e outros jogos fônicos dos poemas, como neste *Oriki de Xangô*: "Xangô oluaxó fera faiscante olho de orobô / Bochecha de obi. / Fogo pela boca, dono de Kossô, / Orixá que assusta" (Risério, 1996, p. 133). A produção poética de Ricardo Aleixo e de Antônio Risério, diga-se de passagem, não se resume ao *oriki*; Aleixo é autor de poemas visuais e sonoros, realizou eventos multimídia e *performances* com a Sociedade Lira Eletrônica Black Maria, além de publicar livros de versos notáveis como *Festim* (1992), *Trívio* (2001) e *Máquina zero* (2004). Risério, por sua vez, além da obra ensaística (*Textos e tribos*, *Ensaio sobre o texto poético em contexto digital*, entre outros títulos), publicou dois livros de poemas: *Fetiche* (1996) e *Brasibraseiro* (2004, em parceria com Frederico Barbosa). Todas as experiências inventivas que citamos neste ensaio retomam e desenvolvem processos e técnicas das vanguardas, mas sem um projeto único e totalizador, sem um caráter militante, com sua ortodoxia e guerra declarada às instituições; são "revoluções solitárias", para citarmos Octavio Paz, inseridas no campo de possibilidades do presente, mas sem renunciar à pesquisa estética e à busca da inovação formal, sem o que teríamos de declarar, à maneira de Francis Fukuyama, o "fim da poesia" como arte.

REFERÊNCIAS BIBLIOGRÁFICAS

ALEIXO, Ricardo. *A roda do mundo* (com Edimilson de Almeida Pereira). Belo Horizonte: Mazza Edições, 1996.
ANDRADE, Oswald. *Poesias reunidas*. São Paulo: Civilização Brasileira, 1978.
ASSUNÇÃO, Ademir. *Cinemitologias*. São Paulo: Ciência do Acidente, 1998.
_____. *Zona branca*. São Paulo: Altana, 2001.
BARBOSA, Frederico. *Rarefato*. São Paulo: Iluminuras, 1990.
_____. *Nada feito nada*. São Paulo: Perspectiva, 1993.
BAPTISTA, Josely Vianna. *Sol sobre nuvens*. São Paulo: Perspectiva, 2007.
BONVICINO, Régis. *Ossos de borboleta*. São Paulo: 34, 1996.
CAMPOS, Haroldo de. *O Arco-íris branco*. Rio de Janeiro: Imago, 1997.
CORONA, Ricardo. *Cinemaginário*. São Paulo: Iluminuras, 1998.
HOLLANDA, Heloísa Buarque. *Esses poetas*. Rio de Janeiro: Aeroplano, 2002.
JAKOBSON, Roman. *Poética em ação*. João Alexandre Barbosa (trad.). São Paulo: Perspectiva, 1990.
LOPES, Rodrigo Garcia. *Polivox*. Rio de Janeiro: Azougue Editorial, 2001.
MILÁN, Eduardo. *Estação da fábula*. São Paulo: Fundação Memorial da América Latina, 2002.
PINTO, Manuel da Costa. *Literatura brasileira hoje*. São Paulo: Publifolha, 2004.
_____. *Antologia comentada da poesia brasileira do século 21*. São Paulo: Publifolha, 2006.
POLITO, Ronald. *Vaga*. Ed. do autor, 1997.
RISÉRIO, Antonio. *Oriki orixá*. São Paulo: Perspectiva, 1996.
ROTHENBERG, Jerome. *Etnopoesia no milênio*. Rio de Janeiro: Azougue editorial, 2006.

TRÊS ESCRITORES-TRADUTORES NO CENÁRIO LITERÁRIO BRASILEIRO CONTEMPORÂNEO*

Marlova Aseff

INTERSEÇÕES LITERÁRIAS

Eduardo Galeano conta que durante a ditadura argentina dos anos 1970 os militares da província de Córdoba proibiram o ensino da matemática moderna. Consideravam-na altamente subversiva.[19] Apesar da aparente bizarrice, não é totalmente sem critério a apreensão dos ditadores, visto que esse ramo da matemática concebeu a teoria dos grupos e dos conjuntos, rompeu com a supremacia dos axiomas e ainda por cima mostrou que a ciência (assim como a existência) abarca muitos paradoxos.

O que *isso* tem a ver com literatura? É que a teoria dos conjuntos traz à tona a ideia de que toda a *multiplicidade* pode ser pensada como uma *unidade*, que toda coleção de elementos pode ser combinada num todo por uma lei universal; definição essa que me remeteu ao conjunto das literaturas nacionais e sua relação com a literatura mundial nos moldes da *Weltliteratur*, conceituada por Goethe[20] pelo menos meio século antes da teoria dos conjuntos ter aflorado do cérebro do russo George Cantor. A proposição de Goethe não perdeu sua validade, uma vez que, cada dia mais, a literatura se constitui em um sistema planetário. Nele, as diversas literaturas nacionais ou regionais podem ser pensadas como conjuntos que, ao se relacionarem, formam áreas de interseção ou de "interferência", termo cunhado por Even-Zohar para descrever o fenômeno de uma literatura se tornar fonte direta ou indireta de empréstimos para outra.

---

* Agradeço a Luis Augusto Fischer e a Ricardo Almeida pela leitura generosa deste trabalho, e a Alckmar dos Santos pelo companheirismo nesta jornada.
[19] Ver Galeano, Eduardo. "Para un Guión del Programa '300 Millones'. Esperpento y Maravilla en las tierras de Promisión". In *Revista Nueva Sociedad*, n. 41, mar.-abr. 1979, pp. 120-3. Disponível em: <http://www.nuso.org/upload/articulos/551_1.pdf>. Acessado em: 06/06/2008.
[20] O conceito de *Weltliteratur*, de Goethe, surge em 1827. Conforme Berman, "não se trata da totalidade das literaturas passadas e presentes acessíveis a um olhar enciclopédico (...). A noção goethiana de *Weltliteratur* é um conceito histórico que diz respeito ao estado moderno da relação entre diversas literaturas nacionais ou regionais. A aparição de uma *Weltliteratur* é contemporânea daquela de um mercado mundial de produtos materiais" (2002, p. 101).

Se é certo que as literaturas se inter-relacionam, têm pontos de cruzamento de elementos que passam a ser comuns a dois ou mais espaços/sistemas, também é correto afirmar que é justamente em espaços desse tipo, de interseção entre culturas e línguas, por onde se movimenta o tradutor. Tendo isso em vista, proponho refletir sobre como se dá essa relação quando o tradutor, nas palavras de Goethe, um "promotor de intercâmbio espiritual",[21] atua também como produtor em seu sistema literário. Para essa análise, escolhi três escritores-tradutores que têm uma atuação destacada no cenário literário brasileiro contemporâneo e representam três projetos de tradução distintos e peculiares. São eles: Milton Hatoum, Paulo Henriques Britto e Aldyr Garcia Schlee. Pretendo mostrar como seus projetos de tradução, até certo ponto individuais, influenciam suas criações e, consequentemente, o sistema literário brasileiro.

A LITERATURA TRADUZIDA NO SISTEMA LITERÁRIO BRASILEIRO

Não se pode negar que a tradução de certos textos assume uma ampla significação no sistema literário de chegada. Apesar disso, quase não se estuda a maneira como se dá a inserção da literatura traduzida e qual a posição ocupada por ela nos sistemas literários nacionais. Existem muitos exemplos na história da literatura que demonstram o impacto de parâmetros estilísticos, de metáforas, de estruturas narrativas e de gêneros importados por meio da tradução. Chaucer (1340-1400) introduziu na literatura inglesa a balada, o romance, a trova, os contos populares de Flandres e ainda as fábulas com animais (Delisle, 2003, p. 224). Antonio Candido, no ensaio "Os primeiros baudelairianos", estudou a decisiva influência das traduções dos poemas de Baudelaire na configuração dos rumos da produção poética do simbolismo no Brasil (2006, p. 28); e há que se mencionar o movimento da poesia concreta, alimentado por numerosas traduções feitas pelos irmãos Augusto e Haroldo de Campos e por Décio Pignatari.

Os estudos sobre a história da literatura brasileira simplesmente não contemplam o tema com sistematicidade. No entanto, existem alguns

---

[21] Essa expressão foi usada por Goethe em uma carta para Thomas Carlyle em 20 de julho de 1827 In: The Carlyle letters *on-line*, 2007. Disponível em: <http://carlyleletters.org>. Acessado em: 29/06/2008.

fatores que atestam sua posição central em nosso sistema: a) a literatura brasileira, desde sua formação, se beneficiou da experiência de outras literaturas, seja ao se adaptar aos padrões estéticos e intelectuais da Europa (Ibidem, p. 198), seja ao importar novas formas para lançar movimentos de renovação estética; b) inúmeros ficcionistas e poetas brasileiros em diversas épocas praticaram a tradução literária com regularidade;[22] e c) ainda existem gêneros e subgêneros cujas demandas dos leitores não são supridas pela oferta nacional (o romance policial, a ficção científica, a chamada literatura de entretenimento, de terror etc.).[23]

Uma vez que a literatura traduzida é significativa entre nós, a figura do tradutor e do escritor-tradutor assume maior relevância. Como lembra Susana Kampff Lages, "é indispensável lembrar que, por trás das motivações pelas quais certas obras adquirem importância em certas culturas, está a opção de certos escritores ou tradutores por traduzir determinadas obras" (2007, p. 88). Pois a tradução não deixa de ser também uma forma de manipulação de textos que, conforme Lefevere, ao lado da historiografia, das antologias, da crítica e da edição, apresenta um potencial que vai de conservador a subversivo. Isso se dá principalmente porque as obras são importadas de outras culturas necessariamente descoladas de seus contextos e, em consequência, neutralizadas para assumir outros papéis no sistema de chegada (1997, p. 22). É o que Candido chama de "uma certa deformação, como as que em toda influência literária tornam o objeto cultural ajustado às necessidades e características do grupo que o recebe e aproveita" (2006, p. 29).

Berman destaca que saber *quem é* o tradutor pode revelar *qual é* a relação por ele mantida com sua atividade e sua concepção ou percepção das finalidades, das formas e dos modos de tradução (1995, p. 75). A questão não é propriamente nova, mas sim um tanto negligenciada pelos pensadores da cultura. Spinoza, no *Tratado teológico-político*, já sustentava que era importante especular sobre que homens decidiram admitir determinado livro no cânone, e Goethe via no tradutor um criador de *valor* literário em virtude de ele promover o intercâmbio espiritual universal e contribuir para o progresso desse comércio. O escritor,

[22] Em um "voo panorâmico" poderíamos citar Machado de Assis, Manuel Bandeira, Monteiro Lobato, Raquel de Queirós, João Cabral de Melo Neto, Carlos Drummond de Andrade, Mario Quintana e, mais recentemente, os irmãos Campos, Lya Luft, Marco Lucchesi, e Carlos Nejar, entre outros tantos.

[23] Luciana Villas-Boas (2003), executiva do Grupo Editorial Record, um dos maiores do Brasil, ratificou essa tese ao destacar que apesar de a tradução ser um "insumo muito caro, atende a hábitos já criados de leitura, principalmente a literatura de entretenimento que não tem muita oferta nacional".

produtor em seu sistema local, ao incursionar pela tradução, atua na seleção do bem estrangeiro que passará a fazer parte do espaço nacional e, assim, empresta uma marcação a esse texto. Além do mais, quem se apropria de um autor sempre tem um interesse nisso. Ou, como disse Bourdieu, "fazer publicar aquilo que eu gosto é reforçar minha posição no campo" (1990, p. 4).

Três projetos de tradução no Brasil contemporâneo

As biografias dos escritores-tradutores que são objetos deste estudo têm pontos em comum. Todos viveram em ambientes multilíngues na infância: Hatoum, entre o português, o árabe e as línguas indígenas faladas em Manaus, além das aulas de francês; Schlee, em contato cotidiano com o espanhol numa comunidade da fronteira do Brasil com o Uruguai; e Britto, a experiência de viver uma parte da infância e outra da juventude nos Estados Unidos. Os três foram premiados várias vezes por sua produção literária e estão ou estiveram em alguma fase de suas vidas ligados à atividade acadêmica. Schlee, Hatoum e Britto atuam, porém, em universos literários bem distintos: o primeiro se move no recorte da cultura platina e nas relações de fronteira; o segundo constrói seu mundo ficcional entre as famílias de imigrantes libaneses na Amazônia; Britto faz uma poesia sonora que mistura coloquialidade e formas fixas, a partir de um ponto de referência do homem urbano. A produção autoral de Schlee está composta de seis volumes de contos, um romance histórico e quase duas dezenas de participações em antologias; a de Hatoum é formada por três romances e uma novela; e a de Britto abarca cinco volumes de poesia e uma antologia de contos.

Analiso, a seguir, alguns aspectos de como se relacionam suas atividades de tradução com as de criação, além de apontar possíveis ecos das mesmas no sistema literário nacional. Não se trata de uma análise comparativa, visto que a experiência de cada um deles impôs um caminho distinto de análise.

As intervenções de Paulo Henriques Britto

Britto apresenta grande produtividade como tradutor literário. Dos anos 1980 para cá, traduziu cerca de nove dezenas de obras do inglês para o português, entre outros trabalhos menos extensos. Muito antes de ser premiado como poeta (Prêmio Brasil Telecom, 2004; Prêmio Alceu Amoroso Lima, 2004; Prêmio Alphonsus de Guimaraens, 1997), já era reconhecido como um dos mais importantes tradutores profissionais em atividade no país; a suas mãos são confiados os principais nomes da literatura de língua inglesa contemporânea, como Philip Roth, Ian McEwan, Don Delillo e John Updike. Ele também é tradutor de poesia, como a de Elizabeth Bishop, Wallace Stevens e Lord Byron. Britto assume que esses trabalhos tiveram influência sobre sua forma de escrever e de pensar a poesia:

> Esses poetas em que eu mergulhei, todos deixaram uma certa marca. O Wallace Stevens foi talvez o que deixou marcas mais fundas porque eu o li quando ainda estava em formação. Descobri a poesia dele quando eu estava com 23, 24 anos e estava escrevendo os poemas que saíram no meu primeiro livro (...). Dele, peguei duas coisas importantes: um certo olhar filosófico, uma poesia muito pensante, de caráter introspectivo, e uma coisa meio objetiva, liberta do eu, porque o Fernando Pessoa, que foi minha leitura básica, reforçou um lado muito autocentrado, algo que todo adolescente tem, de esmiuçar o eu. O que eu gostei do Stevens é que ele voltava seu olhar filosófico para outras coisas, para o mundo, para a arte, para os objetos (Britto, 2004).

Mas Britto atribuiu principalmente a Byron o fato de sua poesia estar voltada ao mundo "material" e não a um "eu" lírico. "Com ele aprendi duas coisas: uma foi lidar com formas fixas de uma maneira mais disciplinada, a outra tem a ver com sua personalidade voltada para o 'aqui e agora'. O poema dele que traduzi tem um fiapo de história, uma bobagem, mas cheio de digressões, que são o mais interessante" (Ibidem). A tradução de *Beppo* (Nova Fronteira, 2003) foi parte de um projeto pessoal de tradução, ou seja, uma iniciativa individual realizada nas horas vagas. A intenção de Britto com esse trabalho era de fato agir sobre a cena poética nacional:

> Uma das coisas que me levaram a traduzir o Byron foi a ideia de que a poesia brasileira estava precisando de um banho de objetividade. Eu não aguentava mais essa coisa de poema sobre o poema, poema sobre a leitura, sobre a impossibilidade de escrever poemas. Essas coisas cansam, caem numa

certa esterilidade. Eu fiquei impressionado com o fato de Byron fazer poesia e estar ligado no mundo. Isso me interessava à medida que a poesia estava se descolando muito do resto do mundo (ibidem).

Já o projeto de tradução de quase metade do *corpus* da poesia de Elizabeth Bishop, somado à prosa e às cartas, foi um trabalho remunerado por uma editora e levou seis anos para ser concluído. Segundo Britto, o impacto dessa tradução sobre sua criação foi menos evidente em razão da maturidade literária que já havia alcançado: "eu traduzi Bishop quando já estava com meu estilo poético mais ou menos definido, então o impacto da obra dela na minha poesia foi menor, mas ela trabalha muito bem com a forma e reforçou isso em mim" (Ibidem). No entanto, o longo contato com a correspondência e a poesia de Bishop parece ter inspirado Britto no argumento de uma ficção: um longo conto de *Paraísos artificiais* (Companhia das Letras, 2004), "Sonetos negros", trabalha com elementos do universo de Bishop.

Além da prática contínua e intensa da tradução, Britto desenvolve uma reflexão teórica regular e também exercita a crítica de tradução. Outro de seus interesses é o de desenvolver um método "mais objetivo" para avaliar as traduções de poesia.[24] Ele costuma refletir sobre sua própria prática tradutória em artigos publicados em periódicos acadêmicos e revistas. Nos últimos tempos, tem reivindicado o paratexto (prefácios, orelhas, notas do tradutor) como o lugar adequado para a visibilidade do tradutor: "Ninguém mais indicado para redigir introdução, notas, posfácio ou orelha de um livro do que a pessoa que dedicou meses de seu tempo à tarefa de transpô-lo para outro idioma" (Britto, 2007, p. 203). Ele defende que o tradutor atue no espaço hoje ocupado pelos organizadores, compiladores e antologistas, uma amostra da intervenção meditada que esse escritor-tradutor costuma fazer em sua área de influência.

SCHLEE: AUTOTRADUÇÃO E SUBVERSÃO DOS ESPAÇOS NACIONAIS

Schlee é um caso *sui generis*. Além de escrever ora em português, ora em espanhol, e de publicar seus originais nos dois lados da fronteira Brasil-Uruguai, é um exemplo raro de autotradução. Seu mais recente romance está no prelo simultaneamente no Uruguai e no Brasil. Três de seus livros

[24] Ver Britto, 2002.

de contos — *El día en que el Papa fue a Melo, Cuentos de fútbol* e *Cuentos de verdades* — foram escritos originalmente em espanhol; os dois primeiros, publicados no Uruguai antes mesmo de serem editados no Brasil (em português) com a tradução feita pelo próprio Schlee. Durante um período, o escritor chegou a ter seu nome no catálogo de autores uruguaios da Ediciones de La Banda Oriental, de Montevidéu. Sobre esse fenômeno, ele explica: "é verdade que eu também escrevo em espanhol, com muito gosto e aparente facilidade (mas com alguma '*desprolijidad*', como dizem meus editores uruguaios)". Afirma que, por razões editoriais, para ele é mais fácil publicar no Uruguai, onde conta com muitos leitores (Schlee, 2008).

Nascido e criado na fronteira Brasil-Uruguai, dois fatores o ajudaram a dominar o espanhol: o contato diário com o idioma dos vizinhos e o gosto pela leitura:

> Quando menino, eu dormia com o meu tio em uma enorme cama na casa da minha avó em Jaguarão. Todos os dias, antes de dormir, ele lia um trecho da *Odisseia* em espanhol para mim. Isso foi apurando o meu ouvido. Na biblioteca do Clube Jaguarense, li tudo o que podia e não podia; da biblioteca do padrinho de minha irmã ganhei obras raras da literatura ocidental. E meu próprio padrinho, que era italiano e teimava em dizer que Dante—"o melhor de todos" — inventara o italiano como Cervantes o espanhol —, me ensinou (com aquela frase manjada em italiano) que não dava para confiar em tradutores. Desde então, procurei ler no original todo o livro que me interessava — e me interessava muito toda a obra produzida em espanhol.

O depoimento acima revela o contato precoce com a língua estrangeira e também o início de uma desconfiança em relação ao texto traduzido. Desconfiança essa que não o impediu de ter sido responsável pela tardia publicação da primeira antologia de contistas uruguaios no Brasil (*Para sempre Uruguai,* 1991), na qual divide a tradução com Sérgio Faraco. Também é dele a primeira tradução brasileira do clássico *Facundo — Civilização ou barbárie,* de Sarmiento, e de trechos escolhidos da obra de Eduardo Acevedo Díaz (*Pátria uruguaia,* 1997). E fez o caminho inverso ao verter para o espanhol os gaúchos Simões Lopes Neto e Cyro Martins.

Sobre *Facundo*, Schlee conta que sua tradução quis "domar" o "texto labiríntico e verboso" de Sarmiento. O trabalho, segundo ele, "desdenhou a literalidade" e tentou reviver o regional e o arcaico para "reavivar criativamente, em 1996, os matizes de uma linguagem perdida entre o neoclássico e o romântico, mas viva ainda na sua espontânea oralidade do discurso doutrinário de 1845" (1996, p. XXIV). Como se vê, Schlee não acredita na validade da tradução literal e reivindica para si a tradução criativa:

> Quando comecei a traduzir, eu estava querendo aprimorar, criar junto com o escritor; minha tradução é tipicamente criativa, não é uma tradução literal. Eu acho que não deve ser literal, mas há os que defendem isso. Os de língua hispânica são muito ciosos do dicionário da Real Academia. Fiz uma versão para o espanhol de um livro do Cyro Martins e, durante um debate, um professor e tradutor uruguaio, em pleno palco do evento, disse que a minha tradução era muito livre! Eles simplesmente não admitem que o sujeito possa substituir determinada palavra ou frase por outra que não tenha quase o mesmo significado para, em troca, manter o ritmo da frase, a característica do autor. Desde então, comecei a estudar para me aprimorar na tradução e pretendo ter sempre muita consciência de que estou de posse de um texto que pode ser ferido por mim.

Deve ser destacada a perfeita sintonia entre o projeto de tradução de Schlee e seu projeto como escritor. Atua sempre na circunferência da literatura platina, fiel a seu universo cultural e ficcional. O fato de escrever em ambos os idiomas levou o escritor a viver momentos de uma saudável esquizofrenia. Seu primeiro romance, concluído em 2008 e com cerca de 500 páginas, teve redações cíclicas em espanhol e em português, uma experiência curiosa, para dizer o mínimo:

> Eu comecei a escrever *Don Frutos* em português e quando tinha cento e poucas páginas, passei a escrevê-lo em espanhol. Aí, uma editora brasileira manifestou interesse em publicá-lo, então traduzi para o português o que já estava pronto e o concluí. Depois, surgiu uma proposta para publicá-lo no Uruguai, então, neste momento, já tenho duzentas e poucas páginas já traduzidas para o espanhol. O melhor texto desse livro é em espanhol. Uma dificuldade que eu tive em português, que foi fazer o protagonista falar, já que ele é um uruguaio, desapareceu na versão em espanhol.[25]

Os mais conhecidos casos de autotradução da literatura mundial foram o de Vladimir Nabokov e o de Samuel Becket. O caso desse último é bastante semelhante ao de Schlee, pois Becket escrevia em inglês e em francês e também se autotraduzia. O mesmo ocorre com Schlee, que admite ter vivido uma "experiência desagradável" com a tradução de um

[25] Entrevista concedida a Marlova Aseff em 05/07/2008. Inédita.

de seus trabalhos e, por esse motivo, prefere a autotradução. A diferença é que Nabokov ou Becket fizeram uso da autotradução e da escrita direta na língua estrangeira para ter acesso a um sistema literário com a potencialidade de consagrá-los (Casanova, 2002, p. 173). No caso, era o francês. Esse não é o caso de Schlee, pois ele atua entre dois sistemas literários considerados periféricos. Esse é um dado relevante, principalmente se concordarmos com Venuti quando afirma que "a tradução é particularmente reveladora das assimetrias que têm estruturado as relações internacionais durante séculos; uma prática cultural que está profundamente implicada nas relações de dominação e dependência" (Venuti, 2002, p. 297). Por isso, trazer ao Brasil a literatura dos vizinhos platinos se reveste de importância. Schlee, como agente dessa pluralização, faz conversar os dois lados de uma cultura originariamente una que foi separada por razões geopolíticas: *la cultura gaucha*.

Hatoum ou a tradução como literarização

Milton Hatoum costuma fazer referências à tradução em suas ficções. Na mais recente novela, *Órfãos do Eldorado*, a personagem Florita é a tradutora-intérprete das lendas e dos mitos contados pelos indígenas. Em *Dois irmãos*, há um poeta diletante sempre envolvido com a tradução de poemas; e uma personagem de *Relato de um certo Oriente* narra da seguinte forma a tentativa caótica de ler/traduzir a correspondência da personagem Emilie e, assim, juntar as pontas da história:

> Nessas zonas de silêncio, eu perdia o fio da meada e enfrentava dificuldades com a escrita, saltando frases inteiras e vituperando contra os vocábulos, como um leitor encurralado por signos indecifráveis. A descontinuidade da correspondência e a incompreensão de tantas frases me permitiam apenas tatear zonas opacas de um monólogo, ou nem isso: uma meia-voz, uma escrita embaçada, que produzia um leitor hesitante (Hatoum, 1989, p. 56).

As mil e uma noites, obra de tradução por excelência, também aflora da narrativa do *Relato*. Ao ter acesso à tradução do clássico oriental, a personagem percebe que as histórias que ouvia do amigo eram, na verdade, "transcriações adulteradas" desse livro:

Quando a agência consular alemã foi reativada, mandaram buscar livros de todas as literaturas e foi então que tive acesso às obras orientais, em traduções legíveis. O convívio com teu pai me instigou a ler *As mil e uma noites,* na tradução de Henning. A leitura cuidadosa e morosa desse livro tornou nossa amizade mais íntima; por muito tempo acreditei no que ele me contava, mas aos poucos constatei que havia uma certa alusão àquele livro, e que os episódios de sua vida eram transcriações adulteradas de algumas noites, como se a voz narradora ecoasse na fala do meu amigo" (Hatoum, 1989, p. 79).

Suponho que isso ocorra porque a experiência da tradução está na gênese de seu interesse pela literatura. Pois foi ouvindo, ainda criança, a professora particular de francês traduzir o conto "Un coeur simple", de Flaubert, que uma história o seduziu por primeira vez. Sobre a experiência, afirmou: "sem essa 'leitura de ouvido' (...) não sei se teria escrito o romance *Dois irmãos*" (Hatoum, 2006, p. 119). Refere-se primeiramente à tomada de consciência sobre a abnegada vida dos empregados domésticos, tão semelhantes na França de Flaubert como na Manaus da infância do escritor. De fato, há identidade entre Domingas de *Dois irmãos* e Félicité de "Um coração simples". Mas Hatoum revela que essa "tradução simultânea" também lhe causou impacto no âmbito da linguagem. Encantou-se com "o estilo, o ritmo, o movimento da frase e a procura pela exatidão da linguagem, *le mot juste*" (Ibidem). Tamanho fascínio o levou a traduzir esse mesmo conto em 2004 para uma edição da CosacNaify.

Além desse conto de Flaubert, Hatoum traduziu outros dois textos ficcionais não muito extensos — *A cruzada das crianças,* de Marcel Schwob (Iluminuras, 1988), e "Espiridião", conto de George Sand (Companhia das Letras, 2005). Traduziu igualmente o ensaio *Representações do intelectual*, de Edward Said (Companhia das Letras, 2005). Antes, havia feito a indicação editorial e a introdução de *Orientalismo — O Oriente como invenção do Ocidente,* também de Said (Companhia das Letras, 1990). Ele é mais escritor do que tradutor; no entanto, é revelador que a publicação de sua primeira tradução preceda em um ano a aparição de seu primeiro romance, o que pode indicar que seus exercícios com a linguagem passaram pela tarefa da tradução. Outro possível cruzamento: *A cruzada das crianças* é composta justamente de oito "relatos" [*récits*], todos em primeira pessoa, como viria a ser o *Relato de um certo Oriente*, forma essa que se tornaria a marca da narrativa do escritor. Por pertencer a uma família de imigrantes libaneses no Brasil, também me parece significativo seu envolvimento na difusão de Said entre nós. Sobre a decisão de traduzir *Representações do intelectual*, afirmou:

A literatura se alimenta de indagações e conflitos, é uma sondagem da alma, uma releitura inventiva de mitos. Mas, enquanto escritor, procuro defender princípios éticos, de justiça social. Por isso traduzi o livro *Representações do intelectual*, do pensador e crítico palestino-americano Edward Said. Os escritores e os intelectuais devem ter coragem de criticar todo tipo de poder abusivo, todo tipo de terrorismo, inclusive o terrorismo de Estado.[26]

O diferencial, no caso de Hatoum, está no fato de sua obra ter feito o caminho contrário, viajando da periferia para o centro. *Relato de um certo Oriente* foi publicado no Reino Unido, nos Estados Unidos, na França, na Espanha, na Itália, na Alemanha, em Portugal, na Suíça e no Líbano. *Dois irmãos, por exemplo,* foi traduzido para o inglês, o francês, o holandês, o alemão, o árabe, o espanhol e o italiano. O que ocorreu com a obra de Hatoum é o que Casanova chama de *literarização* por meio da tradução, ou seja, quando uma obra alcança reconhecimento no universo literário por meio da tradução (2002, p. 169).

Conclusão

Este breve ensaio se mostrou uma tarefa arriscada, uma vez que cada um dos escritores-tradutores merece um estudo individual mais aprofundado. Mas creio que foi possível demonstrar como eles descobrem vias alternativas e efetivas para atuar na definição dos rumos da literatura brasileira. Por meio da tradução, encontraram um instrumento para renovar tradições locais e também para interagir com as culturas do chamado centro e das suas periferias.

De suas atuações como *escritores que traduzem* se processam várias consequências no sistema literário doméstico. No caso de Britto, ele empresta sua competência linguística e dicção poética como coautor em português de um importante *corpus* das literaturas de língua inglesa. Ademais, em razão do respeito alcançado como literato, conquista com frequência espaço nas edições para fazer apontamentos críticos, direcionando, assim, o modo como as obras estrangeiras serão lidas no interior de nosso sistema literário. Ele também intervém quando decide executar projetos de tradução que têm como objetivo concreto a

---

[26] "Entrevista com Daniel Galera e Milton Hatoum". In Revista/*blog Malagueta*, 26/11/2007. Disponível em: <http://revistamalagueta.com/*blog*/2007/11/galera-hatoum/>. Acessado em: 13/06/2008.

proposição de novos caminhos à poesia brasileira, numa simbiose de seus papéis de tradutor e de poeta.

Já Hatoum, como "homem traduzido", leva a literatura brasileira aos grandes centros editoriais do mundo. E, como "homem que traduz", se concentra em obras que reforçam seu projeto literário, sendo que sua atuação como tradutor contribui para elevar o estatuto da tradução entre nós. Em razão do espaço canônico que Hatoum ocupa hoje no sistema literário brasileiro, qualquer exercício seu com a linguagem merece atenção, pois ele passou a emprestar o *"status"* de sua autoria, seu "capital literário" aos textos que passam por suas mãos. Esse fato traz consequências para o estatuto da tradução no sistema literário brasileiro, pois, como sustenta Venuti, a invisibilidade do tradutor também é em parte determinada pela concepção individualista da autoria. De um lado, a tradução é vista como uma representação de segunda mão: só o texto estrangeiro pode ser original, ao passo que a tradução é derivativa. Por outro lado, com o discurso transparente, a tradução é convidada a apagar seu *status* de "coisa de segunda mão", produzindo a ilusão da presença do autor, pelo meio do qual um texto traduzido pode ser tomado como original (2002, pp. 65-6). No entanto, quando uma tradução é assinada por um escritor reconhecido pela cultura local, parece-me que essa lógica é em parte quebrada, tirando a tradução (ao menos parcialmente) de seu estatuto marginalizado. Essa opinião é compartilhada por Britto, quando afirma:

> Percebe-se que, em muitos dos casos em que a qualidade do texto em português é elogiada numa resenha, o tradutor em questão é também escritor de certo prestígio; e fica-se a pensar se o resenhista, sabendo que o autor daquela versão é também o responsável pela criação de textos originais que ele já leu e admirou, não teria dado uma atenção toda especial à qualidade textual desse livro em particular, por conta desse fato. Se isso ocorre, é uma injustiça: não deveria ser necessário que um tradutor tivesse obra publicada como autor para receber a devida atenção da crítica como tradutor (Britto 2007, p. 201).

Fato é que a dedicação de escritores à tarefa da tradução eleva seu *status*. E fato é que a obra de Hatoum, nesse jogo, ganha muito ao ser reconhecida por meio da tradução. De outra maneira, Schlee ultrapassa os limites dos espaços nacionais e linguísticos ao provocar o diálogo entre literaturas gêmeas, como é o caso das literaturas *gaucha* e gaúcha. Os dois primeiros escritores-tradutores citados atuam nos espaços de interseção, ao passo que Schlee radicaliza ao desprezar a intermediação e se lançar diretamente na outra cultura/língua, por meio da autotradução.

Os três escritores escolhidos têm como ponto de interseção suas práticas tradutórias, que merecem ser diagnosticadas e levadas em conta pelos historiadores da literatura. Elas intervêm contra a homogeneização cultural e linguística promovida pela força do "mercado" e por uma certa ideia ainda existente no Brasil "central" que trata o Norte como "exótico" e o Sul como um "mundo à parte". O *status* deles como escritores lhes confere liberdades de intervenção não oferecidas a outros tradutores. Liberdades essas que são éticas e estéticas, contribuindo para uma maior diversidade cultural no sistema literário brasileiro.

REFERÊNCIAS BIBLIOGRÁFICAS

BERMAN, Antoine. *A prova do estrangeiro: cultura e tradução na Alemanha romântica*. Maria Emília Pereira (trad.). Bauru: Editora da Universidade do Sagrado Coração, 2002.

_____ . *Pour une critique des traductions: John Donne*. Paris: Gallimard, 1995.

BOURDIEU, Pierre. "Les conditions sociales de la circulation internationale des idées". In *Romanistische Zeitschrift für Literaturgeschichte*, n. 1/2, pp. 1-10, 1990. Ver: <http://www.espacesse.org/bourdieu-1.php>.

BRITTO, Paulo Henriques. "Por uma poesia liberta do 'eu'". Entrevista à Marlova Aseff. *Diário Catarinense*, Caderno Cultura, 03/04/2004, pp. 14-5.

_____ . "As condições de trabalho do tradutor". *Cadernos de tradução*, n.19, p. 193-204. Florianópolis: UFSC, 2007.

_____ . *Paraísos artificiais*. São Paulo: Companhia das Letras, 2004.

_____ . "Para uma avaliação mais objetiva das traduções de poesia". in Krause, Gustavo Bernardo. *As margens da tradução*. Rio de Janeiro: FAPERJ/Caetés/UERJ, 2002

CANDIDO, Antonio. "Literatura e subdesenvolvimento", "Literatura de dois gumes" e "Os primeiros baudelairianos". In: *A educação pela noite*. 5. ed. Rio de Janeiro: Ouro sobre Azul, 2006.

CASANOVA, Pascale. *A República mundial das letras*. Marina Appenzeller (trad.). São Paulo: Estação Liberdade, 2002.

DELISLE, Jean. "La historia de la traducción: su importancia para la traductología y su enseñanza mediante un programa didáctico multimedia y multilingüe", in *Íkala, revista de lenguaje y cultura*, v. 8, n. 14 (ene-dic) 2003.

EVEN-ZOHAR, Itamar. "La posición de la literatura traducida en el polisistema literario". Montserrat Iglesias Santos (trad.). In *Teoría de los Polisistemas*. Madri: Arco, 1999.

HATOUM, Milton. "Flaubert, Manaus e madame Liberalina". In: *Dez livros que abalaram meu mundo*. Rio de Janeiro: Casa da Palavra, 2006.

_____ . *Relato de um certo Oriente*. São Paulo: Companhia das Letras, 1990.

_____ . *Dois Irmãos*. São Paulo: Companhia das Letras, 2000.

SAID, Edward. *Representações do intelectual*. Milton Hatoum (trad.). São Paulo: Companhia das Letras, 2005.

SCHLEE, Aldyr Garcia. Entrevista com Aldyr Garcia Schlee. In: *Blog Arte do Tempo*, 25/06/2008. Disponível em: <http://ardotempo.blogs.sapo.pt/94830.html>. Acessado em: 27/06/2008.

_____ . Entrevista com Aldyr Garcia Schlee à Marlova Aseff. Capão do Leão, 05/07/2008. Inédito.

LAGES, Susana Kampff. *Walter Benjamin: tradução e melancolia*. São Paulo: Edusp, 2007.

LEFEVERE, André. *Traducción, reescritura y la manipulación del canon literario*. María Carmen África Vidal e Román Alvarez (trads.). Salamanca: Ediciones Colegio de España, 1997.

TORRES, Marie-Hélène. "A tradução no mundo e no Brasil". Inédito.

VENUTI, Lawrence. *Escândalos da tradução*. Laureano Pelegrin, Lucineia Villela, Marileide Esqueda e Valéria Biondo (trads.). Bauru: Edusc, 2002.

VILLAS-BOAS, Luciana. "Em busca de novos leitores". Entrevista a Marlova Aseff. Florianópolis: *Diário Catarinense*, 20/12/2003, pp. 14-5.

DILIGÊNCIAS NUM CALEIDOSCÓPIO, COM LUIZ RUFFATO

Samantha Braga

> *"o sentido se tece a partir das relações entre o visível e o invisível de cada situação."*[27]

Refletir sobre a sociedade contemporânea e suas manifestações culturais passa, irremediavelmente, por um exame de nossa relação com os meios de comunicação de massa, uma vez que o desenvolvimento das mídias, a partir do século XV, instaurou não somente novas redes de transmissão de informação entre as pessoas, mas criou novas formas de ação e interação dos indivíduos entre si, e destes com o meio em que vivem:

O desenvolvimento dos meios de comunicação é, em sentido fundamental, uma reelaboração do caráter simbólico da vida social, uma reorganização dos meios pelos quais a informação e o conteúdo simbólico são produzidos e intercambiados no mundo social e uma reestruturação dos meios pelos quais os indivíduos se relacionam entre si.[28]

Para interagirmos com o mundo de hoje é necessário que desenvolvamos uma série de capacitações técnicas e cognitivas. O próprio olhar deve ser reaprendido, pois, como bem notou Debord,[29] vivemos na sociedade do espetáculo. As mídias eletrônicas (televisão, cinema e Internet) instauraram a era da imagem. As interações entre as pessoas e entre elas e o mundo passa pela relação com o imagético. Tudo é produzido para ser visto, mas não para ser contemplado. As imagens que nos são

---

[27] Xavier, Ismail. "Cinema: revelação e engano". In: Novaes, Adauto (org.). *O olhar*. São Paulo: Companhia das Letras, 1988, p. 368.

[28] Thompson, John B. *A mídia e a modernidade uma teoria social da mídia*. Petrópolis: Vozes, 1998, p. 19.

[29] De acordo com o pensador francês, o espetáculo é um fenômeno da contemporaneidade, na qual as relações sociais são mediadas por imagens e por suas possibilidades de representação. Sua crítica se baseia na crença de que o consumo exacerbado — bem como seus desdobramentos — promovido pelo capitalismo gera a fetichização da mercadoria e seus simbolismos se tornam o guião das relações interpessoais. Debord, Guy. *A sociedade do espetáculo*. Rio de Janeiro: Contraponto Editora, 1997.

oferecidas por essas mídias não nos exigem reflexão, vêm prontas e digeridas, passando por nós em questão de segundos, pois que "o espetáculo consiste na própria sequência, cada vez mais vertiginosa, de imagens".[30]

Essas imagens, facilmente consumíveis, obscurecem o olhar, instaurando o que alguns teóricos da comunicação denominam *efeito zapping*,[31] ou prática de mudar o canal da TV a todo o momento em que as imagens a que assistimos se tornam desinteressantes, bastando, para tanto, um toque no controle remoto. Com a oferta cada vez maior de imagens prontas e superficiais, nosso olhar não adquire o hábito da fixação e da reflexão. Nada nos prende e, como espectadores, somos tomados por uma impaciência absoluta por qualquer situação que imponha continuidade e atenção. Daí nossa busca desenfreada pelo novo, pelo que cause surpresa e admiração. Assim sendo, nosso olhar não se preocupa com detalhes, com pequenas cenas, mas procura o facilmente digerível, o todo que ofusca.

Esse frenesi nômade não se resume a nossa relação com os meios de comunicação, mas é introjetado por nós em nossa conduta diária. Nossas cidades são tomadas também por essa superficialidade:

> A cidade contemporânea corresponderia a este novo olhar. Os seus prédios e habitantes passariam pelo mesmo processo de superficialização, a paisagem urbana se confundindo com *outdoors*. O mundo se converte num cenário, os indivíduos em personagens. Cidade-cinema. Tudo é imagem.[32]

O vaguear pelos bulevares, tal como representava a figura do *flaneur* na literatura do século XIX, que se dava a contemplar a arquitetura e as pessoas com as quais cruzava nas ruas das cidades, dá lugar a outro tipo de transeunte: o *zapeur ou zapeador*. Esse habitante das cidades modernas não tem tempo para admirar a arquitetura e esta, por sua vez, vítima da

---

[30] Peixoto, Nelson Brissac. "As imagens da TV têm tempo?" In: Novaes, Adauto (org.). *Rede imaginária: televisão e democracia*. São Paulo: Companhia das Letras, Secretaria Municipal de Cultura, 1991, p. 77.

[31] Termo cunhado na década de 1980 e amplamente utilizado por teóricos que discutem as inovações dos meios eletrônicos de comunicação em massa. No contexto latino-americano, podemos citar os estudiosos Beatriz Sarlo, Arlindo Machado e Nelson Brissac Peixoto. Para analisar a literatura brasileira contemporânea, se apropriará do termo Alexandre Graça Faria, em análise comparativa das obras de João do Rio e João Gilberto Noll, artigo publicado na revista *QVinto Império* (1998), e Paulo Cezar Konzen, para fazer dialogar as narrativas de Ignácio de Loyola Brandão e Luiz Ruffato, em tese defendida na UFSC, dentre outros.

[32] Peixoto, Nelson Brissac. "O olhar do estrangeiro". In: Novaes, Adauto (org.). *O olhar*. São Paulo: Companhia das Letras, 1988, p. 361.

velocidade daqueles que, apressados, passam por si, perde em espessura, em detalhes. Tudo nas cidades modernas é só fachada, *outdoor*. O *zapeur* consome esses signos de forma quase automática, pois, acostumado que é à hiperexposição de imagens, acaba por tomá-los de forma banalizada. Pouquíssimas coisas lhe causam espanto, pouquíssimas coisas o *zapeur* realmente percebe.

As grandes cidades são compostas desses olhares embotados, indiferentes e, por que não dizer, *blasés*. Os sujeitos urbanos buscam autonomia e acabam por se perderem no anonimato. Entretanto a cidade, ao contrário do processo de compactação produzido pelo olhar, tal como acontece quando assistimos aos quadros cinematográficos, se mostra fragmentada, recheada de interstícios que nos passam despercebidos.

Esse novo olhar influencia também a arte contemporânea. A pintura perde sua relação imediata com o objeto e se torna cada vez mais abstrata; a música serve-se de *samples*, ou seja, sons previamente gravados, dando-lhes novas roupagens; a literatura, por sua vez, se torna fragmentária, influenciada pelo bombardeio de imagens, aproxima-se dos *clips* musicais e *trailers* fílmicos. A arte, dito de outra forma, tenta reunir fragmentos da vida cotidiana, restos imperceptíveis ou desprezados pela grande maioria das pessoas. Como tudo já foi exposto, cabe ao artista reciclar esse material, revisitando-o.

Nessa vertente se encontram vários escritores da atual literatura brasileira, tais como João Gilberto Noll, Ignácio de Loyola Brandão, Fernando Bonassi, e Adriana Lisboa, só para citar alguns nomes. A narrativa de Luiz Ruffato será exemplar desse *modus operandi*, pois não obedece à maneira clássica de se contar uma história. São estruturas não lineares e antinarrativas, que renegam a fórmula início-meio-fim, fugindo às regras básicas do gênero. É evidente que não se pretende aqui dizer que se trata de "inovação", já que não há mais nada de novo sob o sol há décadas[33].

Se não podemos falar de inovação, ainda mais no que tange a temática, visto que desde o pré-modernismo a literatura procura no cotidiano e no anonimato das personagens os germes catalisadores de sua gênese, há que se considerar, sem quaisquer julgamentos estéticos, a evolução de um realismo a um hiper-realismo, que, para se configurar como tal, requererá maneira distinta de se manifestar. Isto posto, ousamos afirmar que o que singulariza essa linhagem literária é antes a forma com que o

---

[33] Nina, Cláudia. "A escrita reinventada". Disponível em: <http://www.claudianina.com.br/materias/mat11.html>. Acesso em: 24/08/08.

conteúdo é trabalhado; é a maneira como se apreende a realidade e não o que é assimilado dela.

Ruffato nos propõe, pois, com os jogos de lentes óticas que compõem sua narrativa caleidoscópica, miradas várias sobre uma realidade que, de tão exposta, se obscureceu. Essa estratégia narrativa fica patente nos três volumes já publicados de seu projeto literário *Inferno Provisório*, a saber: *Mamma, son tanto felice* (2005), *O mundo inimigo* (2005) e *Vista parcial da noite* (2006), que recupera e rearranja excertos de suas primeiras publicações — *Histórias de remorsos e rancores* (1998) e *Os sobreviventes* (2000). Neles, uma mesma história poderá ser contada por diferentes vozes e pontos de vista, bastando ao narrador girar o artefato ótico e refazer a junção dos espelhos que refratam, mais do que refletem, a realidade.

A título de exemplificação, tomemos o volume II, *O mundo inimigo*, em que o leitor é apresentado a Hélia, moça sonhadora que mora no beco do Zé Pinto e que é arrancada de seus devaneios pela algazarra da casa ao lado:

> Enlevada, ouve um berro, *Vou te matar, desgraçada!*, e gritos, gritos históricos, e barulho de vasilhas desabando no chão, um tapa, outro tapa, a mulher se desvencilha, corre para fora, as crianças choram, *Larga a mãe, pai! Larga!, É o Zé Bundinha, minha nossa senhora!*, o coração disparado, as pernas bambas, ele a alcança, *Acudam, Acudam, que ele está me matando!*[34]

Esse breve episódio terá no fragmento/capítulo "A Solução" a função de contextualizar a realidade de Hélia, que constantemente se choca com seus sonhos. Entretanto, no Volume III, *Vista parcial da noite*, no fragmento/capítulo "A Homenagem", será retomada a história de Zé Bundinha, dessa vez por sua mulher, Dona Fátima, ex-rainha do carnaval de Cataguases, que vê sua vida resumida ao ofício da costura e aos ataques constantes do marido alcoólatra. O mesmo episódio narrado por Hélia será reescrito aqui, mas dessa vez pela perspectiva de Dona Fátima:

> *Vou te matar, desgraçada!*, berra, Fátima escapa, derrubando vasilhas, *Socorro!*, Zé Bundinha a alcança na sala, desfecha-lhe um tapa, outro, em desespero Teresinha agarra-se às pernas do pai, *Larga a mãe, larga!* A mulher se desvencilha, corre para fora, Isidoro chora, *Acudam, que ele está me matando! Larga a mãe, pai!, larga ela!*[35]

---

[34] Ruffato, Luiz. *O mundo inimigo*. Rio de Janeiro: Record, 2005. Inferno Provisório, 2, p. 71.
[35] Ruffato, Luiz. *Vista parcial da noite*. Rio de Janeiro: Record, 2006. Inferno Provisório, 3, p. 36.

Esse estratagema evidencia a realidade como criação da linguagem e pela linguagem *ad infinitum*. Tal como uma Sherazade pós-moderna, a literatura de Ruffato se apropria das estruturas próprias da sociedade espetacularizada, mas a fim de se libertar [e a nós leitores] dos sentidos fixos e, portanto, certezas, que teimamos em procurar nas situações. Sua escrita joga com os deslizamentos infinitos dos sentidos, patenteando ser a experiência literária, a experiência do dizer que se esvai no próprio dizer, no movimento infindo da repetição do dizer, à medida que cada repetição provoca um deslocamento e tal deslocamento cria um novo contexto que altera e dilui o sentido do texto primeiro.[36]

Daí podermos encarar a fragmentação do texto como proposta estética, que visa franquear as múltiplas entradas e leituras, já que a escritura será tomada como discurso em enunciação e, portanto, processo de produção de sentidos, e nunca como enunciado em estado bruto, ou seja, sentido pronto ao qual a leitura deva chegar. Em entrevista concedida à jornalista e escritora Cláudia Nina, Ruffato revela sua proposta literária:

> O pressuposto básico que norteia o meu trabalho é o de que não podemos compreender a totalidade dos fenômenos da natureza, mas podemos tentar nos aproximar de sua verdade por meio da compreensão de suas partes. Assim, se analisarmos os fragmentos poderemos, no conjunto, nos aproximarmos da compreensão do todo. E como a vida está em constante movimento, no máximo, podemos descrever o estado em que as coisas se encontram naquele instante mesmo em que as capturamos. Por isso, todos os meus "romances" são compostos de partes que às vezes se complementam, às vezes não...[37]

eles eram muitos cavalos, primeiro romance do autor, será tomado neste ensaio como síntese de seu projeto autoral, podendo ser lido a partir do cenário brevemente esboçado. Obra influenciada pelo olhar pós-moderno que não se fixa, mas tenta captar o máximo de cenas possíveis, o olhar do *zapeur*. Seu narrador é um transeunte que, numa terça-feira, dia nove de maio de 2000, como nos indica o cabeçalho do livro, sai pela cidade de São Paulo e freneticamente anota tudo o que encontra pelo caminho: desde os classificados de empregos até a carta da mãe que ainda acredita no carinho do filho.

---

[36] Silva, Edson Rosa da. "Escritura/Scriptura: a poética de um sentido por vir" In: Branco, Lucia Castello, Brandão, Ruth Silviano. *A força da letra: estilo, escrita, representação*. Belo Horizonte: Ed. UFMG, 2000, p. 114.
[37] Nina, Cláudia. "A radicalização antropofágica de Luiz Ruffato". Disponível em: <http://www.claudianina.com.br/entrevistas/ent13.html>. Acesso em: 24/08/08.

A narrativa aproxima-se da construção cinematográfica, uma vez que as cenas correspondem aos fotogramas, que um olhar menos perceptivo apenas reconheceria como estruturadoras da cidade de São Paulo. Mas, para o *narrador-zapeur* do livro em estudo, esses fotogramas são observados, ainda que não haja aprofundamento em suas cenas. Há apenas a preocupação do momento, o olhar fixa-se na cena o tempo necessário para captá-la, para delineá-la ao leitor, mas não se adentra a ponto de contar a história daqueles a quem visualiza:

> Oito anos tem a menina, vivazes olhos betuminosos e duas longas tranças negras, penelopemente entrelaçadas pela mãe antes de ir para o serviço, nos primeiros barulhos do dia. Os cordames, grossos e crespos, fiam-se em duas largas fitas de cetim vermelho, que ela ostenta espigada. (...) A menina canta no coral nos cultos de domingo à tarde. Ela já lê tão corretamente, que o pastor, mesmo sabendo incorrer em falta, deixa ela subir ao púlpito e recitar trechos inteiros da Bíblia.[38]

Nessa passagem do texto, temos uma mostra do que faz o narrador pela cidade de São Paulo. Seu olhar caleidoscópico, vez ou outra, fixa-se em um ponto, em uma pessoa e tenta descobrir algo sobre ele(a). Observa-o, reconstruindo a cena, até que se enfastia e procura outro personagem para tracejar. Essa construção em espiral, característica do *zapping* e do hipertexto, evidencia a liberdade do espectador/leitor, que é independente na construção do objeto retentor de sua mirada. Isso posto, é lícito afirmar que o *zapeador*, ainda que nos pareça, a princípio, um ímpio perdido em devaneios propiciados pelos espaços urbanoides de nossos dias, goza de autonomia em relação ao caminho a ser traçado. Ele é seu próprio governante, tal como nos caberá, como leitores, em segunda mão, de sua livre-rota, tracejar nosso próprio itinerário. Não se tratará de mapear territórios, já que a narração é construção subjetiva e, logo, construto ficcional. Narrar a cidade será antes desorganizá-la, provocar seu estranhamento,[39] desnudar sua opacidade, que só se dará a um olhar estrangeiro e, por conseguinte, não viciado em sua cotidianidade, nem cego para seus interstícios:

---

[38] Ruffato, Luiz. *eles eram muitos cavalos*. São Paulo: Boitempo Editorial, 2001. p. 77-9.
[39] No que tange ao fazer literário, esse conceito pode ser evocado como sinônimo da desautomatização da leitura, concebida pelo estruturalismo tcheco, herdeiro do formalismo russo, definindo-o como efeito necessário a ser provocado pela arte. "Um bom produto artístico mobiliza vários artifícios, visando motivar um choque no destinatário: somente quando se dá de modo tenso a relação entre o sujeito da percepção e o objeto estético, este pode ser considerado de valor". Zilberman, Regina. *Estética da recepção e história da literatura*. São Paulo: Ática, 1989, p. 19.

> O desenraizamento e o estranhamento são momentos fundamentais que — mais sofridos do que predeterminados — permitem atingir novas possibilidades cognitivas, através de um resultado "sujo", de misturas imprevisíveis e casuais entre níveis racionais, perceptivos e emotivos, como unicamente a forma-cidade sabe conjugar.[40]

A visão diorâmica com que esse *zapeador* capta sua urbe é comparável à objetiva grande-angular com que o *cameraman* filtra o mundo. Tal como no cinema, os registros corriqueiros recolhidos por Ruffato percorrerão espaços muito distintos em questão de frases, criando um vetor espaço-temporal maleável a ponto de nos fazer saltar de uma caótica Praça da Sé, com seus engraxates da esquina da Rua Barão de Paranapiacaba, a um carro luxuoso, que se dirige ao aeroporto de Cumbica, em Garulhos, pois tudo é uma questão de opção, já que seu olhar-câmera percorre o espaço de seu desejo, já que seu prazer se dará muito mais "na fruição do que no desenlace"[41] das histórias que mapeia:

> Na esquina, engraxates da Rua Barão de Paranapiacaba, bateia o local revelado em sonho. A seus olhos, caótica, a Praça da Sé espicha-se, indolente. Sozinho, perfila-se à boca das escadas rolantes que esganam as profundezas do metrô. À esquerda, salpicam os degraus da Catedral desempregados, bêbados, mendigos, drogados, meninos cheirando cola, fumando crack, batedores de carteira, batedores de celular, batedores de cabeça, aposentados, velhacos.[42]

> (...) sensuais as mãos deslizam no couro do volante, tum-tum tum-tum, o corpo, o carro, avançam, abduzem as luzes que luzem à esquerda à direita, um anel comprado na Portobello Road, satélite no dedo médio direito, tum-tum tum-tum, o bólido zune na direção do Aeroporto de Cumbica, ao contrário cruzam faróis de ônibus que convergem de toda parte.[43]

Para tratar da obtenção desses grandes espaços no cinema, no entanto, devemos retomar o surgimento do *cinemascope*, técnica utilizada em primeira mão pelo francês Claude Autant-Lara em seu filme *Construire un Feu*, de 1930, quando o espaço cinematográfico foi reavaliado e ampliado.

---

[40] Canevacci, Massimo. *A cidade polifônica: ensaio sobre a antropologia da comunicação urbana*. São Paulo: Studio Nobel, 1993, p. 16.
[41] Kozen, Paulo Cezar. *Ficções visíveis: diálogos entre a tela e a página na ficção brasileira contemporânea*. Tese (Doutorado em Literatura). Universidade Federal de Santa Catarina, Centro de Comunicação e Expressão, 2006, p. 157.
[42] Idem, p. 56.
[43] Idem, p. 11.

Tratava-se de um conjunto de lentes anamórficas capazes de expandir a imagem no momento de sua exibição, dando ao espectador a sensação de fazer parte da cena. Posteriormente, na década de 1950, os estúdios *hollywoodianos* viriam a adquirir e popularizar a técnica.

Apesar de ser apenas uma modificação sintática da estrutura cinematográfica, ou seja, da dilatação do campo visual, não interferindo em sua morfologia, o *cinemascope* significou a possibilidade de alteração no sentido composicional da cena. Trocando em miúdos, não bastava simplesmente redimensionar o que se filmava, mas como se sequenciava as imagens, visto que dessas duas dinâmicas surgiria o ritmo do filme.

Assim, essa nova técnica, apesar de não destruir o papel da montagem, reduziu sua importância, uma vez que, capaz de projetar um grande campo de ação, o *cinemascope* permitiu que uma única cena trouxesse uma série de planos de ação simultâneos, dispensando a edição constante de tomadas menores. Como já afirmamos acima, isso deu ao espectador a impressão de fazer parte da cena, reaprendendo a olhá-la, já que não havia cortes contínuos a lhe indicar a ação a ser conferida.

De forma correlata, *eles eram muitos cavalos*, ainda que composto de fragmentos, não evidencia cisões, não prima pela montagem, mas pelos grandes espaços que a câmera percorre sem interrupções, numa terça-feira paulistana, que se desenrola à mercê do *cameraman*, já que é ele quem escolhe o seu enredo.

Com o surgimento do *cinemascope*, porém, o cinema foi acusado de predominância do mundo objetivo sobre o mundo subjetivo, pois,

> em busca do espaço livre, a ampliação horizontal da imagem repelia os interiores. A pequena altura da tela, em relação à largura, parecia esmagar as áreas fechadas e os atores, achatando-os (...). Os filmes se desfaziam em profundidade, enquanto ganhavam em exterioridade. O objetivo triunfava sobre o subjetivo. O clima do cinemascópio seria o domínio absoluto do mundo físico.[44]

A confusão, entretanto, se fez pelo fato de não se pontuarem os processos de produção/recepção dos olhares envolvidos num filme. Existem características distintas entre o par câmara/objeto e o par espectador/aparato. O operador da câmara faz parte da cena e, portanto, tem a função e a liberdade de selecioná-la, ao passo que o espectador está separado do mundo pela tela. Essa tela, no entanto, jamais exibirá

---

[44] Silveira, Walter da. *Fronteiras do cinema*. Rio de Janeiro: Tempo Brasileiro, 1966, p. 69.

exatamente o que olhar do operador filtrou *a priori*, já que a reorganização própria da montagem abriu possibilidades de leituras antes impensáveis para os fotogramas tomados em isolado e, consequentemente, expõe o sujeito-produtor a cada escolha feita, revelando seu estilhaçamento subjetivo e sua identidade sempre em construção, tal como os fragmentos elencados em sua narrativa.

Para além desse "olhar-produtor", cabe alvitrar o "olhar-receptor", como aquele a que será permitido [e esperado] ver mais do que o que foi previamente escolhido para ser visto, já que as justaposições imagéticas exibidas dialogarão agora com suas expectativas e conhecimentos prévios, que as organizará para e por seu entendimento. A tela — e o *cinemascope*, por desdobramento — deverá ser tomada apenas como o que realmente é: aparato técnico responsável unicamente por catalisar processos cognitivos nos interlocutores que intermedeia e nunca como detentora de sentidos, roubando-lhes a autonomia.

Da mesma forma, ainda que o livro em questão traga uma narrativa marcada pelo predomínio do mundo físico, o que nos faz aproximá-la ainda mais da técnica cinemacópica, seu narrador não é o simples espectador que recebe o mundo objetivo já filtrado e emoldurado por uma câmara, mas é o cineasta, que utiliza seu *olhar zapeador* com autonomia. Seu olhar não se confunde com o do receptor final, que pode ser indagado quanto à ausência de corpo, porque isento de vontade. Seu olhar é o da escolha de ângulos, planos, distâncias, perspectivas e, sobretudo, do objeto a ser retido. E nesse momento, seu *cinemascope* se reporta ao próprio cineasta e não mais simplesmente ao mundo que ele capta.

A taxonomia de elementos constitutivos e construtivos da cidade de São Paulo pelo narrador-cineasta é na verdade a constatação daqueles elementos que lhe dizem respeito, daquilo em que ele se reconhece ou se questiona: "são paulo relâmpagos / (são paulo é o lá fora? é o aqui dentro?)".[45] Cabe aqui evocar as sábias palavras de Marco Polo para o imperador Kublai Khan, no antológico *As cidades invisíveis*, sobre seus relatos das cidades visitadas, "ninguém sabe melhor do que vós, sábio Kublai, que não se deve nunca confundir a cidade com o discurso que a descreve".[46]

Não é aleatória, pois, a epígrafe deste trabalho, na qual o ensaísta afirma que "o sentido se tece a partir das relações entre o visível e o invisível

---

[45] Ruffato, L. Op. cit., 2001, p. 94.
[46] Calvino, Ítalo. *As cidades invisíveis*. São Paulo: Companhia das Letras, 1991, p. 67.

de cada situação". O narrador-transeunte tecerá a si mesmo na relação entre o que ele nos mostra e o que nos esconde, entre o que seu olhar permite ver e o que ele dissimula. O mundo do qual nós leitores/ espectadores temos a sensação de fazer parte e tomar conhecimento tal como ele é, é engodo habilmente filtrado pela mão de quem o capta por nós, pois "é sabido que a combinação de imagens cria significados não presentes em cada uma isoladamente".[47]

Em sua obra poética *As máscaras singulares*, Ruffato escreve:

> Habitam as sombras a cidade que habita
> um corpo que nela habita num momento, esse.
> À cidade retornar é diverso de nela
> permanecer, mesmo que em pensamento.
> Volver: nas ruas subsumir a própria face
> espelhada. Estar no porão da cidade todo
> tempo: ela mesma reconhecer-se, objetos
> olvidados na memória reordenar. Os olhos
> de Medusa enfrentar e torná-la pétrea.[48]

Sumariamente estas palavras deflagram a relação sujeito-poético e a cidade: enigma que o desafia e por isso mesmo o inspira. A cidade de *eles eram muitos cavalos*, correlatamente a do poema supracitado, é aquela na qual os indivíduos se perdem e se irmanam, aquela que os provêm, como consciências historicamente situadas, e os engole em seu turbilhão de invencionices modernas. Ela é a mãe que acolhe todos, e qualquer um, apaziguando suas humanas miserabilidades, e petrifica quem ousar procurar desvendar suas fendas.

Peculiar é ao narrador-*zapeur* sua preferência pelo comezinho, pelo vulgar. Ele olha para o que a maioria não olharia. Seu olhar recupera e, nesse sentido, revaloriza o corriqueiro, o doméstico, desafiando seu olhar medúsico. O título do romance já conota sua preferência por aqueles que são comumente esquecidos, mas, nem por isso, menos importantes. *eles eram muitos cavalos* é um dos versos que compõem o poema "Romance LXXXIV ou dos cavalos da inconfidência", de Cecília Meireles, que nas últimas páginas do *Romanceiro da Inconfidência*, tece homenagens aos grandes responsáveis pela insurreição inconfidente. Assim como os cavalos, a grande massa que engorda as cidades é a responsável por mantê-las em funcionamento:

---

[47] Xavier, I. 1988, op. cit., p. 368.
[48] Ruffato, Luiz. *As máscaras singulares*. São Paulo: Boitempo Editorial, 2002, p. 40.

> Eles eram muitos cavalos.
> E morreram por esses montes,
> esses campos, esses abismos,
> tendo servido a tantos homens.
> Eles eram muitos cavalos,
> mas ninguém mais sabe os seus nomes,
> sua pelagem, sua origem...[49]

A cidade de São Paulo é o caldeirão do qual emergem personagens, comportamentos, situações e histórias das mais diversas. Já não existem demarcações para as influências que levaram o autor a construir sua obra. Ruffato é a própria figura do *bricoleur*, termo utilizado pela antropologia para definir características do pensamento mítico e que a crítica literária tomou de empréstimo para conceituar o papel desempenhado pelo escritor, que constrói seu texto a partir de fragmentos, do que é deixado à deriva como lixo, como resto.

Lévi-Strauss, ao definir o termo *bricoleur* pela primeira vez, compara-o à figura do engenheiro. Segundo o antropólogo, ambos têm condições de executar uma diversidade de tarefas. Contudo, enquanto o engenheiro submete cada um de seus projetos à procura de matéria-prima e ferramentas adequadas ao seu desenvolvimento, o *bricoleur* parte do material e dos utensílios disponíveis para a concepção de seu projeto. Aliás, não poderíamos sequer dizer que o *bricoleur* dispõe de um projeto, pois os elementos que utiliza para a concepção de tarefas "são recolhidos ou conservados, em virtude do princípio de que 'isto sempre pode servir'".[50]

O trabalho do *bricoleur* é um trabalho retrospectivo, pois seu primeiro passo, no momento da criação, é sempre o de recolha dos materiais de que dispõe. A partir daí, cabe a ele

> fazer-lhe ou refazer-lhe o inventário; enfim e, sobretudo, entabular com ele uma espécie de diálogo, para enumerar, antes de escolher entre elas, as respostas possíveis que o conjunto pode oferecer ao problema que ele lhe apresenta.[51]

Assim, a atividade criativa do *bricoleur* é tanto mais de reorganização dos materiais que já possui do que da produção de novos materiais. Cada

---

[49] Meireles, Cecília. *Romanceiro da Inconfidência*. Rio de Janeiro: Nova Fronteira, 1989, p. 275.
[50] Levi-Strauss, Claude. *O pensamento selvagem*. São Paulo: Ed. Nacional/Edusp, 1970, p. 39.
[51] Ibdem.

uma de suas escolhas acarreta uma reorganização total da estrutura em que trabalha, a qual não será nunca igual à outra, pois, ainda que seu universo seja limitado, seu redimensionamento causará sempre novas referências significativas. Dessa forma, o dia a dia da cidade oferece material "de sobra" e "que sobra" para que o *bricoleur* dê corpo a sua arte. Seu produto, compreendido a partir de seu processo, se singulariza pelo estranhamento que o encadeamento de eventos desconexos suscita, e não pela novidade dos eventos em si.

Ainda sobre esse conceito, cabe dizer que, por sempre trabalhar com os materiais de que dispõe, e por isso, com aqueles que vêm recolhendo ao longo de sua trajetória, o construto do *bricoleur* diz muito dele mesmo, inventariando, por meio das escolhas que faz, suas experiências e preferências. Daí devemos atentar, de maneira mais aprofundada, para o fato de em *eles eram muitos cavalos* a enumeração dos títulos dos livros de uma estante anteceder a descrição de uma conversa telefônica, ou mesmo um santinho com a oração de Santo Expedito vir acompanhada de anúncios de acompanhantes veiculados nos jornais: "Aretha Gatíssima — Deliciosa, topo tudo, com acessórios, sexo total. Arlete Loira — Fogosa, seios fartos, rainha no anal e espanhola".[52]

Esses vários *flashs* agrupados nas páginas do livro dizem muito desse narrador deslocado, que se transfigura e empresta a voz a uma série de *personas* que se apropriam do e se imbricam no discurso, dizem de sua experiência como morador da grande São Paulo, relatando fatos comuns a todos os paulistanos.

Como já apontamos anteriormente, a figura do *bricoleur* foi tomada de empréstimo à antropologia pela crítica literária para definir uma prática recuperada pelas vanguardas modernistas, ainda que, por vezes, aparecesse timidamente na literatura, pois a recolha de fragmentos alheios era considerada menos legítima do que o é na época atual, quando a "angústia da influência" se faz forma lídima de criação. Por isso, é possível identificarmos em *eles eram muitos cavalos* características da poética que os críticos consideram pós-modernista.[53]

Não temos no romance, contudo uma recolha desorganizada de "*flashs, takes, zoons*", apropriando-nos das palavras de Fanny Abramovich na orelha do livro. Há uma linha mestra que encarrilha cada um dos

---

[52] Idem, p. 137.
[53] Essa afirmação faz referência às discussões sobre a pós-modernidade, em contraposição aos preceitos modernistas, feitas por Frederic Jamenson, especificamente na obra *Pós-modernismo, a lógica cultural do capitalismo tardio*, publicado no Brasil pela editora Ática, em 1991.

fragmentos, fazendo-os coexistir de forma coesa na trama. O romance de Ruffato tem como protagonista a cidade de São Paulo. Trata-se de um olhar ávido lançado durante um dia sobre ela. Cabe-nos perguntar, porém, se os *cavalos* invocados a se mostrarem no enredo são apenas parte do cenário ou, ao contrário, a cidade só existe pela união dessas frações de sonhos, expectativas, conquistas e frustrações individuais. O que seria afinal a cidade: concreto e aço ou os múltiplos olhares que se entrecruzam? E para além: a cidade não estaria em permanente construção, dado que "corresponde a uma organização cultural de um espaço físico e social"?[54]

Seja a São Paulo de *eles eram muitos cavalos* ou a Cataguases de *Inferno Provisório*,

> delinea-se (...) uma cidade que se comunica com vozes diversas e todas copresentes: uma cidade narrada por um coro polifônico, no qual os vários itinerários musicais ou os materiais sonoros se cruzam, e encontram e se fundem, obtendo harmonias mais elevadas ou dissonâncias, através de suas respectivas linhas melódicas.[55]

Espaço tópico que remete fisicamente ao espaço e suas construções significativas, a cidade que se dá a ver não encerra em si um sentido, uma verdade; ao contrário, se abre a eles: não há essência a se desvendar, antes, máscaras sobrepostas a esconder o(s) vazio(s). Resta à literatura, como exercício da linguagem, nomeá-la, revisitá-la, fazê-la existir pela palavra. Palavra que, no caso de Ruffato, incomoda porque põe em xeque as sacralizações da vida moderna, porque demole fachadas que intentam proteger do medo e da insegurança, porque escancara janelas que dão para as angústias e insatisfações e desconstrói os projetos urbanistas que acreditam que o saneamento dos bairros e a abertura de vias é suficiente para purificar, educar e apaziguar os desejos humanos.

---

[54] Silva, Armando. *Imaginários urbanos*. São Paulo: Perspectiva, 2001, p.77.
[55] Canevacci, Massimo. *A cidade polifônica: ensaio sobre a antropologia da comunicação urbana*. São Paulo: Studio Nobel, 1993, p. 15.

REFERÊNCIAS BIBLIOGRÁFICAS
Calvino, Ítalo. *As cidades invisíveis*. São Paulo: Companhia das Letras, 1991.
Canevacci, Massimo. *A cidade polifônica: ensaio sobre a antropologia da comunicação urbana*. São Paulo: Studio Nobel, 1993.
Debord, Guy. *A sociedade do espetáculo*. Rio de Janeiro: Contraponto Editora, 1997.
Jamenson, Frederic. *Pós-modernismo, a lógica cultural do capitalismo tardio*. São Paulo: Ática, 1991.
Kozen, Paulo Cezar. *Ficções visíveis: diálogos entre a tela e a página na ficção brasileira contemporânea*. Tese (Doutorado em Literatura). Universidade Federal de Santa Catarina, Centro de Comunicação e Expressão, 2006.
Levi-Strauss, Claude. *O pensamento selvagem*. São Paulo: Ed. Nacional, Edusp, 1970.
Meireles, Cecília. *Romanceiro da Inconfidência*. Rio de Janeiro: Nova Fronteira, 1989.
Peixoto, Nelson Brissac. "As imagens da TV têm tempo?" In: Novaes, Adauto (org.). *Rede imaginária: televisão e democracia*. São Paulo: Companhia das Letras, Secretaria Municipal de Cultura, 1991.
_____. "O olhar do estrangeiro". In: Novaes, Adauto (org.). *O olhar*. São Paulo: Companhia das Letras, 1988, p. 361.
Ruffato, Luiz. *eles eram muitos cavalos*. São Paulo: Boitempo Editorial, 2001.
_____. *As máscaras singulares*. São Paulo: Boitempo Editorial, 2002.
_____. *O mundo inimigo*. Rio de Janeiro: Record, 2005.
_____. *Vista parcial da noite*. Rio de Janeiro: Record, 2006.
Silva, Armando. *Imaginários urbanos*. São Paulo: Perspectiva, 2001.
Silva, Edson Rosa da. "Escritura/Scriptura: a poética de um sentido por vir". In: Branco, Lucia Castello, Brandão, Ruth Silviano. *A força da letra: estilo, escrita, representação*. Belo Horizonte: Ed. UFMG, 2000.
Silveira, Walter da. *Fronteiras do cinema*. Rio de Janeiro: Tempo Brasileiro, 1966.
Thompson, John B. *A mídia e a modernidade: uma teoria social da mídia*. Petrópolis: Vozes, 1998.
Xavier, Ismail. "Cinema: revelação e engano". In: Novaes, Adauto (org.). *O olhar*. São Paulo: Companhia das Letras, 1988.
Zilberman, Regina. *Estética da recepção e história da literatura*. São Paulo: Ática, 1989.

MARCELINO FREIRE: ENTRE O RAP E O REPENTE

Eduardo de Araújo Teixeira

"A carne mais barata do mercado é a carne negra"
Seu Jorge, Marcelo Yuca e Wilson Capellette

No centro da literatura de Marcelino Freire está a inadequação e o inconformismo; inconformismo mesmo que nasce do reconhecimento (às vezes desconhecimento) desta inadequação. O que poupa tempo é saber que seus personagens revidam, não são pobres de folhetim, armam-se do que têm. E como geralmente só lhes sobram restos, fazem uso de estilhaços: a voz com que dizem e que, por estar livre (a voz) para dizer, permite a eles se construírem como "indivíduos". A trama real de muito de seus contos é, por isso mesmo, não o real encadeamento de ações, mas a narrativa dessa experiência de escombros. Trama de linguagem, os elementos constitutivos de seus contos se diluem, esfacelam-se, desconfigurando o que é da natureza do próprio gênero, dando-se, por isso, o salto para o drama e a poesia: arte da presentificação do eu e da linguagem que se quer por si bastar.

Walter Benjamin, em um ensaio intitulado "O narrador", expôs a tese de que a arte de narrar histórias estaria em vias de extinção em decorrência da gradual perda da capacidade do homem contemporâneo (pós-guerra) de intercambiar experiências. O desaparecimento do narrador — aquele que, de certa maneira portava a expressão-síntese de um mundo que se permitia apreender — decorreria da perda dessa percepção (pelo impacto das transformações históricas), determinando um novo caminho para narrativa curta: "Assistimos em nossos dias ao nascimento da short story, que se emancipou da tradição oral e não mais permite essa lenta superposição de camadas finas e translúcidas" (Benjamin, 1987, p. 206).

Dentre os autores que despontaram no Brasil a partir dos anos 1990, dificilmente outro expressa tão bem em seus relatos tal perda quanto Marcelino Freire. Ele destaca-se, atualmente, na criação de relatos curtos que a cada obra denomina de modo distinto: contos (*Angu de sangue*, de

2000), improvisos (*BaléRalé*, de 2003), cantos (*Contos negreiros*, de 2005) e cirandas, cirandinhas (*Rasif, mar que arrebenta*, de 2008); mudança que parece pontuar seu processo de experimentação dessa forma narrativa.

Toda literatura de Marcelino Freire constrói-se pela apropriação do que a dicção popular ruminou e pode ser reconhecida com naturalidade como fala, "como" um saber apreendido pela experiência. Em seus contos há sempre um "eu" que fala a outro, um eu irremediavelmente solitário que "se diz", mas raramente consegue comunicar-se: o que diz ou não é escutado ou não é compreendido. E o principal: a experiência comunicada por seus narradores é uma experiência de exceção, eles explicitam transgressões, enredam crimes, afrontam princípios éticos, morais e religiosos: não servem de modelos.

Em tempos de "politicamente correto", sua literatura representa um esforço para desmantelar certezas. Empenha-se, particularmente, no desvendamento das ditas "conquistas sociais das minorias", discursos político-ideológicos, nacionalismos, paternalismos, dogmas religiosos, engajamentos humanistas: formas diversas de neutralização dos conflitos, da segregação em guetos e do afastamento do diferente para atenuação das complexidades que visam padronizar, anular as diferenças/individualidades. Interessa-lhe desvendar as hipocrisias, desmistificar, os discursos afirmativos de cor, credo e raça.

Contos negreiros, obra vencedora do Prêmio Jabuti de 2005, é nesse sentido um objeto precioso para apreciação e entendimento desse autor pernambucano radicado em São Paulo. Sua mirada sobre o tema da negritude revela um autor que não se furta a pensar o Brasil contemporâneo, trazendo para sua literatura reflexão e desmascaramento dos discursos ideológicos sobre uma democracia racial, como Xico Sá bem observa no prefácio agudo e nada ortodoxo do livro:

> Na maciota, o Freire de Sertânia, Pernambuco, e da bagaceira de São Paulo — não o Freyre à sombra das pitangas de Apipucos —, dá belas chibatadas no gosto médio e preconceituoso, com gozo, gala, esporro, com doce perversidade, sempre no afeto que se encerra numa rapadura (Freire, 2005, p. 13).

Nos dezesseis "cantos", a igualdade racial no Brasil é posta em questão, bem como a ideia de um "caráter nacional" caracterizado pela "cordialidade do brasileiro"; uma cordialidade que seria, acima de tudo, produto de uma síntese feliz e festiva entre índios, negros e brancos estrangeiros.

Em *Contos negreiros* a questão da negritude está presente não apenas em referências às religiões afro-brasileiras, ao samba, ao carnaval, mas também se estende ao espaço degradado das favelas, ao preconceito advindo das classes ricas, da violência policial gratuita, do banditismo à conquista de quotas, como reparação social. O papel do explorador e do explorado é embaralhado em contos que tratam das relações perversas de dependência e troca para suplência econômica. Por isso, cabem também no livro turistas estrangeiros "amantes" do terceiro mundo; pedófilos à caça de sexo; brasileiros desejosos de fazer o percurso inverso, rumo à África (ou à Europa) em busca de ganho econômico.

Embora Marcelino Freire reitere procedimentos de autores contemporâneos — o tema da violência, referências à cultura de massas, rupturas tanto na linguagem quanto no foco narrativo — sua literatura diferencia-se pelo rigoroso emprego de uma oralidade (urbana/rural) repleta de jogos de palavras comuns tanto na fala coloquial quanto no texto publicitário. O autor compõe um "testemunho entoado" no ritmo de um canto que "embola" prosa e poesia, aproximando sua escrita do repente sertanejo pelo jogo lúdico de palavras em de rápidas associações.

Nisso sua literatura irmana-se, por isso também ao rap[56], essa expressão artística nova — coloquial, popular e urbana — construída com fios tensos armados entre os espaços periféricos e os centros de produção e consumo. Filho bastardo da indústria cultural (hoje nos EUA, redimido como o pródigo bíblico), o rap difundiu-se no mundo todo com o fenômeno da globalização, sendo acolhido principalmente nos guetos dos grandes centros urbanos mundiais, em particular, nos de países terceiro-mundistas, onde se notabiliza como uma espécie de "porta-voz" da periferia.

Manifestação artística complexa, sem fronteiras precisas que permitam um enquadramento fácil nem como música nem como literatura, o rap é um canto desafio que se abre ao improviso e que pode construir-se pela sobreposição de vozes de um ou mais *rappers*. O rap pode também compor-se de palavras de ordem, ou de um discurso crítico e denunciatório, ilustrado parte das vezes por uma narrativa dramática sobre situações de conflito. Criativo, insubordinado, engenhoso (ou rudimentar) no tratamento da linguagem oral (a expressão da rua), o rap

---

[56] No *Dicionário Groove de música* o rap é definido como "estilo de música popular dos negros norte-americanos, consistindo de rimas improvisadas, interpretadas sobre um acompanhamento rítmico, teve origem em Nova York, em meados dos anos 70" (Salles, 2007, p. 38).

mostra conexões com a poética popular nordestina, com o samba e outras sonoridades, mas não apresenta uma relação tributária com essas tradições musicais: delas se apropria, modificando-as sem pudores.

A predileção por uma linguagem direta, brutal em seu coloquialismo, por vezes obsceno, além de tramas de violência encenadas por pobres, marginais e marginalizados, são características comuns ao rap e à literatura de Marcelino Freire. Poesia e prosa imprecisas, ambas as manifestações despertam desconfiança da crítica beletrista, por sua indisposição com cânones, pelo manejo *aparentemente* rudimentar da linguagem. E também por serem artes que se voltam para o exterior (do ser), para exposição de feridas, fraturas de uma sociedade que se cerca e se fecha ao outro. Artes do feio. Artes construídas de restos, sobras, e que arregimentam vozes periféricas.

Situando-se sem desconforto numa literatura pós-utópica, nomeada por alguns "realismo urbano" (Peres, 2004), Marcelino Freire destaca-se pelo abandono da "levada jornalístico-descritiva" e pela adoção de uma linguagem inventiva, musical e decantada. Sua escrita flerta promiscuamente com meios diversos de comunicação e se deixa contaminar por outras artes (cinema, fotografia, etc.). Embora trate da violência no contexto urbano, há, por parte do autor, um inequívoco salto para fora da pauta temática e estilística da literatura contemporânea brasileira: os arremedos *fonsequianos*, a experimentação *joyciana* (ou à la *noveau romain*), a jovialidade e o *nonsense* superficial dos *beatniks*, os *subjetivismos* existenciais de autor que terminam, invariavelmente, em exercício de metalinguagem.

Sua escrita apresenta, curiosamente, elementos comuns tanto ao rap como ao repente, seja pela adoção de uma mirada crítica nova sobre a realidade social do país, seja pelas estratégias estilísticas que utiliza para convertê-la em arte. Traduzida em literatura, essa conexão instiga um exame crítico mais atento dessa nova sensibilidade artística. A adoção por parte do autor de uma voz narrativa que lhe permitiu instituir simultaneamente o mundo interior de seus personagens e uma realidade histórico-social em degradação são pontos de partida para uma investigação mais profunda em torno de sua criação.

Fala-drama

No prefácio que escreveu para *Angu de sangue*, o crítico João Alexandre Barbosa procurou destacar o vínculo entre a escritura do autor e a tradição oral. Sua literatura traria uma outra espécie de oralidade, já que constituída de vozes de personagens que seriam "restos (no sentido literal e no figurado) da experiência rural, estilhaçados pela forçada adaptação ao universo, também ele estilhaçado e violento da existência urbana" (Freire, 2000, p. 12).

Em seus contos, o marginal, o periférico, o excluído, o excêntrico, o desviado — ou seja, "descentrados", pela própria etimologia das palavras que os definem — passam a ocupar, contraditoriamente, lugar central nas histórias. Tais personagens são postos sob um foco privilegiado que lhes confere visibilidade; assim singularizam-se, ganhando complexidade psicológica. "Totonha", de *Contos negreiros*, é, nesse sentido, modelar:

> (...) Dona professora, que valia tem meu nome numa folha de papel, me diga honestamente. Coisa mais sem vida é um nome assim, sem gente. Quem está atrás do nome não conta?
> No papel, sou menos ninguém do que aqui, no Vale do Jequitinhonha. Pelo menos aqui todo mundo me conhece. Grita, apelida. Vem me chamar de Totonha. Quase não mudo de roupa, quase não mudo de lugar. Sou sempre a mesma pessoa. Que voa. (Freire, 2005, p. 80).

Se "a voz que narra é a mesma que experimenta, e sofre, o narrado", como bem observou João Alexandre Barbosa (Freire, 2000, p. 12), Marcelino Freire opta por humanizá-los sem escamotear suas falhas de caráter, seus desvios morais, suas taras sexuais e obsessões. Realizando uma fusão entre o relato oral que está na gênese do conto e os ganhos expressivos da modernidade, o contista adota uma perspectiva interna, não distanciada. Rearticula, para isso, o ponto de vista em primeira pessoa, rompendo assim com a dicotomia autor (intelectual) e personagem (excluído e iletrado) na construção de uma voz narrativa que, envolvida na interioridade profunda do personagem, traduz na fala seu universo psíquico e social. Sua adesão, contudo, não se faz amorosa (à maneira de um Guimarães Rosa) (Bosi, 1988, p. 10-32), tampouco amoral (sem julgamento explícito, como num Rubem Fonseca): concede a seus narradores certa autonomia que permite expressarem suas visões de mundo.

Tal uso aproxima seus contos das *letras* de rap, já que essa é uma estratégia recorrente de seus letristas. O que os diferencia é, principalmente, o afastamento de Marcelino Freire do discurso didático ou de aconselhamento, com a narrativa fazendo-se direta ou indiretamente ilustração moral de erros e acertos.

A ironia aflora nos relatos, não à maneira elegante de Machado de Assis, pois, ao contrário deste, Marcelino Freire não cria um personagem-escritor: faz uso de um discurso dramático que expressa um modo de pensar complexo que se apresenta não orientado pelo encadeamento sintático preciso, de quem domina a técnica da escrita e, detentor desse poder, tenta ludibriar o leitor ingênuo. Esse relato confessional, normalmente agressivo e emocionado, se constrói por meio da aproximação do *solilóquio* e do *monólogo interior* — este, nada heterodoxo, pode livremente alterar-se na profusão menos ordenada de um fluxo de consciência.

A força expressiva dos contos de Marcelino Freire reside, principalmente, na criação de uma "fala-drama", estratégia aproximativa que garante o pacto ficcional narrador e leitor. *Fala*, pela adoção de uma escrita que simula dela o tom coloquial; *drama*, porque se expressa teatralmente, encenando sua história, narrando-se. Por isso, o uso preponderante de um narrador em primeira pessoa que se faz responsável por narrar uma trama da qual, geralmente, é protagonista. O conto torna-se, portanto, relato de uma experiência "pessoal"; entretanto, a voz que narra se faz fragmentada, permeada de lacunas, cortes abruptos, não ditos, oferecendo-se a um *desvendamento* por parte do leitor, responsável este por preencher os vãos, reconfigurando o discurso para atingir seu sentido.

A fala-drama *aproxima-se* do monólogo e do solilóquio, mas se distingue destes por destinar-se a um narratário indicado (frequentemente) por meio de um vocativo. Gérard Genette define narratário como a "entidade da narrativa a quem o narrador dirige o seu discurso. (...) simétrico do narrador e por este posto em cena na diegese" (Genette, 1995, p. 133). Não se deve, por isso, confundi-lo com o "leitor potencial", já que pode vir indicado por um nome. Se sua presença é demarcada, sua "voz" nunca é apresentada, já que isso alteraria estruturalmente tais narrativas, convertendo-as num modo dramático de narração (em diálogos).

Das dezesseis narrativas de *Contos negreiros*, doze são em primeira pessoa, seis apresentam um narratário textualmente nomeado: Johann

("Alemães vão à guerra"), Zé ("Caderno de turismo"), Dona professora/moça ("Totonha"), Nando ("Polícia e bandido"), Mãe ("Curso superior"), branco safado ("Trabalhadores do Brasil"). Em outros, o narratário não é nomeado, mas evidencia-se na enunciação: "Vaniclélia" ("Mataram a Vaniclélia, lembra, não lembra, lembra?") e "Nação zumbi" ("Por que vocês não se preocupam com os meninos aí, soltos na rua?"). Em "Esquece", "Meus amigos coloridos" e "Meu negro de estimação" não há forma de distingui-lo do solilóquio e/ou do monólogo interior. Interessante observar que os cinco contos restantes não são ortodoxamente narrativas em terceira pessoa.[57]

O que garante a eficiência comunicativa (e esta é outra estratégia que o autor compartilha com o rap) é o pacto narrativo, a relação de cumplicidade que este "eu em discurso" estabelece com leitor, na simulação deste falar diretamente de si para o outro. A verossimilhança, nesse sentido, está menos no realismo descritivo, faz-se pela escolha vocabular (fiel ao contexto e realidade social do personagem retratado) e pela livre associação que simula o fluxo do pensamento ou da fala, um "artificialismo de construção" que frui com naturalidade já que captado por parte do leitor como *expansão natural da fala*.

O que diferencia o discurso maceliniano radicalmente do rap não é a perspectiva interna privilegiada, mas o fato de que, em seus contos, ela termina *sub judice*, já que o "testemunho" apresenta-se frequentemente ambíguo, compondo um narrador não confiável em tudo distinto do discurso modelar do rap.

O uso do narratário permitiu ao autor a saída de certo esquematismo formal que poderia "engessar" seus contos reduzindo-os a mero discurso confessional. Consciente da possibilidade de esvaziar, pela repetição, a força expressiva de seus relatos, Marcelino Freire engendra variações dessa fala-drama, explorando criativamente a relação narrador/narratário. Há casos em que o interesse da trama reside, especialmente, na construção desse outro a quem se dirige o narrador, revelando-o, ou simplesmente, questionando seu "discurso" (escamoteado). Do mesmo modo, em outros, é o narrador que nos interstícios de sua "fala", ante o "silêncio" do outro, vai, sub-repticiamente, desvendando-se ao leitor. Tais variações da fala-drama ampliaram sensivelmente a significação dos contos, também por exigir

---

[57] Em "Solar dos príncipes", "Coração" e "Nossa rainha", o foco alterna-se de um parágrafo a outro, com diálogos (em discurso direto) justapostos, normalmente sem indicação de verbos *dicendi*. "Linha de passe" é estruturado pelo diálogo de dois personagens; as falas são reiteradas numa espécie de *looping*, que reforça a ideia de incomunicabilidade. Já em "Yamami", diálogo dramático e fluxo de consciência do protagonista se alternam na composição do conto.

uma participação mais ativa do leitor, espécie de intruso num encontro tenso, em que lhe é possível ouvir apenas uma das partes do diálogo. O engenho do autor está em embaralhar fala, memória, fluxo de consciência, livre associações sonoras e imagéticas para que o leitor, ordenando o caos narrativo e os não ditos do narrador, possa construir o contexto e alcançar o sentido de sua relação com o narratário, e da história.

É o caso de "Polícia e ladrão", cujo conflito é anunciado desde o título, e que traz em campos opostos dois amigos. No reencontro, a brincadeira infantil transforma-se num jogo de vida e morte:

> Parece criança, Nando. Esquece essa arma, vamos conversar. Antes do pessoal chegar. O pessoal já vem. Eu aviso para a sua mãe que tudo acabou bem.
> Esse tiro na perna não foi nada. Não adianta ser teimoso, cara. Lembra? Quando a gente montava em cavalo de vassoura?
> (...). Já perdemos muito sangue, Nando. Para que apontar essa arma para minha cabeça, amigo? Não aponta. (Freire, 2005, p. 85-7).

OUTROS CANTOS

Em *Contos negreiros* a rítmica, determinada pelas rimas internas dos diversos contos, parece ordenada para uma aproximação maior ora com o samba ora com o rap. Denominados "cantos" pelo autor, várias das narrativas em prosa encerram-se com refrão. "Trabalhadores do Brasil" é um bom exemplo da transposição da estrutura da estrofe para a prosa:

> Enquanto Olorum trabalha como cobrador de ônibus naquele transe infernal de trânsito Ossonhe sonha com um novo amor pra ganhar 1 passe ou 2 na praça turbulenta do Pelô fazer sexo oral anal seja lá com quem for ta me ouvindo bem?
> Enquanto Rainha Quelé limpa fossa de banheiro Sambongo bungo na lama e isso parece que dá grana porque o povo se junta e aplaude Sambongo na merda pulando de cima da ponte ta me ouvindo bem? (Freire, 2005, pp. 19-20).

A estrutura paralelística reiterada a cada parágrafo, ritmicamente construída com rimas internas, aliterações e sem pontuação, altera a leitura, já que a imprecisão sintática faz que se depreendam outros sentidos na frase. A incisiva pergunta "ta me ouvindo bem", é "martelada" (feito refrão) no final de cada parágrafo, e parece endereçada ao leitor. A revelação no desfecho, de um destinatário preciso, irrompe o paralelismo feito de uma profusão de "exemplos" de trabalhos degradantes a que cidadãos negros (inferidos pelos nomes de procedência africana — alguns, de orixás: Zumbi, Olorô-Quê, Ode, Obatalá, Olorum, Ossonhe, Rainha Quelé, Sambongo) estão submetidos. O desfecho é irônico, pois revela a incapacidade de esse narrador entender que tais *ofícios degradantes* constituem uma nova forma de escravismo. Valorizar a força do trabalho como autonomia e expressão da liberdade individual esvazia-se, pois revela a inconsciência do narrador com a própria condição de escravo.

Os contos de Marcelino Freire iniciam-se, normalmente, com frases de impacto, sentenciosas e incisivas como provérbios e *slogans*. São sentenças ritmadas, frases que ressoam e, no ressoar, capturam o leitor, impulsionando-o à leitura integral do conto.

> U, hum. Agora ter que aguentar esse bebo belzebu. O que é que ele me dá? Bolacha na desmancha. Porradela na canela. Eu era mais feliz antes. Quando o avião estrangeiro chegava e a gente rodava (...) (Freire, 2003, p. 41) ("Vanicleia").

Seu encadeado de ritmo oral envolve o ouvido e ilude sobre a carpintaria do escritor, pois escamoteia o artifício, o quanto da "espontaneidade" dessa fala é construída. Esse fluxo sonoro que principia parece orientar o próprio fluir da narração, já que o conto se desenvolve num ritmo constante, numa espécie de palavra puxa palavra, compondo-se de figuras sonoras (trocadilhos, aliterações, rimas, repetições, onomatopeia) e livre associação de imagens:

> Pisquei para Yamami e saímos. Fiz sinal de fumaça, acendi um cigarro. Yamami, venha comigo. Sou um branco pálido e telepático. Estou de férias, caralho, longe do meu país, infeliz. Yamami, minha meretriz. O meu turismo. (Freire, 2003, p. 107) ("Yamami").

Tanto em "Vanicleia" quanto em "Yamami" há uma voz/linguagem cuja autonomia (talvez autossuficiência), dilui as unidades de tempo, ação e lugar. Mais exato seria dizer que tais unidades se instauram implicitamente nessas falas-dramas que, emancipadas, sobrepõem-se à trama/enredo (este já condensado a um mínimo construído em lacunas) e se constituem, em grande parte, no interesse do relato.[58]

A musicalidade de sua prosa e a riqueza de significados que reúne fez que estudiosos apontassem a aproximação da prosa de Marcelino Freire à poesia. Como é o caso de Janilto Andrade:

> (...) Considero MF poeta, no sentido original da palavra, ou seja, um fazedor de linguagem. (...) o nível de expressão desperta por outro lado, ambiguamente, momentos prazerosos, porque inscreve a significação de maneira viva, ricamente expressiva. (...) Na elaboração formal do texto de MF, o que resulta peculiar, incomum é a sua oralidade poética numa expressão do autor, a cordelização da escrita. Definitivamente, é esse o traço (formal) que o distingue dos seus contemporâneos (Andrade, 2006, p. 89).

As rimas que Marcelino Freire insere sem qualquer pudor em sua prosa que corresponderiam a um vício de linguagem (o *eco*), se não fossem usadas de modo expressivo constituem a marca principal de seu estilo. Sua prosa poética está calcada numa rítmica nordestina (mas sem o rigor estrutural da poética popular do cordel), e soa com a naturalidade de conversas familiares, orações laudatórias e endechas sertanejas.

Em "Balé" é evidente a apropriação do verso *cordelino* na composição de uma narrativa em que predomina o tom recitativo. Nesse conto do livro *BaléRalé*, um menino nordestino rebela-se com estreiteza de seu destino e atrai o repúdio da comunidade, pois não se curva em nome da fé, do trabalho, da obediência filial. Recusa a resignação tácita dos demais e a um futuro de carências. A narração é feita em terceira pessoa, na polifônica voz de censura da vizinhança:

> Disse que não, não vai cortar cana, morrer, moer neste sol.
> Disse que não, não vai ajudar o pai, salvar a mãe, os irmãos.
> Disse que não, bateu o pé, quer ir embora aqui do Catolé
> Disse que não. Pra que diabo amassar pedra? Não quer ver chumaço de algodão.
> Disse que não, não quer rachar a linha da mão (...) (Freire, 2003, p. 53).

[58] Em "Teses sobre o conto", Ricardo Piglia defende a noção de caráter duplo do conto. Para o escritor argentino, "um conto sempre conta duas histórias". No conto clássico (de Poe), narra-se em primeiro plano a história, constrói-se em segredo a *segunda* história, cifrada nos interstícios da primeira. O efeito de surpresa se produziria quando, no desfecho, a história secreta emergisse na superfície do relato. No conto moderno (Tchecov, Mansfield), o final surpreendente e a estrutura fechada teriam sido abandonados, o interesse estaria na tensão trabalhada entre as duas histórias encerradas sem uma resolução. Em ambos os casos, a arte do contista consistiria justamente na produção da elipse, na manipulação do não dito, do subentendido, da alusão (Piglia, 2004, pp. 89-94).

A narrativa do garoto nordestino se constrói organicamente com musicalidade da récita cordelina. As vozes dos narradores-testemunhas convertem-se em coro, e encadeiam ritmos variados. Formado por períodos com epanáfora, as quebras sintáticas (por vírgulas), rimas internas e anacolutos fazem que o conto soe versejado, posto que está no martelo do cordel, sincopado na récita do repente.

Eliminando a pontuação, há casos em que os enredos se diluem, e o arranjo poético sobressai pela musicalidade; como em "Curso superior":

> O meu medo é entrar na faculdade e tirar zero eu que nunca fui bom de matemática fraco no inglês eu que nunca gostei de química geografia e português o que eu faço agora hein mãe.
> O meu medo é o preconceito e o professor ficar me perguntando o tempo inteiro por que eu não passei por que eu não passei por que eu não passei por que fiquei olhando aquela loira gostosa o que é que eu faço se ela me der bola hein mãe não sei (Freire, 2005, p. 97).

As alternativas que se abrem ao vestibulando negro (que almeja uma vaga na universidade por cota) são, ironicamente, cerceadoras de sua liberdade. O fracasso pela barreira racial parece-lhe inevitável. Incapaz de resolver questões que lhes são impostas, martela seu medo e infantiliza-se em refrões, nos quais indaga respostas à mãe.

Mesmo irônica, sua prosa quer se emancipar, ser poesia. Essa apropriação do ritmo musical não se dá somente pelo cordel, ocorre em relação ao provérbio, ao slogan, ao *jingle*, ao samba e ao rap. Se a trama se passa na periferia (favela ou mangue), a linguagem aproxima-se da dicção coloquial e urbana, assume outro ritmo, casa-se à canção popular "das comunidades" e dos guetos, que na modernidade é bem representada pelo canto-desafio do rap. É o caso de "Maracabul", fala-drama de um garoto fascinado pelo poder das armas:

> Toda criança quer um revólver para brincar. Matar os amigos e correr. Matar os índios e os ETs. Matar gente ruim.
> O medo, aqui, não é brinquedo, pode crer.
> Pá-pá-pá.
> Gostoso roubar e sumir pelos buracos do barraco. Pelo rio e pela lama. Gritar um assalto, um assalto, um assalto. Cercado de PM por todos os lados. Ilhado na Ilha do Maruim. Na boca do guaiamum.
> Papai Noel vai entender o meu pedido. Quero um revólver comprido, de cano longo (Freire, 2008, p. 41).

A estratégia de Marcelino Freire é tensionar o fio que separa o homem do bicho, num limite tão extremo que toda forma de *civilidade* (de *humanidade*) torna-se inviável. Tal desumanização se faz pelo sangue jorrado, pela submissão humilhada, pela conspurcação da infância, pelo cultivo de uma chaga que se faz necessária por ser única fonte de ganho: num desencanto que é espelho da inescapável consciência do não sentido da vida.

O conto "Nação zumbi", no qual um brasileiro relata as peripécias frustradas da venda de seu rim, passa do tom humorístico à denúncia da violência do policial. O universo suburbano do narrador determina que o ritmo do relato aproxime-se, em suas quebras, do samba:

> E o rim não é meu? Logo eu que ia ganhar dez mil, ia ganhar. Tinha até marcado uma feijoada pra quando eu voltar, uma feijoada. E roda de samba pra gente rodar. Até clarear, de manhã, pelas bandas de cá. E o rim não é meu, saravá? Quem me deu não foi Aquele-Lá-de-Cima, Meu Deus, Jesus e Oxalá? (Freire, 2005, p. 53).

Écio Salles, num estudo profundo sobre hip hop, destaca, para além do sentido da crônica social, as relações entre rap, repente e samba:

> Recentemente, no Brasil, pesquisadores do rap e mesmo alguns rappers, talvez acusando os golpes desferidos pelos nacionalistas culturais, têm feito um movimento no sentido de propor o parentesco do rap brasileiro com o samba ou o repente nordestino. (...) David Treece entende haver um fio condutor, baseado no vínculo fala-ritmo, das formas musicais de origem africana que faria a ponte entre uma tradição considerada originalmente brasileira, iniciada pelo jongo, pelo partido-alto, e pelo samba-de-breque e o atual rap brasileiro de ascendência norte-americana (Salles, 2007, pp. 81-2).

Comum em raps e sambas,[59] a profusão de toponímia que frequentemente se encadeia em parágrafos e narrativas inteiras de Marcelino Freire explicita em *Contos negreiros* a condição de exílio indivíduo *versus* espaço geográfico-social. Orientados também pela sonoridade, os lugares e seus nomes indicam em seus livros não só pertencimento, mas inadequação, desterro, descentramento:

---

[59] Conforme Écio Salles: "A geografia periférica é tão importante para o rapper que os três priorizados aqui, Gog, MV Bill e Racionais, escreveram raps para homenagear não só a sua própria comunidade, mas a favela de maneira geral. Esse é um procedimento que os aproxima de Bezerra da Silva, que compõe um samba — *Aqueles morros*, em que homenageia as favelas do Rio de Janeiro. (...) A favela passa a ser o espaço onde o rapper pode estar à vontade, sentir a sensação prazerosa de pertencer a algo, a uma comunidade" (Salles, 2007, pp. 118 e 121).

> Nada de Andaluzia. Taiti. A gente fica é aqui. Que Sevilha? Roteiro Europa Maravilha. Safári na África pra quê? Passar mais fome? Leste Europeu, Escaninávia, PQP (Freire, 2005, p. 53). ("Caderno de Turismo").

> Não gostei do Brasil, caralho.
> Yamami não tem nada a ver com o Brasil. O Brasil é São Paulo, uma cidade longe, parecida com esse continente de gelo, Yamami (Freire, 2005, p. 109) ("Yamami").

Diferente do rap que busca "passar uma mensagem", a literatura do autor é menos de denúncia/afirmação que desvendamento. Seus personagens, mesmo errando, assumem suas carências, revidam, são impiedosos e cínicos; seus "discursos" firmam-se também como forma de reação contra o comodismo e a passividade. Contra maniqueísmos, a linguagem crua, irônica, sarcástica, furta-se à resposta exata, nem mesmo a posição explorador/explorado faz-se clara, pois a submissão pode converter-se em cômodo acordo:

> Meu homem é outra pessoa. Não quer mais saber de samba. Nem de futebol. Não gosta de feijoada. Meu homem não quer voltar para casa. Foge de lá porque tem medo de levar bala à toa. (...)
> Meu homem me obedece e respeita. Por incrível que pareça, mesmo quando me põe de quatro, me machuca, me prende à vara na cama. Quando me chicoteia.
> Meu homem diz que eu serei seu escravo a vida inteira (Freire, 2005, p. 101-2) ("Meu negro de estimação").

Com essa literatura de "afronta", de "destruição de valores" e de afastamento da matéria *perfumada* do gosto médio das academias, a posição de Marcelino Freire tornou-se singular. Sua aceitação na cena literária brasileira não se faz pelo sucesso comercial de romances místicos ou compadrio, tampouco entra pela porta dos fundos com escritos que se baseiam no relato de uma miséria que visa superação.

Como o rap (mais do que o cordel), a literatura de Marcelino Freire pode ser compreendida como reflexo espectral da sociedade de espetáculo (Debord, 1998). Não é espelho cristalino, exato. Alimenta-se do fascínio e da exasperação da pobreza. Recicla valores, dogmas, para desmontá-los, para expor-lhes as arestas. É uma literatura de confronto, que usa o espetáculo da violência como motivo para desfazer certezas, revelar preconceitos dos tempos atuais. Sua imprudência maior consiste em usar como matéria de arte aquilo que a sociedade descartou como datado, diluído, inadequado às academias.

Conclusão

Ambíguo e incisivo, o título do livro — *Contos negreiros* — soa como um bom *slogan* publicitário. Sugere, igualmente, a atualização de um outro cantar abolicionista, já que remete o leitor experto ao poema mais conhecido de Castro Alves, "Navio negreiro".

A questão racial apresenta-se de modo direto desde a capa, na qual figura a nudez humilhada de um escravo africano. Estampado em preto e branco (trata-se de uma fotografia de arquivo histórico), ele apresenta-se de costas para o leitor e, como se fora uma placa, o título do livro aparece impresso num quadrado posto sobre suas nádegas. Ao virar o livro, o mesmo escravo surge no anteverso, apresentado então em nu frontal. Como mercadoria em exposição, seu olhar resignado encara o *leitor*; e ironicamente, cobrindo seu sexo, está impresso o código de barras para compra do livro.

Não há, no entanto, revisionismo histórico. Marcelino Freire não desloca suas narrativas para o passado, trabalha exclusivamente no tempo presente. Centra-se no abismo social contemporâneo que traduz, numa consciência de subdesenvolvimento lúcida, crítica, desencantada. Seus brancos, negros e mulatos fundem-se numa nação de excluídos, uma sociedade que reverbera *ecos* de um passado colonial irreversível e não amistoso. Sem buscar uma perspectiva única, maniqueísta, tanto oprimidos quanto opressores protagonizam narrativas, fazendo menos definíveis a distância entre uns e outros.

Em tempos de esfacelamento das utopias, Marcelino Freire segue na contracorrente de diversos autores novos. Sintonizado com uma sensibilidade que brota dos artistas da periferia, afasta-se da perscrutação abstrata do ego, compõe com seus contos um rol de vozes dissonantes, algaravia de um Brasil cruel, que investiga acidamente em *Contos negreiros*. Daí a predileção pelos marginais e/ou marginalizados inseridos em narrativas nas quais a violência e a negritude não são centro, mas *leitmotiven*. Escreve sobre *tensões* do Brasil contemporâneo; sobre uma realidade histórico-social em degradação que se refletirá no mundo interior de seus personagens, já que da experiência do trauma, revelam eles a consciência dilacerada de terceiro mundo.

Não interessa ao contista a perscrutação distanciada, objetiva e pedagógica da realidade social e do racismo. Sua literatura não trata das mazelas do homem comum, do operariado explorado ou do cidadão entorpecido e carente de conscientização política. Não visa a uma tomada de consciência; ao contrário, todos seus escritos parecem reafirmar a inutilidade dessa consciência, já que é ineficaz para transformação de uma realidade complexa que a supera.

É inegável, portanto, que o autor produziu um esgarçamento no atual quadro do literariamente/esteticamente aceito. Essa entrada se deve, inevitavelmente, ao fato de Marcelino Freire ser, dentre os autores contemporâneos, um dos que melhor expressam literariamente uma nova sensibilidade estética que reflete o desencanto pós-ditadura num discurso antiutópico, e no seu caso, nunca indulgente.

REFERÊNCIAS BIBLIOGRÁFICAS
DO AUTOR
FREIRE, Marcelino. *Angu de sangue*. São Paulo, Ateliê Editorial, 2000.
_____. *BaléRalé*. São Paulo, Ateliê Editorial, 2003.
_____. *Contos negreiros*. São Paulo, Record, 2005.
_____. *Rasif, mar que arrebenta*. São Paulo, Record, 2008.

CRÍTICA
ANDRADE, Janilto. *A arte e o feio combinam?*. Pernambuco: Fasa Editora, 2006.
BENJAMIN, Walter. *Obras escolhidas: magia e técnica, arte e política*. 3.ed. São Paulo: Brasiliense, 1987.
BOSI, Alfredo. *Céu, inferno: ensaios de crítica literária e ideológica*. São Paulo: Duas Cidades/34, 2003.
DEBORD, Guy. *A sociedade do espetáculo*. Rio de Janeiro: Contraponto, 1998.
GENETTE, Gérard. *Discurso da narrativa*. Lisboa: Vega, 1995.
PIGLIA, Ricardo. *Formas breves*. São Paulo: Companhia das Letras, 2004.
SALLES, Écio. *Poesia revoltada*. Rio de Janeiro: Aeroplano, 2007.
PERES, Marcos Flamínio. "Topografia Literária da Violência". *Folha de S.Paulo*, Caderno Mais, 23 maio 2004.

OS NARRADORES DE *CINZAS DO NORTE*

Luz Pinheiro

> *"És agora apenas uma fotografia ao lado da minha insônia. Uma memória que me fala sobretudo, como todas as memórias, daquilo que não existiu."*[60]
> Inês Pedrosa, *Fazes-me falta*

Num dia qualquer de agosto de 2008, ao oscilar por vários canais de TV, assisti a um ator de teatro descrevendo o processo de criação de suas personagens, inclusive mostrando textos marcados, riscados e cheios de anotações que davam conta de sua criação. Em outro canal, acompanhei uma *designer* de sapatos femininos explicando seu processo de criação. Na Internet é possível ver, no *site* do escritor Mário Prata, um texto que foi escrito *on-line,* ou seja, os *internautas* puderam acompanhar o processo criativo do escritor, *ao vivo.* Caetano Veloso tem um site chamado *Obra em progresso*, em que ele apresenta a construção de seu próximo disco. Poderia continuar minha lista de exemplos, mas o que importa é destacar que os andaimes estão à mostra e que provocam imensa curiosidade. Tornou-se lugar-comum ouvir um jornalista perguntar a qualquer artista, de qualquer área, como se dá seu processo de criação. Evidentemente, muitas dessas curiosidades beiram o fetichismo e dizem muito pouco sobre processos criativos.

Entrar num ateliê de criação ou no escritório de um autor, enfim, no lugar ou, no caso da literatura, no suporte utilizado pelo autor, pode, no entanto, oferecer ao leitor interessado mais do que informações espetaculares. Na verdade, podemos ter acesso aos indícios dos processos de criação. Aliás, prefiro usar o termo *invenção,*[61] já que ele nos remete à ideia de artifício e/ou artefato. Portanto, diferente da ideia de inspiração ou dádiva de deuses. O termo *invenção* nos leva para o campo do trabalho, ou seja, da construção de uma obra.

---

[60] Pedrosa, Inês. *Fazes-me falta*. São Paulo: Planeta, 2003, p. 44.
[61] Observação que me foi feita pelo professor João Adolfo Hansen, da qual compartilho.

Proponho neste texto descrever e analisar alguns elementos encontrados nos manuscritos do romance *Cinzas do Norte*, de Milton Hatoum. Mais especificamente, o objetivo é rastrear indícios da invenção dos três narradores do romance: Lavo, Mundo e Ranulfo. Dada a volumosa quantidade de manuscritos, optei por indícios dessa construção aliados ao contexto histórico utilizado no romance.

A obra foi lançada em agosto de 2005. Tive o privilégio de ler uma das provas do texto alguns dias antes de seu lançamento. Neste novo livro há três narradores contando a mesma história: o relato de famílias decadentes e de buscas fracassadas.

Lavo é o narrador principal. Ele conta a história de duas famílias de classes diferentes que vivem um mesmo processo de decadência. Seu ponto de vista é o de um observador que ouve vários segredos que envolvem a história dessas famílias. Ele pertence à família pobre e é amigo de infância de Mundo, filho da família rica. Depois de um distanciamento temporal, ele resolve contar esta história.

Mundo, na verdade Raimundo, é o protagonista da narrativa. Sua construção se dá a partir de três pontos de vista: o do narrador principal, o seu próprio, através de trechos do seu diário, cartões-postais e cartas, e Ranulfo, tio de Lavo, por meio de uma longa carta que é inserida, em fragmentos, ao longo do texto.

Cinzas do Norte é uma espécie de "inventário da destruição" realizado pelo narrador, Lavo, com o auxílio de Mundo e Ranulfo. Todos dão suas versões sobre a história das duas famílias — versões que já iniciam o relato falhadas, fragmentadas, mas que, ao longo da prosa, num processo narrativo difícil, configuram sua história. Poderia pensar-se que os narradores operam numa chave em que são simultaneamente agentes de uma representação e de uma avaliação do que representam para o destinatário e o leitor.

As três leituras diferentes, proporcionadas pelos narradores, constituem três formas de narrar. A primeira e principal é a de Lavo. Sua narrativa oscila entre Mundo e Jano, pai e filho. Sua narração é um esforço para entender a situação irreconciliável de ambos. Nesse seu esforço para compreender, ele escreve.

Mundo vive num constante esforço para se colocar num mundo em que ele é completamente diferente daquilo que seu pai quer e espera. Sua vida é uma luta constante para se libertar da tirania do plano paterno de torná-lo seu herdeiro e sucessor, numa vida que Mundo sempre detestou. No entanto, o pai sempre tentou enquadrá-lo.

O terceiro narrador é Ranulfo, espécie de vagabundo por ideologia, um nômade que privilegia o prazer. No entanto, suas posições ideológicas não o impedem de ser sustentado pela irmã e pela amante. No fim, atingem tal relatividade que não o impedem de viver do tráfico de peixes ornamentais. Ele também vive sua própria decadência.

O intrigante de todos estes narradores é o fato de todos estarem, de algum modo, deslocados. O desnorteio e a posição periférica, mesmo quando as circunstâncias apontam para o centro, como é o caso de Mundo, são o lugar-comum a todos eles.

Todos os narradores escrevem em primeira pessoa. A escrita une todos eles, assim como a utilização da memória. Todos estes elementos corroboram a ideia de um projeto poético, um projeto de escrita.

Os MANUSCRITOS E O PROJETO POÉTICO

O texto de Milton Hatoum se apoia num eixo que, na verdade, é uma equação que precisa ser resolvida ao longo da feitura do romance: como lidar com um período histórico conturbado, recente e pouco tratado na literatura contemporânea? Refiro-me ao período de ditadura militar. Por meio de uma história comum de relação complicada entre pai e filho, tendo como pano de fundo os acontecimentos históricos e suas consequências na vida de cada personagem, vemos o desenrolar de uma história de opressão, decadência e fracasso.

O nó do problema está em construir um ponto de vista consistente e verossímil; no entanto, isso significa também optar por uma única visão de mundo. A solução encontrada pelo autor foi dividir o foco narrativo em três miradas diferentes, mas que se completam. Essa decisão resulta em várias implicações e imprecisões que contribuem para a verossimilhança do texto. Dessa forma observa-se uma espécie de saga em busca da "voz correta", mas não única.

São os manuscritos que irão nos contar a história da invenção do romance. Neles é possível obter indícios do "como se faz". Para Lourival Holanda:

> Os manuscritos — enquanto lugar privilegiado para o analista — deixam perceber as depurações estilísticas que ali se processam. A fala comum tornando-se "literária", abrindo espaço a uma singularidade, deixa entrever, entre as tantas possibilidades, a escolha do escrevente. Tendo lugar nos

manuscritos, essa escolha indica também o lugar onde o texto é produzido, seu *environnement langagier*.[62]

Esse processo torna-se mais complexo quando a narrativa aborda um período histórico tão recente. Hatoum escreveu um romance longo, entre o primeiro livro *Relato de um certo Oriente* e o segundo, *Dois irmãos*.[63] Esse texto foi abandonado porque o autor o considerou "histórico" demais. O tom perseguido para tratar a questão da ditadura não foi considerado adequado. Em *Cinzas do Norte* Hatoum retoma essa questão.

O dossiê[64] do romance *Cinzas do Norte* é composto de doze versões,[65] entre elas algumas cópias de leituras de terceiros, uma pasta contendo duas versões da longa carta de Ranulfo, folhas avulsas contendo informações manuscritas do próprio autor e de terceiros, todos leitores que dão uma série de sugestões. Além desse material, há três pequenos cadernos de anotações com informações sobre as viagens realizadas pelo autor até a região da Vila Amazônia, em Parintins, no interior do Amazonas, e outras localidades próximas. São lugares onde parte da história acontece.

Trata-se de volumoso e rico material. Portanto, decidi por um processo de escolha, um recorte, dos trechos mais significativos que apontassem para o objetivo deste texto: a construção dos narradores dentro de determinado contexto histórico.

Como já foi dito, o texto é narrado em primeira pessoa, por três narradores. A primeira pessoa apresenta como característica certa limitação já que dá conta de um único ângulo, um ponto de vista, uma única visão do mundo. A utilização de três narradores equivale a uma tentativa de resolver o problema da limitação do ponto de vista, mas significa também a ampliação e o risco maior de contradição. No entanto, este parece ser realmente objetivo do texto: evidenciar as contradições das várias visões.

---

[62] Holanda, Lourival. *Sob o signo do silêncio*. São Paulo: Edusp, 1992, p. 51.
[63] Informação oral do próprio escritor.
[64] Trata-se o ajuntamento de todo material que fez parte do processo de criação: manuscritos, versões datilografadas ou/e feitas no computador, folhas soltas, desenhos, rascunhos, planos, comentários de terceiros, cartas etc.
[65] Cada versão possui um título provisório. Neste artigo trabalho com trechos de duas delas: *Vila Amazônia* e *Retratos de um pai*.

Os narradores

Lavo, o narrador principal, mantém do relato certa distância, embora seja um narrador testemunha. Esse efeito de distanciamento entre narrador e matéria narrada é produzido, muitas vezes, pela opção do discurso indireto livre. Recurso que resulta numa impressão de mistura entre a primeira pessoa e a terceira pessoa.

Outra característica da feitura do ponto de vista de Lavo é a economia de detalhes, principalmente se forem de cunho histórico. Vários trechos, nos manuscritos, que davam uma série de informações sobre o período histórico em que se desenrola a história foram suprimidos na versão que foi escolhida para publicação. Destaco um desses trechos, numa espécie de exercício de "como era" e "como ficou". Primeiro no manuscrito:

> Menos de um ano depois, em maio, tive de viajar ao Rio. Eu tinha saído do escritório onde começara a trabalhar como estagiário de Direito Penal. Nos últimos anos o escritório crescera e se tornara uma filial de uma grande firma de advocacia de São Paulo. Parte dos advogados trabalhava para facilitar a aprovação e implantação de empresas na zona industrial de Manaus; outros se ocupavam de causas menos nobres e não menos lucrativas: os crimes escandalosos e torpes que exigiam a convivência promíscua com figurões da magistratura. O lento retorno ao estado de direito no País não acabara com certos privilégios, agora acobertados ou disfarçados por uma casta de políticos daqui e oportunistas de outros lugares. Quanto a isso, tio Ran tinha razão. Ao deixar o escritório, abandonei para sempre o trabalho com esses e outros crimes, e agora advogava pequenos delitos, casos banais, rixas de casais cansados e, sobretudo, a defesa de detentos miseráveis que apodrecem nos cárceres do antigo presídio e da nova penitenciária do Estado.[66]

No texto publicado:

> Menos de um ano depois, fui ao Rio participar de uma série de debates na Ordem dos Advogados e conhecer o projeto da criação da Escola de Magistratura. O caso de Macau me fez abandonar o escritório onde começara a trabalhar como estagiário; agora advogava em defesa de detentos miseráveis esquecidos nos cárceres. O lento retorno ao Estado de direito não acabara com muitos privilégios; quanto a isso, tio Ran tinha razão.[67]

---

[66] Versão *Retratos de um pai*, 21 de março de 2003, p. 188.
[67] Hatoum, Milton. *Cinzas do Norte*. São Paulo: Companhia das Letras, 2005. p. 285.

É importante relembrar que Hatoum enfrenta, nos manuscritos, o problema de produzir uma narrativa que lide com o período histórico em que ele teve participação ativa. No período da ditadura, Hatoum foi preso durante uma manifestação na Pontifícia Universidade Católica de São Paulo, além de ter decidido deixar o país. Dessa forma, suas experiências pessoais comparecem na produção do relato; no entanto, trata-se de um texto literário e não de uma autobiografia. O caminho encontrado para não resvalar para o "histórico demais" é a articulação da memória com a imaginação.

Nos trabalhos de Beatriz Sarlo e Márcio Seligmann-Silva[68] há uma discussão sobre os relatos de testemunhas, na verdade sobreviventes da Shoah.[69] Os dois autores divergem em vários momentos, mas se encontram quando afirmam, por um lado, a impossibilidade da narrativa em primeira pessoa dar conta do acontecido, por outro, da necessidade do uso da imaginação, mesmo sendo num texto não ficcional. Quando os sobreviventes dos campos de concentração retornaram para suas vidas, inicialmente ficou patente a necessidade de registrar suas histórias, mas, ao mesmo tempo, a impossibilidade de dizê-las por ser impossível traduzi-las. No mais das vezes, o relato, rico em detalhes, por ser tão chocante e traumático, perdia em verossimilhança. Ou simplesmente essas pessoas não conseguiam relatar, muitas delas optaram por tentar esquecer. Mas o que destaco dessa discussão é a importância do detalhe para o testemunho. Segundo Sarlo:

> Além disso, o detalhe reforça o tom de verdade íntima do relato: o narrador que lembra de modo exaustivo seria incapaz de passar por alto o importante, nem forçá-lo, pois o que narra formou um desvão pessoal de sua vida e são fatos que ele viu com os próprios olhos. Num testemunho, jamais os detalhes devem parecer falsos, porque o efeito de verdade depende deles, inclusive de sua acumulação e repetição.[70]

Portanto, a ênfase no detalhe, no caso das narrativas de testemunho, estaria diretamente ligada à convenção da verdade. No caso do texto *Cinzas do Norte*, o excesso de detalhes compromete a operação apontada por Holanda, em que a fala vai se tornando literária. Por isso, a impressão de que o texto se aproxima mais da história do que da literatura.

---

[68] Respectivamente Sarlo, Beatriz. *Tempo passado: cultura da memória e guinada subjetiva.* São Paulo: Companhia das Letras; Belo Horizonte: UFMG, 2007; e Seligmann-Silva, Márcio (org.). *História. Memória. Literatura.* Campinas: Editora da Unicamp, 2003.
[69] Catástrofe, segundo Seligmann.
[70] Sarlo, Beatriz. Op. cit., p. 52.

Para Seligmann-Silva, "A memória existe no plural: na sociedade dá-se constantemente um embate entre diferentes leituras do passado, entre diferentes formas de 'enquadrá-lo'".[71] Ela dialoga com o passado de formas diferentes, dispensando o compromisso com um modo universal de ver os acontecimentos. É dialógica porque se dá a partir de um duplo eixo: lembrar e esquecer. Ambos igualmente necessários.

Paradoxalmente, pode-se observar nos manuscritos uma preocupação com a exatidão e o uso dos detalhes, mas não no sentido de ser exato nas descrições, certo ou correto, ou ainda de suprir o texto com informações do período histórico, mas no modo como é defendido por Italo Calvino, a partir de Giacomo Leopardi, ou seja, quanto mais poética a linguagem, mais vaga e imprecisa ela será; no entanto, isso implica exatidão. Mas para se alcançar esse nível de exatidão é preciso ser meticuloso e minucioso nos detalhes. Diria que, no caso de Hatoum, na escolha de que detalhes favorecem ou não seu projeto poético.

Na verdade, observo que as operações de supressão realizadas no manuscrito estão próximas do conceito de "leveza" defendido por Calvino, para quem leveza *é algo que se cria no processo de escrever*, além disso: "A leveza para mim está associada à precisão e à determinação, nunca ao que é vago ou aleatório. Paul Valéry foi quem disse: "É preciso ser leve como o pássaro, e não como a pluma".[72]

No trecho selecionado dos manuscritos e em muitos outros, o processo de supressão atende a uma economia da escrita que privilegia a leveza e exatidão do texto. Por exemplo, todos os elementos que explicam "os privilégios" que sobreviveram à ditadura, embora início da democratização, são eliminados do texto.

Esses elementos demonstram o tipo de relação de Lavo com o momento histórico e a matéria narrada. Embora seja o narrador principal, sua postura diante da história que resolveu contar é de distanciamento, às vezes uma distância respeitosa em relação ao sofrimento de Mundo, por exemplo, outras uma distância comum ao narrador em terceira pessoa.

No trecho que se segue, localizado na abertura do romance (primeiro nos manuscritos, depois na versão publicada), pode-se perceber uma mudança de postura do narrador em relação a Mundo. Inicialmente, Lavo demonstra suas inquietações e reflexões sobre a

---

[71] Seligmann-Silva. Márcio. Op. cit., p. 67.
[72] Calvino, Ítalo. *Seis propostas para o próximo milênio*. São Paulo: Companhia das Letras, 1990. p. 28.

carta que recebera de Mundo. No entanto, no texto publicado nota-se a escolha por um distanciamento do narrado.

Na versão *Retratos de um pai,* lemos:

> Quando li a carta de Mundo, o segredo que me contou me surpreendeu tanto quanto a notícia da morte do meu amigo, há seis anos. Uma carta sem data, escrita aos solavancos durante a noite, e na caligrafia miúda e trêmula eu via sua inquietação, sua revolta, o tom indignado contra a infâmia, o engano, a mentira de toda uma vida.[73]

No texto publicado:

> Li a carta de Mundo num bar do beco das Cancelas, onde encontrei refúgio contra o rebuliço do centro do Rio e as discussões sobre o destino do país. Uma carta sem data, escrita numa clínica de Copacabana, aos solavancos e com uma caligrafia miúda e trêmula que revelava a dor do meu amigo.[74]

Lavo é o responsável por dar-nos o perfil de Mundo, somado a trechos de diários e cartas endereçadas ao narrador. Na mesma abertura do romance, Lavo se sente instado, vinte anos depois, a contar a história de Mundo. Neste trecho, o narrador usa uma frase de um cartão-postal enviado pelo rapaz, numa espécie de tentativa de definição de perfil.

Na versão *Retratos de um pai*, lemos:

> Quase vinte anos depois, é a vida de Mundo que me vem à memória com a força que a infância e a juventude trazem como um fogo escondido. Aí estão seus desenhos no caderno que ele me deixou, os esboços de vários projetos de sua obra inacabada, feitos aqui e no além-mar, na vida à deriva a que se lançou sem medo, como se quisesse se rasgar por dentro, e repetisse a cada minuto a frase que me escreveu num cartão-postal de Berlim: "Na vida, só vale a pena o que envolve risco".[75]

No texto publicado:

> Uns vinte anos depois, a história de Mundo me vem à memória com a força de um fogo escondido pela infância e pela juventude. Ainda guardo seu caderno com desenhos e anotações, e os esboços de várias obras inacabadas, feitos no Brasil e na Europa, na vida à deriva a que se lançou sem medo, como

---

[73] Versão *Retratos de um pai*, 21 de março de 2003.
[74] Hatoum, M. *Cinzas do Norte*, p. 9.
[75] Versão *Retratos de um pai*, 21 de março de 2003.

se quisesse se rasgar por dentro e repetisse a cada minuto a frase que enviou para mim num cartão-postal de Londres: "Ou a obediência estúpida, ou a revolta."[76]

Inicialmente, a frase de Balzac, "Ou a obediência estúpida ou a revolta...", aparece no fim da versão *Vila Amazônia*, mais exatamente numa dedicatória do texto: "À memória de R.A.M. (1953-1980)", seguida da frase. Numa cópia de leitura dessa mesma versão aparece a observação ao lado da frase citada: "Usar como epígrafe?". Finalmente o autor optou por colocá-la no fim da abertura.

As frases apontam para perfis distintos. Na primeira, "Na vida, só vale a pena o que envolve risco", não há em si mais do que uma postura individual, de ação limitada. Semelhante a de Lavo que, embora pouco se arrisque, já que optou por ser uma espécie de observador da história, sua e dos outros personagens, permanece agindo na esfera privada. No entanto, a escolha é pela frase de Balzac. Efetivamente ela está ligada a uma outra postura. Mundo enfrenta a tirania do pai, suas alianças obscuras com os militares, suas dúvidas sobre a orientação sexual do filho, seus projetos de herdeiro dos negócios e do mesmo ponto de vista do pai, enfim, sua opção é pela revolta, mas não só na esfera privada. Mundo, como artista, tem um projeto em que, a partir da sua história de opressão como indivíduo, pretende criticar e se rebelar contra a opressão paterna e política vigente. A forma como a história se desenvolve produz o efeito de mistura destes dois níveis de opressão.

Cinzas do Norte é o texto de Hatoum mais ligado ao contexto histórico, melhor dizendo, o contexto histórico está mais explícito neste romance. É singular a escolha de três narradores. O trabalho nos manuscritos mostra a composição de um ponto de vista múltiplo. Três narradores em primeira pessoa implicam perspectivas limitadas, mas, ao mesmo tempo, ampliação dos ângulos. Questão diversa quando se trata de narrador em terceira pessoa que confere uma espécie de autoridade ao relato, ou seja, ele sabe.

É curioso pensar na primeira pessoa considerando as questões levantadas quando se trata de lidar com testemunhos de sobreviventes. São narrativas em primeira pessoa que trazem de volta ao cenário o sujeito. Segundo Sarlo: "... a história oral e o testemunho restituíram a confiança nessa primeira pessoa que narra sua vida (privada, pública,

---

[76] Hatoum, M. *Cinzas do Norte*, pp. 9-10.

afetiva, política) para conservar a lembrança ou para reparar uma identidade machucada".[77]

Os narradores de *Cinzas do Norte* cumprem funções diferentes. Lavo é o responsável por coletar, observar e escrever a história de Mundo, que é sua história também. Lavo opera como um historiador, talvez a imagem mais precisa seja a do catador de trapos, de Benjamin. Neste trecho do romance sua função aparece bem definida:

> Fui atrás da carcaça de Fogo, não a encontrei. Outro esqueleto, muito maior, se destroçava e prometia virar ruínas. O palacete de Jano já estava destelhado, janelas e portas arrancadas. Vi pela última vez *A glorificação das belas-artes na Amazônia* no teto da sala: com cortes de formão e marteladas os operários a destruíram. O estuque caiu e se espatifou como uma casca de ovo; no assoalho se espalharam cacos de musas, cavaletes e liras, que os homens varriam, ensacavam e jogavam no jardim cheio de entulho; pedi a um demolidor um pedaço da pintura com o desenho de um pincel. "pode levar todo esse lixo", disse ele, tossindo na poeira.[78]

Lavo é o intelectual da tríade de narradores. Ele escreve a história, ao passo que Mundo se sente incapaz com as palavras: "Pensei em reescrever minha vida de trás para frente, de ponta-cabeça, mas não posso, mal consigo rabiscar, as palavras são manchas no papel, e escrever é quase um milagre..."[79] Talvez por assumir a responsabilidade de manter registrada a memória de Mundo com alguma possibilidade de entendimento, tenha gerado como efeito o distanciamento que ele estabelece com a matéria narrada, produzindo a impressão de pouca implicação com o que conta.

Mundo comparece na narrativa, no entanto, com trechos de diários e duas cartas. Sua narração tem um tom mais próximo da matéria narrada. Sua tentativa é pela arte como uma explicação ou construção de sentido. Sua ação sai do privado, sai de sua casa, de sua terra, à deriva pelo mundo, como afirmou Lavo. Ele não aceita o lugar que o pai impõe a ele, não atende a suas expectativas.

Mundo, embora vivendo seu próprio inferno, abre sua perspectiva para além de si mesmo. Sua relação com Manaus oscila entre o insuportável e o único lugar possível; oscila entre pertencer e não pertencer a qualquer lugar. É um artista, um criador, que imagina poder

---

[77] Sarlo, Beatriz. Op. cit. p. 19.
[78] Hatoum, Milton. *Cinzas do Norte*. São Paulo: Companhia das Letras, 2000. p. 224-5.
[79] Ibidem, p. 311.

mudar o mundo, começando por sua casa. É uma espécie de personagem da utopia, talvez a última.

Na carta de Mundo que encerra o romance há um trecho que aparece em duas versões, mas que foi suprimido da versão publicada. Trata-se de uma metáfora sobre a relação de Mundo e o pai, Jano:

> Cresci com ódio de Jano, com quem convivi, muito mais do que queria... Ele não viveu com um filho, viveu contra mim, desde sempre, como se eu fosse um réptil. Um pai caçador de um único réptil, o filho dele. Lembro da minha infância caçando calango com baladeira no quintal de casa. Eu era cruel com esses bichinhos, acertava uma pedrada na cabeça ou na lombada, ele começava a inchar, parado, depois eu decepava um pedaço da cauda, ele tremia, as duas partes do corpo, separadas, tremiam. Era o meu prazer, o mais cruel da nossa monstruosidade infantil. Jano fazia isso comigo. Queria me desconjuntar me decepar em dois três mil pedaços, mas nunca me paralisou, eu não morria, minha cabeça continuou viva, não conseguiu matar minhas ideias nem meus desejos. Não era só a arte ou uma sensibilidade para o fazer artístico que nos separava, a minha vontade de ser artista. Política também. Desde criança odiava ver Jano bajular os exportadores de juta, castanha e borracha que ele convidava só para jantar em casa... Depois de 64, passou a bajular os militares, ele me obrigava a ficar sentado, quieto, menos minha mãe, a viciada, a misteriosa, a que sempre guardou tantos segredos.[80]

Dois elementos são fundamentais nesse trecho: a metáfora e a referência ao golpe de 64. Mais uma vez voltamos à questão do detalhe excessivo e que compromete a verossimilhança do perfil do narrador Mundo. A escolha do escritor é pelo enxugamento do texto. Trata-se do fim do romance, momento em que o personagem está morrendo, portanto não cabe uma narrativa racional, no caso, uma imagem para explicar outra imagem que aparece durante todo o texto: a repressão esmagadora sofrida por este narrador. Uma explicação que não explica. Mundo está morrendo e descobre quem é seu verdadeiro pai. Uma resposta que não responde. Ele é um artista da desilusão. Nesse momento, antes da morte, todo seu percurso de revolta não faz mais sentido. Ele depositou todo o seu ímpeto sobre uma ilusão paterna. Na verdade, nenhuma das possibilidades paternas, Ranulfo, Jano e Arana, exerceu a função paterna.

Ranulfo narra trinta anos de história clandestina com Alícia, mãe de Mundo. Seu tom é de aproximação total da matéria narrada, praticamente colado a ela. Sua preocupação é com sua experiência, não há espaço para

---

[80] Versão *Retratos de um pai*. 21 de março de 2003, pp. 200-1.

a reflexão ou explicação. Ele é o responsável por contar a história da mãe de Mundo, num relato, na verdade uma longa carta, endereçada a Mundo, que foi inserida aos poucos no romance. Sua grande frustração era não ser o pai verdadeiro de Mundo: "... eu e tu fomos pai e filho... Percebi que ias ser um artista quando tua mãe me mostrou os desenhos que fazias em dias de chuva, sozinho, trancado no subsolo do palacete."[81]

Esse personagem é constituído pelo olhar de Lavo, mas participa como narrador, a partir da página 51, com uma longa carta dirigida a Mundo. Ele conta como conheceu a mãe do rapaz e seu envolvimento com ela. Na verdade, é um inventário dos trinta anos de vida clandestina com ela. A carta está dividida em partes e aparece entre os capítulos narrados por Lavo. O efeito é uma espécie de mosaico que vai ganhando sentido à medida que os processos de ocultação produzidos pelos narradores vão sendo resolvidos pelo leitor atento. Ao mesmo tempo, os fragmentos obrigam o leitor a fazer pausas e perspectivar a leitura por outros ângulos.

O esforço de Ranulfo não é pela compreensão. Ele não pretende produzir respostas. De acordo com suas características dionisíacas, interessa-lhe o registro de sua fidelidade à paixão. Nada mais lhe interessa: "Solitário, vivendo do trabalho sazonal, meu tio ignorava a história da cidade e do país. A revolta dele era pessoal, íntima, e em estado bruto."[82]

No jogo de composição dos pontos de vista, todos os narradores apresentam um tipo de relação com a história. A alienação como opção de Ranulfo, o engajamento social de Lavo e o desejo utópico de Mundo conferem ao relato formas diversas de agir dentro do contexto, apoiados na escrita e na memória.

Tanto Beatriz Sarlo como Seligmann-Silva apontam para novas formas de discutir sobre a memória, por meio da literatura e da historiografia, ambos ressaltando as mudanças produzidas pelos relatos de sobreviventes e a necessidade de lidar com os relatos pós-traumas. Principalmente os relatos em primeira pessoa e a questão da verossimilhança. Paradoxalmente, no caso do texto de Hatoum, a limitação da primeira pessoa é resolvida por três narradores. Ao mesmo tempo poderíamos pensar em certa desconfiança da primeira pessoa e sua valorização, tendo como consequência a multiplicação do ponto de vista.

O trauma de vinte anos de ditadura, em meio às figuras de terror comuns a esse tipo de regime, suscitou e continua a suscitar inúmeras

---

[81] Hatoum, M. *Cinzas do Norte*. p. 218.
[82] Idem, p. 302.

versões e formas de ver e tratar os fatos ocorridos. Não sei se há um jeito melhor de tratar destes assuntos, mas, obviamente, eles precisam ser encarados, sua complexidade e sua peculiar característica de ser intraduzível precisam ser enfrentadas:

> O que eles não deixaram escrito no corpo dessas pessoas foi, no entanto, escrito a ferro e fogo na carne da sociedade. As cicatrizes e feridas deixadas expostas na América Latina são as marcas de um trauma. Esses traços podem ser lidos por nós se não nos deixarmos ofuscar pelos holofotes brilhantes de uma sociedade toda "fascinada" pela mídia.[83]

Desde o primeiro romance de Hatoum, pode-se perceber uma tentativa de lidar com as rupturas, os traumas, a identidade de explicação utópica, narradores deslocados, exercícios de legitimação de uma voz sequestrada, ausente, metaforizada pelas últimas palavras de Mundo para Lavo: "... sou menos que uma voz..."[84]

Antonio Cornejo Polar, discutindo sobre a literatura latino-americana faz observações e advertências interessantes sobre a matéria-prima de um escritor e sua relação com a história:

> Como pode o pensamento crítico-histórico enfrentar uma literatura que desdobra com tamanha evidência suas radicais contradições, sua tenaz e englobadora heterogeneidade?
> Por certo, não fingindo unidade e coerência onde o que existe é claramente contraste e ruptura, mas tampouco negando a nação em favor de um desmembrado pluralismo étnico; ao contrário, sob o aval desta constatação do múltiplo, construindo um objeto que só tem sentido em sua contradição: em outras palavras, uma literatura que somente se reconhece em sua radical e insolúvel heterogeneidade, como construção de vários sujeitos social e etnicamente dissimiles e confrontados, de nacionalidades e imaginários distintos e inclusive incompatíveis, de linguagens várias e díspares em sua mesma base material, e tudo no interior de uma história densa, em cuja espessura acumulam-se e desordenam-se vários tempos e muitas memórias.[85]

É esse o núcleo em que estão mergulhados os narradores de Hatoum. A multiplicidade de pontos de vista como ferramenta para lidar com o contexto histórico e com as memórias individuais e coletivas é resultado

---

[83] Seligmann-Silva, Márcio. Op. cit., p.85.
[84] Hatoum, Milton. *Cinzas do Norte*. p. 311.
[85] Cornejo Polar, Antonio. *O condor voa. Literatura e cultura latino-americanas*. Belo Horizonte: Ed. UFMG, 2000, p. 296.

de um trabalho, de estratégias e decisões. Os indícios e rastros deste trabalho estão visíveis nas operações realizadas nos manuscritos, lugar onde os fragmentos, as rupturas, supressões e acréscimos apontam para uma invenção: "O que os manuscritos permitem ver no jogo escritural é o nó de modalidades de significações específicas. Não é tanto o texto atestando uma psicologia, mas uma forma, essa instância primeira e derradeira quando se escreve."[86]

Antes do fim...

As três visões narrativas se encontram no núcleo da contradição humana, no desacordo e na diversidade. Lavo, na posição de intelectual, opta pela escrita, por contar a história de Mundo, lidando com a memória e seus correlatos, ou seja, contar ou narrar também significa esconder; registrar e escrever significa também esquecer.

No fim da tragédia de Shakespeare, Hamlet implora a Horácio que se mantenha vivo e conte sua história. Diz a ele que deve contar a Fortinbras toda a história: "Diz-lho: informa-o dos grandes e pequenos acontecimentos que originaram esta catástrofe. — O resto é silêncio".[87] Lavo assume essa função, mas usando como artifício a escolha do que seriam os grandes e os pequenos acontecimentos. No entanto, mantém também o silêncio como aliado no trato com a memória. Obviamente, essas operações mimetizam o fazer do escrevente, ou seja, as escolhas do autor.

Mundo encarna a visão do artista que sofre a repressão do pai, na esfera do privado, e a repressão do Estado, na esfera pública. Sua resposta para o mundo é a revolta, nunca a obediência e a submissão. Ele encarna também o problema da origem, da identidade, do nome do pai; consequentemente, revela a falta, a ausência.

Ranulfo encarna o ponto de vista do apaixonado, do revoltado, mas que opta por agir na esfera do privado, para garantir seu prazer. Como afirma seu sobrinho, sua revolta é pessoal.

Definir um ponto de vista significa definir uma leitura de mundo. Essa não parece a melhor opção para lidar com a história falhada e cheia de rupturas. A opção é pela memória e imaginação para conceber algum tipo de sentido que, no mais das vezes, não conforta, nem responde.

---

[86] Idem, p. 52.
[87] Shakespeare, William. *Hamlet*. Domingos Ramos (trad.). Porto: Lello & Irmão Editores, s.d., p. 263.

Dentro da lógica do texto é visível um projeto poético em que as operações dos narradores contemplam uma espécie de ruído sobre a ditadura militar. É o meio no qual se dá a urdidura do texto. A trama é desenhada pela memória, sempre aliada à imaginação. Os manuscritos mostram a história da invenção do texto por meio de indícios, por isso guardam um saber importante: "Toda obra literária é antes de mais nada uma espécie de objeto, de objeto construído; e é grande o poder humanizador desta construção, enquanto construção".[88]

---

[88] Candido, Antonio. *Vários escritos*. São Paulo/Rio de Janeiro: Duas Cidades/Ouro sobre Azul, 2004. p. 177.

REFERÊNCIAS BIBLIOGRÁFICAS

BENJAMIN, Walter. *Obras escolhidas: magia e técnica, arte e política*. São Paulo: Brasiliense, 1994.
CALVINO, Italo. *Seis propostas para o próximo milênio*. São Paulo: Companhia das Letras, 1990.
CANDIDO, Antonio. *Vários escritos*. São Paulo/Rio de Janeiro: Duas Cidades/Ouro Sobre Azul, 2004.
CORNEJO POLAR, Antonio. *O condor voa. Literatura e cultura latino-americanas*. Belo Horizonte: Editora UFMG, 2000.
GAGNEBIN, Jeanne Marie. *História e narração em Walter Benjamin*. São Paulo: Perspectiva, 1999.
HATOUM, Milton. *Relato de um certo Oriente*. São Paulo, Companhia das Letras, 1989.
_____ . *Dois irmãos*. São Paulo: Companhia das Letras, 2000.
_____ . *Cinzas do Norte*. São Paulo: Companhia das Letras, 2005.
_____ . *Órfãos do Eldorado*. São Paulo: Companhia das Letras, 2008.
HOLANDA, Lourival. *Sob o signo do silêncio*. São Paulo: Edusp, 1992. (Criação e Crítica; v. 8.)
LIMA, Luiz Costa. *História. Ficção. Literatura*. São Paulo: Companhia das Letras, 2006.
SARLO, Beatriz. *Tempo passado: cultura da memória e guinada subjetiva*, Rosa Freire d'Aguiar (trad.). São Paulo: Companhia das Letras/Belo Horizonte: UFMG, 2007.
SELIGMANN-SILVA, Márcio (org.). *História. Memória. Literatura*. Campinas, SP: Editora da Unicamp, 2006.
_____ . *O local da diferença. Ensaios sobre memória, arte, literatura e tradução*. São Paulo: 34, 2005.

FIGURAÇÃO DA EXPERIÊNCIA MELANCÓLICA NA CRÔNICA DE CAIO FERNANDO ABREU

Joana Darc Ribeiro

> *"[...] sempre com o amanhecer chega a hora de ir embora, começamos a ir embora. [...] Escuta bem, vou repetir no teu ouvido, muitas vezes: a única coisa que posso fazer é escrever, a única coisa que posso fazer é escrever."*
> Caio Fernando Abreu

Vinculada ao jornal, a crônica moderna é espaço destinado ao registro do cotidiano, à crítica social e ao humor; conjuga informação e reflexão; ora assume o tom ensaístico e autobiográfico, ora o tom lírico; transita entre o fato e a ficção. É esse o *status* de gênero híbrido, por excelência, que Antonio Candido (1992) e Davi Arrigucci Jr. (1987) destacam sobre o surgimento e a formação da crônica no Brasil. Na passagem do jornal para o livro, ressalta Candido, "verificamos meio espantados que a sua [da crônica] durabilidade pode ser maior do que ela própria pensava" (1992, pp. 14-5). Considerar a organização das crônicas nesse veículo pode ser relevante para refletir sobre os aspectos literários do gênero, sua importância no conjunto da produção de um autor e mesmo no panorama literário nacional, como *Pequenas epifanias*, de Caio Fernando Abreu, de 1996.

Este ensaio tem por objetivo a leitura dessa coletânea sob o ângulo da experiência melancólica dos narradores. Para tanto, situa o livro em seu contexto de publicação e na ficção do autor, sublinhando aspectos temáticos e formais de sua literatura e, em seguida, detém-se na análise de quatro crônicas representativas da referida experiência.

Pequenas epifanias reúne 62 crônicas, publicadas no *Caderno 2* de *O Estado de S. Paulo*, entre abril de 1986 e dezembro de 1995, e no jornal *Zero Hora*, a partir de 1994, excetuando a última delas, sem data e inédita, de acordo com o organizador da coletânea (Veloso, 1996, p. 7). Sob diferentes tonalidades, as crônicas assumem formas variadas como as dos relatos de viagem, epistolar, diário íntimo, autobiográfico e integram a produção ficcional do autor em relação a certos temas e procedimentos estilístico-formais, que lhe são peculiares. Entre esses temas e procedimentos, encontram-se a configuração melancólica dos narradores, a atmosfera intimista, alguns aspectos da história recente do Brasil pós-ditatorial e da disseminação da aids, no contexto dos anos 1980-90, e a linguagem elíptica e sugestiva. Nas publicações esparsas no jornal, talvez esses elementos textuais e contextuais não pudessem ser percebidos como componentes de base das crônicas de Caio Fernando Abreu. Na referida coletânea, esses aspectos ganham uma significação importante porque conferem organicidade interna aos textos cujos narradores solitários deslocam-se pelas ruas das metrópoles, viajam ou fecham-se na vida privada. Assim como os contos do autor, suas crônicas formalizam uma escrita que se elabora em torno dos resíduos e do detalhe que configuram o esfacelamento de vínculos orgânicos do sujeito com o contexto histórico-social a que está, de algum modo, ligado. O espaço narrativo de ambos os gêneros, na produção de Caio Fernando Abreu, coloca o narrador

> frequentemente em foco, assumindo a fala [...]. No entanto, mesmo em primeira pessoa, a narrativa apresenta um distanciamento autocrítico, auto-irônico. Apesar de próximo, o narrador preserva um espaço entre si e o que ele apresenta. Centrados no eu, na sua fratura, os contos são o palco de uma relação singular entre esses dois pólos, narrador/personagem (Leal, 2002, p. 54).

A atmosfera intimista comum aos relatos de *Pequenas epifanias* sinaliza tanto a busca de "ancoragem" do eu na interioridade quanto a impossibilidade de essa volta para dentro resultar em refúgio e proteção do indivíduo. Este se encontra tão instável quanto a realidade exterior, pois nem sempre há o que "escavar" ou a que se apegar, agindo como sobrevivente (Pellegrini, 1999, p. 67) numa realidade histórica da qual se sente apartado, ou conscientemente dela se apartam. Essa dupla instabilidade, que se tornou o fundamento da representação narrativa moderna e contemporânea, nos termos de Adorno (1983, p.184-5), tende para a reflexão, para o encurtamento da distância do narrador em relação à matéria narrada e mesmo para a "liquidação do sujeito" como instância plena.

Nas crônicas de Caio Fernando Abreu, a atitude reflexiva, analítica e irônica dos narradores está ligada a uma experiência melancólica que expõe a "convicção dolorosa [...] de que o presente carece de alguns valores humanos essenciais que foram alienados" [...]; assume um "sentido agudo de alienação vivenciado, muitas vezes, como exílio [...]" (Löwy; Sayre, 1995, p. 40); aponta para a consciência aguda da transitoriedade e constitui uma perspectiva antiutópica do Brasil. Portanto, a melancolia, nas crônicas do autor, comporta uma dimensão crítica e pode ser entendida como uma disposição resultante de uma experiência de perdas e de esvaziamento de horizontes, conforme as formulações de Freud (1974), para o qual a condição melancólica traduz não só o vazio da realidade exterior, mas também do próprio sujeito.

A escrita melancólica de Caio Fernando Abreu — seja a respeito do esvaziamento de perspectivas sobre o Brasil, seja acerca da experiência da dor ligada à aids e à proximidade da morte ou sobre a rarefação da experiência — constitui a forma possível de narrar a partir dos escombros da história pessoal e coletiva, de que são exemplares os textos escolhidos para leitura neste trabalho: "Pálpebras de neblina", de 18/11/1987, "Agostos por dentro", de 12/08/1995, "Mais uma carta para além dos muros", de 24/12/1995, e "No dia em que Vargas Llosa fez 59 anos", sem data. Nesses textos, o estado melancólico dos narradores oscila entre uma visão crítico-irônica e outra resignada sobre si e sobre o que os rodeia. Essa oscilação pode ser vista tanto na relação entre as crônicas quanto na estrutura de um mesmo relato.

Das quatro crônicas escolhidas, a primeira é paradigmática da perspectiva melancólica ruinosa e irônica do narrador sobre sua condição no contexto histórico-social brasileiro da recente abertura democrática. A melancolia, nesse caso, é resultante de uma experiência pessoal e histórica fraturada que expõe a cisão interna do sujeito e o esfacelamento da realidade externa vivida e sentida pelo narrador. Na construção de seu relato, a série de frases interrogativas é um dos principais recursos estilísticos utilizados para representar a impossibilidade de superação dessa experiência cindida. Além desse procedimento, as várias referências literárias e musicais de fundo melancólico estabelecem uma relação intertextual com esse texto e produzem o efeito de adensar a sensação de incompletude do narrador e a impossibilidade de sua integração efetiva no espaço social em que está situado.

Desde a epígrafe — "Texto tristíssimo para ser lido ao som de 'Giulietta Masina', de Caetano Veloso" (Abreu, 1996, p. 66) — o tom melancólico que predomina na enunciação da crônica já está presente. A referência à música, que homenageia a atriz italiana, remete o leitor a *Noites de Cabíria*, de Federico Fellini. O texto melancólico da canção relaciona-se com uma das personagens mais famosas interpretadas por Masina: a prostituta Cabíria. Na crônica, cujo título é um dos versos que se repete na letra da canção, o sentimento de desamparo está presente no narrador, na prostituta vista por ele e em toda uma coletividade: a do "Brasil 1987".

Os seis parágrafos de "Pálpebras de neblina" circunscrevem o trânsito do narrador entre a casa, a rua e a casa novamente, "num fim de tarde. Dia banal, terça, quarta-feira", em que estava se "sentindo muito triste" (Abreu, 1996, p. 66). Nesse estado de tristeza persistente, "com alguns relâmpagos de catástrofe futura" (Abreu, 1996, p. 66), abundam perguntas sobre a precariedade da condição material e afetiva da existência: "e trabalho, amor, moradia? O que vai acontecer?". Sem perspectivas, decide "andar e olhar. Sem pensar, só olhar: caras, fachadas, automóveis, nuvens, anjos bandidos, fadas piradas, descargas de monóxido de carbono" (Abreu, 1996, p. 66). Casa e rua, aqui, são espaços que não se opõem ou se excluem completamente, pois em ambos o narrador se sente desolado. A gravidade de seu desalento aponta para a situação-limite em que se encontra e culmina na propensão autodestrutiva ao afirmar que "precisava tanto que alguém [o] salvasse do pecado de querer abrir o gás" (Abreu, 1996, p. 67).

Esse fluxo de pensamento, que reafirma a ausência de sentido nas coisas ao redor e no próprio sujeito, é interrompido quando o narrador vê do outro lado da rua uma mulher chorando. Essa interrupção, no entanto, não suspende a melancolia do narrador. Antes, acentua-a após a reflexão que a imagem da desconhecida suscita.

A cena lembra, em parte, a do conto "Amor", de Clarice Lispector (1998, p. 21), em que a personagem Ana vê um cego mascando chicletes numa esquina. No conto, a imagem do cego desestabiliza a personagem clariceana, retira-a de sua rotina de dona de casa e a leva a experimentar um turbilhão existencial jamais vivido, num profundo mergulho na interioridade. Na crônica, o que o narrador vê promove um relativo "descentramento do eu", ao se deter no outro, uma prostituta, e traduz uma "percepção epifânica de reversão irônica"[89] (Sá, 1993, p. 192) pela constatação dolorosa de ver no rosto de uma anônima, desfigurado pela explosão da dor em lágrimas, não apenas seu desamparo, mas, também, o do Brasil. Dessa constatação resulta a revolta impotente que se expressa

---

[89] A autora define a expressão como "epifanias críticas e corrosivas", espécie de "antiepifanias" que podem ser "seguidas de náusea ou tédio" (Sá, 1993, p. 200).

numa linguagem referencial, por meio de uma profusão de adjetivos. Estes dão contornos a uma imagem negativa do país, destituindo aquela em que "cerveja e carnaval" são vistos como símbolos de um país festivo e como "antídotos para amenizar a melancolia" (Scliar, 2003, p. 203-6):

> Aquela prostituta chorando, além de eu mesmo, era também o Brasil. Brasil 87: explorado, humilhado, pobre, escroto, vulgar, maltratado, abandonado, sem um tostão, cheio de dívidas, solidão, doença e medo. Cerveja e cigarro na porta do boteco vagabundo: carnaval, futebol. E lágrimas. Quem consola aquela prostituta? Quem me consola? Quem consola você, que me lê agora e talvez sinta coisas semelhantes? Quem consola esse país tristíssimo? (Abreu, 1996, pp. 67-8).

Na volta para casa, o narrador afirma que foi consolar a dor de um amigo para esquecer a própria dor, que não passara de todo no deslocamento pelas ruas de São Paulo. Embora afirme ter se sentido mais leve, o "passeio" não foi capaz de aliviar as incertezas do presente e do futuro. Depois de contar ao amigo sobre a moça que vira na rua, ouve a pergunta: "por quê?". A resposta do narrador de que da dor nasceriam as canções acaba não sendo propriamente um consolo. E como na epígrafe da crônica, a "construção em abismo" é sugerida: da dor nasceriam o cinema (*Noites de Cabíria*), a música ("Giuletta Masina" e "Cajuína") e a crônica ("Pálpebras de neblina"), estendendo a ligação que se estabelece nessa última entre melancolia, arte e literatura. A pergunta do amigo ecoa, ainda, na do narrador que fecha a crônica por meio da citação de parte do verso "Existirmos, a que será que se destina", presente nas duas canções citadas. Em "Cajuína" (1989), a repetição desse verso instaura a circularidade temática e formal na composição e aponta para a impossibilidade de resposta para o sentido ontológico da existência (Wisnik, 1996, p. 209). Na crônica, o último parágrafo espelha o primeiro, ao reiterar o sentimento de desamparo histórico que pontua todo o relato: "não ter pode ser bonito, descobri. Mas pergunto inseguro, assustado: a que será que se destina?" (Abreu, 1996, p. 68).

Com efeito, não há respostas para nenhuma de suas perguntas. O Brasil da recente democracia ainda traz as marcas de um período doloroso, e esvaziado de nostalgia, pois o passado nada tem de "velhos e bons tempos". E o Brasil do futuro insinua-se tão cinzento quanto o do presente. Nesse sentido, "Pálpebras de neblina" poderia ser inscrita na linhagem das narrativas pós-ditatoriais que elaboram as "alegorias da derrota", em que "a melancolia emerge assim de uma variedade específica de luto, daquele luto que fechou um círculo que inclui o próprio enlutado como objeto da perda" (Avelar, 2003, p. 262).

Nas crônicas que se constroem em torno do tema da morte a melancolia também está presente na constituição do ponto de vista narrativo, seja quando os narradores falam de parentes e amigos mortos, da proximidade da própria morte ou refletem sobre a "indesejada das gentes". Em algumas delas, à temática da morte associa-se, direta ou indiretamente, a da aids, como "Agostos por dentro" e "Mais uma carta para além dos muros".

Em seus estudos sobre literatura, autobiografia e aids, Marcelo Secron Bessa (1997, p. 115-6; 2002, p. 21-60) observa que na produção literária de Caio Fernando Abreu a elipse e "a economia na nomeação da doença", as metáforas e a linguagem sinuosa seriam alguns dos procedimentos usuais do escritor que transfigurariam as referências autobiográficas, mesmo na crônica, gênero mais aberto ao relato pessoal e à referencialidade. Esses recursos formais singularizariam, ainda, os textos do autor da produção literária e jornalística sobre a aids nas décadas de 1980-1990, por conferir um maior grau de literariedade aos relatos (Bessa, 1997, p. 115-6). Essa estilística sinuosa e a linguagem metafórica também assinalam a dificuldade de os narradores elaborarem a narração do sofrimento provocado pela doença e pela proximidade da morte. É por meio dos "fragmentos descontínuos" das cartas-crônicas e das metáforas do corpo doente, como as do jardim que luta contra as pragas que o atacam em "Aos deuses de tudo que existe" (Abreu, 1996, p. 168), que eles procuram compreender "a maneira como tudo é ou tornou-se, inclusive [eles mesmos], depois da imensa Turvação" (Abreu, 1996, p. 97).

"Agostos por dentro", de modo mais sugestivo, estabelece a relação entre doença (a aids) e morte. Algumas limitações do corpo doente são mencionadas no texto, mas a perspectiva melancólica do narrador não se restringe aos problemas físicos. A melancolia também parece resultar do sentimento de segregação e isolamento discutido por Andrea Giovannetti e Iolanda Évora (1997, p. 129). De acordo com as pesquisadoras, esse sentimento pode pesar mais que o fardo físico, pois é o fardo social do estigma, constitutivo da representação social da aids como ceifadora da existência, que permanece mesmo depois que "os avanços da medicina [...] transformaram a infecção por HIV numa condição crônica" (Giovannetti; Évora, 1997, p. 129).

Semelhante a "Pálpebras de neblina", "Agostos por dentro" centra-se nas percepções do narrador sobre o espaço e sobre si próprio durante um passeio pela orla marítima, "na ponta do Leme, no Rio" (Abreu, 1996, p. 161). Seu percurso se dá entre a praia e o quarto de um hotel em um dia luminoso propício à contemplação e à integração harmoniosa entre homem e espaço. Inicialmente, a descrição da vivência desse momento é perpassada pela leveza de um olhar que capta a alegria ruidosa em tudo a sua volta num dia em que há "um toque de divino no humano" (Abreu, 1996, p. 161). A partir do segundo parágrafo, a essa leveza vai se contrapondo a secura de quem se vê um estrangeiro não por estar em outra cidade, mas pela aguda constatação de ser deslocado.

Esse contraponto se configura no jogo entre dentro e fora, luz e sombra, liberdade e privação, comunhão e segregação, vitalidade e doença, conferindo às imagens dessa crônica a dialética entre peso e leveza (Calvino, 1990, p. 32) em que a melancolia vem modulada por sensações antitéticas. Ironicamente, a consciência de não pertencimento emerge de uma vivência de comunhão com a natureza em que passado e futuro parecem abolidos. O instante dessa relação integradora atinge uma dimensão sagrada, mas o "pensamento impiedoso" "de não fazer parte" atravessa o momento contemplativo e lança o narrador a uma dolorosa realidade:

> Nos próximos segundos [...] poderia quem sabe levitar [...]. Foi então que alguma coisa — eu ia escrever "deu errado", mas não, nada deu errado, o que houve foi só a continuação do que estava acontecendo, e só seria "errado" se o que estava acontecendo fosse "certo", compreendem, nem eu? Mas o que houve — o tropeço, o solavanco, o esbarrão, a tosse no meio da área lírica —, o que houve foi um pensamento impiedoso e exatamente assim: não faço parte disso. Não uma dúvida, mas uma certeza. Absoluta (Abreu, 1996, pp. 161-2).

Já nesse momento a enunciação tende ao tom de despedida e de tristeza profunda: "Para o futuro, também não cometi o erro de projetar o pensamento, pois sei que não tentei adivinhar se outra vez, algum dia, voltaria ali" (Abreu, 1996, pp. 162-3). Na sequência, é esse tom que predomina na voz do narrador que reafirma a impossibilidade de (re)integrar-se no movimento da vida. Embora "sem revolta ou inveja", afirma, ele volta "lento e atordoado" para o hotel. Fecha-se no quarto e olha do alto e a distância a vida lá fora, por trás da "imensa janela de vidro do 18º andar [que] dava para praia. Cheia de sol, azul, turquesa, jade, cheia de gente viva", e que não abre "feito uma vitrina, uma jaula" (Abreu, 1996, p. 162). A comparação aponta para o esvaziamento do quarto como lugar de acolhimento, mas de reclusão e anonimato, onde não há experiência a viver nem o que contemplar. Logo, algo próximo de um espaço tumular em que o sujeito se encerra ainda em vida. Isolado, o narrador passa a observar a rua de longe e do alto, e a melancolia ainda perdura nesse olhar: "Desde então, tenho uns agostos por dentro, umas febres. Uma tristeza que nada nem ninguém conserta. É assim que se começa a partir?" (Abreu, 1996, p. 162). Esse eufemismo da morte retorna em outras imagens em "Mais uma carta para além dos muros", mas agora de modo mais impactante e, ao mesmo tempo, sinalizando para uma aceitação serena da finitude.

Nela, o narrador procura elaborar a experiência do "encontro" com a morte ao narrar um sonho ou quase delírio. Logo no início do texto refere-se ao esforço para construir sua narração: "Fico aflito, tenho sempre tanto medo que me desviem do que estou tentando desesperadamente organizar para dizer; qualquer atalho poderia me perder, e à minha quase história, para todo o sempre" (Abreu, 1996, p. 183). Na tentativa de narrar objetivamente sua "quase história", abundam imagens fragmentadas e aterrorizantes de si e da morte em cujos olhos teria visto refletidos os seus num momento de agonia:

> Nas pupilas dela, desmensurados buracos negros que a qualquer segundo poderiam me sugar para sempre, para o avesso, se eu não permanecer atento — nas pupilas dela vejo meu próprio horror refletido. Eu, porco sangrando em gritos desafinados, faca enfiada no ventre, entre convulsões e calafrios indignos (Abreu, 1996, p. 183).

Nesse relato de desespero diante do sofrimento e da iminência de morrer, o narrador experimenta sensações paradoxais de medo e alívio, lamento e entrega. As imagens antitéticas da morte confluem para o paradoxo como recurso estilístico-formal predominante nessa crônica, cujos efeitos tendem a acentuar a perspectiva da morte tanto como algo repulsivo quanto desejado. Por um lado, o lamento não é nostálgico por algo que se perdeu ou se pode perder, mas pelo que ainda não se realizou como as "histórias ainda não escritas", ou seja, uma espécie de "nostalgia do futuro". Por outro, a morte é bem vista pela possibilidade de apaziguar o sofrimento do corpo doente. No primeiro caso, a morte é associada à inexorabilidade do tempo e à petrificação do ser por meio das figuras míticas de Górgona, Parca, Moira e Harpia, portanto, sentida como terror. No segundo, essas imagens fundem-se na de Frida Kahlo, em cuja face, tornada mítica, pode-se ver "a beleza e o horror de tudo que é vivo e pulsa" (Abreu, 1996, p. 184). Na face dessa artista, marcada por profundo sofrimento, o narrador se vê e vê a morte numa dolorosa e ao mesmo tempo serena compreensão da finitude ao afirmar que não teme que a morte volte um dia (Abreu, 1996, p. 184).

É com esse sentido de espera do fim, mas como repouso, que o narrador estabelece uma relação intrínseca entre vida e morte em um momento de celebração, à véspera de natal, conforme indica a data da crônica, de 24/12/95. Sugere aceitar que vida e morte não se dissociam, anulam-se ou se opõem, mas formam o movimento incessante do existir: "Brindemos à Vida — talvez seja esse o nome daquele cara, e não o que você imaginou. Embora sejam iguais. Sinônimos, indissociáveis. Feliz natal. Merecemos" (Abreu, 1996, p. 185).

Considerando-se as imagens que essa crônica elabora em relação à morte e à passagem de uma visão melancólica mais dolorosa sobre a finitude para a aceitação da morte, e a data de sua publicação, "Mais uma carta para além dos muros" confirma a ideia de que nos últimos trabalhos de Caio Fernando Abreu emerge uma perspectiva menos pessimista e desesperada, conforme defende Marcelo Secron Bessa. Para o ensaísta, na produção do autor de *Morangos mofados*, principalmente nos contos e crônicas que tematizam a relação entre doença (aids) e morte, teria ocorrido "uma lenta aprendizagem da *escrita de si e da dor*" (Bessa, 2002, p. 135-140), conferindo aos relatos uma atmosfera menos sombria.

A última crônica de *Pequenas epifanias*, no entanto, contrasta com a serenidade da imagem final de "Mais uma carta para além dos muros" ao situar um narrador entre apático e amargo, o que o aproxima do narrador de "Pálpebras de neblina". Embora sem data, a posição que "No dia em que Vargas Llosa fez 59 anos" (Abreu, 1996, p. 186) ocupa no livro e o que relata são relevantes para enfatizar o que assinalei no início deste trabalho: a relação interna entre os textos reunidos na coletânea se dá, essencialmente, por meio da oscilação da visão melancólica, ora crítico-irônica, amarga, ora resignada, seja entre uma crônica e outra, seja em um mesmo relato.

Em "No dia em que Vargas Llosa fez 59 anos", não se fala propriamente desse acontecimento nem de outro qualquer. A espera do fim, mesmo mais tranquila, e a aceitação da finitude, presente no texto que antecede a esse último, sugerem também o fim do que contar nas crônicas. O relato nasce do que o narrador não pôde narrar ou da falta de matéria para narrar.

O esvaziamento da vida é traduzido nos afazeres cotidianos que o entendiam e cansam, e o tédio vem modulado por um ritmo monótono cronologicamente marcado pelas referências às fases do dia:

> Na manhã do dia em que Vargas Llosa fez 59 anos em Porto Alegre, acordei bastante cedo e nem li nem nada [...]. Na tarde do dia em que Vargas Llosa fez 59 anos, fiquei tentando escrever [...]. Na noite em que Vargas Llosa completou 59 anos sem querer eu dormi às seis da tarde para acordar à meia-noite [...] (Abreu, 1996, pp.186-7).

A experiência esvaziada de sentido é, no entanto, o que se tem para dar sentido à escrita: "[...] eu não conseguia dormir e acabei tomando um lexotan, o que é raro, e acabei deixando para escrever amanhã, quer dizer hoje, agora, aqui, assim, é isso" (Abreu, 1996, pp. 186-7).

Assim, a epígrafe deste ensaio retirada de "Infinitamente pessoal" e "Primeira carta para além dos muros" (Abreu, 1996, pp. 19 e 98), poderia estar presente em qualquer um dos textos de *Pequenas epifanias*. Escrever, ainda que sobre o vazio da experiência ou mesmo sobre a impossibilidade de narrar, é o que move os melancólicos narradores desse livro.

REFERÊNCIAS BIBLIOGRÁFICAS
ABREU, Caio Fernando. *Pequenas epifanias*. Porto Alegre: Sulinas, 1996.
ADORNO, T.W. "A posição do narrador no romance contemporâneo". *Pensadores*. São Paulo: Abril Cultural, 1983.
ARRIGUCCI JR., Davi. *Enigma e comentário: ensaios sobre literatura e experiência*. São Paulo: Companhia das Letras, 1987.
AVELAR, Idelber. *Alegorias da derrota. A ficção pós-ditatorial e o trabalho do luto na América Latina*. Saulo Gouveia (trad.). Belo Horizonte: UFMG, 2003.
BESSA, Marcelo Secron. *Os perigosos: autobiografias & aids*. Rio de Janeiro: Aeroplano, 2002.
_____. *Histórias positivas: a literatura (des)construindo a aids*. Rio de Janeiro: Record, 1997.
CALVINO, Ítalo. *Seis propostas para o novo milênio*. Trad. Ivo Cardoso. São Paulo: Companhia das Letras, 1990.
CANDIDO, Antonio. "A vida ao rés-do-chão". In: CANDIDO, Antonio et al. *A crônica: o gênero, sua fixação e suas transformações no Brasil*. Campinas: Editora da Unicamp; Rio de Janeiro: Fundação Casa de Rui Barbosa, 1992.
FELLINI, Federico. *Noites de Cabíria*. Universal Pictures do Brasil, 2006.
FREUD, Sigmund. "Luto e melancolia", in *Edição Standard Brasileira das Obras Completas de Sigmund Freud*, v. XIV. Rio de Janeiro: Imago, 1974.
GIOVANNETI, Andrea; ÉVORA, Iolanda. "A aids como construção social". *Revista USP*. Dossiê Aids. n. 33. São Paulo: USP, 1997.
LEAL, Bruno Souza. *Caio Fernando Abreu, a metrópole e a paixão do estrangeiro*. São Paulo: Annablume, 2002.
LISPECTOR, Clarice. *Laços de família*. Rio de Janeiro: Rocco, 1998.
LÖWY, Michael; SAYRE, Robert. *Revolta e melancolia: o romantismo na contramão da modernidade*. Guilherme João de Freitas Teixeira (trad.). Petrópolis: Vozes, 1995.
PELLEGRINI, Tânia. *A imagem e a letra: aspectos da ficção brasileira contemporânea*. Campinas: Mercado das Letras; São Paulo: Fapesp, 1999.
SÁ, Olga de. *A escritura de Clarice Lispector*. Petrópolis: Vozes; Lorena: Faculdades Integradas Tereza D'Ávila, 1979.
SCLIAR, Moacyr. *Saturno nos trópicos: a melancolia europeia chega ao Brasil*. São Paulo: Companhia das Letras, 2003.
VELOSO, Caetano. "Cajuína", in *Cinema transcendental*. São Paulo: Polygram, 1989.
_____. "Giulietta Masina", in *Caetano*. São Paulo: Polygram, 1987.
VELOSO, Gil. Nota do organizador, in. ABREU, Caio Fernando. *Pequenas epifanias*. Porto Alegre: Sulinas, 1996.
WISNIK, José Miguel. "Cajuína transcendental", in BOSI, Alfredo (org.). *Leitura de poesia*. São Paulo: Ática, 1996.

IMIGRANTES: A REPRESENTAÇÃO DA IDENTIDADE CULTURAL EM *RELATO DE UM CERTO ORIENTE* E *AMRIK*

Shirley de Souza Gomes Carreira

A migração determina uma transformação na imagem que o indivíduo tem de si, sobretudo pelo confronto com uma nova ordem social. Ao emigrar, o indivíduo busca recuperar, no país de adoção, o sentido de pertencimento, ou seja, aquilo que Marc Augé (1994, p. 42) denomina "lugar antropológico": a construção concreta e simbólica do espaço que o indivíduo reivindica como seu.

No Brasil, destino de imigrantes de diversas etnias, as primeiras ondas migratórias foram seguidas de um comportamento xenofóbico, que se refletiu na literatura e foi responsável pela construção de estereótipos, verificáveis, por exemplo, em obras da literatura naturalista brasileira.

A proposta deste ensaio é demonstrar que a imigração como tema na literatura brasileira contemporânea propicia um olhar diferenciado sobre a questão da identidade nacional, à medida que revela processos de integração transculturais, em vez de retratar o imigrante de uma forma estereotipada.

O termo "transculturação" define um modo de integração cultural em que há uma transformação dos grupos envolvidos, gerando novas configurações identitárias. Esse termo é mais preciso do que "aculturação", uma vez que traz implícita a noção de ultrapassagem da própria cultura e da cultura do outro.

Milton Hatoum, descendente de libaneses, dialogando com sua herança cultural, e Ana Miranda, escritora cearense, que tem se dedicado à ficção histórica, teceram representações do imigrante libanês sob óticas diferenciadas.

Os romances que compõem o *corpus* literário deste ensaio, pautados por diferentes reconstruções da memória, estabelecem um diálogo entre o público e o privado, entre a memória individual e a memória coletiva, que está entrelaçado à história da imigração sírio-libanesa no Brasil. Milton Hatoum recorre aos relatos familiares que povoaram sua infância e adolescência, à memória factual e à observação da comunidade em que nasceu e cresceu, ao passo que Ana Miranda constrói uma memória da imigração a partir de pesquisas históricas, dos relatos de descendentes de imigrantes e, segundo a própria autora, de sua própria ideia de Oriente, elaborada a partir das obras que leu.

Relato de um certo Oriente: a melodia de uma canção sequestrada

Relato de um certo Oriente (1994) é uma obra que, pelo viés da memória, aborda o trânsito entre referências culturais na ótica de um hibridismo já concretizado, evitando uma construção monolítica da imagem do imigrante e sua consequente tematização.

Como o autor frequentemente menciona em suas entrevistas, o romance contém muito de sua memória pessoal, sem, no entanto, ser autobiográfico. Essa memória, perceptível em sua narrativa, é constituída de fragmentos de histórias que colaboram para a construção de um texto que é ficcional, mas que, também, incorpora dados histórico-sociais.

Na construção da memória das personagens de seu romance, Hatoum fomenta o elo entre vida e obra, resgatando histórias e depoimentos de familiares e vizinhos e imagens da Manaus de sua infância: "Essa voz dos imigrantes, o imaginário dos imigrantes, durante a minha infância, foi uma experiência importante. Porque eles, ao mesmo tempo em que fantasiavam, também contextualizavam muito" (Kassab, 2001).

Em *Relato de um certo Oriente*, o núcleo familiar é o microcosmo a partir do qual se podem observar os conflitos gerados pela interpenetração de culturas. Segundo Cecília Kemel (2000, p. 14), a família constitui-se em núcleo básico para o processo de transmissão do código valorativo do imigrante. Ao fazer da célula-mater o lócus em que as trocas culturais se tornam evidentes, Hatoum revela um processo de hibridização já concretizado.

No romance, a narradora, não nomeada, retorna, após muitos anos de ausência, à cidade de sua infância, Manaus, para reencontrar a mulher que a criara, Emilie, uma cristã libanesa. Antes do reencontro, Emilie morre e, para comunicar o fato ao irmão distante, com o qual tece um diálogo epistolar, a narradora empreende uma tentativa de reconstrução do passado, gerando um fluxo narrativo polifônico, que consiste na reunião de fragmentos de lembranças, em que é possível perceber as vozes do filho mais velho de Emilie, Hakim; do alemão Dorner, amigo da família e fotógrafo; do marido de Emilie, que, apesar de morto, faz-se evocar através da memória de Dorner, e Hindié Conceição. Portanto, a memória integra-se à própria arquitetura do texto, que se reporta à tradição oral dos narradores orientais, sendo percebida como componente estrutural.

Para Carlo Ginzburg (2000, p. 113-136), a atividade do narrador consistiria em levantar as marcas da experiência humana, encarando-as não como se fossem isoladas umas das outras, mas procurando estabelecer vínculos de continuidade temporal e de causa e efeito.

Assim como em *O som e a fúria* (1979), de William Faulkner, a estrutura da narrativa em *Relato de um certo Oriente* é fragmentária, e Hatoum elabora seu universo ficcional a partir da tentativa de resgate da memória e pela iniciativa da narradora, que se anuncia antes uma "ordenadora" dos depoimentos das outras personagens, um "pássaro gigantesco e frágil que paira sobre as outras vozes", cujas confidências "ressoavam como um coral de vozes dispersas" (p. 166).

A fragmentação da narrativa aponta para uma problematização da ordenação causal dos elementos constitutivos da narração. A narradora é limítrofe, um indivíduo que enfrentou a ausência de origem e experimentou a si mesmo como simultaneamente constituído e distanciado das coisas que lhe conferem uma identidade. Essa circunstância faz que, por vezes, questione sua capacidade de transmitir a história, pois percebe que sua fala e escrita não encontram em seu *eu* um apoio sólido, no qual possam se ancorar. O anonimato da personagem é emblemático, pois enfatiza a ausência de origem.

Subjacente à configuração da memória no universo romanesco, persiste a imbricação de dois Orientes distintos: o real, que o autor conhece pelas histórias narradas por imigrantes, por suas crenças, comportamento, hábitos sociais e idioma, e o Oriente desconhecido, construído a partir de diálogos com as narrativas orientais. A chave de leitura do romance está embutida no título, na palavra "relato" associada à ideia de "um certo" Oriente.

A polifonia do romance resulta em uma "batalha de interpretações", em que cada interpretação é uma ressignificação e não uma mera versão do fato narrado. A análise dos cinco relatos torna possível traçar o modo pelo qual a identidade cultural do imigrante é construída no romance, pois ela se estende para além dos limites geográficos de um país e a sua perpetuação dá-se por meio da tradição, da memória individual e coletiva.

Se por um lado está centrado em eventos relacionados ao "eu", por outro o passado é um inventário das memórias alheias, que constituem relatos mais ou menos preenchidos pelo imaginário de outros. Hobsbawn afirma que todo ser humano tem consciência de um passado anterior ao de sua própria memória graças ao contato com indivíduos mais velhos. Ser membro de comunidade humana significa situar-se em relação a seu passado, ainda que seja para rejeitá-lo (1998, p. 22).

A narradora não nomeada, cuja origem étnica não é revelada, exprime os impasses inerentes aos sujeitos cindidos. O fato de ser filha adotiva confere-lhe uma dupla posição, que lhe permite estar ao mesmo tempo dentro e fora do grupamento social representado pelos imigrantes do romance. É, pois, com a duplicidade de sua posição que ela "ordena" os relatos, buscando neles o sentido de si.

A transculturação sugere o duplo movimento de assimilação e resistência que é perceptível em personagens do romance. Ainda que possam manter fortes vínculos com seus lugares de origem, a certeza da impossibilidade de retorno ao passado faz que essas pessoas negociem com a nova cultura a que se agregaram. A preservação de alguns traços fundamentais de sua identidade (linguagem, tradição, cultura) impede a assimilação unificadora.

Emilie é o exemplo do imigrante que ultrapassou o choque entre culturas. Ela é a matriarca da família árabe, exilada entre o Oriente de sua infância e o Amazonas do presente. Embora socialmente integrada, todos os dias ela inventa "um idioma híbrido", uma melodia perdida que lhe permita evocar o Líbano. Em Manaus, ela encerra os fragmentos do passado em um armário pesado, cuja chave seu filho Hakim descobre um dia, desvendando-lhe os segredos. Esse passado oculto remete à certeza de um retorno impossível, que acaba por fortalecer os laços com a nova terra.

Como observa Cecília Kemel (2000, p. 57), muitos foram os fatores que facilitaram o processo de transculturação do imigrante árabe, dentre eles a afinidade entre a prática religiosa dos árabes cristãos e o catolicismo praticado no Brasil. Os imigrantes muçulmanos, privados desse fator, tornaram-se menos acessíveis. Essa questão é bem delineada no romance, principalmente, em relação à Emilie e seu marido. Emilie cultua seus santos com a liberdade de quem compartilha o lugar-comum. Seu marido, no entanto, como afirma Dorner, "não era esquivo aos da terra, mas sempre foi imbuído de uma indiferença glacial para com todos"; era "um asceta mesmo cercado por pessoas".

A trajetória transcultural de Emilie se revela, também, nos objetos de adorno de sua própria casa, que, longe de encerrar apenas peças de origem árabe, contém uma profusão de objetos das mais diversas origens, que, de certo modo, mostram o percurso da matriarca do Líbano a Manaus. Sua trajetória comprova que a identidade não é fixa, mas cambiante, formada por identificações múltiplas que se interpenetram.

Há momentos no romance, no entanto, que se reportam à memória da cultura de origem. Os filhos de Emilie eram proibidos de participar de reuniões de sextas-feiras, em que "homens e mulheres repetiam o hábito gastronômico milenar de comer com as mãos o fígado cru de carneiro". Aos olhos de Hakim, que espreitava silencioso do quarto dos pais, aquela era uma "festa exótica", que contrastava com o ritmo habitual da casa. Nessas reuniões, as conversas eram em árabe e buscava-se, por meio dos cânticos e poemas da terra natal, recuperar algo do passado em terras brasileiras.

Hakim, nascido no Brasil e membro de uma terceira geração de imigrantes, interpreta como "exótico" o que não está em consonância com as práticas sociais às quais está exposto. A transculturação se manifesta sob a forma de transformação de valores. Por outro lado, a manutenção dos costumes opera como um índice diacrítico, que impossibilita a assimilação, mas que não impede a transculturação. O próprio fato de Emilie fazer do filho mais velho herdeiro de sua língua materna é uma forma de evitar o total desenraizamento. Esse duplo movimento, perceptível na narrativa, confere às identidades seu caráter transcultural.

Nesse sentido, *Relato de um certo Oriente* mostra que não se podem vislumbrar as culturas como "organicamente unificadas ou tradicionalmente contínuas, mas antes como *negociadas*" (Clifford, 1988, p. 260). A negociação e o hibridismo nem sempre ocorrem de forma equilibrada. A Manaus descrita por Hatoum contém os vestígios da colonização, da prática da exclusão. A figura do agregado demonstra a falta de limites entre trabalho e escravidão, e Anastácia, a criada de Emilie, emblematiza essas questões. A aparente familiaridade entre Emilie e Anastácia nunca foi revertida em um salário ou em um tratamento justo. Curiosamente, a relação entre colonizador e colonizado é reproduzida em uma família de imigrantes, resultando em "uma forma estranha de escravidão", em que "a humilhação e a ameaça são o açoite; a comida e a integração ilusória à família do senhor são as correntes" (p. 88).

Dessa forma, Hatoum cria personagens que revelam a contradição existente entre o hibridismo cultural e a intolerância nas práticas sociais. Nem mesmo a narradora, pela condição de adotiva, escapa à discriminação:

> Foi ele quem me ajudou a sair da cidade para ir estudar fora, e além disso nunca se contrariou com a nossa presença na casa, desde o dia em que Emilie nos aconchegou ao colo, até o momento da separação. Desfrutamos os mesmos prazeres e as mesmas regalias dos filhos, e com ele padecemos as tempestades de cólera e mau humor de um pai desesperado e de uma mãe aflita. Nada e ninguém nos excluía da família, mas no momento conveniente ele fez questão de esclarecer quem éramos e de onde vínhamos (Hatoum, 1994, p. 20).

Hakim, o filho mais velho de Emilie, decide se afastar da família, em um exílio voluntário, partindo para o sul, justamente pela incapacidade de conviver com a injustiça, ao perceber que "os fâmulos não comiam a mesma comida da família, e escondiam-se nas edículas ao lado do galinheiro, nas horas das refeições" e que "a humilhação os transtornava até quando levavam a colher de latão à boca". Além disso, afligia-lhe a violência física e moral que seus irmãos impunham às empregadas, "que às vezes entravam num dia e saíam no outro" (Hatoum, 1994, p. 86).

Por compartilhar com a mãe o conhecimento do idioma árabe, cujo aprendizado assume, no romance, o estatuto de uma iniciação, Hakim experimenta, talvez de forma mais profunda, o lugar e o não lugar da identidade, exemplificando de forma clara a identidade transcultural:

> Desde pequeno convivi com um idioma na escola e nas ruas da cidade, e com outro na Parisiense. E às vezes tinha a impressão de viver vidas distintas. Sabia que tinha sido eleito o interlocutor número um entre os filhos de Emilie: por ter vindo ao mundo antes que os outros? Por encontrar-me ainda muito próximo às suas lembranças, ao seu mundo ancestral onde tudo ou quase tudo girava ao redor de Trípoli, das montanhas, dos cedros, das figueiras e parreiras, dos carneiros, Junieh e Ebrin? (Hatoum, 2006, p. 52).

Ao conjugar referenciais de duas culturas distintas, de dois idiomas, ele experimenta uma identidade em mutação, que não se ancora em nenhuma das duas culturas originárias especificamente; culturas que são como "as águas de dois rios tempestuosos que se misturam para originar um terceiro".

A negociação entre culturas nem sempre é bem-sucedida. No romance, a falta de ancoragem e o sentimento de inadequação levam Emir, o irmão de Emilie, ao suicídio. Tendo sido obrigado a deixar Marselha e a amante contra a própria vontade, Emir "não era como os outros imigrantes, não se embrenhava pelo interior [...] não havia nele a sanha e a determinação dos que desembarcam jovens e pobres para no fim de uma vida ostentarem um império" (p. 62). A inadequação é reforçada pelo sonho de Dorner após a morte de Emir, no qual entabula diálogos indecifráveis com o amigo, cada um falando em seu próprio idioma.

Hatoum nos mostra como as identificações culturais e pessoais são negociadas, provisórias e construídas. Ao criar personagens em um movimento contínuo de aproximação e distanciamento dos referentes culturais, Hatoum não evoca apenas o espaço do encontro, da definição da identidade, mas também o da perda.

Segundo Hatoum, sua própria identidade "é ao mesmo tempo a busca de um estilo e de um rosto que, no espelho do passado revela-se através de múltiplas faces" (Hatoum, 1994, p. 77). As várias instâncias de retorno a casa presentes no romance — da narradora, de Hakim, de Emir — são permeadas de evocações da memória, mas ao mesmo tempo apontam para o caráter irrealizável do encontro com a origem, com uma identidade una e fixa, e da ilusão contida no projeto de restituição do passado.

Em seu trabalho com a linguagem como meio de materialização dos vestígios da memória e na própria estruturação romanesca, o autor busca mostrar que a identidade não possui uma face imutável, mas configura-se como um lugar de passagem: está em permanente mutação.

AMRIK: VIDAS EM TRÂNSITO

A localização espaço-temporal do romance de Ana Miranda conduz a outro tipo de configuração identitária do imigrante. Ao contrário do que acontece no romance de Hatoum, em que as personagens são indivíduos que já passaram pelo trauma do choque cultural e já se configuraram como identidades híbridas, as personagens de *Amrik* (1997) são constituídas a partir de uma narrativa de reconstituição histórica, que focaliza objetivamente a questão da imigração. São personagens que experimentam uma transição não apenas física, mas também identitária.

Em *Amrik*, Ana Miranda constrói uma narrativa de viagem às avessas, posto que, diferentemente da focalização eurocêntrica, que predomina nessas narrativas, a ótica do relato localiza-se nas margens. A narradora é uma mulher, imigrante libanesa, que rememora sua saga pessoal, desde a infância no Líbano, passando por uma frustrada experiência na América do Norte, até sua chegada ao Brasil, onde, finalmente, se estabelece. O romance é escrito de modo a assemelhar-se a textos literários, escritos por imigrantes, denominados "Mahjar". Ao contrário do que ocorre nos relatos de viagem tradicionais, o tempo não é registrado, mas faz-se sentir nas transformações que a personagem sofre, de menina a mulher.

A narrativa de *Amrik* é cíclica; começa e termina no Jardim da Luz, em São Paulo, quando o tio da narradora, Amina, transmite-lhe o pedido de casamento do mascate Abrahão. As lembranças de Amina surgem fragmentadas e são transcritas em 154 textos breves, à guisa de capítulos, agrupados em 11 partes.

A ótica da narradora instaura no romance o embate da personagem com a estrutura patriarcal árabe, mas também elabora figurações do imigrante. Por não ser descendente de libaneses, Ana Miranda constrói uma memória ficcional da imigração por meio de uma profunda pesquisa, que se torna evidente na referência explícita às fontes textuais e no glossário que disponibiliza ao final, cuja finalidade é guiar o leitor pelas expressões em árabe citadas no texto. O repertório visitado pela autora abrange textos da literatura árabe, livros de culinária, obras sobre a história social da imigração, resultados de pesquisas de cunho antropológico, reminiscências de viagens, a poesia pantaneira de influência árabe de Raquel Naveira e recordações de descendentes de árabes.

A narrativa aproxima-se do discurso oral e é construída com uma linguagem que mescla vocábulos e expressões em árabe a outras em italiano e à enunciação da narradora em português, como se fossem operações da memória de uma imigrante residente na capital paulista. Em sequências de frases debilmente pontuadas, Miranda intercala a lembrança da narradora à fala das outras personagens e evoca, em muitas passagens, o tom das narrativas árabes que é identificável, por exemplo, nas histórias de Sherazade, em *As mil e uma noites*.

Ao contrário do que ocorre no romance de Hatoum, a narradora de *Amrik* assume uma focalização visivelmente centrada nas questões de gênero. Ao narrar sua história, ela relata as dificuldades inerentes a sua condição de imigrante e de mulher. Segundo Cecília Kemel, a filha mulher, apesar de seu papel secundário na vida familiar, é apreciada pelo pai, pois uma das características da sociedade árabe é que as filhas cuidam dos genitores quando ficam idosos. Diferentemente, no universo ficcional, Amina é alvo da rejeição paterna. Seu pai, Jamil, inconformado por ter sido abandonado pela mulher, transfere para todo o gênero feminino o ódio que a traição lhe causou.

A concepção paterna da mulher como um ser ardiloso, desprovido de caráter, faz que seja ela a escolhida para acompanhar o tio, Naim, que é cego, quando este é ameaçado de morte por causa de suas convicções políticas e é obrigado a deixar o Líbano. Naim é uma personagem criada a partir dos relatos de familiares de Emir Sader, marido da autora, sobre um velho tio cego, para quem os sobrinhos se revezavam na leitura. Sob sua tutoria, Amina aprende a ler, a escrever, bem como aprende palavras em outros idiomas: francês, inglês, grego e aramaico, porque "mulher saber língua estrangeira é abrir uma janela na muralha" (Miranda, 1997, p. 27).

Quando Amina deixa para trás sua casa, a avó lhe dá seus pequenos tesouros: o tamborzinho de mão, os címbalos e o pandeiro, herança que selaria seu destino. A casa, na verdade, nunca lhe parecera realmente sua, posto que, mesmo entre sua gente, sua família era tratada de modo diferente, como estrangeira. Amina muitas vezes se pergunta se a razão era o fato de que sua avó um dia fora dançarina, uma *gháziya*, segundo o glossário que a autora disponibiliza ao final do romance. Esse sentimento de inadequação persegue a narradora vida afora.

Amina e Naim têm por objetivo ir para a América, a tão sonhada Amrik, mas são retidos em Beirute, onde ficam à espera de passaportes turcos e de lugar no navio. O dado histórico é incorporado à ficção, na imagem da multidão amontoada no porto, "gente miserável seminua tiritava de frio, esmolava, molhados da chuva da madrugada", "arrastados todos pelos sonhos de riqueza ou de liberdade" (p. 28).

A viagem é o início da desconstrução do sonho. Em vez do "navio moderno, veloz e iluminado" pelo qual ansiavam, deparam com "um ferro velho sujo enferrujado", com beliches duros de onde não podiam levantar os dois ao mesmo tempo, pois sempre havia alguém pronto para ocupar seu lugar (p. 28). As dificuldades são abrandadas pelas histórias contadas por Naim ou pela leitura que Amina faz dos livros do tio, que, embora leve em um baú livros ingleses e franceses, quer que a sobrinha leia apenas aqueles em árabe, para não perder o amor pela própria terra. Para ele, "a literatura árabe lembra sempre a existência de outros mundos além deste, que podemos ver e tocar, mas não compreender" (p. 30), mundos como o universo ficcional, em que a realidade é continuamente transformada e recriada.

> (...) os livros antigos eram muitas vezes apenas a memória do recitador, outras vezes eram escritos em letras de ouro ou nas paredes mas fosse como fosse, nunca rompeu com a tradição e nunca romperá ainda que sejam os poetas chamados de imitadores (...) se a literatura árabe é a alma árabe, todavia, não é o mundo árabe o que as pessoas pensam, pensam que o mundo árabe são as *Mil e uma noites* hahaha (Miranda, 1997, p. 31)

No romance, a autora deixa entrever uma crítica à imagem eurocêntrica do Oriente: um mundo exótico, misterioso, que se distancia da realidade dos conflitos políticos e religiosos vivenciados pelos povos de origem árabe.

Parte da narrativa relata a estada de Amina na América do Norte. Os libaneses que saiam do Líbano pensavam estar se dirigindo à América do Norte, mas poucos conseguiam entrar no país. Muitos eram rejeitados, outros enganados, e acabavam por desembarcar no Brasil, no porto de Santos. Na América, tio e sobrinha são separados. Ela fica para trabalhar como dançarina em uma Feira de Negócios e o tio, "cachorro morto", é despachado para a outra América, a do sul.

Os atrativos da América do Norte fazem que Amina se esqueça de tudo, do tio e da terra natal: "[...] eu pensava que ia ficar rica verdadeiramente rich era a terra das liberdades das oportunidades ia me vestir como a rainha de Sabá ia me cobrir de joias perfumes chapéus com plumas de veludo" [...] (p. 36). O sonho, no entanto, se dissolve rapidamente: a feira termina e ela é abandonada na rua, sem dinheiro e sem roupas de frio. Para não dormir na rua, vai para os dormitórios e cortiços de imigrantes, onde crianças e velhos "morriam como moscas envenenadas". O choque entre culturas é perceptível nas lembranças de Amina:

> ...as casas eram de madeira [...] os carros para lá e para cá numa velocidade estupenda e as pessoas não se matavam por religião mas se matavam por dinheiro, os americanos comiam aveia de manhã feito cavalos, eram de uma religião diferente da nossa mas eu não condenava a religião deles [...] havia desempregados, policiais estúpidos arrogantes patrões ladrões greves de empregados reuniões de operários, trabalhadores de minas viviam feito escravos, havia dedos esmagados nas máquinas das fábricas... (Miranda, 1997, p. 37).

As cartas de Naim para a sobrinha acenam com a possibilidade de vinda para o Brasil. Na descrição que ele faz da cidade de São Paulo é possível detectar a pesquisa da autora no intuito de fornecer informações sobre a cidade na época em que se passa a história: "... havia na cidade de São Paulo cento e quarenta e seis lojas de fazendas e ferragens, sessenta armazéns de gêneros de fora, cento e oitenta e cinco tavernas, todos pagavam direitos à municipalidade. Vem Amina minha flor de luz [...] vem para São Paulo" (p. 39).

Amina vê a vinda para o Brasil como uma derrota, pois "o Brasil era um lugar de abismos e depósito de imigrantes cachorros mortos que não conseguiam entrar na outra América" (p. 45) e resiste o quanto pode à ideia de deixar a América do Norte, seu "eldorado". Aos poucos, ela percebe que a vida na América não é o que imaginava. A solidão acaba por vencê-la, forçando-a vir para o Brasil.

Os capítulos que se seguem fornecem dados da história dos imigrantes libaneses no Brasil, bem como da cidade de São Paulo, como o desvio do rio para fazer a rua 25 de março, a vida dos imigrantes libaneses, que girava em torno do Tamanduateí, na parte nova da cidade, sem nenhum progresso, e as dificuldades de aceitação na nova terra:

> No começo, disse tio Naim, vinham os italianos e os alemães à porta ver despejar de mais árabes, riam de nossos modos, contavam histórias engraçadas sobre nós e não tinham medo [...] mas os mascates foram prosperando e de miseráveis ambulantes descalços que vendiam cigarros em bandejas dependuradas no pescoço ou quibe frito em tabuleirinhos passaram a mascates de santos de madeira e escapulários depois a mascates de tecidos botões linhas arre, assim os mascates se tornaram perigosos sujos traiçoeiros ambiciosos usurários [...] mas não somos o que eles pensam, libaneses são limpos, cultos [...] sabemos falar inglês grego francês, sabemos ler escrever, inventamos álgebra astronomia matemática, os algarismos arábicos o alfabeto, disse tio Naim, trouxemos para ocidentais a laranjeira o limoeiro o arroz, ensinamos ocidentais a melhor cultivar a alfarrobeira e a oliveira, a criar cavalos, a plantar uvas, figos e imensas maças, a regar, pintar as unhas, fazer hortas de verduras e talhões de legumes, mais de seiscentas palavras à língua dos lusis (Miranda, 1997, p. 52).

O capítulo intitulado "Ilhas de Elisã" contém palavras começadas com "al" que foram incorporadas ao português, evocando de forma concreta no discurso a herança cultural árabe e reivindicando um espaço social, pois "os árabes são como avós dos brasileiros" (p. 53).

A quarta parte, "Mezze", retrata a vida na casa de Naim. Os textos constituem um inventário dos costumes libaneses, ao mesmo tempo que configuram parte da narrativa. A tendência dos imigrantes a se agruparem com seus conterrâneos é devidamente representada e o início do processo de intercâmbio cultural é descrito no romance, bem como o desenvolvimento de uma interlíngua, uma mistura de árabe com português.

Naim, ao contrário de muitos de seus patrícios, reconhece a desconstrução paulatina do sonho do retorno à terra natal. É dele a exortação à criação de estruturas sociais locais que lhes permitam ter uma vida próxima à da terra natal em solo brasileiro: "um dia vão perceber que a vida passou, ficaram aqui fazendo fortuna e não voltaram nem ficaram ricos, só alguns, Entendam logo isso e façam os cemitérios clubes igrejas mâdrassas que nos dos outros não nos aceitam" (p. 64).

Chafic e Abrahão são representações de duas fases vivenciadas pelo imigrante de primeira geração. O primeiro representa o comércio itinerante, ocupação inicial dos imigrantes. O segundo aponta para uma tendência que se perpetuaria na segunda geração, comércio fixo, que não só viria a formar uma rede de conterrâneos a dar suporte uns aos outros, como permitiria aos seus descendentes o privilégio de dedicar-se aos estudos. Os imigrantes da segunda geração encontraram os primeiros aqui fixados, muitos deles atacadistas, podendo assim lhes fornecer mercadoria e ensinar a língua e os conhecimentos básicos para o exercício das transações comerciais:

> Abraão abriu a canastra mostrou como vendia renda, bordado, retrós, sabonete, meia, dentifrício, coisas pequenas pesam pouco, vendem fácil, preço bom, crédito, lágrimas nos olhos. Logo aprendes a língua e se sabes umas poucas palavras podes trabalhar por tua conta (Miranda, 1997, p. 176).

O olhar de Amina reinterpreta não apenas a história da imigração, mas também o papel da mulher imigrante:

> ... as imigrantes nunca passeiam, moças feitas de trabalho, vidas diluídas, fumaças de chaminé fufu feitas de perdas e adeuses, moram nas partes escuras da cidade, nas casas olhadas, entre os ratos e morcegos, entre os caixotes vazios e as sacas nos depósitos, nos armazéns, detrás dos balcões, nas margens dos rios um capim de fuligem e fumaça feito os navios belas coisas mesmo sujas e pretas (Miranda, 1997, p. 186).

Amina contraria a imagem das imigrantes que descreve, pois é avessa ao trabalho doméstico, preocupando-se apenas com a dança. O enfoque na dança propicia reflexões acerca da construção de uma imagem estereotipada da mulher oriental como sedutora e exótica: "eu sabia o que diziam mal de mim, dançar era mandar homem nas casas de putas eles em cima delas mas a cabeça em mim, que tudo era para gastarem em mim seus dinheirinhos e eu ficando rica e eles pobres" (p. 69). Nesse aspecto, e paradoxalmente, Ana Miranda dialoga com textos ocidentais, e com visões eurocêntricas da mulher oriental, como a Aziza, de Flaubert, e a Mahatab, de Francis Bacon, dançarinas reais cuja sensualidade impregnou o imaginário desses autores.

Estudos sobre a imigração têm comprovado que a música e a culinária são marcas de resistência de imigrantes de primeira geração à assimilação, operando como expressões privilegiadas de uma vida entre dois mundos. No entanto, no romance, o espaço da cozinha, "o lugar do mundo onde uma mulher pode sentir a si, sem precisar dos machos árabes" (p. 130), com seus odores e sabores, é evocado como um dos locais onde a mulher árabe não experimenta a subalternidade. A arte da dança tem papel equivalente, pois é por meio dela que a mulher pode atrair um homem, fazendo-o "andar mil passos num vale ou atravessar um deserto sem camelo" (p. 20).

Obviamente, a recorrência aos alimentos de origem árabe, no texto, tem também a função de apontar para o processo de integração social, uma vez que a culinária árabe foi incorporada aos hábitos dos brasileiros.

Jeffrey Lesser (2001, p. 22) chama a atenção para o fato de que, no processo de integração dos imigrantes no Brasil, a assimilação, na qual a cultura pré-migratória da pessoa desaparece por completo, foi rara, dando lugar às trocas culturais.

A par dos matizes proporcionados pela criatividade de Ana Miranda, o romance revela a cuidadosa pesquisa empreendida em sua elaboração. Ao incorporar os referentes históricos a sua obra, ela engendra uma narrativa que se reporta em detalhes à história da imigração libanesa no Brasil sem, no entanto, perder o estatuto de ficção. Em várias entrevistas dadas à época do lançamento de *Amrik*, Ana Miranda afirmou que Amina foi inspirada em suas fantasias de criança, em suas leituras sobre Sherazade, Simbad, califas e odaliscas, bem como na interpretação que autores como Borges, Flaubert e Rimbaud tiveram do Oriente, muito embora a personagem por ela criada tenha como local de fala a concepção eurocêntrica do Oriente que combate.

Amrik é uma narrativa de olhares, pois, "o Oriente é uma ideia que tem uma história e uma tradição de pensamento, imagística e vocabulário que lhe deram realidade e presença no e para o Ocidente" (Said, 2001, pp. 16-7). Assim como Naim, que via o mundo através dos olhos dos que o cercavam, o leitor se debruça sobre a narrativa de *Amrik* certo de que essa é mais uma dentre as múltiplas interpretações do Oriente, uma vez que o romance foi escrito a partir de um olhar ocidental e contemporâneo.

Conclusão

A análise da identidade cultural de um grupo na diáspora deve considerar a nova estrutura social em que se acha inserida a tradição ideológica do grupo emigrado (2000, p. 14), bem como o nível de integração desse grupo ao meio representado pela cultura do país de adoção.

A representação da identidade cultural do imigrante em *Amrik* revela-se diferente, se comparada a *Relato de um certo Oriente*. que apresenta personagens que estão totalmente integrados ao país de adoção, constituindo identidades híbridas, ao passo que aquele se detém na reconstrução ficcional do contexto da imigração de primeira geração, dos dilemas inerentes ao choque entre culturas, da transformação da imigração econômica pela imigração de assentamento e da necessidade de assimilação cultural para garantir a mobilidade social.

Em ambos os romances, as figuras femininas acabam por se tornar o centro difusor das narrativas. Em *Relato de um certo Oriente*, a narradora "costura" as histórias que lhe são contadas e Emilie, a matriarca da família libanesa, como manda a tradição das mulheres árabes, detém um poder que é exercido intramuros. Ela é a memória viva das histórias da família, depositária de relíquias e segredos. Em *Amrik*, Amina é a protagonista e testemunha da história de um grupo de imigrantes que se inscreve em território brasileiro.

Ao construir narrativas fragmentárias, que não obedecem a uma ordem cronológica, os romances parecem encenar tentativas de recuperação das origens do narrador benjaminiano, pois tanto se reportam a experiências acumuladas com o deslocamento no espaço quanto à experiência do narrador sedentário, que conhece as histórias e tradições de sua própria terra.

REFERÊNCIAS BIBLIOGRÁFICAS

Augé, Marc. *Não lugares*. Lúcia Muznic (trad.). Portugal: Bertrand, 1994, p. 42.
Faulkner, W. *O som e a fúria*. São Paulo: Círculo do Livro, 1979.
Ginzburg, C. "Notas sobre elementos de teoria da narrativa", In Cosson, Rildo (org.). *Esse rio sem fim — Ensaios sobre literatura e suas fronteiras*. Pelotas: UFPEL, 2000, pp. 113-36.
Hatoum, Milton. *Relato de um certo oriente*. São Paulo: Companhia das Letras, 1994.
_____ . "Literatura e identidade", In *Remate de Males*. Campinas, n. 14, 1994, p. 77.
Hobsbawm, Eric. *A invenção das tradições*. Rio de Janeiro: Paz e Terra, 1998, p. 22.
Kassab, A. "A pátria sem fronteiras", In *Jornal da Unicamp*, jun. 2001, ano XV, n. 163. Disponível em: <http://www.unicamp.br/unicamp/unicamp_hoje/ju/jun2001/unihoje_ju163pag18.html>. Acessado em: 20/05/2008.
Kemel, Cecília. *Sírios e libaneses. Aspectos da identidade árabe no sul do país*. Santa Cruz do Sul: Edunisc, 2000, p. 14.
Lesser, Jeffrey. *A negociação da identidade nacional*. Patricia de Queiroz Carvalho Zimbres (trad.). São Paulo: Unesp, 2001, p. 22.
Miranda, Ana. *Amrik*. São Paulo: Companhia das Letras, 1997.

A LÍNGUA PULSANTE DE LORI LAMBY

Luisa Destri

Em *O mundo do sexo*, ao narrar sua iniciação na vida sexual, Henry Miller descreve as amiguinhas de sua infância como divididas entre dois grupos principais: as angelicais, "que nenhum de nós jamais as imaginou como possuidoras de uma racha", e as "vagabundas incipientes", que faziam coisas proibidas em troca de algum dinheiro. Ocorria, porém, de alguma dessas criaturas sair de um mundo e passar para outro. Assim, um pequeno anjinho de vez em quando "caía na sarjeta e ficava lá".[90]

Se houvesse vivido no mundo de Miller, Lori Lamby certamente estaria entre as meninas que sofreram (ou provocaram) o tombo. É o que se pode concluir a partir de uma leitura pouco ortodoxa das epígrafes que abrem *O caderno rosa de Lori Lamby*, de Hilda Hilst (outra menos inadequada virá mais adiante):

> Todos nós estamos na sarjeta,
> Mas alguns de nós olham para as estrelas
> Oscar Wilde
>
> E quem olha se fode.
> Lori Lamby

Afinal, a menina de oito anos efetua, em todo o livro, um movimento constante entre o que se pode considerar mais baixo (a pornografia, ou, ainda além, a prostituição infantil) e mais louvável em um ser humano. Ainda que utilize o meigo rosa de seu caderninho para narrar as peripécias sexuais vividas com tio Abel e descrever o prazer de acumular um "dinheirinho", o faz sobretudo por seu pai, um escritor falido e pressionado por seu editor a escrever "bandalheiras".

Portanto, para além do que possa indicar o rosa do caderno e da provável repulsa provocada pelo fato de uma criança "cair na sarjeta", a

---

[90] Miller, Henry. *O mundo do sexo*. Rio de Janeiro: José Olympio, 2007.

narrativa, considerada um dos quatro livros pornográficos da autora, é — veremos — uma apologia ao mundo das estrelas.

Antes de cair na tentação de classificá-lo de "escabroso", como na época do lançamento ocorreu a alguns críticos e outros amigos de Hilst, é preciso seguir na leitura do livro até o final. Trata-se de um desses escritos a que o desfecho, cujas pistas são disseminadas desde a primeira página, atribui nova configuração.

O caderno rosa de Lori Lamby é uma espécie de embuste colocado ao leitor. O que inclui não apenas a própria obra, mas também as estratégias de marketing adotadas pela autora na época do lançamento, em 1990. Dizendo-se cansada de um público que ignorava a superioridade de sua "obra séria", Hilda Hilst decidiu: "Daqui para frente, só vou escrever grandes e, espero, adoráveis bandalheiras".[91]

Ocorre, no entanto, como leituras atentas já o demonstraram, que esses livros não são de fato pornográficos. Embora tenha havido uma tentativa de definir *O caderno rosa de Lori Lamby* como "pornô-kitsch", não se trata nem de um nem de outro. Sobre o kitsch, não é absurdo dizer que, muito provavelmente, a autora o parodia em sua divulgação, revertendo-o. Pois, ao invés de oferecer uma pretensa obra de arte a um público que ingenuamente crê gozar de uma experiência estética privilegiada, Hilst oferece um produto aparentemente baixo que, se pensado com seriedade, propõe uma pertinente reflexão a respeito da literatura em geral.

Já a pornografia depende do sentido que se quiser dar a ela. Apenas uma teria chances, ainda que remotas, de se adequar: tomadas em sentido estrito as palavras de Lori, talvez se possa dizer que o livro é, sim, seguindo a composição etimológica, um escrito sobre a prostituição — dado o fato de a criança ter sido oferecida a adultos por sua mãe, que de outra forma não lhe poderia ter comprado uma cama.

(Já nos ensinara Foucault, entretanto, que a particularidade de um livro se determina menos pela fábula nele contada que pelos modos da ficção.)[92]

Talvez o jogo com a pornografia tenha sido uma das razões para que Jorge Coli aproximasse este primeiro livro obsceno da autora a *Canções de Bilitis* (1894), de Pierre Louÿs.[93] Bastou o escritor francês afirmar que se

---

[91] Werneck, Humberto. "Hilda se despede da seriedade". *Jornal do Brasil*, Rio de Janeiro, 17/02/1990.
[92] Foucault, Michel. "Por trás da fábula". In: *Estética: Literatura e Pintura, Música e Cinema*. Rio de Janeiro: Forense Universitária, 2006, pp. 210-8.
[93] Coli, Jorge. "Lori Lamby resgata paraíso perdido da sexualidade". *Folha de S.Paulo*, São Paulo, 06/04/1991.

tratava de um texto antigo por ele encontrado e antepor aos poemas uma biografia de Bilitis para todo o meio literário acreditar que se tratava de uma importante poeta grega, contemporânea a Safo. Louÿs revelou a farsa um ano antes de sua morte, tendo deixado os estudiosos das letras clássicas degustarem por cerca de 30 anos a falsa descoberta.

É delicado precisar, entretanto, quem seja o criador de Lori Lamby. É a própria garota que se recria em seu diário? Um escritor falido a concebeu para conquistar a redenção do mercado? Ou se trata de fato de uma pequena e perversa narradora-protagonista?

Seguiremos nesta reflexão após observar de que maneira a construção narrativa pretende quebrar, a todo o momento, as expectativas do leitor:

> ... e padre Tonhão que falava mais alto que Corina continuava o discurso: "Não vou pôr não, vou é esporrar na tua boca, cadelona gostosa (coitada das cadelas!), putinha do Tô (coitada das putinhas!)". Corina chorava, implorando, segurava os peitos com as mãos, fazia carinha de criança espancada (coitadas das crianças) e ia abrindo a boca: "Então esporra, Tô, esporra na boquinha (coitadas das boquinhas!) da tua Corina" (pp. 57-9).

Se uma das acepções possíveis para obsceno é o movimento de trazer ao palco aquilo que deveria ficar fora de cena, neste trecho a equação se dá em sinais invertidos. Na reconstrução realista de uma cena que supostamente teria como fim excitar o leitor, há insistência do narrador em barrar qualquer relação de estímulo, mostrando sempre que se trata de criação, da palavra escrita. O elemento indesejado aqui são as interferências literárias: que os parênteses ao mesmo tempo contêm e revelam.

O excerto é de "O caderno negro (Corina: a moça e o jumento)", uma espécie de paródia, copiada por Lori em seu caderno, do que há de mais característico no obsceno. Sodomia, sexo com animais e associado à violência — modalidades que o ingênuo Edernir passa a conhecer quando se aproxima do universo de sua amada Corina.

As aventuras de Lori, por sua vez, deixam bem claro desde o início a que devem grande parte da excitação. Embora tenha de fato prazer em suas peripécias e demonstre habilidade em fazer o jogo dos clientes, a menina gosta mesmo é de dinheiro. A tal ponto que lhe preocupa sinceramente a possibilidade de concorrência:

> Tudo isso que eu estou escrevendo não é para contar para ninguém porque se eu conto pra outra gente, todas as meninas vão querer ser lambidas e tem umas meninas mais bonitas do que eu, aí os moços vão dar dinheiro pra todas e não vai sobrar dinheiro pra mim (p. 18).

Mais do que a sensibilidade mercadológica, impressiona o momento em que ela, bastante feliz por ganhar seu dinheiro, decide agradá-lo e agradar-se com ele:

> É tão gostoso ter dinheiro, tão tão gostoso que ontem de noite na minha caminha, eu peguei uma nota de dinheiro que a mamãe me deu e passei a nota na minha xixiquinha (p. 89).

Lori faria inveja a Mauricette, personagem de *As três filhas da mãe*, também de Pierre Louÿs, igualmente entregue pela mãe à prostituição. Assim como Lori, permite ao cliente (e a si) todo tipo de diversão, desde que se mantenha a virgindade (do hímen, é preciso dizer). Ambas as meninas se deixam conquistar pelas bandalheiras e elegem um senhor com quem estabelecerão uma relação especial. No caso de Lori, o tio Abel.

OBSCENO

Nem "O caderno negro", que traz descrições menos incompletas de cenas sexuais, pode ser levado a sério como pornografia. Na realidade, trata-se de uma paródia da literatura obscena. O narrador, Edernir, rapidamente apresenta a transformação por que passou: de menino ingênuo do interior, apaixonado pela filha do farmacêutico, a homem violento e desiludido com o fato de que até a menina mais bonita é "uma boa puta". O que — podemos pensar — simboliza também uma espécie de queda.

O tom dessa pequena narrativa é humorístico, ainda que não faltem oportunidades para se falar até mesmo de Deus e outros temas elevados. Logo de início, ao se apresentar, diz Edernir, morador de Curral de Dentro:

> Às vezes eu pensava que a vida não tinha o menor sentido mas logo depois não pensava mais porque a gente nem sabia pensar, e não dava tempo de ficar pensando no que a gente nem sabia fazer: pensar (p. 42).

O garoto de quinze anos passa a ser capaz de pensar apenas após descobrir o lado obscuro da sexualidade de Corina e de outros que a rodeiam. Sente-se, então, "um perfeito imbecil", e é justamente em sua vingança revoltada que se recriam as cenas típicas do gênero. Após subjugar o amante da garota e forçar Corina a ter relações com um jumento, Edernir se vinga, espancando o casal e trancando-o num quarto. Só então se sente de fato libertado: muda-se para a cidade, onde se tornará um dentista rodeado de amigos.

O trecho sobre Tonhão e Corina transcrito anteriormente apenas ilustra uma das formas pelas quais a excitação é quebrada. Há, além dos parênteses, as lamentações revoltadas de um garoto desenganado, a fala pitoresca dos personagens (como a de Corina: "Vem, Ed, tá de lascar", p. 61), e um humor pouco delicado:

> ... tinha visto um dia meu pai caçar esse bicho [tatu] e ele levantou o rabo do bicho e pôs o dedo dentro do cu do animalzinho. É assim que tatu se aquieta. Tem gente que também se aquieta assim? pensei. E achei horrível (p. 49).

Pode-se imaginar ao redor desta história também um par de parênteses. Pois aqui, no que o narrador do livro seguinte de Hilst, Crasso, de *Contos d'escárnio. Textos grotescos*, define como "tudo muito jeca", a autora efetua uma dupla paródia — da literatura obscena e de sua própria — e escancara os procedimentos empregados em todo *O caderno rosa de Lori Lamby*.

Quando Edernir, confuso com sua assustadora descoberta da sexualidade, questiona-se a respeito de sua fé — "me veio um desespero, um remorso de pôr meu Deus no meio daquilo tudo, e um pouco antes de chegar eu casa tomei a resolução de me confessar no dia seguinte com o padre Tonhão" (pp. 55-6) —, reproduz, naturalmente em outro registro, questões que perpassam toda a obra de Hilst: da prosa à poesia, a autora buscou uma concepção divina que abarcasse também o terreno e o humano.

Novamente o conteúdo brinca com o leitor que espera encontrar aqui pornografia. No início, o narrador ensaia descrever sua ereção e os seios de Corina de forma até um pouco provocativa, mas isso não é levado adiante. Os procedimentos literários aos poucos vão se disseminando — até vir a prova última de que nem "O caderno negro" se sustenta como pornografia: a reação de Lori Lamby.

Após transcrevê-las, a menina confessa a Abel que as aventuras de Edernir lhe provocaram "sonhos muito feios". Nas imagens, o órgão do jumento se misturava com referências brasileiras e ao mundo infantil: Corcovado, Xuxa, He-Man, princesa Leia. Mas o que realmente a deixou espantada na história foi o fato de o protagonista não ter se entendido com Corina. "Coitado dele, né, tio?", escreve Lorinha.

Nesse ponto é preciso dizer que, embora falo e fala sejam experiências indissociáveis para Lori Lamby, o fato de o erotismo não se dar senão como paródia é central para essa leitura. Quando a autora nos propõe a, na epígrafe de "O caderno negro", rir de D.H. Lawrence, está desviando a atenção da cena sexual ("Seu pênis fremia como um pássaro") para a forma como é descrita (Hilda Hilst nunca escondeu sua opinião a respeito dessa sentença do autor, o que retoma em outros trechos da tetralogia obscena).[94] Quando zomba, por entre parênteses, do relato da relação entre Corina e Tonhão, muda o foco para a criação literária. O central de *O caderno rosa de Lori Lamby* não repousa na prostituição da garota, e sim na possibilidade de ela ter sido concebida por um pai escritor.

O que disse um crítico sobre Henry Miller, que não há um erotismo verdadeiro na obra do autor americano, pois esta é, em realidade, "um violento sarcasmo contra a falsidade de que se revestem as convenções sociais", é aplicável também ao caso deste livro — com a diferença fundamental, porém, da paródia e do riso, elementos deste caderno rosa.

É possível um contraponto, a título de exemplo, com a protagonista de "Matamoros (da fantasia)", conto de *Tu não te moves de ti* (1980). Também aos oito anos, a menina toca (com as mãos e a língua) meninos e o padre de sua aldeia. Nesse texto, contudo, a sexualidade aparece sob o signo do erotismo e se configura de fato por meio das pulsões. E é decisiva para o desenvolvimento não apenas da personagem, como para o de toda a narrativa.

A título de argumentação, convém recorrer à primeira página do primeiro conto de *Fluxo-Floema*, o primeiro livro em prosa de Hilda Hilst. Ali um escritor briga com seu editor para que este lhe deixe "escrever com dignidade" (p. 24), e como resposta para suas inquietações obtém um delicado "calma, vai chupando o teu pirulito" (p. 23). Não é preciso ir longe para perceber como as referências à língua na obra da autora comportam a dupla significação, relacionadas constantemente à reflexão sobre a literatura e o espaço que ainda lhe resta. Tome-se a trajetória de

---

[94] De *Contos d'escárnio*: "Meu pau fremiu (essa frase aí é uma sequela minha por ter lido de antanho o D.H. Lawrence [...]. Fremiu é pedantesco. Eu devo ter lido uma má tradução do Lawrence)", p. 32.

Edernir, cujo desengano apresenta paralelo inequívoco com o percurso do escritor que, pretendendo levar sua atividade a sério, depara com algum lalau (como bem observou um estudioso de *O caderno rosa de Lori Lamby*, o sentido dicionarizado da palavra indica um ladrão, aquele que se apodera do que é alheio — não sendo difícil considerá-lo índice e agente do processo de alienação sofrido, ou enfrentado, por um autor).

AUTORIA

"O caderno negro" é apenas um dos textos que, embora não pertencendo às confissões de Lori, compõem seu caderno rosa. Além dele, há cartas enviadas a Abel e recebidas dele, poemas e histórias infantis. O que Alcir Pécora chamou de "anarquia de gêneros" e identificou à função de autor exercida pela menina de oito anos é a forma central por que se manifesta o exercício da língua proposto pelo livro.

De início, além de demonstrarem que a autora subverte os princípios de uma narrativa tradicional, os diferentes tipos de texto marcam diferentes maneiras pelas quais Lori é colocada como autora. Epístola, confissão, poema, relato, narrativa — tudo se mistura, e a imagem da menina encerrada em seu quarto e se despejando sobre seu diário aos poucos vai desaparecendo.

É por meio do apagamento[95] que se coloca em dúvida o estatuto de Lori e que é lançada luz sobre as pequenas pistas deixadas pelo livro. No primeiro parágrafo, a menina, antes de dar início ao relato de seus programas, afirma: "Eu vou contar tudo do jeito que eu sei porque mamãe e papai me falaram para eu contar do jeito que eu sei. E depois eu falo do começo da história" (p. 13). Em seguida, nos poucos diálogos que transcreve (procura evitá-los para que o caderno não fique tão grosso), o pai e a mãe se valem de ambiguidades a partir das quais se pode concluir que Lori Lamby é apenas personagem do livro que ele, escritor falido, entregará ao editor ávido por bandalheiras.

Mas o pai, ainda assim, não consegue se conformar:

> E onde é que está aquele puto que foi viajar e me mandou escrever com cenários, sol, mar, ostras e óleos nas bocetas, a menina já está torrada de sol e

---

[95] Os conceitos aqui utilizados foram tomados do texto de Michel Foucault "O que é um autor". In: *Estética: literatura e pintura, música e cinema*. Rio de Janeiro: Forense Universitária, 2006. p. 264-98.

varada de pica, ó meu deus, onde é que está aquela merda do Laíto que pensa que programa de saúde com ninfetas dá ibope, hein? Eu quero morrer, eu quero o 38, onde é que tá? (p. 77).

Aos poucos se desenha um esquema em que Lori substitui um autor que seria seu pai; em que este toma a palavra somente para atender aos desígnios de seu nervoso editor; e em que este, por sua vez, é uma espécie de personificação de um cruel mercado. Assim, se Lori apenas exerce a função de autor, marcando constantemente a ausência de um sujeito soberano nesse discurso, a todo o instante se sobrepõe uma entidade que condiciona a criação.

Cansado de lutar com um mercado que não aceita obras literárias de qualidade, que de fato "trabalhem a língua", nas palavras do personagem escritor, um mercado a que subsiste apenas o autor conivente com certa produção bandalha, o pai se rende: entrega à máquina de fazer livros de Lalau (agora é bastante claro por que a formulação, justamente concebida por uma criança, é expressiva) um texto escabroso, que atende a lógica do jogo.

Nada, então, nesse sentido, mais adequado do que escolher uma criança como protagonista de sua primeira bandalheira publicada: travestido de jogo, de brincadeira, o processo vivenciado por Lori, sua "queda", é a representação de uma espécie de rito iniciático do próprio escritor. Como Edernir, o escritor aprende as regras do jogo (mas com a declarada intenção de logo em seguida ver-se novamente livre dele).

De acordo com Alcir Pécora, *O caderno rosa de Lori Lamby* deve o que há de baixo em sua composição à impossibilidade de escapar a um mercado que destitui o livro de seu valor literário. Ou seja: sabendo-se impossibilitada de desistir do livro, a autora viu-se obrigada a fazer do obsceno "a condição de sua criação":

> Para tanto, trata de emular a mais requintada tradição da literatura obscena, sabendo, entretanto, que a sua possibilidade de existir como livro não se deve ao requinte literário, mas à baixeza operada como mercadoria.[96]

Todo o falseamento operado por Hilda Hilst, portanto, consiste em, ao mesmo tempo, entrar nesse mercado e recusá-lo. A própria impossibilidade de classificação atua nesse sentido. Uma manifestação dessa

---
[96] Pécora, Alcir. *Hilda Hilst: call for papers*. Disponível em: <http://www.germinaliteratura.com.br/enc_pecora_ago5.htm>. Acesso em: 20/07/2008.

condição são as ilustrações de Millôr Fernandes — que nunca poderiam servir a um texto cuja função fosse excitar o leitor (em uma delas, por exemplo, os pais de Lori conversam em frente a uma estante totalmente ocupada por dicionários).

Pécora indica ainda que a constante confusão de Lori entre os vocábulos "bandalheira" e "bananeira" é o índice da "demonstração do lixo nacional" como "particularidade (nunca exceção) do sórdido humano". De fato, o caminho mais curto para a relação – especialmente do ponto de vista de uma criança — entre dois universos aparentemente dissociados é o chiste.

Desde o início está colocada a oposição entre o que Lori deseja consumir e aquilo que seu pai considera adequado. Assim, quando a menina diz desejar ter tudo o que "a Xuxa usa e tem" — e o caminho para sustentar o consumo é seguir desenfreadamente na prostituição —, ele sem rodeios ordena que ela deixe de ser "mongoloide".

Este tema do nacional, entretanto, será mais desenvolvido nos livros seguintes e nas crônicas da autora, quando Hilst cunhará o termo "pornocracia" para se referir ao país.

LÍNGUA

Equiparável, em razão de seus múltiplos desdobramentos, ao olho de Bataille, a língua exerce aqui papel fundamental para uma análise mais detalhada da obra. Dedicado "À memória da língua", *O caderno rosa de Lori Lamby* é, nas palavras de Eliane Robert Moraes, "uma fina reflexão sobre o ato de escrever como possibilidade de jogar com os limites da linguagem"[97].

Empenhada em investigar duas possibilidades de prazer advindas de um mesmo órgão — "Eu também achava uma delícia mas não falei nada porque se eu falasse tinha que parar de lamber" (p. 15) —, Lori associa os movimentos que deve efetuar com Tio Abel e outros moços mais velhos à maneira infantil de lamber "um sorvete de chocolate ou de creme, de casquinha, quando o sorvete está no comecinho" (p. 14). Às palavras dedica tratamento semelhante, manipulando-as como objetos a serem apalpados, saboreados:

[97] Moraes, Eliane Robert. "Da medida estilhaçada". In: *Cadernos de literatura brasileira*, n. 8. São Paulo: Instituto Moreira Salles, out. 1999, p. 125

> Ele disse que queria o revólver, ou cicuta (não sei o que é) ou curare (o que é, hein, tio Abel?) ou uma espada para fazer o sepucu (meu Deus, o que será?) (p. 84).

Em carta a Abel, referindo-se à conversa que ouvira entre seu pai e sua mãe, Lori, seguindo fielmente o processo descrito pela psicanálise e associando a recorrência da sílaba "cu" ao contexto do que o pai havia dito anteriormente (frustrado com o insucesso literário e bradando contra o "lixo podre" que é a vida, afirmara só lhe interessar deixar-se comer por "qualquer jumento"), ajusta a grafia do vocábulo desconhecido — provavelmente "seppuku", o ritual suicida dos samurais que desejam reaver sua honra — ao que imaginava ser o campo semântico de toda a fala.

É também a mesma boa vontade com que se lança à bandalheira que Lori dedica a seu sincero projeto de escrever um livro para Lalau. Embora se frustre diante da impossibilidade de procurar no dicionário o significado de todas as palavras novas, "senão não escrevo meu caderno" (p. 78), não deixa de demonstrar a ávida disposição comum a todo aprendiz. A menina, por sinal, o tempo todo se equilibra entre seu desejo de conhecer (as palavras, as referência literárias) e as imposições do suposto editor. Deve seguir as regras do gênero, dando seu depoimento e recontando os episódios com certa fidelidade confessional, mas está sempre atenta ao tempo que lhe resta para terminar sua obra e à impossibilidade de escrever algo extenso. Seu aprendizado lexical se ilustra por um diálogo com Abel, o homem que se diz encarregado de sua "educação sentimental":

> — Então o que é mesmo raro, tio?
> Lorinha, nós já estávamos questionando o que é predestinada. Raro já passou.
> Então, o que é predestinada, tio? E o que é questionando?
> Lorinha, predestinada é quem nasceu pra ser lambida. Você. Questionando, a gente fala depois (p. 35).

Abel pode ser considerado uma espécie de "preceptor imoral" da menina. Nessa recriação de uma educação libertina, Lori — ingênua e infinitamente disposta — conjuga gozo e emancipação. À medida que evolui sua capacidade de lamber, evolui também seu domínio sobre a linguagem. A diferença fundamental reside, contudo, no fato de os personagens de Sade serem subversivos em sentido amplo — ao passo que a iniciação de Lori atende à necessidade de se submeter a um mercado perverso.

A língua é também o fator que Eliane Robert Moraes identifica como responsável por um duplo mergulho na relação escritora-personagem: em termos de "ancestralidade cultural" e de "ancestralidade individual", já que no caderno de Lori se encontram respeitáveis referências literárias, recuperadas em um processo que também constitui um retorno à "fala primitiva da infância".[98]

ÂNSIA DE CONVERTER

O desfecho, que a autora reconhece como "um pouco moralista",[99] e as questões postas no livro permitem estabelecer relações ainda mais estreitas com o gênero com que *O caderno rosa de Lori Lamby* dialoga.

A literatura obscena se caracteriza, na visão de Henry Miller,[100] pelo desejo de converter o leitor. Autor da trilogia *Sexus*, *Nexus* e *Plexus*, o escritor norte-americano recusa a noção do obsceno ligada apenas à matéria sexual, dado que, fundado na "violência do ato da palavra", pretende derrubar as mentiras (medo, culpa e crime) sobre as quais se funda nossa sociedade.

Sua leitura é semelhante à de D.H. Lawrence[101] — sendo as formulações deste autor ainda mais valiosas para essa reflexão. De acordo com o inglês, é preciso que se acabe com qualquer noção de pureza, pois é atrás dela que se esconde "a mentira do dinheiro".

O que ambos apresentam, afinal, é a literatura obscena como forma de promover um amplo questionamento ao uso que fazemos da linguagem (esta que, descoberta pelo mundo dos negócios, sobretudo a publicidade, tem cada vez mais dificuldade para servir à poesia). Daí podermos pensar não ser à toa que Hilda Hilst tenha se apegado a um dicionário de palavrões enquanto escrevia seus livros obscenos, valendo-se de inúmeros sinônimos, até mesmo exóticos, para nomear os órgãos sexuais.

O desejo de provocar no público uma conversão encontra eco em uma fala de Hilst de 1990, no auge de seu marketing literário (embora a afirmação diga respeito a toda a sua obra):

---

[98] Moraes, Eliane Robert. "A obscena senhora Hilst. Poemas eróticos disfarçam fina reflexão sobre a linguagem". *Jornal do Brasil*, Rio de Janeiro, 12/03/1990.
[99] Entrevista de Hilda Hilst concedida ao programa "Certas Palavras", da Rádio CBN, em 25/5/90, à época do lançamento de *O caderno rosa de Lori Lamby*. É preciso compreender o termo em seu sentido clássico.
[100] Miller, Henry. "La obscenidad y la ley de reflexión". In: Lawrence, D.H.; Miller, Henry. *Pornografía y obscenidad*. Buenos Aires: Editorial Argonauta, 2003.
[101] Lawrence, D. H. "Pornografía y obscenidad". In: Lawrence, D.H.; Miller, Henry. Op. Cit.

> E será que é lícito — eu comecei a pensar depois de escrever muito — fazer com que as pessoas acordem de repente? O homem está casado, tem filhos, acha válido todo o trabalho que está fazendo. Você faz determinada pergunta, e ele sente que toda a vida foi desestruturada por essa pergunta. Será que é lícito fazer isso para uma pessoa? Ou [devo] deixar que continue dormindo? Eu achava que não, que eu não podia deixar a pessoa dormindo. Eu tinha que sacudir as pessoas e toda a frivolidade, a futilidade de cada dia.[102]

São falas de quem, crendo-se acima de uma maioria, da qual naturalmente se sente apartado, julga-se na função de efetuar o que Henry Miller chama de *"plegaría al revés"* (em tradução caseira, uma "oração reversa"). Ou de quem, na pertinente fórmula de Lawrence, pretende combater a "doença cinza" dos hipócritas a partir de livros que nada tenham a ver com os *best-sellers* americanos, chamados de "novelas rosa".

Abre-se aqui, então, uma possibilidade de se pensar o rosa do caderno de Lori, ainda sob a noção do embuste: mesmo que se acredite tratar de um livro que quer excitar o leitor, o caderno rosa pretende fazê-lo perceber sua condição obscena, a de quem dorme.

A própria necessidade de recorrer à literatura e a relação inevitável, no que diz respeito a Lori, entre a brincadeira e a escrita criativa, levam ainda a um outro sentido possível para o obsceno.

"A antítese de brincar não é o que é sério, mas o que é real", escreveu Freud,[103] como é sabido. Se a principal brincadeira de uma criança é fingir-se de adulto, com o pai de Lori ocorre o contrário: foi necessário a ele travestir-se em uma menina de oito anos para dizer: "Não sei até por que não construíram a gente com as pernas abertas e aí a gente não tinha sempre que ficar pensando se era hora de abrir as pernas" (p. 36) (tenha-se em mente que sua atitude é, para ele, uma das aplicações possíveis dessa imagem).

Ou, para além disso, e o que aqui mais importa, a brincadeira da criança e a ficção do adulto, sendo sérias, têm como objetivo máximo opor-se ao mundo real. Todo devaneio revela, então, a inevitável necessidade de procurar deleite escapando à realidade. Quer dizer, a fuga para o irreal como forma de experimentar algum prazer perdido ou supostamente proibido. Mas todo escape, toda projeção, é a prova dura de que a condição humana só se realiza quando transcende a si mesma (o que pode ser cruel e, portanto, obsceno).

---

[102] Entrevista de Hilda Hilst concedida ao programa *Certas Palavras*, da Rádio CBN, em 25/05/90, à época do lançamento de *O caderno rosa de Lori Lamby*.
[103] Freud, Sigmund. "Escritores criativos e devaneios". In: "Gradiva" de Jensen e outros trabalhos. V. IX das edições standard das obras completas. Rio de Janeiro: Imago, 2006, pp. 13-43.

Ocorre que a menina constata, logo cedo, que quem olha para as estrelas "se fode". É a variante mais doída do que diz Lori a seus pais, no momento em que nos é apresentado o desfecho (uma solução que, embora verossímil, transtornaria qualquer Simão Bacamarte):

> Ó papi e mami, todo mundo lá na escola, e vocês também, falam na tal da criatividade, mas quando a gente tem essa coisa todo mundo fica bravo com a gente (p. 96).[104]

Seria um cenário bastante desolador se sua força impusesse a desistência ao criador. Pois, segundo Wilde, a única possibilidade para quem está na sarjeta — somos todos nós — é o mundo da imaginação (Miller emprega também a imagem da flor de lótus para definir o obsceno). Mas Lori, seu pai, a autora de fato olham para as estrelas. E na dita porcaria que escrevem, acabam por revelar o absurdo da condição humana.

Se há alguma espécie de humor no livro, é preciso lembrar que, como a brincadeira, o riso é sério — e ambos constituem, frequentemente, resposta à dor. Daí Alfredo Bosi escrever que cabe ao humorista "desnudar a impotência de nossa condição".[105] E daí se concluir: o que pode haver de escabroso em *O caderno rosa de Lori Lamby* é o que tornou imperativo conceber um cenário de pedofilia. Aquilo a que só podemos escapar pela imaginação, pela paródia, pela ironia.

A respeito da paródia, podem nos ajudar as formulações de Giorgio Agamben — centradas na literatura italiana, em especial em Elsa Morante —, esclarecendo a maneira como ela se apresenta neste livro. (Do italiano nos interessaria também a noção de profanação, que, imediatamente relacionada à "oração reversa" de Miller, aponta como nossa saída possível o ataque a tudo o que, para além da Igreja, se tornou improfanável. O dinheiro, por exemplo e principalmente.)

Correspondendo a uma renúncia em representar diretamente o objeto, a paródia evidencia que se tornou "inenarrável" o que deveria ser descrito. Daí a forma travestida em que se apresentam as reflexões de *O caderno rosa de Lori Lamby*: a impossibilidade de ser criança inocente, a crueldade de um mercado editorial que não permite à literatura levar a

---

[104] Soa como eco perfeito da fala irônica de Miller: "El artista debe someterse a la actitud común y habitualmente hipócrita de la mayoría. Ha de ser original, audaz, sugestivo y todo lo demás, pero no excesivamente perturbador" (pp. 86-87).
[105] Bosi, Alfredo. "Um conceito de humorismo". In *Céu, inferno*. São Paulo: Duas Cidades/34, 2003, pp. 311-5.

língua a sério, a condição de um leitor que precisa ser sacudido e um homem que julga lícito seu estado de latência (o de quem não assume uma existência efetiva).

Dado que a trajetória dos personagens é de queda — seja Lori, Edernir, o pai escritor ou simplesmente um escritor —, nos interessa a constatação do filósofo italiano:

> O homem foi expulso do Éden, perdeu seu lugar próprio e foi jogado, na companhia dos animais, dentro de uma história que não lhe pertence. O próprio objeto da narração é, nesse sentido, "paródico", ou seja, está fora de lugar [...].[106]

Estar fora de lugar é a primeira consideração que se pode atribuir à condição de Lori. O que nos lembra também Edernir, que, nas palavras de Jorge Coli, usou um jumento como forma de violentamente se vingar "da falta de sentimentos num mundo de desenfreada sexualidade animal".

Mas *O caderno rosa de Lori Lamby* é paródia sobretudo na forma como recria o real. A primeira edição do livro trazia na contracapa uma foto da autora quando menina, o que prontamente nos remete à Alice de Lewis Carroll. Mas, mais do que uma brincadeira de mau gosto (já que o autor inglês teria sido um pedófilo do mundo real), o retrato ao mesmo tempo nos põe a pensar sobre o conteúdo autobiográfico da obra — no sentido de falseá-lo, naturalmente — e nos indica que ali no livro talvez se abra um mundo dos espelhos. Não, é óbvio, pela presença do nonsense. Mas, tal qual uma brincadeira, a fábula de Lori, em que uma criança de oito anos, prostituta, toma a palavra em um caderno (e não em um livro) rosa, suspende tempo e espaço e nos conduz a um universo em que tudo se apresenta invertido.

Ali se retrata, sim, o mundo com o qual brigam Lori, o pai, a autora — e que não se separa daquele onde uma garota de oito anos abre as pernas sem pudor, sem hesitação, traumas ou sofrimentos; o universo que se convencionou chamar de "mundo da realidade", representado pelos logaritmos, pelas contas que os pais de Lori, em uma das ilustrações do livro, fazem sobre a cama, pelo saco de dinheiro de outra ilustração ou pelos desejos de consumo da menina.[107] Nesse país dos espelhos, a lógica

---

[106] Agamben, Giorgio. "Paródia". In: *Profanações*. São Paulo: Boitempo, 2007, p. 40.
[107] Em estudo publicado sobre a construção em espelho desse interstício do diário de Lori, um interessado no livro observa "mais um elemento de significação, qual seja a desilusão do escritor ao ver sua amada Corina (o público) entregar-se até um jumento (a burrice), cujo nome é Logaritmo (os números, os valores)".

do mundo real é escancarada — e precisamente aí reside a inversão: a ficção nos revela o que é verdadeiramente real. O que nos leva a recusá-lo em sua forma e procurá-lo no que é irreal (o devaneio, a brincadeira, a ficção). Ou, como queria Murilo Mendes, trata-se de irrevogavelmente procurar a realidade no mundo das estrelas, e não no das leis.

É basicamente do mesmo raciocínio de que se vale Jorge Coli para afirmar que "Lori pode transformar-se num paraíso... perdido". Pois, a partir da trajetória de angústia do pai, a postura da menina dá-se "diante de um mundo adulto que, ele, é carregado de sórdido e de amargor".[108]

E agora então se torna possível, por esta leitura e pela epígrafe do livro, traçar uma comparação que antes pareceria pouco conveniente. Com Tristano, narrador de um romance italiano, velho gangrenado, ex-combatente da Segunda Guerra, que, imóvel na cama, não suporta olhar para seu corpo (talvez porque lhe revele a baixeza de sua condição) e descobre lhe restarem apenas sonhos, lembranças, devaneios. Um herói desiludido que percebeu: "Felizmente, tudo se transforma em cantiga quando se chega ao ponto de vista de quem apenas pode olhar para o teto".[109]

---

[108] Coli, Jorge. Idem.
[109] Tabucchi, Antonio. *Tristano Morre*. Rio de Janeiro: Rocco, 2007, p. 79.

REFERÊNCIAS BIBLIOGRÁFICAS
AZEVEDO FILHO, Deneval Siqueira de. *Holocausto das fadas: a trilogia obscena e o Carmelo bufólico de Hilda Hilst*. São Paulo: Annablume/Edufes, 2002.
BARTHES, Roland. *O prazer do texto*. São Paulo: Perspectiva, 2004.
BATAILLE, Georges. *A história do olho*. São Paulo: CosacNaify, 2003.
ECO, Umberto. *Apocalípticos e integrados*. São Paulo: Perspectiva, 1998.
GOULEMOT, Jean-Marie. *Esses livros que se lêem com uma só mão*. São Paulo: Discurso Editorial, 2000.
HILST, Hilda. *Contos d'escárnio. Textos grotescos*. São Paulo: Globo, 2002.
_____ . *Tu não te moves de ti*. São Paulo: Livraria Cultura Editora, 1980.
HUTCHEON, Linda. *Uma teoria da paródia — ensinamento das formas de arte do século XX*. Lisboa: Edições 70, 1985.
LOUYS, Pierre. *As três filhas da mãe*. Salvador: Ágalma, 2001.
MORAIS, João B. Martins de. "Da letra à figura: a polifonia em *O caderno rosa de Lori Lamby*". *Anais do I Sethil: Seminário de Teoria e História Literária*, Vitória da Conquista, pp. 236-245, abr. 2007. Disponível em: <http://www.uesb.br/sethil/anais_1.pdf>. Acesso em: 22/09/2008.
_____ . "Os espelhos de Lori Lamby: considerações a respeito da metáfora especular (*mise en abyme*) na obra *O caderno rosa de Lori Lamby*". *Investigações*, Recife, UFPE, v. 18, n. 1, pp. 129-142, jan. 2005.

O MAPA DA MORTE NA LITERATURA HOMOERÓTICA BRASILEIRA CONTEMPORÂNEA

Adelaide Calhman de Miranda

> *"Eu não sou o que sou, digo para mim mesmo, como se jogasse nenúfares num tanque de águas podres(...) Eu não sou o que sou, fico me repetindo, nem fêmea alguma e macho muito menos me colocaram aqui neste tempo onde estou, tempo desordenado, avessos de um rumo..."*
> Hilda Hilst, *Rútilo nada*.

A LITERATURA E AS SEXUALIDADES NÃO HEGEMÔNICAS

A crescente visibilidade conferida à temática da homossexualidade suscita ampla reflexão quanto à construção dessas representações. Os discursos produzidos pela estética literária dialogam com o contexto social de sua criação, incorporando tensões ideológicas e resultando em consequências concretas para parcelas significativas da população.[110] Assim, as representações de grupos minoritários podem ser consideradas alegóricas, em que cada personagem atua como uma sinédoque que resume toda uma comunidade; é o que Robert Stam e Ella Shohat chamam de "fardo da representação".[111]

A sexualidade talvez seja uma das mais difíceis representações a ser alijada do poder, porque tão intimamente ligada a ele. De fato, dentro do dispositivo da sexualidade, a sexualidade periférica estabelece arbitrariamente a fronteira do que é considerado normal, natural e saudável.[112] Como consequência, qualquer alteração em sua representação implica necessariamente uma ruptura na ideologia dominante. Pois um dado histórico é transformado em fato da natureza pela ação desse dispositivo, como esclarece Foucault em sua *História da sexualidade*, "segundo algumas estratégias de saber e poder".[113] O resultado

---
[110] Stam, Robert; Shohat, Ella. *Crítica da imagem eurocêntrica*, p. 265.
[111] Idem, p. 267.
[112] Foucault, Michel. *História da sexualidade*, v. 1, p. 56.
[113] Idem, pp. 116-7.

é o sofrimento e a exclusão de todos que não se encaixam no modelo hegemônico, estabelecido pela heteronormatividade.[114] A homofobia, preconceito contra homossexuais, assume muitas formas; entre elas, a exclusão social, a humilhação pública e a violência propriamente dita. Mata-se uma pessoa de três em três dias no Brasil por homofobia, e esses são apenas os casos em que o motivo é declarado.[115]

Como linguagem estética, a literatura possui maior capacidade de transmissão da ideologia, pois sua forma sensível dissimula a estrutura ideológica, segundo Pierre Bourdieu.[116] No caso específico da literatura brasileira contemporânea, a consciência quanto à dificuldade de representar o outro resulta em certo estranhamento e desconforto em obras mais críticas, afirma Regina Dalcastagnè.[117] Para além dos estereótipos da homossexualidade presentes na literatura naturalista, algumas obras modernistas, como a de Mário de Andrade, apontaram fissuras no sistema patriarcal. Com isso, explica Jaime Ginzburg,[118] permitiu-se a reflexão acerca dos valores envolvidos na formação social brasileira, abrindo espaço para uma nova configuração homoerótica. Do mesmo modo, Denílson Lopes localiza a emergência de uma homo-textualidade no interior da literatura brasileira contemporânea, no cenário pós-moderno e pós-utópico de "paisagens entre a melancolia e a alegria possível, a deriva sexual e o pavor da Aids, a solidão e a ternura, a desterritorialização e a busca de novos tipos de relações".[119]

Este ensaio investiga a importância da linguagem literária brasileira contemporânea para a repercussão do preconceito ou para a desconstrução da ideologia heteronormativa que marginaliza a vida de tantos. Seis contos que apresentam uma visão alternativa da relação homoerótica serão analisados quanto às estratégias utilizadas para transfigurar a representação social da homossexualidade. Três tematizam a homossexualidade feminina e três tratam da relação homoerótica masculina, pois se pretende verificar o que existe em comum e o que difere nas representações das homossexualidades de acordo com gênero.

---

[114] Conjuntos de normas sociais que pautam as relações humanas pela imposição da heterossexualidade.
[115] Estatística obtida no *site* do Grupo Gay da Bahia. Disponível em: <http://www.ggb.org.br/assassinatos2005.html>.
[116] Bourdieu, *As regras da arte*, p. 48.
[117] Dalcastagnè, Regina. "Vozes nas sombras: representação e legitimidade na narrativa contemporânea", pp. 90-1.
[118] Ginsburg, Jaime. "A crítica da sociedade patriarcal em conto de Mário de Andrade", p. 46.
[119] Lopes, Denílson. *O homem que amava rapazes e outros ensaios*, p. 140.

A abundância de obras da literatura brasileira contemporânea que relacionam a experiência homoerótica à morte determinou de antemão o tema do ensaio. Investigar o significado dessa morte seja por assassinato, suicídio, doença ou mesmo a morte simbólica ocasionada pelo preconceito é também um objetivo desse trabalho.

Lançar-se no abismo ou morrer de amor

Os três contos que tematizam a homossexualidade feminina caracterizam-se pela circunscrição do conflito à esfera íntima ou familiar. O conto "Isso nunca me aconteceu e suas variações", de Stella Florence, narra a história de Mariana, que se envolve quase que sem querer com Nila. Dentro de um bar, ela se vê beijando uma mulher e pensando "isso nunca me aconteceu", repetidamente. Apesar de consumar a relação já naquela primeira noite, Mariana passa a fugir de Nila e dos sentimentos provocados por ela.

Essa tendência de rejeitar a atração física por pessoa do mesmo sexo é uma constante entre os contos analisados, incluindo os protagonizados por homens. A negação desse sentimento está intimamente ligada ao medo de assumir uma identidade condenada pela sociedade. Isso porque os discursos hegemônicos sobre a sexualidade não apenas explicam como constroem a própria sexualidade e as identidades sexuais.[120] A censura advinda dessa construção social é introjetada nas pessoas que se identificam como possuidoras de uma sexualidade indesejável por meio da violência simbólica, como explica Bourdieu: "o dominado tende a assumir a respeito de si mesmo o ponto de vista dominante: através, principalmente, do *efeito de destino* que a categorização estigmatizante produz, e em particular do insulto, real ou potencial, ele pode ser assim levado a aplicar a si mesmo".[121] Provavelmente em decorrência dessa angústia, ela compara seu sentimento com um sonho que teve alguns anos antes, em que se lançava em um abismo:

> E Mariana abriu os braços, se jogou e em meio a um espasmo de perda, de descoberta, de busca, abriu os olhos e uma pluma, como no sonho, uma imensa pluma invisível sustentava o seu corpo transformando o encontro certo com a morte em um flutuar, um campo de trigo, um beijo.[122]

---

[120] Foucault, op. cit., p. 116.
[121] Bourdieu, Pierre. A *dominação masculina*, p. 144.
[122] Idem, p. 114.

Estar com uma mulher equivaleria, assim, a arriscar a morte, sujeitar-se a não existir socialmente, ainda que seja um risco revestido de sensações prazerosas. A inviabilidade de relacionar-se abertamente, corroborada pelo preconceito, associa-se ao deleite dos sentidos, outro significado possível de morte, o ato de entrega.[123] Apesar da resistência, o amor vence e um dia, ao encontrar Nila casualmente, ela se rende a seus encantos, se envolve, se apaixona e resolve morar com ela. É a estratégia do final feliz, da imagem positiva, o único conto dessa seleção com essa característica. Lúcia Facco debate esse tema da identificação positiva à exaustão, e conclui que, embora em alguns momentos a fórmula possa resultar no engessamento da atividade do escritor,[124] seria uma "etapa necessária na construção, na modelagem de um novo discurso, em que a imagem da lésbica não seja nem silenciada nem denegrida".[125]

A imagem positiva, porém, apresenta alguns problemas. Como ressaltam Stam e Shohat com referência ao cinema, muitas vezes as obras que utilizam essa estratégia constroem personagens bonzinhos demais, ou seja, "para serem iguais, os oprimidos devem ser melhores".[126] Ignoram-se, assim, as diferenças dentro do próprio grupo minoritário; em vez de lidar com as contradições, forja-se um ideal de perfeição. Outra limitação dessa técnica é o integracionismo que "simplesmente insere novos heróis e heroínas, desta vez recrutados do grupo dos oprimidos, nos antigos papéis funcionais que são eles próprios opressores".[127] Além de não questionar o sistema responsável pela produção das desigualdades, pode até servir para reafirmá-lo. Para combater a discriminação é necessário mais do que mostrar um final feliz, é preciso romper com os pressupostos heterossexistas que fundamentaram a opressão. Além dessa limitação, a forma tradicional do conto, com começo, meio e fim bem delimitados, reforça a sua superficialidade crítica. Percebe-se uma correspondência formal entre a complacência política do conteúdo e a linearidade de sua narrativa. Apesar disso, o estranhamento causado pelo tema anticonvencional aliado a um texto agradável e bem-construído ocasiona uma ruptura na expectativa do(a) leitor(a).

Já o conto "Cartografia", de Cíntia Moscovich, revela uma maior problematização da homossexualidade e do modo literário de lidar com

---

[123] Esse sentido se faz presente em várias outras obras, como no conto "Morte de mim", de Cíntia Moscovich, em que o orgasmo é designado como "pequena morte".
[124] Facco, Stella. *As heroínas saem do armário*, p. 167.
[125] Idem, p. 133.
[126] Stam e Shohat, op. cit., p. 296.
[127] Idem, p. 297.

o tema. A narradora, sem nome, o que possivelmente aponta para a questão da inexistência, sai da casa da mãe recém-enviuvada para escapar do fardo de compartilhar seu luto. A jovem é aprovada na seleção para mestrado com direito a uma bolsa de estudos, o que lhe permite alugar um apartamento. Acaba por se apaixonar por Beatriz, sua colega de curso, com quem divide o aluguel. Dizendo-se leiga no amor, a narradora ansiava pela grande tragédia, que lhe ocorre após a saída da amiga do apartamento para ficar com o namorado: "Quando a porta se fechou e a figura luminosa de Beatriz desapareceu, o amor era finalmente uma abundância — nele eu passava a colocar tudo o mais que não sabia onde meter."[128]

Percebe-se no tom melancólico uma indicação de que o amor é ligado intimamente à tragédia. Se, por um lado, o afastamento da narradora provoca uma mudança positiva em sua vida, por outro, o sentimento da narradora pela amiga é desvelado como um tipo de morte. Desde o início do conto, há uma analogia entre a presença de Beatriz e a lembrança do falecimento do seu pai: "Na primeira noite em que Beatriz dormiu no apartamento, o silêncio tornou-se uma suspensão de vida. Era um silêncio que se interpunha à própria quietude, tão total e tão calado que mesmo o silêncio de uma pessoa morta quebraria".[129] No dia em que a amiga aparece devastada por uma desilusão amorosa, a narradora a consola com uma ternura que sugere que o sentimento tenha superado o fraterno. O rosto de Beatriz era uma "cartografia de desgraças" como o da mãe da narradora, quando perdeu o marido.

> Acomodei-a melhor entre os meus braços: os cabelos cobriram o meu peito como um manto. Aspirando a fragrância daquele tule ruivo e desordenado, compreendi que nos meus ombros haveria de caber toda a água de seus olhos. E assim, próxima como estava, senti que o impossível se armava, um sentimento implícito, tão irrecusável como o amor de filha.[130]

Um sentimento inadmissível aponta para a impossibilidade de a relação ultrapassar o limite da amizade. Assim pode-se compreender a mistura de tempos, a ambiguidade da narração e a linguagem trágica do conto. Além disso, a ausência de referência explícita à homossexualidade, à identidade sexual da narradora ou ainda ao sentimento da narradora por Beatriz remete à subversão proposta pela teoria *queer*. Pois o conceito pretende embaçar as

[128] "Cartografia", p. 52.
[129] Idem, p.37.
[130] Idem, p. 51.

linhas demarcatórias entre homo e heterossexualidades, visando à não redução das identidades sexuais a categorias preestabelecidas.[131] Para essa teoria, as desigualdades só serão extintas mediante a radical reformulação dos conceitos de identidade sexual e sexualidade.

Se, por sua vertente *queer*, o conto contribui para a elaboração de uma nova representação das sexualidades não hegemônicas, a ênfase na tragédia pode ter um efeito contrário. A relação entre a morte e a homossexualidade em Cíntia Moscovich já foi alvo de pesquisa por Virgínia Maria Vasconcelos Leal, que ressalta suas qualidades e limitações: "Se, por um lado, as suas narrativas subvertem a matriz de gênero, por outro lado, seu componente trágico também assinala, do ponto de vista da autora, a impossibilidade de subversão total de tal matriz".[132] A morte, portanto, pode ser vista como uma certa limitação da narrativa, uma vez que confirma o interdito da ideologia heteronormativa. Apesar disso, a sua construção cuidadosa, sutil e poética, juntamente com a densidade temática, oferecem uma visão inovadora da homossexualidade e crítica do preconceito.

O conto "Uma branca sombra pálida", de Lygia Fagundes Telles, também conta com o componente trágico. A história da relação homoerótica entre duas jovens é narrada do ponto de vista da mãe de uma delas. A morte está presente já no início do conto, quando a mãe visita o túmulo da filha, Gina. O enredo é paulatinamente desvelado pelos pensamentos da mãe, que rememora os acontecimentos. Incomodada pela estranha relação entre a filha e sua amiga Oriana, ela pressiona a filha a escolher entre as duas. Gina, acuada pela impossibilidade de viver sem uma delas, acaba por se suicidar. O título é a tradução de "*A whiter shade of pale*", o nome da música que as duas ouviam enquanto engrenavam "os altos estudos" nas palavras irônicas de sua mãe. E foi assim lhe pareceu sua filha já sem vida, no domingo de Páscoa sem ressurreição.

No fluxo de pensamentos contraditórios atribuídos à mãe observa-se o conflito entre a hostilidade das ideias homofóbicas e o crescente sentimento de culpa tornado nítido pela percepção de seu erro. A mistura de tempos reflete a tentativa da narradora de encontrar um nexo para a história e simultaneamente revela a intransigência do desenrolar dos fatos e o despotismo da morte. O maior aspecto revolucionário da narrativa é

---

[131] Jagose, Annamarie. "Queer theory".
[132] Leal, Virgínia Maria Vasconcelos. "Deslocar-se para recolocar-se: os amores entre mulheres nas recentes narrativas brasileiras de autoria feminina", p. 22.

fruto de sua forma sutilmente elaborada: o discurso homofóbico da mãe dissimula uma tentativa de redenção que não consegue convencer o leitor, apontando, assim, para as falhas da ideologia heteronormativa. Suas acusações são dirigidas majoritariamente para Oriana, com seus "dedinhos curtos (...) de unhas ruídas"[133] contrastando com a delicadeza de bailarina de Gina. As palavras "suja", "viciada" também são utilizadas para referir-se à amiga da filha. Observa-se o mesmo contraste entre as rosas vermelhas "obscenas de tão abertas"[134] que Oriana mandava e continuou levando após a morte de Gina para enfeitar seu túmulo e as rosas brancas trazidas pela mãe. Mas a mãe sabe que a filha não é completamente inocente, a chama de dissimulada por diversas vezes, como no momento do confronto:

> Falo dessa relação nojenta de vocês duas e que não é novidade para mais ninguém, porque está se fazendo de tonta? Não vão mesmo parar com essa farsa? Seria mais honesto abrir o jogo, vai Gina, me responde agora, não seria mais honesto? Mais limpo? (...). A escolha é sua, Gina, ou ela ou eu, você vai saber escolher, não vai?[135]

A morte ainda é patente no silêncio de Gina e Oriana; não se tem acesso a suas vozes e a suas explicações. Morre-se também na mudez, no apagamento, na impossibilidade de existir, como esclarece Tânia Navarro-Swain, a respeito do enigma do silenciamento histórico de relações sexuais entre mulheres: "A resposta é simples: no universo da hegemonia heterossexual, a desordem maior é o desinteresse das mulheres pelos homens. A lógica é: mulheres não podem ser guerreiras, logo, não existiram".[136] Cabe destacar que, dos três contos sobre a homossexualidade feminina, esse é o único em que o preconceito não se restringe ao conflito interno, introjetado por meio da violência simbólica. Entretanto, essa discriminação continua circunscrita ao ambiente doméstico, à esfera privada, ao contrário do que ocorre nos contos protagonizados por homens.

Na narrativa de Lygia Fagundes Telles, a inviabilidade da relação homoerótica é narrada com ambiguidade e contradição; por isso é efetiva na denúncia contra a opressão de mulheres que amam outras mulheres.

---

[133] Telles, Lygia Fagundes. "Uma branca sombra pálida", p. 128.
[134] Ibidem.
[135] Idem, p. 137.
[136] Navarro-Swain, Tania. *O que é lesbianismo*, p. 24.

Entretanto, a falta de exequibilidade literária da homossexualidade feminina não deixa de ser um sintoma de um problema maior da representação da lésbica, para Annamarie Jagose. Muito além do problema da invisibilidade, o conceito de *sequência* é o que melhor define o paradoxo que estrutura sua representação, derivada duas vezes, da mulher e do homossexual masculino. Esse processo de derivação explica sua existência enquanto reforça a ideia de que a heterossexualidade é a sexualidade original e que o sexo masculino é o principal:

> A figura retórica persistente do lesbianismo como não representável, invisível e impossível traz para a representação exatamente o que, de acordo essa figura, permanece externo ao campo visual. Porque a invisibilidade lesbiana é precisamente, se não paradoxalmente, a estratégia de representação — até uma estratégia de visualização — a visibilidade da lésbica não pode ser pensada como correção.[137]

Talvez seja esse o limite representacional em que os três contos esbarram: não há lugar no imaginário social para a relação entre duas mulheres, mas a simples inversão de papéis que insere uma mulher no lugar do homem também não oferece uma alternativa. Não obstante suas limitações, os três contos, cada qual a seu modo, contribuem para a mudança de representação da homossexualidade. Seja por meio da mudança brusca na vida de Mariana comprovando a fluidez das identidades *queer*, em "Isso nunca me aconteceu", seja por meio do embaçamento das fronteiras entre amor e amizade em "Cartografia" ou da denúncia da arbitrariedade dos discursos homofóbicos em "Uma branca sombra pálida".

Onde tudo é perigo: doenças, muros e uma praiazinha de areia bem clara

De modo geral, os contos que narram a relação homoerótica masculina revelam-se mais preocupados com a hostilidade social a que estão sujeitos os homens gays. A morte aqui tem o significado mais relacionado à violência propriamente, embora apareça associada a causas naturais em "When I fall in love", de Silviano Santiago.[138]

---

[137] Jagose, Annamarie. "Inconsequence", p. 2. Tradução minha.
[138] O conto não determina a causa da morte, o que não exclui mas também não confirma a possibilidade de ter resultado de complicações em decorrência da Aids. No entanto, pela vastidão de implicações que esse tema envolve, não será possível abordá-lo nesse trabalho.

A narração na segunda pessoa é um artifício significativo da obra do autor e que já faz que o leitor sinta o preconceito na própria pele. De modo similar a "Uma branca sombra pálida", há uma relação conflituosa entre uma pessoa homossexual e a mãe da pessoa amada. Aqui, o narrador encontra Adolfo, o ex-amante, morto no hospital. No entanto, diferentemente do que ocorre no conto de Lygia, a versão conhecida da história é a do protagonista. Há, portanto, no relato do narrador, a clara definição do que foi a relação entre os dois. A mãe do falecido, percebendo a contradição entre a súplica de Adolfo para falar com o narrador antes de morrer e o distanciamento e a frieza do último, "finalmente descobre o casal".[139]

A ambiguidade no conto refere-se não à relação entre os dois, mas aos sentimentos de mãe e do narrador. Da mãe, porque não se sabe se sua hostilidade advém do fato de ter descoberto o amante do filho (ignora-se o conhecimento que ela possa ter da homossexualidade dele) ou da negligência do narrador em realizar seu último pedido. Quanto às emoções do narrador, seu relato é pleno de contradições. Por um lado, o narrador descreve o falecido utilizando-se de expressões desdenhosas como "cara balofa dum buldogue enfastiado",[140] e não consegue disfarçar o asco que sente pelas "unhas esverdeadas".[141] Por outro, o protagonista confessa ter experimentado "sentimentos fortes (...) de maneira confusa e desordenada no momento em que entrou no quarto e foi avisado de que o Adolfo já estava morto",[142] apesar de não conseguir demonstrá-los. A frieza, o descaso e a ironia do narrador surpreendem o leitor, pois não há indício nenhum de qualquer tentativa de cooptação ideológica, como também de nenhum subtexto homofóbico. Essa é uma subversão relevante da narrativa, a de retratar o homossexual como uma pessoa qualquer, capaz de emoções muito humanas, inclusive mesquinhas. O conto apresenta, assim, a maturidade de quem não nutre esperança de obter a simpatia de ninguém, pois ele conhece bem a opinião preconceituosa do senso comum.

Desse modo, a ruptura com o estereótipo e com uma imagem falsamente positiva visa escapar não somente aos discursos dominantes sobre a homossexualidade, como aos próprios contra discursos que a idealizam. O conto de Silviano Santiago esquiva-se de um modelo de identificação positiva para leitores(as) homossexuais, ultrapassa a

---

[139] Santiago, Silviano. "When I fall in love", p. 87.
[140] Idem, p. 96.
[141] Idem, p. 88.
[142] Idem, p. 91.

perspectiva de uma política de identidades e se aproxima dos objetivos da teoria *queer*. Isso porque as personagens homossexuais, além de fugirem a estereótipos, são retratadas de modo muito diverso entre si, refletindo suas individualidades, dificilmente assimiladas por um grupo político qualquer. Como coloca João Silvério Trevisan, em contraste paradoxal com a normatização imposta pela cultura heterossexista, os modos de vivenciar a homossexualidade refletem idiossincrasias: "Se as padronizações culturais da sexualidade muitas vezes reduzem o desejo a fôrmas não intercambiáveis, a natureza de cada indivíduo pode propor o contrário: um universo desejante quase ilimitado na sua inventividade".[143]

Já a estratégia do conto "Rútilo nada", de Hilda Hilst, é apontar o enorme fosso do preconceito que separa as pessoas. O conto tem início também com a morte, mas, diferentemente do conto anterior, Lucius, o narrador, desespera-se ao ver Lucas, o amado, morto. Entre vertigens e gritos, ele rememora toda a história ocorrida entre ele e o namorado de sua filha. Apaixonados, os dois começam a sair escondidos, mas são flagrados por amigos do pai de Lucius. Esse então confronta o filho, que desmente o caso. Para dar uma lição nos dois, o pai, um banqueiro rico, manda dois homens para espancar e estuprar Lucas. Devastado, Lucas acaba por se matar. Antes de cometer suicídio, ele manda uma carta a Lucius, revelando tudo o que ocorreu. Em anexo, alguns poemas com um tema em comum: o muro, representativo da distância entre as pessoas.

A constituição da narrativa apresenta muitos aspectos comuns à prosa de Hilda Hilst, como o fluxo de pensamento desvirtuando normas gramaticais. Ausência de pontuação, inovações ortográficas, disposição poética de palavras e outras técnicas narrativas indicam, como em outras obras da autora, a tentativa de verter a forma à força do sentimento. A mistura de tempos reflete o desespero do narrador, que busca dar um sentido àquele conjunto marcante de experiências. A combinação de gêneros literários também aponta para a insuficiência de um só gênero dar conta da inefabilidade da dor e da emoção humana. A carta de despedida de Lucas e seus poemas oferecem a sua versão dos fatos.

Como no conto "Isso nunca me aconteceu e suas variações", a relação homoerótica é aparentemente uma novidade na vida das personagens, e acompanhada de sentimentos contraditórios. Aqui também os dois protagonistas relatam sentimentos muito fortes aliados a uma certa censura íntima. Isso é mais claro por parte de Lucas, que adverte Lucius quanto à falta

[143] Trevisan, João Silvério. *Devassos no paraíso*, p. 35.

de ética da situação e lembra que a filha dele sofreria. Mas Lucius também manifesta sentimentos ambíguos sobre sua homossexualidade: "Eu não sou o que sou, digo para mim mesmo, como se jogasse nenúfares num tanque de águas podres".[144] Lucas explica o que sente na carta de despedida, "diante da dama escura": "Antes da sombra, Lucius, quero te dizer da dor de não ter sido igual a todos". A negação da identidade está explícita ainda quando ele descreve o encontro dos dois, também na carta:

> Quando nos beijamos naquela antiquíssima tarde, a consciência de estar beijando um homem foi quase intolerável, mas também foi um sol se adentrando na boca, e na luz azulada desse sol havia uma friez de água de fonte, uma diminuta entre as rochas, e beijei tua boca como qualquer homem beijaria a boca do riso, da volúpia, depois de anos de inocência e austeridade.[145]

Além da ambiguidade de sentimentos quanto à atração sexual por pessoa do mesmo sexo, o conto de Hilda Hilst apresenta outros aspectos que problematizam a representação da homossexualidade. A própria definição de homossexual, por exemplo, está em jogo quando os capangas do pai estupram Lucas para puni-lo. O próprio pai mandante do crime vai conferir o serviço e demonstra também sentir desejo. Segundo James N. Green, a razão por se confundir homossexualidade masculina com efeminação provém da divisão dos homossexuais em "duas categorias" — o *homem* (o homem "verdadeiro") e o *bicha*. Essa oposição binária espelha as categorias de gênero predominantes e definidas heterossexualmente, o *homem* e a *mulher*, nas quais o homem é considerado o participante "ativo" numa relação sexual e a mulher, por ser penetrada, o elemento "passivo".[146] Essa explicação remete à desvalorização da mulher na sociedade brasileira e à misoginia e ao sexismo que perpassa os discursos homofóbicos. O conto é, também, um ótimo exemplo do que Eve Sedgwick chama de "pânico homossexual", que sustenta a homofobia e esconde o medo de o perpetuador descobrir seu próprio desejo orientado para pessoas do mesmo sexo.[147]

Outra história de impossibilidades é narrada em "Uma praiazinha de areia bem clara, ali, na beira da sanga", de Caio Fernando Abreu. Assim como o conto anterior, a mistura de gêneros literários e de tempos

---

[144] Idem, p. 94.
[145] Idem, p. 99.
[146] Green, James N. *Além do carnaval*, pp. 27-8.
[147] Sedgwick, Eve. *Epistemology of the closet*, p. 186.

narrativos auxilia na composição do enredo. O narrador alterna cartas para o amigo Dudu com o seu fluxo de pensamentos. Pelo que conta, há sete anos ele fugiu do Passo da Guanxuma, onde ainda viviam. Inicialmente há apenas um indício de que a sua relação com Dudu seja mais do que uma amizade, na referência aos "banhos que a gente tomava pelados na sanga Caraguatá".[148] Ao longo da narrativa, ele descreve a solidão de quem passa o dia em casa e só sai à noite para ir ao bar ou dar "umas voltas. Gosto de ver as putas, os travestis, os michês pelas esquinas. Gosto tanto que às vezes até pago um, ou uma, para dormir comigo".[149] Percebe-se no trecho acima uma ambiguidade no tocante a sua sexualidade, assim como à relação com Dudu. Na segunda carta, o narrador revela como começa a ver o amigo pela cidade, tenta alcançá-lo e não consegue. Entretanto, ele tem consciência de sua própria loucura, porque, no final do conto, ele revela como matou Dudu sete anos antes, por não suportar conviver com esse sentimento:

> Desde aquela tarde quase quente de setembro, quando nos estendemos nus sobre a areia clara das margens da sanga Caraguatá, (...) você se debruçou na areia para olhar bem fundo dentro dos meus olhos, depois estendeu o braço lentamente, como se quisesse me tocar num lugar tão escondido e perigoso que eu não podia permitir (...). Foi então que peguei uma daquelas pedras frias da beira d'água e plac! ó, bati de uma só vez na tua cabeça, com toda a força dos meus músculos duros — para que você morresse enfim, e só depois de te matar, Dudu, eu pudesse fugir para sempre de você, de mim, daquele maldito Passo da Guanxuma que eu não consigo esquecer, por mais histórias que invente.[150]

Mais uma vez a literatura espelha o conflito interno causado pela homossexualidade, característica constante na obra de Caio Fernando Abreu. Como descreve Jaime Ginzburg a respeito da narrativa "Depois de agosto", vários contos do autor ilustram "a imagem da sexualidade como alvo de repressão, gerenciada com autoconsciência pelo próprio sujeito, em função de suas dificuldades de aceitação por si mesmo e pelos outros".[151] Assim, o que está em jogo é a busca por algum tipo de relação, mesmo se, pela rejeição do próprio desejo homoerótico, o amor ocorre somente na morte, na carta, na fantasia, na memória, na loucura. Detecta-

---

[148] Abreu, Caio Fernando. "Uma praiazinha de areia bem clara, ali, na beira da sanga", p. 76.
[149] Idem, p. 77.
[150] Idem, pp. 81-82.
[151] Ginzburg, Jaime. "Tempo de destruição em Caio Fernando Abreu", p. 369.

se na narrativa uma ironia sutil e trágica que pode ser atribuída a esse desencontro e interpretada como uma denúncia contra a intolerância da sociedade para com as pessoas que se relacionam com outras do mesmo sexo. Como outros protagonistas do autor analisados por Tânia Pellegrini, o narrador de "Uma praiazinha" fecha-se em si mesmo, bloqueando a vida, o tempo e as pessoas que possam vir de fora e se agarrando a retalhos de lembranças, o que remeta à ausência de esperança.[152] Esse eixo temático reflete-se na linguagem também de modo similar a outros contos, o que se observa na preferência pela descrição de estados de espírito e memórias no lugar de ação.

Entre o proibido e o inimaginável: a morte simbólica

O fechamento em si mesmo refletido na linguagem confirma uma tendência da obra de Caio Fernando Abreu de criticar as contradições da sociedade quando o assunto é a homossexualidade e a exclusão social subsequente. O entrelaçamento de discursos morais, científicos, religiosos e do senso comum para justificar o preconceito tem origem histórica. Na explicação do psicanalista Jurandir Freire Costa, os discursos médico-científicos que inventaram tanto o modelo de dois sexos como a homossexualidade foram consequências, e não causas, de mudanças nas realidades sociais. "A ciência veio avalizar o que a ideologia já estabelecera. O sexo de filósofos e moralistas havia decretado a diferença e a desigualdade entre homens e mulheres; a ciência médica vai confirmar o bem-fundado da pretensão política."[153] O mesmo se verifica em relação às sexualidades, hegemônicas ou não: "A invenção dos homossexuais e heterossexuais foi uma consequência político-teórico das exigências feitas à mulher e ao homem pela sociedade burguesa europeia".[154]

Nesse contexto histórico é que se pode localizar uma das diferenças entre as representações das sexualidades femininas e masculinas. Quando Foucault contrapõe o surgimento do homossexual no século XIX ao que antes eram considerados atos ilícitos, ilegais, doentes e/ou pervertidos, ele se refere à relação entre homens. O sexo entre as mulheres era simplesmente ignorado, considerado impensável, inimaginável, segundo

---

[152] Pellegrini, Tânia. "Caio Fernando Abreu", p. 67.
[153] Costa, Jurandir, Freire. *A face e o verso*, p. 115.
[154] Idem, p. 130.

Annamarie Jagose. "Afinal, o que as mulheres *fazem* na cama?"[155] A origem dessa invisibilidade pode estar localizada na vinculação entre o desejo com o símbolo que melhor o traduz, o falo. Enquanto um homem gay deve se deslocar de uma imagem negativa e homofóbica, a mulher lésbica luta por algum tipo de representação.[156]

Desse modo, as narrativas que tratam da relação sexual entre homens apresentam uma maturidade maior do que aquelas que tratam da homossexualidade feminina, pelo menos em relação à intenção política. Isso decorre de sua inserção no campo social que há décadas já se manifesta abertamente contra o preconceito. As narrativas da homossexualidade feminina são críticas, mas de modo mais vago e menos evidente, como se não soubessem bem contra quem estão se manifestando, já que o inimigo é invisível, introjetado ou restrito à esfera privada.

Outra diferença entre as representações diz respeito à maior estabilidade e simetria entre mulheres, entretanto à menor presença de sexo entre elas.[157] Nos contos essa tendência reflete-se na quase ausência de descrições do ato sexual em contraponto a uma abundante preocupação com o amor. A razão pode ser traçada na confluência entre princípios ordenadores de gênero e identidade sexual, para Maria Luíza Heilborn. Na pesquisa entre diversas configurações de conjugalidades, a autora constatou que os casais de mulheres são mais inclinados a preocupar-se com a relação.

> Dessa maneira, as peculiaridades de cada gênero conferem especialmente à díade gay e à lésbica sua compreensibilidade, uma vez que parecem funcionar como hipérboles do gênero no modelo igualitário.[158]

Uma última diferença entre as representações de homens e mulheres homossexuais decorre da maior distinção quanto ao limite das relações entre homens. Nos contos analisados, aqueles que tematizam a relação homoerótica masculina deixa mais evidenciado a fronteira entre o que é amizade e o que é sexual. Entretanto, entre as narrativas sobre o amor entre mulheres, as fronteiras são sempre nebulosas. Eve Sedgwick demonstra que há um movimento contínuo entre os vínculos afetivos "homossociais" e "homossexuais" bruscamente interrompidos nas relações

---

[155] Jagose, op. cit., p. 4.
[156] Idem, ibidem.
[157] Heilborn, Maria Luiza. *Dois é par*, p. 189.
[158] Idem, pp. 182-3.

entre homens. Sua tese é que as mudanças nessa estrutura contínua responsáveis pela delimitação da fronteira entre o que é permitido e o que é proibido estão intimamente ligadas a questões de classe social e à relação com as mulheres e o sistema de gênero como um todo. A flexibilidade e a arbitrariedade com que as fronteiras são definidas ilustram a historicidade da sexualidade.

Cruzar essa fronteira sob pena de morte é a subversão contida nos contos analisados. As temáticas trágicas, cada qual a seu modo, incorporam a morte simbólica que acomete a todos que ousam desafiar a heteronormatividade. Assim, as narrativas denunciam o preconceito enquanto oferecem uma nova imagem literária das sexualidades não hegemônicas. Repensar as margens a partir da perspectiva das minorias significa não simplesmente defender a integração, mas buscar a reconstrução dos próprios conceitos e representações responsáveis pela segregação e opressão de tantas pessoas.

REFERÊNCIAS BIBLIOGRÁFICAS

ABREU, Caio Fernando. "Uma praiazinha de areia bem clara, ali, na beira da sanga". In *Caio 3D: o essencial da década de 1980*. Rio de Janeiro: Agir, 2005.
BOURDIEU, Pierre. *As regras da arte*. São Paulo: Companhia das Letras, 1996.
_____. *A dominação masculina*. Rio de Janeiro: Bertrand Brasil, 1999.
COSTA, Jurandir, Freire. *A face e o verso*. São Paulo: Escuta, 1995.
DALCASTAGNÉ, Regina. "Vozes nas sombras: representação e legitimidade na narrativa contemporânea", in: *Ver e imaginar o outro: alteridade, desigualdade, violência na literatura brasileira contemporânea*. São Paulo: Horizonte, 2008.
FACCO, Lúcia. *As heroínas saem do armário: literatura lésbica contemporânea*. São Paulo: GLS, 2003.
FLOREBCE, Stella. "Isso nunca me aconteceu e suas variação". In: *Por que os homens não cortam as unhas dos pés?* Rio de Janeiro: Rocco, 2000.
FOUCAULT, Michel. *História da sexualidade: a vontade de saber*, v. 1. São Paulo: Edições Graal, 2006.
GINZBURG, Jaime. "Tempo de destruição em Caio Fernando Abreu", In SELIGMANN-SILVA, Márcio. *Palavra e imagem, memória e escrita*. Chapecó: Argos, 2006.
_____. "A crítica da sociedade patriarcal em contos de Mário de Andrade". *Ciências e Letras* (Porto Alegre), Porto Alegre, v. 34, 2003, pp. 39-46.
GREEN, James N. *Além do carnaval: homossexualidade masculina no Brasil do século XX*. São Paulo: UNESP, 2000.
HEILBORN, Maria Luiza. *Dois é par: gênero e identidade sexual em contexto igualitário*. Rio de Janeiro: Garamond, 2004.
HILST, Hilda. "Rútilo nada", in *Rútilos*. São Paulo, Globo, 2003.
JAGOSE, Annamarie. *Inconsequence: Lesbian representation and the logic of sexual sequence*. Nova York: Cornell University, 2002.
_____. *Queer theory: an introduction*. Nova York: New York University Press, 1996.
LEAL, Virgínia Maria Vasconcelos. "Deslocar-se para recolocar-se: os amores entre mulheres nas recentes narrativas brasileiras de autoria feminina". No prelo.
LOPES, Denilson. *O homem que amava rapaz e outros ensaios*. Rio de Janeiro: Aeroplano, 2002.
MOSCOVICH, Cíntia. "Cartografia", in *Arquitetura do arco-íris*. Rio de Janeiro: Record, 2004.
PELLEGRINI, Tânia. "Caio Fernando Abreu", in *A imagem e a letra*. Campinas, SP: Mercado das letras, 1999.
SANTIAGO, Silviano. "When I fall in love", in *Contos antológicos*. São Paulo: Nova Alexandria, 2006.
SEDGWICK, Eve Kosofsky. *Between men*: English literature and male homosocial desire. Nova York: Columbia University Press, 1985.
_____. *Epistemology of the closet*. Los Angeles: University of California Press, 1990.
SHOHAT, Ella e STAM, Robert. *Crítica da imagem eurocêntrica*. São Paulo: CosacNaify, 2006.
SWAIN, Tânia Navarro. *O que é lesbianismo?*. São Paulo: Brasiliense, 2000.
TELLES, Lygia Fagundes. "Uma branca sombra pálida, in *A noite escura e mais eu*. Rio de Janeiro: Rocco, 1998.
TREVISAN, João Silvério. *Devassos no paraíso: a homossexualidade no Brasil, da colônia à atualidade*. Rio de Janeiro: Record, 2002.

DE DENTRO: TESTEMUNHO E ESCRITURA LITERÁRIA DA EXPERIÊNCIA PRISIONAL

Luciana Araujo

> "Depois da tentativa falha, isento-me de apresentar a alma de um criminoso, a de um seringueiro, almas que desejei expor, não vistas de fora para dentro, mas de dentro para fora, lançadas por gente pequenina, rebotalho social. Infelizmente os prisioneiros e os trabalhadores da borracha não escrevem."
> Graciliano Ramos, "Prefácio para uma antologia"

Preso aos dezenove anos por assassinato, Luiz Alberto Mendes foi condenado a 74 anos de detenção. Libertado em 2004, cumpriu mais de trinta anos de cadeia. Seu livro de estreia, *Memórias de um Sobrevivente*, foi publicado em 2001 pela Companhia das Letras, quando ainda estava atrás das grades. O autor tinha sido descoberto em 1999 pelo escritor Fernando Bonassi, que ministrava oficinas de texto na Casa de Detenção, no Complexo Penitenciário do Carandiru, em São Paulo. Durante essa convivência com os presos, Bonassi organizou, com a ajuda do médico Drauzio Varella, do músico Arnaldo Antunes e de um funcionário da detenção, um concurso de contos e poesias de autoria dos detentos. Na categoria conto, o vencedor por unanimidade foi "Cela forte", que em 2002 seria publicado pela revista *Cult* e, com modificações, no livro *Literatura marginal*, organizado por Ferréz e publicado pela Agir, em 2005.

Nesse texto, Luiz Alberto Mendes relata uma ocasião em que foi posto de castigo numa cela isolada. À primeira vista, trata-se de um testemunho autobiográfico de um episódio também relatado em seu livro de memórias.[159] No entanto, colocados lado a lado, fica evidente que há formalizações diferentes entre conto e memórias. No conto — diferentemente do que se lê em *Memórias de um sobrevivente*, que não traz discurso direto — é possível identificar uma reconstrução da hierarquia

---

[159] Nesta análise, trabalho com a versão do conto publicada pela revista *Cult*. No entanto, creio que um trabalho que compare as duas versões do conto "Cela forte" e do mesmo episódio tratado em *Memórias de um sobrevivente* é uma leitura que merece ser feita.

interna do presídio observando o tratamento dado às falas dos personagens, em discurso direto, e que ao que tudo indica não reproduzem a realidade concreta. Não se trata aqui de verificar critérios de fidelidade documental, mas verificar na elaboração literária dessas falas o que elas podem revelar do assunto de que tratam. A formalização reforçada pelo teor testemunhal, que a condição do autor-preso impõe, sugere uma fruição estética que vem do peso que uma suposta "verdade" gera sobre quem lê, problematizando questões de verossimilhança. Ainda que as fronteiras entre ficção e fato sejam intrínsecas a qualquer literatura, é interessante notar como na literatura prisional, e de modo específico em "Cela forte", o autor faz uso de uma experiência concreta para alcançar um determinado objetivo via escrita literária.

A análise do conto, como buscarei mostrar, sugere que talvez as falas não estejam ali para documentar como os presos ou guardas falam, mas para apontar a posição que cada um ocupa na ordem interna do conto, que é a da própria cadeia. As relações de poder existentes dentro do presídio são fundamentais para a organização formal do conto de Luiz Alberto Mendes. É possível identificar em "Cela forte" o lugar ocupado pelo narrador-personagem (que é o próprio escritor) na hierarquia prisional e a capacidade de articulação que este possui, justamente porque domina a palavra escrita, porque tem um livro nas mãos, porque é escritor...

Num local como a cadeia, onde a palavra empenhada pode custar a própria vida e o código interno de convivência é regido pelo discurso do mais forte (o que não significa necessariamente força física, mas o poder da palavra dada ou ditada), o escritor também tem o seu posto. Dentro das paredes do texto a autoridade é só dele. Isso se dá por meio de um movimento que parte da identificação com o grupo e com a experiência de que trata, já que o autor é realmente um prisioneiro como todos os outros, estabelece um distanciamento, pelo fato de ele ser letrado e fazer literatura, e choca-se com o limite entre o homem, em sua condição de preso, e o escritor, que a princípio está livre para narrar. Desse embate, há uma ruptura que se concretiza na obra literária.

O movimento de aproximação e distanciamento é simultâneo e parte do ponto de vista de grupo, deslocando-se em algum momento para um outro ângulo que não é "de fora", porque o homem em determinada situação não se separa radicalmente do artista, mas "de dentro", que aqui não se entende apenas como um olhar que contempla o espaço social internamente, mas "de dentro" do próprio escritor, com todas as suas implicações subjetivas e seu olhar diferenciado, que é o que o leva a escrever, seja munido ou desprovido dos instrumentos literários consagrados.

O ESCRITOR DISTINGUE-SE E É PORTA-VOZ

O conto "Cela forte" começa com o narrador em primeira pessoa dizendo que está lendo um livro, o que não é um hábito da massa de prisioneiros, em geral pouco letrada. Também chama a atenção o livro citado: *Luzia-Homem*, de Domingos Olímpio. A referência não consta na descrição feita nas *Memórias*. Por isso, é preciso, antes mesmo de dar continuidade à análise, abrir um parêntese para destacar o enredo desse romance, pois parece ser um fator importante para compreender que as escolhas feitas por Luiz Alberto Mendes na composição de seu conto não foram aleatórias. *Luzia-Homem* conta a história de uma mulher que trabalhava na construção de uma prisão, no sertão do Ceará. Alexandre, um amigo de Luzia, é acusado de furtar o armazém onde trabalhava e, apesar de ser inocente, é preso. Luzia passa a visitá-lo na prisão. Ao longo da permanência de Alexandre na cadeia, esse ambiente é descrito em detalhe. A luta do homem com o meio hostil, típica temática da literatura regionalista, é transposta para o interior da cela. Fica evidente, no decorrer do romance, a relação entre o ser humano e o ambiente. Assim, o homem do sertão é seco como o ambiente é seco, e a cadeia, um espaço destinado a "degenerados", degenera ainda mais os homens que ali sobrevivem.

A certo ponto, Alexandre reclama das condições às quais está sendo submetido na prisão (o que o narrador-personagem de "Cela forte" também fará, como será visto mais adiante). As reclamações são ouvidas por membros da hierarquia da cadeia: o carcereiro e o "juiz". Este último, identificado em *Luzia-Homem* como um criminoso que teria ascendido a esta posição dentro da hierarquia prisional (esta delegação de papéis a serem desempenhados dentro da cadeia que é estabelecida pelos próprios criminosos também é assunto em "Cela forte").

Um dia, uma amiga de Luzia descobre que o verdadeiro ladrão do armazém é um soldado, que teria cometido o delito para incriminar Alexandre. Os papéis se invertem. O soldado é identificado como o bandido e vai preso, e quem estava preso é colocado em liberdade.

Certamente, não é essencial saber se Luiz Alberto Mendes de fato estava lendo o romance *Luzia-Homem,* como ele descreve no primeiro parágrafo de seu conto. O fato é que a citação não parece casual e legitima o relato, pois muitas vezes o escritor usa elementos ficcionais para reforçar o sentido do que pretende contar. Esta opção, quando é feita de modo consciente, se revela um modo livre de tratar o fluxo da memória.

Seguindo a ordem do conto, ainda no primeiro parágrafo de "Cela forte" o narrador-personagem parte dessa descrição, que o distingue, e segue para outra, que o iguala aos demais presos, utilizando a comparação, num empenho para mostrar que, assim como os outros, ele sofre todos os flagelos da prisão. Por receber um tratamento igual aos demais e ser "apenas mais um número" (Mendes, 2002).[160] É interessante notar, entretanto, que mesmo quando o escritor iguala-se aos demais, não deixa de localizar o seu "eu" — *eu aguardava como todo preso* — e, ao constatar o fato de que o preso só faz falta na hora da contagem e que é apenas um número, sem valores que o diferenciem em sua singularidade humana, o autor trata os guardas com essa mesma desvalorização existente em relação aos prisioneiros enquanto indivíduos. Se os presos são apenas numerais, no escrito de Mendes, os guardas são literalmente números — "10 guardas" —, também são contados e não têm nomes.

Em "Cela forte", o preso é "inteiramente desprovido de significância". Espaço e homem são equivalentes, como notamos acima em *Luzia-Homem.* Existe o tempo todo um jogo entre a revelação de uma situação real, em que o homem é desqualificado, e a consciência do escritor com relação a seu papel. Tanto que esta frase contrasta com a que se lê no primeiro parágrafo, em que cada parte tem sua importância para a construção de uma imagem que o texto proporciona: "Estava só com a ponta dos dedos e do nariz pra fora" (p. 42). Chama a atenção o movimento que parte da aproximação e consequente representação que o escritor-detento faz do grupo em que está inserido (porta-voz de uma realidade) rumo à autodiferenciação do narrador como indivíduo, sujeito singular. Além disso, é interessante a escolha que ele faz pela palavra "significância" em vez de "significação", por exemplo. Ao usar "desprovido de significância" (p. 42), Mendes evita a palavra insignificância, pois, como ele prova em seu conto, pelo significado o preso deixa de ser insignificante, como em geral este é visto pela sociedade.

[160] Nas citações que se seguirem, será indicado o número da página conforme essa publicação.

A AUTORIDADE DAS FALAS E DO NARRADOR

Na sequência do conto, após apresentar-se lendo um livro, o narrador-personagem de "Cela forte" conta que sua cela foi aberta com violência por dez guardas, todos armados com canos de ferro nas mãos. Logo, ele, o preso, salta da cama e "coloca-se de costas contra a parede, conforme mandava o regulamento" (p. 42). A ação dos guardas nesse episódio passa a ser narrada. Dessa forma, os guardas, depois do próprio narrador, são os primeiros membros da hierarquia a aparecerem e ganharem voz no conto de Mendes.

Não é preciso conhecer internamente um presídio para saber qual é a função desempenhada pelos guardas e carcereiros. A autoridade deles dentro da prisão é determinada pelo próprio cargo que ocupam. Eles estão na base da hierarquia legal e seus atos são ditados por uma autoridade que está acima deles, o Estado. Os guardas não agem por conta própria, pois sempre seguem e repassam ordens, em qualquer época e lugar. Em "Cela forte", tal localização hierárquica dos guardas pode ser verificada no discurso direto. Os guardas só se comunicam com os detentos por meio de comandos, identificados pelos verbos no imperativo e pontuados com exclamação. Isso intensifica o discurso autoritário, o que é uma característica da função que eles desempenham na realidade concreta e no texto. A legitimidade do suposto monopólio da violência, materializada nas fardas e armas dos guardas, é transferida para o conto de Luiz Alberto Mendes por meio das falas:

> Assustado, saltei da cama e coloquei-me de costas contra a parede, conforme mandava o regulamento. Fiquei em suspense, pronto para o pior, enquanto eles reviravam a cela pelo ar.
> – Abaixa o calção!
> – Levanta o saco!
> – Agacha! (p. 42)

O vocabulário parece indicar que as ordens sempre vêm seguidas da agressividade das ações, para o cumprimento de um pedido de alguém que está acima. Há sempre uma postura de superioridade, um tom de voz elevado. Cada palavra escolhida pelo narrador ajuda a compor a cronologia dos gestos e dos tons de voz dos personagens:

> **Determinaram** que eu me vestisse e os acompanhasse. **Intimidado** pelo ar **ameaçador** e **caras patibulares**, vesti a roupa rapidamente. (...)
> — Acompanhe-nos! — **vociferou** o guarda **do alto de sua superioridade e prepotência.** (p. 42)

Quando o discurso direto, usado para dar voz aos guardas, foge dessa lógica dos imperativos não deixa de carregar e compor o mesmo efeito anteriormente citado, pela afirmação pontuada com exclamação e pelo significado das palavras empregadas.

> Passou o guarda com a contagem. Como se ele se importasse, perguntei ao homem o que estava acontecendo para que me colocassem ali, daquele jeito.
> — Você está em regime de castigo! — respondeu com prazer. (p. 42)

Nesse caso, o guarda não está dando uma ordem. Ele responde à pergunta feita pelo preso e, não à toa, a mensagem da frase está toda concentrada na expressão "regime de castigo". Isto é, todas as outras palavras poderiam ser suprimidas, pois funcionam apenas como acessório.

Na sequência, o preso questiona a resposta dada pelo guarda sobre o tal castigo. A resposta é ainda mais curta. Nela nada é acessório:

> — Mas por quê? Não fiz nada!...
> — **Ordens superiores** — e saiu andando, como se essa fosse toda a informação possível, deixando-me mais estupidificado ainda. (p. 42)

As palavras "ordens" e "superiores" pertencem ao mesmo campo lexical. Ambas dão a ideia de autoridade, da existência de uma hierarquia rígida, sem espaço para questionamentos. A resposta incisiva e curta deixa clara a impossibilidade do diálogo entre o preso e o guarda, e a própria imobilidade do espaço retratado.

A posição dos guardas na hierarquia da cadeia e no conto de Luiz Alberto Mendes segue uma linha universal. Não há nenhuma característica que os individualize. Eles são impessoais e poderiam ser os guardas de um conto de um escritor de qualquer parte do mundo. Não há nomes ou apelidos, muito menos singularidade nos gestos ou na linguagem. Os guardas são personagens que cumprem o regulamento e nada mais, inclusive no enredo do conto.

Depois de ser levado pelos guardas para a cela de castigo, segue em "Cela forte" o encontro do narrador-personagem com outro preso, o

"Faxina".[161] Mendes não explica o significado dessa designação em seu conto. Assim como no caso dos guardas, a autoridade do personagem, no caso o "faxina", acontece por meio do discurso direto e das palavras usadas pelo narrador para descrever os gestos. Utilizando um recurso literário, sem a necessidade de uma explicação mais objetiva, a posição do "faxina" é identificada na hierarquia da cadeia.

Apesar da unidade existente em "Cela forte" entre a narração e as falas dos guardas e do "faxina", o que diz respeito à utilização mais formal da língua, cada uma delas tem uma especificidade diretamente ligada à função que cada um desses personagens desempenha no conto e dentro do presídio. No caso do "faxina", a autoridade dá-se pela mediação do diálogo entre o detento que está na cela forte e um membro da hierarquia dos presos, que é justamente a função oposta àquela desempenhada pelos guardas. Esses últimos impediam qualquer forma de diálogo, seja com eles ou com níveis acima deles, por meio das ordens, comandos e palavras autoritárias. O "faxina" estabelece um ponto de contato entre o detento isolado e um outro preso que exerce domínio sobre os demais. O "faxina" é mediador. O que não quer dizer que ele seja um aliado do narrador-personagem.

Além do contato com os outros presos, o papel de mediador desempenhado pelo "faxina" também funciona como canal de comunicação entre o preso isolado e as informações que circulam no local. Quando os guardas são interrogados sobre o motivo de o preso estar sendo colocado na cela forte, a resposta "ordens superiores", como já vimos, não esclarece nada e sugere que a pergunta não será respondida. Por sua vez, quando a mesma questão é dirigida ao "faxina", ele se mostra como uma possível fonte de informação sobre o mundo externo à cela isolada.

— Você sabe por que estou aqui? — perguntei aflito.
— Não, mas esses dias sai publicado no Boletim Diário, então ficarei sabendo e te falarei, tenha paciência e espere. (p. 43)

---

[161] "A faxina é a espinha dorsal da cadeia. (...) Sua função é distribuir cela por cela as três refeições e cuidar da limpeza geral. (...) A faxina tem hierarquia militar. Os recém-admitidos recebem ordens dos mais velhos e em cada andar há um encarregado que presta contas ao encarregado geral do pavilhão. (...) Aos funcionários não cabe escolher os faxineiros, é a corporação que recruta seus membros, isto é, eles são escolhidos pelos próprios presos para ocupar este posto." (Varella, 1999, p. 99).

Interessante notar que ele se refere a um documento impresso, o Boletim Diário. A resposta ao acontecido estaria registrada num papel e é a ela que o "faxina" recorre para responder ao outro preso, seguindo a burocracia interna. Ao mesmo tempo, pontua a importância de um registro escrito. As respostas que o preso procura estão escritas, e não passando de boca em boca. Isso no mínimo questiona a força da oralidade quando se trata de registrar acontecimentos, mesmo num ambiente em que a maioria das pessoas tem pouco contato com a linguagem escrita.

Apesar da aparente solicitude presente nas palavras, a autoridade do "faxina" também é expressa pelos gestos. É sensorial. As reações do preso diante do "faxina", junto à suposta gentileza dele, revelam a ambiguidade deste personagem, que apesar de estar aparentemente auxiliando o narrador-personagem, exerce um domínio sobre ele, inclusive com forte conotação sexual, como num jogo de submissão, pois o preso está nu diante dele e se sente "agredido com aquele olhar libidinoso" (p. 43).

Seguindo as orientações do "faxina", o preso isolado tira a água da privada, o que possibilita a comunicação com outras celas por meio dos encanamentos, por serem todos ligados a uma única caixa de esgoto, provocando a ressonância das vozes. Assim, o narrador-personagem tem contato com a cela de Carlão e Tico, dois bandidos perigosos. No contato com esses criminosos é revelado um outro nível da hierarquia estabelecida pelos presos. O narrador deixa claro que a autoridade desses detentos se dá por suas façanhas no mundo do crime, o que lhes garante respeito perante os outros. Já a autoridade do narrador-personagem está no fato de ele ser ao mesmo tempo um observador muito próximo e um participante da história tratada em "Cela forte". Esse conhecimento de como funciona o espaço em que vive e sobre o qual escreve faz dele uma testemunha que, como se procurou mostrar desde o início desta leitura, dá voz no conto aos personagens que possuem algum tipo de poder na prisão. Por isso, mais uma vez, assim como foi feito com os guardas e o "faxina", a autoridade de Carlão será legitimada no conto por meio do discurso direto:

— Não esquenta a cabeça, maninho, estou condenado a mais de cinco anos só de "Cela Forte" e estou aqui de cabeça fresca. (p. 43)

O modo como o verbo "estar", no presente ("estou", em vez de "tô" ou "tou"), é empregado na fala desse preso não condiz com a maneira mais coloquial a que estamos acostumados a ver atribuída aos presos comuns no Brasil. No entanto, aqui o sentido dessa utilização pode estar no efeito que a fala deve proporcionar, pois mais uma vez o domínio da língua quer significar poder na cadeia. A diferença é que nesse caso, ao contrário das falas do guardas, a autoridade dos bandidos perigosos quer ser transmitida amigavelmente. Por isso talvez tenha se optado pelo uso de expressões marcadamente orais. "Não esquenta a cabeça, maninho" e "cabeça fresca", funcionam como elos de aproximação, para demonstrar camaradagem. Apesar disso, o narrador-personagem está ciente de que Carlão é cabeça ali dentro, é chefe. Qualquer deslize no tratamento com este preso e a cabeça esquenta, sim.

A UNIDADE É QUEBRADA

O discurso que se dá como fala, seja por meio de exclamações, interrogações ou outra forma possível, define o estilo de "Cela forte". A fala e a narração não oscilam quanto ao uso da língua, sendo este um grande unificador estilístico. Não há desnível entre a linguagem empregada pelo narrador e pelos personagens. A linguagem do narrador e dos personagens se dá num mesmo fluxo, existindo uma única exceção. A possível mescla entre a linguagem dos presos com a do autor letrado — que também é um encarcerado — pode ser vista no uso de algumas expressões orais e palavrões.

O narrador, assim como guardas e presos, faz um uso correto da língua e de um vocabulário, por vezes rebuscado. Diante dessa constatação poder-se-ia julgar que o texto de "Cela forte" é apenas próximo do formal, sem que isso tenha algum significado para além da estrutura do conto. No entanto, a leitura defendida até agora, de que a fala determina as autoridades no conto e no cárcere, é reforçada justamente pela existência de uma exceção. Uma certa homogeneidade das falas segue até o ponto em que o personagem Xaxu, amigo do personagem-narrador, ganha voz:

> Xaxu, um velho amigo, me alcançou e, mesmo sob o olhar ameaçador dos guardas, conversou comigo:
> — Pô, meu, cê tá azul de frio! (p. 44)

O discurso de Xaxu destoa de todos os outros analisados aqui, na ordem de falas dispostas no próprio conto. Xaxu é um preso qualquer, não tem autoridade. Não há nada no conto que indique o contrário. Além disso, ele é apresentado como um amigo, o que o coloca ao lado do narrador-personagem e não acima dele na hierarquia. Isso mostra que os personagens falavam corretamente por uma possível intenção do autor. A exceção é que nos obriga a retomar cada uma das falas para saber o que acontece. Então fica uma pergunta: por que apenas a fala de Xaxu é mais próxima do "real" ou do estereótipo do preso? A fala de Xaxu é toda coloquial, e não apenas em parte — como a de Carlão, por exemplo. A oralidade, que fica bem evidente nas expressões "pô", "meu", "cê" e "tá", parece descartar a possibilidade de que o conto teria apenas sido escrito corretamente. Se em "Cela forte" a autoridade se dá pelo domínio da língua, o poder do escritor é explicitado nesse jogo com as falas dos personagens. É o autor, por meio do narrador-personagem, que faz uso literário da língua. Mesmo baseado em fatos reais, Mendes registra cada fala com uma determinada forma para cumprir uma função específica no texto. Assim, se um preso como Xaxu não tem poder naquele espaço, ganha direito à fala no conto, porque assim quis o escritor.

Outro personagem de "Cela forte" reforça a ideia de que o domínio da língua nesse conto refere-se ao poder dentro da prisão: o médico. Caso esse personagem fizesse o uso formal da língua no conto, todo o jogo identificado nas falas dos guardas, "faxina" e Carlão, perderia o sentido aqui atribuído. Afinal, os médicos têm uma formação acadêmica que lhes garante esse domínio. Se, ao contrário, o autor atribuísse ao médico uma fala semelhante à de Xaxu, por exemplo, ficaria sem sentido a leitura feita acima, de que pelo uso que faz da língua estaria ao lado do narrador-personagem na hierarquia, isto é, mais um preso. Qual a solução seria encontrada por Mendes neste caso?

Xaxu, ao ver o amigo naquela situação, comunica ao médico. O doutor fica indignado com as condições em que o preso é encontrado dentro da cela de castigo e exige que os guardas devolvam suas roupas, entre outras providências. As determinações médicas são relatadas pelo narrador-personagem em discurso indireto. Não há sequer uma fala do médico fazendo os pedidos. Em um primeiro momento, o narrador-personagem acredita que as determinações do médico serão levadas a sério, mas pouco tempo depois se entende o contrário. Fica evidente que a receita médica não tinha valor algum, mesmo que tenha sido escrita:

> Na cela, as roupas me foram tomadas novamente. Quis discutir: o médico havia autorizado a devolução de minha roupa! Fui ameaçado de ser espancado e obrigado a me calar. Em seguida, gelei. Esperei, esperei e cheguei à conclusão de que o médico não possuía autoridade alguma. (p. 44)

A solução encontrada pelo autor é a ausência da fala. Não é por menos que o único personagem que usaria o português corretamente, sem o contraste com a realidade, por conta de sua formação, não tenha uma fala sequer em "Cela forte". O médico não tem voz na ordem interna da cadeia e, por isso, não tem voz no conto de Mendes — afinal, ele "não possuía autoridade alguma".

No final, quem acaba conseguindo que não apenas o narrador-personagem, mas também os demais presos tenham condições mais dignas dentro da cela forte é o próprio Xaxu. A intervenção desse personagem contrasta na forma com as falas dos outros, marcando um ponto decisivo do conto, sendo fundamental para o desfecho do enredo, pois é ela quem vai modificar os procedimentos da prisão. As regras e o regulamento tantas vezes invocados dentro da prisão sofrem uma alteração no regimento escrito, por causa do protesto de Xaxu, como pode ser conferido no desfecho do conto:

> A porta se abriu:
> — Cuidado com esse! Está desesperado! — Juntaram-se os guardas à porta para me ver chorar feito criança.
> Em seguida, o faxina entrou na cela arrastando um colchão verde, minha coberta e minha roupa.
> Em virtude desta desumanidade daquele castigo, demonstrado pelo Xaxu ao Cirane, o Chefe de Disciplina exigiu do Diretor Penal sua imediata extinção, caso contrário entregaria o cargo. Nesse dia histórico, depois de anos de vigência e muito sofrimento, foi excluído do Regimento Interno o castigo disciplinar de dez dias nu. (p.44)

O narrador-personagem soa como um mártir que representa todo um grupo e que em suas limitações humanas precisa do outro, neste caso Xaxu, para que seu sofrimento seja meio de "salvação" para todos os outros, mesmo que esta "salvação" seja parcial: todos os presos continuam detidos, mas livres do castigo de ficar dez dias nu na cela forte; o escritor continua submetido ao cárcere, mas autoridade dentro de seu texto.

Limites do narrador-personagem

A autoridade de Mendes diante de sua obra fica clara em "Cela forte", bem como a distinção do escritor dentro da cadeia. No entanto, é preciso lembrar que essa posição e seu suposto poder garantido pela escrita são simbólicos. O autor, de fato, tem a autoridade de quem sabe muito sobre aquilo de que está falando, mas deixa no ar que nem tudo poderá ser contado, porque é preciso sobreviver. Não que seja possível saber exatamente o que o autor está deixando de narrar, mas é muito provável que vários detalhes tenham sido omitidos, que nomes tenham sido trocados, como detalhes que poderiam complicar a situação de um homem que escreve para pessoas que estão fora da cadeia, mas que continua lá dentro, podendo ser vítima de represálias.

Se o poder do escritor é a palavra, podemos encontrar indícios de que em momentos-limite o homem precisa abdicar dela para garantir a integridade de seu corpo. Como vimos, o autor compõe ele próprio as falas dos personagens, mas faz isto conforme o posto que eles ocupam dentro do espaço retratado. A autoridade atribuída a cada um (guardas, "faxina", Carlão) sempre está diretamente relacionada ao poder que eles exercem sobre a vida dos presos. Um passo em falso com os membros dessa hierarquia e pode-se estar assinando a própria sentença de morte. Diante deste fato, o escritor muitas vezes abre mão da palavra: "Calei-me, toda a minha capacidade de indignar-me estava agora recolhida. Só queria sobreviver." (p.43). Se no início do conto o autor diz que está todo coberto e lendo um livro, neste outro momento, ele está sem roupas e palavras. Em um dos encontros com o "faxina", por exemplo, o narrador-personagem diz estar nu diante dele e deixa claro que naquela situação está impossibilitado de defender-se, mesmo verbalmente, dos "olhos gulosos" do outro. O mesmo pode ser conferido neste outro trecho do conto:

> Na cela, as roupas me foram tomadas novamente. Quis discutir: o médico havia autorizado a devolução de minha roupa! **Fui ameaçado de ser espancado e obrigado a me calar.** (p.44)

A situação o impulsiona para uma denúncia, para a escrita do testemunho, mas também o limita. Há uma luta que expõe os limites da alma e do corpo, marcada por um movimento que coloca esses dois polos da existência em constante conflito. A fragilidade do corpo em oposição à "mente a mil" é como a fragilidade do homem preso em relação a do escritor que este é. "Meu coração estava aos pulos, o corpo se encolhendo e a mente a mil." (p.42). A condição de preso garante autoridade ao "escritor detento" para falar de situações que aqueles que não a viveram não têm e talvez nem sequer estejam eticamente autorizados a imaginar. No entanto, o fato de ser um preso escrevendo sobre a prisão impõe o silêncio com muito mais facilidade do que se o escritor fosse uma pessoa que nunca tivesse vivenciado o cárcere. O escritor que faz apenas ficção a partir deste tema está a salvo das retaliações internas a este mundo. A ficha limpa na polícia o desautoriza como conhecedor do assunto, mesmo que ele esteja baseado em histórias reais, questão que estabelece diferentes pactos com o leitor e interfere na fruição estética.

Literatura nauseabunda

A aparente desculpa ou até mesmo a preocupação em deixar claro que nem tudo será explicitado — porque é preciso garantir a sobrevivência — presente no conto de Mendes, também remete a um possível diálogo com o leitor. É possível identificar esse empenho do escritor em produzir para outro ler traçando um paralelo entre a função já conhecida da latrina, chamada dentro dos presídios como "boi", e a que é descrita no conto.

> O "boi" permitia a comunicação com dez celas acima, e havia solidariedade, companheirismo. Era o nosso fedorento e nauseabundo veículo de comunicação. Só que era preciso ter estômago. Subia o maior cheirão de merda o tempo todo... (p.43)

Em seu encontro com o "faxina", que é um mediador entre o mundo externo à cela forte e o prisioneiro que está de castigo dentro dela, o narrador-personagem é orientado a tirar a água da privada, porque o Carlão queria conversar com ele. Aquela possibilidade de comunicar-se com outros presos, mesmo estando na cela isolada, espanta o preso. Esta comunicação, por meio da privada, descrita no conto também pode ser vista como o contato do autor-detento com o mundo fora da cadeia por meio da literatura. Da mesma forma como, teoricamente, o preso que é colocado na cela forte estaria incomunicável, o que pode ser quebrado quando alguém se propõe a isso, o homem que é preso não é retirado por completo da sociedade. Ele ainda é parte dela e se relaciona com ela.

Esse relacionamento quase nunca é agradável e se dá de diversas maneiras, mas aqui o assunto é produção escrita: um meio de expressão e contato com todas as suas dificuldades, principalmente em um país em que pouco se lê. Se há um consenso de que qualquer um que opte pela literatura se coloca numa condição à margem, no caso do encarcerado ela é sua chance de se inserir. A dificuldade presente neste tipo de contato do artista com a sociedade é trabalhada em "Cela forte" na imagem do preso tentando tirar a água da privada para poder estabelecer o diálogo com os outros detentos.

> Atônito, sem jeito, foi a maior batalha para tirar a água da privada; alguém já tentou? É muito difícil para quem não tem experiência. Mas assim que, cansado, comecei a vencer a luta com a água, o maior burburinho invadiu a cela. Olha, o mundo de volta!, refleti espantado. (p.43)

É interessante o fato de essa comunicação do preso isolado com os outros dar-se pela privada. É um daqueles casos em que a metáfora pode ser tirada de um fato real, considerando que a ideia que se faz da cadeia é justamente a do lugar onde são jogados aqueles que não prestam. A literatura dos presos chega a nós como essa comunicação via privada, que provoca incômodo, náusea, mas ainda assim, interesse. Todo mundo quer saber o que acontece por detrás daqueles muros, o que aquele homem fez para ir parar ali. Assim como os outros presos queriam saber por que o sujeito tinha sido colocado na cela forte:

> Relutei, fui até a "boca do boi" (privada) e dei meu apelido. Queriam saber por qual motivo eu viera para a cela forte; aliás, não vi nenhuma cela mais fraca que aquela em toda a prisão para que aquela fosse julgada "forte". (p.43)

"Cela forte" sugere em sua estrutura movimento interno que Alfredo Bosi chama de resistência:

> A resistência é um movimento interno ao foco narrativo, uma luz que ilumina o não inextricável que ata o sujeito ao seu contexto existencial e histórico. Momento negativo de um processo dialético no qual o sujeito, em vez de reproduzir mecanicamente o esquema das interações onde se insere, dá um salto para uma posição de distância e, deste ângulo, se vê a si mesmo e reconhece e põe em crise os laços apertados que o prendem à teia das instituições. (Bosi, 2002, p. 134)

O texto vai além de um simples relato documental. A esfera da simples descrição do episódio, que por si só garante a sobrevivência do escrito como retrato de um momento histórico devidamente localizado e datado no próprio conto,[162] é superada pela preocupação demonstrada pelo autor em trabalhar todos os níveis do texto enquanto forma. O fato de o escritor ser ao mesmo tempo o seu personagem, em uma situação como a descrita, exige dele esse movimento de distanciamento para fazer arte e não apenas um relato de uma realidade objetiva. O autor parece fazer isso ciente do efeito deste trabalho com literatura e testemunho de uma experiência individual, mas também coletiva.

A cela forte, apesar de ser fraca, é forte como símbolo do isolamento dentro de um mundo por si só isolado. Ela é assim como a cadeia: um grau acima na exclusão de quem já vivia marginalizado na periferia ou nas favelas das grandes cidades.

---

[162] Em "Cela forte", o autor localiza o leitor no tempo e no espaço: "O frio doía nos ossos, era inverno, mas daqueles invernos de São Paulo há 20 anos. Estávamos em 1973. Por último, vesti a japona grossa de lã, peça do uniforme de presidiário da Penitenciária do Estado naquele tempo" (p. 42).

REFERÊNCIAS BIBLIOGRÁFICAS
Bosi, Alfredo. *Literatura e resistência*. São Paulo: Companhia das Letras, 2002.
Olímpio, Domingos. *Luzia homem*. São Paulo: Ática, 1972.
Varella, Drauzio. *Estação Carandiru*. 8. reimpressão. São Paulo: Companhia das Letras, 1999.
Mendes, Luiz Alberto. "Cela forte". *Cult — Revista Brasileira de Cultura*, São Paulo, n. 59, jul. 2002.

DISRITMIA NARRATIVA: A LITERATURA DE MUTARELLI

Arali Lobo Gomes

> *"Se aquela tabúa não tivesse partido, eu não saberia quem sou."*
> *O natimorto*, Lourenço Mutarelli

Lourenço Mutarelli começou sua carreira de quadrinhista na década de 1980, com histórias curtas, primeiramente lançadas em fanzines, que no início tentavam seguir a tendência humorística nacional, e depois trilharam o caminho da temática existencialista. Mutarelli declarou, em entrevistas, ter encerrado sua carreira como quadrinhista em 2006 com *A caixa de areia*, considerada sua melhor realização nessa forma de narrativa. O "contador de histórias", no entanto, deverá continuar por meio de romances, forma narrativa à qual o escritor começou a se dedicar a partir de 2002. Aqui discutiremos os três primeiros romances de Mutarelli — *O cheiro do ralo*, 2002, e *O natimorto* e *Jesus Kid*, ambos de 2004.

Desde os quadrinhos, a integração ou a interferência de outras formas de arte e de produções culturais na composição tanto estrutural quanto temática é uma constante em Mutarelli. Em *Transubstanciação*, primeira *graphic novel* do autor, são citadas literalmente algumas pinturas, como *O grito*, de Munch, e ao mesmo tempo percebemos a influência das pinturas de Bosch, pintor que permeia toda a obra de Mutarelli, nos desenhos de alguns quadros. Outra forte influência nessa *graphic novel*, também presente como elemento incorporado, é o tango. Algumas letras são transcritas de modo a criarem, juntamente com as pinturas referenciadas, um elemento sobre o qual toda a narrativa se condensa: a estrutura psicológica de Tiago e seu desdobramento no mundo.

Desde essa *graphic novel*, os elementos externos aparecem apenas como materiais, pensando na acepção cunhada por Carlito de Azevedo e assimilada por Hollanda (Hollanda, 2001, p. 17), a serem incorporados na narrativa, principalmente, como constituintes dela, de modo a se tornarem algo além do que temos compreendido como intertextualidade, já que não precisamos nos voltar à referência para depreender seu significado (Jenny, 1979, p. 5), pois sua função é estar em sintonia com a personalidade do protagonista. No entanto, ao mesmo tempo, essa profusão de referências nos parece estar ligada à necessidade de preenchimento barroca que o próprio escritor menciona no texto introdutório ao capítulo "O nada" do álbum *Sequelas*.

Até mesmo as citações de ditados, cirandas e outros elementos culturais devem ser compreendidas por meio dessa relação com a personalidade da personagem; todavia, para esta, devemos sempre atentar também à função normalmente irônica e/ou paródica, quer dizer, de uma "repetição com diferença" (Hutcheon, 1985, p. 48), que eles exercem. Essa característica de distorção e deformação, que acaba por criar apenas personagens caricaturais, é o principal recurso estilístico ao qual devemos atentar para melhor compreender como se constitui o estilo mutarelliano, pois o caráter de desconstrução e reformulação que imprimem é o que produz o tom grotesco que guia toda sua obra.

Um ponto importante que temos de levar em conta para poder pensar o romance de Mutarelli é que, na arte sequencial, há um meio expressivo a mais, ajudando na composição da narrativa — a imagem —, que é o principal produtor de significado nesse tipo de narrativa e age de modo a ser desnecessário ao leitor imaginar a história (Eisner, 2001, p. 122). Desse modo, ao transpor seu estilo narrativo para o romance, no qual a produção de significado se dá tão somente pela palavra escrita, notamos marcas peculiares serem geradas para compensar a falta da imagem como meio expressivo. Neste ensaio pretendemos identificar esse estilo mutarelliano, que já se mostrava na arte sequencial, nos romances, atentando para as particularidades que ele adquire nessa forma específica de arte.

O cheiro do ralo, romance ambientado no centro paulistano, narra a obsessão de um antiquário narrador-protagonista pela bunda de uma garçonete, que oscila entre sua casa, seu escritório — no qual as pessoas lhe levam objetos para vender — e a lanchonete onde trabalha a garçonete. Constituído por nove capítulos, eles mesmos divididos internamente em cenas, as quais são separadas por um travessão centralizado, dando à narrativa um aspecto episódico e fragmentário, como se fosse um roteiro cinematográfico ou a cena de um quadrinho (pensando cena como uma sequência narrativa, não um quadro como Eisner) ou ainda um ideograma.

Cada cena é composta por frases que remetem à sequencialidade das ações no cinema e na arte sequencial. Os elementos que seriam dados pela imagem se transformam em orações bem concisas que descrevem ações contínuas.

> Ela entra.
> Ela treme.
> Eu pago.
> Ela pergunta pelo olho de meu pai.
> —
> E então já é outro dia.
> Eu pago. (p. 54)

A organização paratática das orações, no entanto, provoca uma suspensão das ações de modo a criar uma lacuna na continuidade das ações, nos remetendo, assim, mais diretamente à organização das imagens na arte sequencial, em que sempre o próprio leitor subentende as imagens intermediárias (Eisner, 2001, p. 38). Ainda percebemos o uso de caixa alta e do aumento da fonte como elementos expressivos tomados da linguagem dos quadrinhos para indicar a ênfase da personagem no texto enunciado; entretanto, esses recursos são utilizados de modo bastante periférico.

Essas interferências estruturais das linguagens do quadrinho e do roteiro cinematográfico estão, contudo, diretamente ligadas ao modo de organização do discurso do narrador. Este planifica todos os elementos que compõem o mundo os transformando em objetos passíveis de serem negociados e comprados. Não à-toa, ele é o dono de um antiquário e a certo ponto da narrativa diz ser sua função dar um preço às coisas. Assim, a narrativa segue o modelo da configuração psicológica do narrador — em paralelo com o dito acima sobre a personagem principal na *graphic novel* —, de modo que a combinação de gêneros utilizada acaba por colocar diálogo e narração no mesmo plano discursivo.

Além disso, notamos no fragmento acima a denominação das personagens por meio de pronomes pessoais, o que também decorre da psicologia do narrador. Como já dito, o que o diferencia das outras personagens é sua função de comprador — "Eu pago" — e, por isso, ele é o único que tem estatuto de indivíduo. Esse único "eu", narrador, transforma todos os outros em uma massa neutra (Baudrillard, 2004).

É a obsessão pela bunda e o problema do cheiro do ralo, no entanto, que são os fios condutores da narrativa, e por meio destes torna-se perceptível um rebaixamento da temática, regida por elementos escatológicos, os quais o narrador filia expressamente à estética do grotesco de Bosch novamente. Apesar de pronominalizadas, as personagens são identificáveis por algumas características caricaturais dadas pelo narrador, também se conectam à reificação, tudo se torna objeto e se distingue apenas por algum detalhe, como a garçonete que só é identificada por sua "bunda imensa e disforme". Esse modo caricatural de descrever as personagens nos faz lembrar os traços distorcidos e exagerados com que desenhava nos quadrinhos que se conectavam à própria configuração psicológica das personagens, também distorcida em razão de alguma patologia.

Também são dados elementos artísticos que se transformaram ou se transformam em elementos da cultura de massa. *Rosa e azul* de Renoir é apenas uma reprodução que se encontra na parede da casa do narrador e é descrita no mesmo plano que os canais da televisão, a estante de livros e outros objetos que compõem a sala; *Für Elise* de Beethoven é referenciada como se fosse apenas "a música do caminhão de gás", destituída de qualquer valor histórico; e o *rosebud* que em *Cidadão Kane* é a palavra impressa num trenó, brinquedo de infância, aqui é dessacralizado se transformando numa nomeação ao objeto de desejo do narrador, a "bunda". Desse modo, Mutarelli parodia esses elementos artísticos ao reapresentá-los e imprimir um significado diferente (Hutcheon, 1985). No entanto, mais que uma paródia, isso nos parece sugerir uma crítica ao *kitsch*, principalmente quando pensamos na insistência sobre a história dos objetos e na seguinte afirmação do narrador: "Tudo se incorpora ao todo, e é então que o encanto desfaz" (p. 54).

Ao mudar algum sintagma da sentença original de uma ciranda — "Se essa bunda se essa bunda fosse minha" (p. 19) — ou de um ditado — "Quando tudo parecia perdido, vejo uma luz no fim do cu" (p. 108) —, o narrador demonstra que não quer apenas dessacralizar a arte, mas todo e qualquer valor ou moral dado pelos materiais culturais. Essa indiferenciação nos remete à lógica da programação televisiva e da indústria cultural como um todo, em que tudo é apresentado em um mesmo plano ou, como diria Baudrillard, com o sentido/mensagem neutralizado (2004, p. 33), diferenciando-se apenas pelo interesse que causa no público. Assim, ao reproduzir isso no romance, o autor parece estar tecendo também uma crítica à lógica dos *media*.

Ademais, a simbologia proposta pela mudança de algum sintagma, como o do ditado acima, nos mostra a transgressão do narrador da fronteira entre profano e sagrado, em que é notável a aproximação com a linguagem de Rubem Fonseca, em que caem todos os sistemas de exclusão (Ballantyne, 1986, p. 9). Todavia, aqui, e nas obras de Mutarelli como um todo, são especialmente os sistemas de exclusão relativos à religiosidade — sobretudo em relação ao sistema puro/maculado — que são transgredidos.

Tudo isso mais a repetitiva alternância que há entre os três espaços em que se passa a narrativa dão um caráter cíclico ao romance, o que reflete o ritmo episódico e fragmentário da vida citadina do narrador, ao mesmo tempo revelando uma obsessão dele, pois são os desvios a essa rotina que são propostos como causas do problema do cheiro. Isso dá um tom caricatural ao narrador, pois exacerba essa característica obsessiva, proposta em todos os sentidos.

Em realidade não nos é narrada uma ação progressiva, mas sim a estratégia do narrador para saciar seu fetiche: ver a bunda da garçonete por dinheiro. Apesar de conseguir o almejado, a volta ao cotidiano marcado pela passagem "E assim, mais uma coisa a bunda se torna. / Como tudo, como as coisas que tranco na sala ao lado" (p. 136), seguida por uma reelaboração da música "Águas de março", reforça a ideia de eterno retorno da revolução astronômica.

O natimorto, dividido em quatro capítulos/atos, os quais também são divididos internamente em cenas, é uma narração dramática, em que, diferentemente de *O cheiro do ralo*, há um narrador bem marcado, nomeado como O Agente, e mais duas personagens, A Esposa e A Voz, a qual curiosamente se caracteriza por não pronunciar som nenhum quando canta, sendo que é a relação tensiva entre o narrador e esta última quando vão morar no hotel o que é de fato narrado/encenado.

Nesse romance, a interferência da linguagem dos quadrinhos é atenuada pela do teatro, pois a marcação das falas das personagens é feita de modo direto. Mesmo assim, devemos notar que a organização dessas falas, apesar de serem marcadas como no teatro, remete ao modelo de composição da arte sequencial, na qual elas são ordenadas em blocos que são por vezes divididos em balões diferentes, de acordo com o tipo de pausa que se quer insinuar.

> *A Voz* — Hahahaha!
> *A Voz* — Por favor, eu não aguento mais rir.
> *O Agente* — Olha, era isso o que eu ia propor no começo, veja bem...
> *O Agente* — Como eu disse, eu tenho umas economias. (p. 38)

Há, no entanto, a voz do narrador a guiar esses diálogos, a qual oscila entre narração, descrição e fluxo de consciência, sendo que quando este ocorre podemos notar uma estruturação de poesia na narrativa que remete à fumaça do cigarro.

> Eu conheço essas luzes:
> são advertências.
>
> Enxaqueca.
>
> Conheço a sequência.
>
> Primeiro, a luz,
> depois, a dor.
>
> Isso prenuncia
> os ataques. (p. 79)

Novamente notamos recursos da arte sequencial e da poesia serem utilizados para aproximar a organização da narrativa à configuração psicológica do narrador, de modo que esta se torna imanente à narrativa, refletindo a busca dele pelos padrões e por uma interpretação destes. No entanto, percebemos ao mesmo tempo uma marca da pós-modernidade na emulação da fumaça de cigarro: a construção da identidade do narrador sendo dada por um bem de consumo.

É na tensão na convivência cotidiana entre O Agente e A Voz, entretanto, que se encontra o fio condutor da narrativa. A idealização extremada d'A Voz, como um exemplo da pureza, e a posterior queda, quando a descobre como um ser humano comum, é o ponto crucial do elemento dramático. Assim, notamos ser desenvolvida aqui a tese do existencialismo sartreano de que "o inferno são os outros"; no entanto, devemos entendê-la, por sugestão do próprio texto, apenas como a interpretação do mundo d'O Agente — derivada da filosofia schopenhaueriana, que, como se sabe, é precursora das premissas do existencialismo —, para o qual é intrínseco à natureza humana agredir o Outro.

A tensão entre o agressivo mundo exterior e o interior, decorrente disso, que vive O Agente nos revela a construção de um ambiente claustrofóbico intensificado pelas descrições mórbidas que nos são feitas "Mutilo / a mim / mesmo. Por fora / e por dentro" (pp.110-1). Por meio destas, vemos também o narrador ir criando aos poucos uma imagem teratológica de si, até no final se revelar como um monstro. Em paralelo à construção dessa imagem, o narrador se revela agente das histórias de cunho teratológico que O Agente conta a A Voz como se os agentes destas fossem "amiguinhos de infância", quer dizer, o outro.

Com isso, apesar da narração direta da masturbação — nos outros romances do sexo —, não podemos tomá-la como destituída de valor como na literatura *beatnik*, que, ao menos no modo de descrever, parece ter sido a influência direta de Mutarelli. O sexo aparece aqui em sua função de atividade rebaixadora e, até, como uma violência ao corpo. Já nos outros romances e nos quadrinhos, normalmente não adquire uma função tão marcada, mas sempre terá algum significado.

Além disso, a maior parte dos diálogos e da narração se concentra sobre as imagens impressas no maço de cigarros que, como o próprio narrador lembra em vários momentos — "E, mesmo cientes de que 'fumar causa câncer de pulmão', acendemos novos cigarros" (p. 17) —, nos aponta para uma inevitabilidade conformada do mal do mundo, o que também se conecta com a simbologia do tarô. Porém, como já dito, isso tudo está sujeito à interpretação e à subjetividade do narrador.

Boa parte desses elementos é também desenvolvida n'*A caixa de areia*, em que o relacionamento entre os dois do deserto, Carlton e Kleiton, demonstra essa tensão do relacionamento cotidiano. Entretanto, nessa *graphic novel* se sobressai o desenvolvimento da tentativa de apreensão do presente em uma interpretação extremamente poética da filosofia de Schopenhauer.

Em *Jesus Kid*, que originalmente seria um roteiro, como havia encomendado Heitor Dhalia, notamos uma tentativa de escrever um romance mais padronizado, se é que é possível pensar em um padrão para o romance (Spang, 2001). Apesar de em sua maior parte pender para clichês literários, o tom de paródia satírica dos meios cinematográficos e editorial que permeia o romance e alguns elementos em que podemos identificar esse estilo mutarelliano traçado até aqui trazem algum interesse a seu estudo.

A narrativa versa sobre a encomenda de um roteiro original, que deveria contar o drama da escrita de um escritor trancafiado em um hotel, por dois produtores a um autor de *westerns*. No entanto, aqueles pedem a este para mesclar a essa trama elementos de ação ao estilo hollywoodiano. Assim, o que conduz a narrativa é a problematização de como conciliar a inação — drama existencial — à ação, de modo que podemos apontar como uma das características mais fortes do romance a exaustiva tentativa de Eugênio de identificar cenas de ação num espaço que ele, como escritor de *westerns*, considera impróprio.

O narrador, então, coloca a todo o momento o problema da captação dessas cenas de ação — "*Entra cena de ação:*" (p. 25) ou "Quase rolo as escadas. Me perdoem Gargantas, por ter perdido essa cena de ação." (p. 155) — de modo a, quando nos lembramos de que se trata de um romance encomendado e que a todo momento, como dito na própria "Nota do autor", Dhalia interferia na escrita, causar um efeito irônico que recai sobre o próprio modo de escrita do romance.

Ainda como influência do problema de captação de cena, mas de caráter distinto, pois parece ser apenas uma consequência da encomenda original do texto, vemos a descrição de alguns detalhes nos remetendo ao foco da lente cinematográfica, como a insistência em chamar a atenção à marca de batom que a enfermeira Nurse deixava em seus copos, metaforizando a própria influência que ela exerce sobre o narrador.

Outro ponto curioso, que é insinuado em toda a obra de Mutarelli, mas aqui é colocado de forma escancarada, é a preocupação com a citação de referências. Ao começar a recontar a história, o narrador nos avisa de que está se apropriando de um recurso já utilizado por Ionesco em uma peça. Até mesmo a marcação das citações à obra fictícia da personagem-narrador Eugênio apontam para isso. Desde as *graphic novels*, Mutarelli coloca parênteses e nos dá o nome do autor original quando ele quer se utilizar da ideia contida no fragmento de que se apropria. Mas aqui essa discussão é posta de forma aberta na breve discussão sobre o plágio que o narrador faz no capítulo 17.

Ainda notamos nos remetendo ao estilo de Mutarelli as personagens caricaturais serem postas em sua mecanicidade (Leite, 1996). No entanto, todas são planificadas, inclusive o narrador, diferente dos outros romances, em que vemos este se complicar pela completa adesão de sua configuração psicológica ao texto.

Por isso, apesar dos elementos que nos remetem ao estilo mutarelliano, o romance como um todo não causa no leitor o "efeito Mutarelli": um verdadeiro bombardeio de referências conectadas a um fio narrativo que as concentra na figura do narrador. Tenta-se resolver a falta de conexão dos elementos pela esquizofrenia do narrador no entanto, ele mesmo se mostra consciente da inverossimilhança da narrativa: "Escrevo essas coisas sem nexo. Escrevo para os Gargantas Profundas em troca dos trinta mil" (p. 78). Talvez essa consciência, já apontada na "Nota do autor", seja um dos recursos mais geniais que o escritor poderia utilizar para justificar estar escrevendo o que ele mesmo considera um mau livro.

A própria idealização do narrador, desconhecedor da literatura e da cultura culta como um todo aparentemente, já demonstra isso. Eugênio, um nome com certa ironia embutida, escreve sobre um personagem que se coloca no texto como sua esquizofrenia consciente. E todas as exigências feitas pelos "Gargantas" também serão transformadas nisso: "A vinhetinha evoca a multidão de personagens que se misturam numa orgia de sexo e batatas" (p. 90). No entanto, o problema dessas soluções é que elas nos aparecem de forma aleatória, sem nenhum elemento de coesão — dado pela relação psíquica que o narrador nos vai construindo nos outros romances.

Como unificador do estilo mutarelliano, podemos apontar a estética caricatural por meio da qual se desenvolvem todas as particularidades estilísticas aqui identificadas. A linguagem autorreflexiva, centrada nos elementos psicológicos da personagem principal — também narrador nos livros (o último livro lançado, *A arte de produzir efeito sem causa*, apresenta como novidade um narrador em terceira pessoa a renovar seu estilo) —, a utilização de materiais culturais e artísticos, colocados no mesmo plano; a deformação e exageração de características contribuem para a construção desse estilo.

É importante notarmos ainda que os materiais artísticos dos quais Mutarelli se utiliza são todos ligados à estética do grotesco — se não diretamente, indiretamente, porque da assimilação deles pela indústria cultural. E o que vemos perpassar em toda sua obra são a releitura e reconfiguração desse grotesco de modo a criar uma reflexão da realidade (Sodré, 2004, p. 69) que é narrada, mas, ao mesmo tempo, a designificação desta (Paz também chama atenção a essa ambiguidade da percepção da realidade em sua dissertação sobre a produção sequencial de Mutarelli). Realidade essa que está intimamente ligada com a tensão entre sociedade massificada e identidade pessoal.

A identidade estereotipada das personagens, também presente nos quadrinhos, nos faz lembrar as personagens de Dalton Trevisan, que parecem mais representantes de uma ideia do que de uma identidade. Porém, em Trevisan todas as personagens se põem assim, ao passo que em Mutarelli a personagem principal/narrador se diferencia e ganha um estatuto individual. Esse estatuto, no entanto, leva-o a uma marginalização total, não apenas social.

Isso tudo, pensado em relação à problematização psicológica do narrador, mais parece agir como um elemento de diferenciação e afastamento da sociedade massificada, que acaba por gerar uma reflexão sobre esta, por meio desse emaranhado de referências culturais da qual ele se utiliza. Assim, o existencialismo, a melancolia, o desespero, a introspecção, apontadas por Paz como principais características da obra de Mutarelli em sua dissertação (Paz, 2008, p. 128), aparecem de modo a marcar esse contraste entre narrador e sociedade, que acaba por gerar uma suspensão parcial dos valores.

REFERÊNCIAS BIBLIOGRÁFICAS
BARBIERI, Therezinha. "Ficção brasileira hoje: um ponto de partida". In ROCHA, J.C. de C. (org.). *Nenhum Brasil existe*. Rio de Janeiro: Topbooks, 2003.
BALLANTYNE, C.J. "The Rhetoric of Violence in Rubem Fonseca". *Luso-Brazilian Review*, University of Wisconsin; XXIII, 2, 1986.
BAUDRILLARD, Jean. *À sombra das maiorias silenciosas*. São Paulo: Brasiliense, 2004.
EISNER, Will. *Quadrinhos e arte sequencial*. São Paulo: Martins Fontes, 2001.
HOLLANDA, H.B. de. "Introdução". In *Esses poetas*. Rio de Janeiro: Aeroplano, 2001.
HUTCHEON, Linda. *Uma teoria da paródia*. Lisboa: Edições 70, 1985.
JENNY, Laurent. "A estratégia da forma", in *Intertextualidades*. Coimbra: Almedina, 1979.
LEITE, S.H.T. de A. *Chapéus de palha, panamás, plumas, cartolas: a caricatura na literatura paulista (1900-1920)*. São Paulo: Editora da Unesp, 1996.
MUTARELLI, Lourenço. *Transubstanciação*. São Paulo: Dealer, 1991.
_____. *Sequelas*. São Paulo: Devir, 1999.
_____. *O cheiro do ralo*. São Paulo: Devir, 2002.
_____. *O natimorto — um musical silencioso*. São Paulo: DBA Artes Gráficas, 2004.
_____. *Jesus Kid*. São Paulo: Devir, 2004.
_____. *A caixa de areia*. São Paulo: Devir, 2006.
PAZ, Liber Eugenio. *Considerações sobre sociedade e tecnologia a partir da poética e linguagem dos quadrinhos de Lourenço Mutarelli no período de 1988 a 2006*. (Dissertação de mestrado apresentada ao Centro Federal de Educação Tecnológica do Paraná). Curitiba, 2008.
SANT'ANNA, Affonso Romano de. *Paródia, paráfrase & cia*. São Paulo: Ática, 1991.
SODRÉ, Muniz; PAIVA, Raquel. *O império do grotesco*. Rio de Janeiro: Mauad, 2004.
SPANG, Kurt. *Gêneros literários*. Madri: Síntesis, 2001.

A ESCRITA ORDINÁRIA DE UMA ASSINATURA

Luciene Azevedo

"*Afinal, o que é essa tal unidade empírica, o autor das obras?*"
Luiz Costa Lima, *Pensando nos trópicos*

No prefácio a um livrinho quase anedótico que tematiza o enxame de assinaturas falsas que circulam na Internet,[163] Cora Rónai surpreende-se com o fato de que falsários anônimos deem a seus textos autorias famosas, abrindo mão de seus direitos de autor.

O caso mais espetacular parece ser o do suposto texto de Kurt Vonnegut proferido pelo escritor no MIT à turma de formandos do prestigiado instituto de tecnologia norte-americano em 1997. O texto propagou-se pela rede à velocidade da luz. Virou letra de música na Austrália, *hit parade* nos Estados Unidos e foi lido num programa de televisão por Pedro Bial, que, segundo Rónai, "é considerado o verdadeiro autor pelos mais desavisados" (2006, p.13). O mais inusitado e divertido é que, quando a jornalista Mary Schmich, do *Chicago Tribune*, assumiu-se autora verdadeira do texto, foi acusada de plágio. Embora a organizadora do livro termine repudiando o que considera falta de ética e reivindique a legitimidade dos direitos do autor sobre sua criação, é notável como os exemplos que reúne ("falsos Veríssimos", além do já antológico poema "Instantes" atribuído a Borges e que levou sua viúva a entrar na justiça para *não* receber os direitos autorais) colocam em xeque questões caras à teoria literária, principalmente a noção de autoria, que parece vacilar no contexto da Internet. Estão em jogo a questão do valor estético, relacionada à legitimação do nome do escritor (se é Borges, é bom?), mas também a ligação que se estabelece entre o nome do autor e sua obra, uma vez que é a própria editora do caderno de informática do *Globo* que aponta como critério de legitimação da autoria

---

[163] Ronái, C. (org.). *Caiu na rede*. Os textos falsos da Internet que se tornaram clássicos. Rio de Janeiro: Agir, 2006.

referências contextuais que avalizariam o nome de autor verdadeiro atribuído ao falso texto, tais como o "estilo" da produção, sua condição de ídolo da geração PC, no caso de Vonnegut.

A contrafação, fazendo contraponto com a autenticidade, reafirma o peso da credibilidade que um nome de autor reconhecido dá à mensagem e a sua circulação/legitimação. No entanto, o jogo já não tem regras tão claras: "na Internet, tudo se torna verdade até prova em contrário, e como na Internet a prova em contrário é impossível, fazer o quê?"(Veríssimo *apud* Rónai, 2006, p. 158).

A estratégia de trote autoral é motivada não apenas pela facilidade de fazer circular qualquer coisa que vai estar disponível por "multidões ao redor do mundo, em questão de horas" (Schmich *apud* Rónai, 2006, p. 13), mas também pelo fato de que a expropriação da autoria verdadeira pela falsa assinatura liberará o texto na rede, desvinculando o autor autêntico justamente do peso de seu nome, do estilo de sua obra. Esse parece ser o efeito bem marcante da autoria trocada dos inúmeros textos de Martha Medeiros, que escreve crônicas voltadas para o público "mulherzinha" em sua coluna intitulada *Alma Gêmea*: "é como se sua origem — um site de relacionamentos — diminuísse, de alguma forma, o valor das palavras" (Rónai, 2006, p. 13).

Algumas das questões em jogo nesse breve arrazoado sobre as estripulias autorais recolhidas por Rónai interessam a este ensaio, já que pretendemos passear pelas inquietações relativas à emergência de uma suposta geração 2000, que agrupa os autores que se lançaram na rede, escrevendo *blogs*. A inquietação maior diz respeito ao modo como o *blog*, utilizado como suporte para a publicação dos textos literários, funciona como instrumento de (auto) promoção, espaço de dar a cara a tapa, construir um nome de autor, fundar uma obra. E se as estratégias são tão velhas quanto a própria literatura, importa, então, captar outros jeitos e manhas, identificar as peripécias realizadas pelos jovens autores para a apropriação de um lugar no espaço concorrido do circuito literário.

As frases curtas, o estilo quase telegráfico, a fragmentação dominante parecem seguir uma espécie de cartilha de videoclipe e sugerir uma forte influência do suporte sobre o modo de escrita de quem escreve na rede. Tudo isso pode ser percebido à medida que tais autores migram do espaço virtual para as páginas impressas, publicando seus primeiros livros.

Assim, mais do que se preocupar com a relação de alguma influência direta do suporte na linguagem estética, a investida crítica está preocupada em delinear estratégias de composição de uma nova dimensão autoral. Por isso interessa-nos investigar como os *blogs* constituem-se como espaço de fundação de uma obra e se a partir desse novo lugar é possível perceber uma alteração das noções de obra e autoria.

É possível ver no *blog* um lugar para o exercício rascunhado do literário? É possível que essa escrita ordinária seja considerada parte de uma obra? Apenas janela de divulgação como alternativa à densa selva competitiva do mercado editorial (nesse caso, o autor que é laçado lá pode se dar ao luxo de descartar sua "produção inicial" e dizer "esqueçam tudo o que escrevi no passado") ou espaço importante de um novo modo de inserção de uma assinatura literária?

Se podemos deduzir do modo de circulação das assinaturas no ciberespaço que não há o que lamentar pela circulação apócrifa de textos, mas que a questão da autoria se desloca para um lugar vazio, *fake*, ocupado pelo mambembe de plantão, ainda que respaldado fortemente pela manutenção da importância da relação que o nome do autor mantém com o texto, interessa-nos pensar como a autoria pode ser lida no modo de circulação do literário na rede.

Nesse sentido, então, a Internet é um espaço de liberação do anticonjuro foucaultiano.

Na clássica conferência proferida na École des Hautes Études, o pensador francês, interrogando-se sobre o papel do autor, identificava-o a um centro de expressão, a um campo de coerência conceitual e teórica, capaz de referendar uma constância de valor em todas as obras, uma unidade estilística:

> O nome de autor serve para caracterizar um certo modo de ser do discurso: para um discurso, ter um nome de autor, o fato de se poder dizer "isto foi escrito por fulano" ou "tal indivíduo é o autor", indica que esse discurso não é um discurso quotidiano, indiferente, um discurso flutuante e passageiro, imediatamente consumível, mas que se trata de um discurso que deve ser recebido de certa maneira e que deve numa determinada cultura, receber um certo estatuto. (Foucault, 1999, p. 45)

Funcionando dessa maneira, a autoria exerceria a autoridade potencial de um princípio de economia que limitaria a proliferação dos sentidos, segundo o próprio Foucault.

Em tempos de esquerdos autorais[164] e autorias diferidas, porém, como assegurar ao autor qualquer controle sobre seu discurso? Como controlar a apocrifia, garantindo a originalidade de uma assinatura?

Enfim, que relação pode haver entre uma obra (escrita em páginas virtuais) e a construção de um nome de autor, considerando-se a Internet como um grande salão literário virtual?

A escrita ordinária do *blog*, seu caráter rascunhado, sugere não apenas o desenho dos primeiros contornos relativos à própria construção da figura autoral, como também o compromisso com uma aventura de teste para o escritor arriscar-se no literário.

Também é inegável a incidência do autobiográfico nos textos dos blogueiros. Parece incontestável que a forte presença da espetacularização do eu é uma marca da "evasão da privacidade"[165] que assola o século XXI. Por isso, há quem aposte também na banalização do meramente confessionário, entendendo a autoexposição da intimidade como tagarelice do personalismo, mera autoexpressão narcísica.

Neste ensaio, no entanto, gostaríamos de apostar na possibilidade de ler a exploração da autobiografia como uma aparição performática de si, uma estratégia de representação e legitimação do "jovem" autor. Se considerarmos essa possibilidade, a escrita de si blogueira atuaria como uma espécie de *antibildung*, formação do nome de autor, formação da obra.

O jovem autor não tem "biografia" literária, ainda está rabiscando sua assinatura, não pode contar com um contexto autoral, por isso pode se aventurar aos créditos da construção de uma figuração de autor, tão cuidadosamente arquitetada quanto cada um dos "eus" criados no papel.

"Há maneiras e maneiras de aparecer, e só algumas estão disponíveis para o escritor" (Simone Campos).

Chamado a proferir uma conferência em uma universidade americana sobre a comemoração dos 200 anos da declaração dos direitos humanos, Derrida decide evocar o nome de Nietzsche a fim de pensar a relação entre a vida e a obra mediada pela assinatura do filósofo ainda

---

[164] "Esquerdos autorais" ou *copyleft* é uma brincadeira com o *copyright*, que reserva e assegura ao autor seus direitos sobre a publicação. A expressão surgiu como uma forma de repúdio à restrição da livre circulação de programas de computador e prevê a manipulação e a modificação de qualquer material liberado pelo autor para circulação na rede.

[165] Gianett, Cecília. "Ën", post do *blog* <escrevescreve.blogger.com.br>. Acesso em: 21/02/08.

desconhecido que escreve sua biografia apostando em leitores pósteros. Fazendo remissão ao fato de que Jefferson teria ficado desiludido com as inúmeras mudanças sofridas pelo texto da declaração da independência norte-americana em sua versão final, assinada por ele, Derrida explora a ambivalência do gesto do signatário, a um só tempo constatativo e performativo. Apropriando-se da noção de atos da fala desenvolvida por Austin, o desconstrucionista argelino entende que a força do "ato declarativo funda uma instituição" (Derrida, 1984, p. 16).

Em vez de considerar a assinatura como uma espécie de arquivo morto, Derrida a entende como um gesto performático que funda a relação entre o autor e a obra. Por isso, o célebre subtítulo da autobiografia nietzschiana, "de como a gente se torna o que a gente é", serve de mote para as especulações teóricas de Derrida a respeito da formação de um nome do autor e sua relação com a vida.

Mostrando lucidez ao avaliar a posição singular que ocupa em meio ao historicismo do fim do século XIX, e apostando em filosofar com o martelo, Nietzsche assume o ônus de abrir um crédito que não poderá ser saldado em seu próprio tempo, por seus contemporâneos: "passa um cheque cuja assinatura só por ele próprio é reconhecida".[166] Disso podemos deduzir que o nome de autor que Nietzsche dá a si próprio é uma aposta no escuro que depende da legitimação do ato de leitura de seus pósteros. A primeira assinatura é, então, um blefe, instaurado por um ato ambivalente, o de assumir o poder de assinar, inaugurando um nome e, ao mesmo tempo, lançando o crédito do reconhecimento, da legitimação, aos pósteros, abrindo-se, no instante fundador do ato, à performance de transformação de sua marca.

A condição performativa da assinatura reside não apenas no fato de que é ela que funda o signatário, dá-lhe um nome, cria uma autoria e estabelece para si uma marca, o estilo martelo filósofico nietzschiano, mas também na responsabilidade da dívida que é transferida a seus leitores, ao mesmo tempo endividados pela força de sua assinatura, mas também autorizados a desler esse gesto, atribuindo-lhe outra marca, interpretando nessa assinatura uma outra figura autoral.

Dessa forma, a assinatura é um entre-lugar, espaço híbrido, que não tem origem na obra nem na vida do autor. Toda assinatura é apócrifa, já que corre sempre o risco de ser fraudada pelos leitores, pelos

---

[166] Santiago, S. "Um posfácio". Disponível em: <http://www.tanto.com.br/santiagoartigo.htm>. Acesso em: 16/05/08.

comentadores da obra, responsáveis por performarem o nome do autor, escrevendo-lhes outras assinaturas.

Como a sofisticada leitura de Derrida poderia, contudo, dialogar com a escrita ordinária dos *blogs*? Uma das inquietações desse ensaio diz respeito ao modo como os jovens autores inscrevem sua assinatura, seu nome de autor, na literatura contemporânea. Nossa hipótese aposta que o *blog* é um suporte fundamental para essa fundação, funcionando como um espaço contingente por excelência, que preza a efemeridade e instaura um gesto signatário débil. Se na abertura do crédito nietzschiano podemos depreender uma instabilidade performática inerente à assinatura, reconhecemos na formação do nome do autor que se lança à rede um apelo a uma figura de autor, ao valor e sentido de um nome próprio capaz de assinar uma obra, um espaço de teste para "escrever esse futuro escrever" (Marin, 1999, p. 19).

Algumas dessas questões parecem estar em pauta em dois romances recentes de autores blogueiros.

A assinatura de Santiago Nazarian aparece pela primeira vez em *Olívio*, livro que em 2003 é premiado no concurso de literatura promovido pela Fundação Conrado Wessel. Nesse, e nos dois romances seguintes, *A morte sem nome* e *Feriado de mim mesmo,* a voz que se exercita ficcionalmente é permeada por uma atmosfera melancólica de personagens que vivem às voltas com novas técnicas de suicídio, como Lorena de *A morte sem nome*. Ainda que o tom *kitsch* e as referências *pop* constituam um traço recorrente, o tom sério e profundo é um traço da assinatura em teste:

> Sexo não é diversão. Arte não é brincadeira. Amor não é alegria. Não vamos comemorar. Não vamos comemorar minha morte. Siga lento e siga quieto. Siga o meu cortejo de cabeça baixa. Siga o meu cortejo com respeito (...) Me siga linha por linha e me siga de perto. Não me deixe para trás. Mas venha de perto, que é para o meu sangue não manchar sua roupa. (Nazarian, 2006, p. 216)

Se na reiteração de algumas características, porém, podemos depreender a consolidação do traço de assinatura, por que lançar-se ao risco extra de rasurar um nome de autor ainda em construção?

Demonstrando consciência da aproximação mimética dos laços mantidos entre nome de autor e obra, em *Mastigando humanos,* Santiago Nazarian assume uma dicção paródica e constrói uma fábula adolescente cujo protagonista é um jacaré escritor a fim de operar uma perversão mimética. O laivo humorístico e a leveza da fábula destoam claramente da produção anterior:

> Meus outros livros tinham aquela escrita pesada, derramada, e foto minha sangrando. O *Mastigando* meio que está brincando com isso, apontando outro caminho. Tenho 29 anos, não dá pra fechar o que vai ser meu estilo (em entrevista).[167]

A preocupação com a construção de sua *persona* pública, com seu nome de autor é tanto um dado extratextual, percebido não apenas pelo cuidado com a divulgação de sua imagem (em vez das fotos de divulgação que mostravam Nazarian fazendo experiências com a *body art*, os cândidos desenhos infanto-juvenis incorporados ao texto do *Mastigando humanos*), mas também matéria de ficção, por meio dos impasses da trajetória do jovem iniciante escritor-personagem-jacaré na carreira das Letras.

Vitório, o nome do protagonista-jacaré, quer ser escritor, está desiludido com a universidade e seu academicismo, é leitor dos cadernos literários dos jornais e um belo dia encontra na entrevista de um outro autor a possibilidade de uma afinidade eletiva, vislumbrando em Sebastian Salto um avalista de sua fatura literária. Após o contato pela Internet, decide enviar o livro que lemos, ainda inacabado, ao autor, cuja resposta não é nada alentadora.

Os comentários de Sebastian Salto podem ser lidos como uma compilação das características identificadas na nova produção literária por parte da crítica que faz circular suas primeiras impressões nas resenhas das obras. Estão lá a crítica à aposta desmesurada numa experiência biográfica ordinária ("Sua vida pode ser interessante para ser vivida. Se você contar essas histórias para seus amigos num bar, num *blog*, tenho certeza de que eles acharão impressionante, mas para registrar em papel são apenas histórias banais de um jacaré, entende?", p. 216), ao incômodo papel do *blog* como suporte ("Você usa um suporte literário para defender ideias de quem se apoia num skate", p. 216), e quase como uma consequência desta última, ao caráter apressado, ao ritmo vertiginoso de escrita do jovem autor que se lança ao mercado com a média de um romance por ano ("Veja só, quanta pressa. Mandar assim, uma obra em processo. Parece mais preocupado com o resultado do que com a escrita em si", p. 218).

---

[167] Entrevista concedida a Beatriz Resende para o caderno Prosa & Verso do jornal *O Globo*. "Nazarian busca na revolta adolescente novos interlocutores, mas mantém suas obsessões", publicada em 16/09/2006.

As falas parecem encenar um indecidível. Tanto apontam para dúvidas legítimas que rondam o autor e sua assinatura lançada no mercado editorial quanto para a caricatura de uma crítica que insiste em fazer rivalizar o luxo e o lixo, apostando na falta de transcendência da literatura contemporânea que não consegue produzir um novo Guimarães Rosa ou uma nova Clarice Lispector, entregando ao mercado o refugo da excrescência, um jovem autor que "quer ser mais resgatado pelo transatlântico da indústria cultural do que boiar no mar da arte" (p. 218).[168]

Também em *O dia Mastroianni,* João Paulo Cuenca parece inscrever zombeteiramente os dilemas do escritor sem assinatura no enredo de seu romance. Logo nas páginas iniciais lemos um diálogo entre a voz meio atordoada do personagem que narra em primeira pessoa a história e uma onisciência que controla e é controlada pela atuação dos próprios personagens. O enredo divide-se então entre esses diálogos tensos e metaficcionais e a história contada por Pedro Cassavas. A errância do narrador pela história, sua postura *blasé*, flanando pelas ruas de Copacabana, imprime um ritmo de crônica urbana mediada pelo olhar de um pretenso escritor sem livro, jovem autor adolescente que não conhece o prazer de um plano de escrita realizado e enfrenta dificuldade para construir personagens e contar histórias.

O romance parece dramatizar (não apenas pela estrutura dialogada) o peso da angústia da influência que supõe complicações maiores que a mera acomodação tácita de um novo talento individual à tradição reconhecida. A todo-poderosa voz que encurrala o narrador personagem encena os impasses de quem quer assinar uma obra:

> — ESTAMOS CANSADOS DE NARRATIVAS QUE SE CURVAM SOBRE SI MESMAS ESCRITAS POR NARRADORES AUTOCONSCIENTES EM CRISE. ESSA INTERMINÁVEL FUGA DE ESPELHOS... ARTIFÍCIOS ULTRAPASSADOS DE METALINGUAGEM! (...)
> — O SENHOR É UM MODERNISTA DE MEIA-TIGELA. E AINDA NOS ENTREGOU UMA ESTORINHA ALIENADA E CÍNICA PARA CUMPRIR UM CONTRATO. (Cuenca, 2007, p. 61)

---

[168] Exemplo desse panorama aparece em crítica de Vinícius Jatobá, "Sintonias e estilhaços": "o medíocre conservador apostando em fórmulas gastas e pouco corajosas, ou o deslumbrante escritor levando ao desgastado romance contemporâneo nacional uma necessária nobreza e relevância. Tudo depende de quem lê, claro. A literatura nacional se encontra dividida; há mais caminhos que escritores, e talvez existam até mais caminhos que próprio talento para cumprir as promessas". Disponível em: <http://portalliteral.terra.com.br/>. Acesso em: 27/11/06.

A estrutura bipartida do romance calcada sobre o comentário intertextual entre as duas partes fundamenta o caráter performático da assinatura e da própria obra. Quando a voz onisciente (voz do autor?) grita em caixa alta acusando o artifício *démodé* da metalinguagem está fazendo o comentário metaficcional da estratégia que permite que a história se conte.

Os impasses que se desnudam dizem respeito às técnicas, aos dispositivos e estratégias que ainda restam para contar uma história. Se os caminhos para construção de uma obra parecem incertos, as opções pelas veredas que não querem ser seguidas já foram tomadas: não se pretende responder ao apelo da caracterização de nenhuma identidade nacional ("E BRASILEIRO BEBE CACHAÇA, NÃO BEBE MARTÍNI OU FERNET. NO MÁXIMO, STEINHAGEN!", p. 111), nem ao compromisso social.

Os comentários raivosos da voz dramatizada também apontam para o lugar-comum da avaliação crítica da literatura dos jovens autores. A falta de originalidade, a excessiva presença da primeira pessoa e do sexo gratuito ("ESSA LITERATURA INÚTIL E UMBIGUISTA NÃO SERVE NEM COMO VANGUARDA. EMBORA TENHA TODOS OS DEFEITOS DO VANGUARDISMO", p. 61; "TINHA QUE TER UMA ESCATOLOGIA, NÃO É?", p. 147) e o cinismo e a inutilidade de tantos jovens talentos ("DELÍRIOS FRÍVOLOS DE GRANDEZA PUBLICADOS DE DOIS EM DOIS ANOS", p. 71), levam a peremptórias afirmativas apocalípticas ("É POR ISSO QUE A LITERATURA BRASILEIRA NÃO TEM FUTURO", p. 147).

O que parece evidente é como o autor mostra-se consciente dos mecanismos de inserção de seu nome no sistema literário e tematiza seus impasses na própria ficção, desnudando a forma como seu nome de autor se dispõe a dizer alguma coisa:

> Eu deveria me sentir inspirado — livre e desimpedido — para escrever meu livro como bem quero. Não há mais orientadores, debatedores, o peso de uma instituição sobre mim me dizendo o que fazer — e o que escrever. Mas isso, de certa forma, me atucana. Pois não sinto a correnteza contra a qual eu devo nadar. Não vejo a mão me indicando o caminho, para eu mordê-la e seguir para outro. Não posso transgredir se não pertenço a lugar nenhum, se ninguém se importa com o que faço — ou escrevo —, se todas as possibilidades são possíveis e todas as alternativas se alternam. (Nazarian, 2007, p. 209)

Nazarian e Cuenca são apenas dois exemplos de autores cujos romances tematizam o exercício quase em rascunho de tatear caminhos literários que deem sentido a um nome de autor. A incerteza dos caminhos que se bifurcam, de uma assinatura reconhecida apenas por quem assina, faz vacilar a própria noção de autoria e realça seu desempenho: "assinar é colocar o nome próprio indicando e reivindicando uma origem e por outro se libertando dela" (Baptista, 2003, p. 146). Ou seja, o nome próprio quer dar a sua assinatura a força de um ato capaz de fundar uma obra (legitimando-a com um nome de autor), mas, ao mesmo tempo, a escrita ordinária ("qual a premissa? O tema? Vejo apenas uma sucessão de episódios totalmente gratuitos", Cuenca, 2007, p. 111), interroga o próprio autor sobre a possibilidade de honrar o crédito aberto por ele mesmo em seu nome uma vez que só a amortização da dívida pelos leitores poderá realmente reconfigurar a assinatura por trás da obra:

> sou um poço de altivez disparando verdades sobre meu processo criativo de estranhas manias, minhas referências mui próprias, os gargalos do mercado editorial e as dificuldades na criação e reprodução desses bichinhos delicados e imprevisíveis, mas absolutamente necessários para a subsistência do escritor: os leitores. (Cuenca, 2007, p. 203)

ENCENAÇÃO DO EU E NOME DE AUTOR

Se é quase um truísmo afirmar que "todo autor é *persona* e toda noção de autoria é produzida" (Hansen, 1992, p. 30), por que, então, insistir no efeito da assinatura?

Porque a ambivalência da assinatura instaurada paradoxalmente em sua condição de marca quase personalista do nome próprio e ao mesmo tempo na errância do nome caracteriza-a como um espaço intersticial que parece ser de fundamental importância para a condição de *outsider* do jovem escritor em relação ao sistema literário.

Se é verdade que cada nova obra modifica a assinatura do autor, isso só é possível porque jogamos com uma figura de assinatura que já constituímos por meio da leitura de outras obras associadas ao mesmo nome. Daí toda a ironia do projeto nietzschiano que apela a uma vida ainda sem nome. Impasse semelhante pode ser reconhecido no apelo à intrusão do eu autoficcionalizado dominante nos diários virtuais.

Afinal, por que se arriscar ao umbiguismo espetacular como assinatura que se forja se não há ainda nenhum parâmetro que avalize o exame de sua recepção, se não há um percurso biobibliográfico que respalde ou mesmo contrarie o retrato que o autor promove para a adoção do público?

> ... Se a autobiografia é um primeiro livro, seu autor é portanto um desconhecido, mesmo se ele se conta a ele mesmo no livro: falta, aos olhos do leitor, esse signo de realidade que é a produção anterior de outros textos (não autobiográficos), indispensável ao que nós chamamos "o espaço autobiográfico". (Lejeune, 2005, p. 23)

Logo reconhecemos que nem Nietzsche nem os autores que escrevem *blogs* respeitam a "ordem natural" para a qual parece apontar Lejeune.

No caso dos blogueiros, a estratégia espetacular do trote aplicado sobre a própria assinatura é um duplo risco. Não apenas a dependência de uma amortização que pode não vir (quem pode garantir quem vai permanecer?), mas também o risco de frear a disseminação do efeito performático da própria assinatura, enclausurada no repertório fixo do jogo espetacular do "sou talvez eu" ou "sou eu e não sou eu" (Colonna, 1989, p. 108). Jogo que pode esgotar-se no anedótico e negar à estratégia qualquer decisão discursiva: nem autobiografia, nem ficção.

Em vez, então, do pretenso caráter natural da relação entre o nome próprio de um autor e o texto que escreve e da compreensão de sua assinatura como inscrição configuradora de uma instância de enunciação que unifica a obra, entre o nome próprio e o nome de autor inscreve-se uma assinatura performática que nega o isomorfismo dos nomes.

É por isso que gostaríamos de apostar na autoficção como uma estratégia de autoprodução do nome de autor, uma "forma de fazer da autobiografia do eu uma assinatura" (Marin, 1999, p. 118).

Este ensaio não pretende polemizar a respeito da existência ou não de uma literatura de *blog*. Para nossos pressupostos, é mais interessante pensar no *blog* como um espaço alternativo, caderno de rascunho experimental, de divulgação do autor e da obra. Em "O que é o autor?", Foucault afirma que é perfeitamente possível que detalhes banais ligados ao cotidiano de um autor, encontrados em seus livros, mesclados aos rascunhos do que a crítica consideraria a parte séria de uma obra, façam parte dessa mesma obra: "uma indicação de um encontro ou de um endereço, um recibo de lavanderia: obra ou não? Mas por que não?" (Foucault, 1997, p. 38). Partindo dessa suposição, seria interessante pensar uma imbricação fundamental entre a escrita ordinária do *blog* e a formação do nome de autor e sua obra, apostando que a exposição da intimidade de um nome próprio é estratégia para figuração de autoria.

O conceito de autoficção inscrito na fronteira lábil entre autobiografia e ficção parece ganhar força nesse contexto. A dificuldade da definição do conceito vem não apenas do fato de que o fingimento da entrada do autor na ficção é tão velho quanto a própria literatura, mas também da dificuldade de delimitação clara entre a autobiografia e a ficção. Para o argumento que entende a fabricação de si como uma fraude a ambos, à autobiografia por desrespeitar o pacto mimético (autor = narrador = personagem) calcado na sinceridade e nas boas intenções de quem escreve e à ficção por transformá-la em mero truque, fingimento baseado meramente na fantasia compensatória,[169] não pode ser legítimo o dispositivo autoficcional, pois este funciona a contrapelo de tais assertivas.

Quem ler no espaço autobiográfico das confissões de *blog* "a conciliação da ideia do nome como mero instrumento de designação rígida com a indispensável reconfiguração do seu significado" (Baptista, 2003, p. 16), estará equivocado. Embora a autoficção exercitada às escâncaras nos diários virtuais jogue com a persistência da ilusão biográfica que quer ler na escrita do eu a confissão desnudada de uma interioridade, e nesse sentido o umbiguismo da rede responde ao imaginário midiático-espetacular em circulação, o dispositivo é uma estratégia de ficcionalização do nome do autor em que "o valor será função do grau de simulação de que seja capaz" (Goud, 1991, p. 227) Só assim seria possível ver na autoficção uma estratégia que utiliza a ficcionalização do nome próprio por razões que não são autobiográficas. Ao contrário das narrativas de inspiração biográfica cuja legitimidade ficcional é garantida pelo grau de distinção entre o nome próprio do autor e suas máscaras, a autoficção arrisca-se na coerção dessa identidade, uma vez que o estatuto da própria referência vacila (quem é o desconhecido que fala? Como garantir a anterioridade de suas características a fim de comprovar o *status* de suas histórias?).

Apostando na composição do autor como uma *web*-celebridade, a estratégia da exposição de si projeta o desenho de uma figura desconhecida que não tem saldo para bancar nem o *bios*, nem a *graphé* de

---

[169] Teorização de Luiz Costa Lima sobre a incidência do autobiográfico na ficção atual cujo desenvolvimento é resistente à permeabilidade das fronteiras entre os gêneros. Para o teórico, as fronteiras discursivas devem estar relativamente definidas para o leitor ("O eu do narrador há de ser idêntico ao que assina o livro — a não ser que este eu apareça como personagem em obra pertencente a outra faixa discursiva"), caso contrário a ficção não passará de um engodo. *História. Memória. Ficção*. São Paulo: Companhia das Letras, 2006, pp. 348 e ss.

sua empreitada. A espetacularização de si, impossível de receber certificado de autenticidade, é uma moeda falsa que pretende comprar uma assinatura, produzir uma autoria, apontar para a construção de uma obra.

> A propósito, se alguém puder me enviar comprovação de fonte fidedigna sobre alguma das coisas que escrevi ali em riba, agradeço. O e-mail está ali no fim do zine. Prometo prêmios incríveis às boas almas pesquisadoras que me prestarem este favor. Minha gratidão, ainda que limitada, é um deles. (Pellizzari, *blog* do autor, <http://www.wunderblogs.com/failbetter/archives/2004_09.html>)

A figura de autor que se delineia como produto dessa estratégia é um trabalho de figuração elaborado na leitura de um autorretrato virtual cujo fingimento é indecidível (quem está por trás do nome próprio?). Nesse sentido, os *posts* que se arriscam à autoficção performam o autor. A autoficção perturba a identidade nominal e biográfica.

Na autobiografia, a ficcionalização da vida que se conta esbarra no limite de um percurso biográfico que não é segredo, considerando-se o respeito a uma suposta "ordem natural" que exige que se tenha vivido para contar. As memórias de um autor são preciosas para a orientação de sua recepção, retocando o retrato que o autor promove para a adoção de seu nome pelo público. No caso da autoficção presente nos *posts* dos *blogs*, a mímesis formal (essa é minha vida, contada na forma do diário) faz malabarismos para contar uma vida que não apenas tem pouco para contar, dada a pouca idade dos autores, mas que também não pode ser autenticada pelo reconhecimento do já vivido (quem é esse que conta uma vida, que tem pouco a contar?) e, ainda assim, faz propaganda de si, expondo-se à visibilidade. Assim, "o leitor nunca conhecerá suficientemente esse autor para poder discernir as aproximações e afastamentos que existem entre o escritor e o personagem que ele possa a vir a criar" (Schittine, 2004, p. 191).

O *blog*, então, é uma mídia útil, um intermediário obrigatório que trabalha para o reconhecimento do autor, para a inscrição de sua assinatura. Há ainda um outro papel, talvez mais decisivo, exercido pelo *blog* que não assegura à encenação desse nome um controle sobre sua recepção, uma vez que seus eventuais leitores podem modificar a ordem das prioridades e atribuir ao autor outras assinaturas.

Essa tática não está isenta do risco da leitura que quer apenas referendar a ilusão biográfica:

Escritores que costumam usar um narrador em primeira pessoa em ficção de tom naturalista invariavelmente se tornam reféns das perguntas "mas é verdade?" e "aconteceu com você?"; como são bobas essas dúvidas (Pellizzari, *blog* do autor).

Tampouco pode controlar o risco de a performance se consolidar em um repertório que pode virar etiqueta de identificação do nome do autor que acaba preso em um "estilo", feitiço virando contra o feiticeiro, assinatura-arquivo.

E me dá uma preguiça, porque isso já me inspirou uma novela de um cara trancado num apartamento, e um conto de um garoto que vai apodrecendo, e um romance de uma mulher que se suicida várias vezes; então percebo que chega, que é hora de mudar de tema, e que meu ambiente, por favor, se torne um *environment* (Nazarian, *blog* do autor).

Se a constituição de qualquer nome de autor implica a imbricação de traços literários e extraliterários, no contexto virtual essa relação se complica, pois o nome próprio é apresentado e constituído simultaneamente ao nome do autor, apresentando uma figura palimpséstica que faz vacilar a estabilidade de qualquer identidade.

O alter ego é um instrumento excelente (...) Quer dizer, o bacana, pelo menos para o leitor que não te conhece pessoalmente, é você explorar uma versão alternativa de você, que pegou uma ou mais veredas que você não pegou — e não contar aquilo que você fez no verão passado. Pouca gente entendeu que foi isso que fiz em *A feia noite* (Campos, *blog* da autora).

O *blog* é suporte do *work in progress* (da obra, do nome do autor) que abre um crédito audacioso para a construção de uma legitimidade literária a partir de "um espaço vira-lata, sem qualquer pedigree intelectual" (em entrevista):[170]

O que eu mais tenho orgulho nesse conto é que as cenas não se esgotam numa frasezinha esperta (como às vezes em *No shopping*), mas dão o máximo de si até se encadearem bem na próxima. Todas essas cenas acima têm sua conclusão, que ocultei porque afinal isso é um *teaser*. *Are you teased*? (Campos, *blog* da autora).

---

[170]Entrevista concedida a Bruno Dorigatti, "Literatura de papel"; Disponível em: <http://portalliteral.terra.com.br/Literal/calandra.nsf/0/2348F37363094C780325721F006017B0?opendocument&pub=T&proj=Literal&sec=Olho>. Acesso em: 27/11/06.

Usar a ficcionalização de si como estratégia de construção de uma imagem social, fundamental para o reconhecimento do nome de qualquer autor, é escancarar a consciência de que "o texto é sempre subordinado a uma exterioridade, a uma unidade imaginária que toda pessoa se fabrica" (Colonna, 1989, p. 294).

O *blog* permite ao autor uma exposição antes inimaginada. Jogando com a inevitável ilusão biográfica que aponta o autor como resposta a sua obra, o diário virtual promove uma "animação ficcional de um nome próprio" (Colonna, 1989, p. 351), já que o nome do autor não apenas descreve, mas entra na constituição de sua ficção.

Se é verdade que a noção de autoria funciona de maneira distinta na relação que mantém com os textos, para a literatura o autor é figura imprescindível pelo menos no modo como o entendemos desde o século XVIII, como o afirma Foucault. Então, se é difícil apostarmos no desprendimento que identificamos na rede a partir do comentário do livro de Cora Rónai com o qual iniciamos este texto, acreditamos que também é verdade que o uso do suporte virtual pelos autores que começam a escrever seus primeiros textos na rede sugere um deslocamento das relações entre autor e obra.

O espaço sem *pedigree* do *blog* está atrelado à oportunidade de o autor aparecer e uma, dentre as inúmeras maneiras de tornar isso possível, é a falsificação da primeira pessoa em um nome de autor, por meio dos exercícios de autoficção. E se, conforme defendemos neste texto, é possível ler na exploração do discurso autobiográfico a "tensão entre a errância do nome e a desfiguração incessante do portador" (Baptista, 2003, p. 233), acreditamos que o *blog* expõe à máxima potência essa tensão, ousando abrir um crédito baseando-se no rascunho do desenho de uma assinatura:

> O que para muitos escritores pode parecer terrível, tenebroso — como de fato o é, mas não completamente — a mim parece um convite à maior liberdade, ao completo abandono à imaginação. Ninguém está olhando. Ninguém se importa. Ninguém está lendo. Que maravilha. (Pellizzari, 2004, p. 118)

REFERÊNCIAS BIBLIOGRÁFICAS

BAPTISTA, Abel Barros. *A formação do nome. Duas interrogações sobre Machado de Assis*. São Paulo: Editora da Unicamp, 2003.
COLONNA, V. *L'autofiction (essai sur la fictionalisation de soi en Littérature)*. Paris: doutorado da École des Hautes Études en Sciences Sociales, 1989. Disponível em: <hal.ccdc.cnrs.fr/docs/00/04/70/04/PDF/tel-00006609.pdf>.
COSTA LIMA, L. "Persona e sujeito ficcional", In: *Pensando nos trópicos. (Dispersa Demanda II)*, Rio de Janeiro: Rocco, 1991.
CUENCA, J.P. *O dia Mastroianni*. São Paulo: Agir, 2007.
DERRIDA, J. *Otobiographies. L'enseignement de Nietzsche et la Politique du nom propre*. Paris: Galilée, 1984.
FOUCAULT, M. *O que é um autor?* 3. ed. Antônio Fernando Cascais e Eduardo Cordeiro (trads.). Lisboa: Vega, 1997.
GOULD, G. "Contrafação, imitação e processo criador". *Novos Estudos Cebrap*, n. 30, jul. 1991, pp. 226-36.
HANSEN, J.A. "AUTOR", in *Palavras da crítica: tendências e conceitos no estudo da literatura*. Rio de Janeiro: Imago, 1992.
LEJEUNE, P. *Le pacte autobiographique*. Paris: Seuil, 2005.
MARIN, Louis. *L'écriture de soi. Ignace de Loyola, Montaigne, Stendhal, Roland Barthes*. Paris: PUF, 1999.
NAZARIAN, S. *Mastigando humanos. Um romance psicodélico*. Rio de Janeiro: Nova Fronteira, 2006.
RÓNAI, Cora. *Caiu na rede*. Rio de Janeiro: Agir, 2007.
SANTIAGO, S. "Um posfácio". Retirado de: <http://www.tanto.com.br/silvianoartigo.htm>.
SCHITTINE, D. *Blog: comunicação e escrita íntima na Internet*. São Paulo: Civilização Brasileira, 2004.
WUNDERBLOGS.COM. São Paulo: Barrracuda, 2004. Vários Autores.

BLOGS
DANIEL PELLIZZARI — www.blogdodanielpellizzari.blogspot.com e www.wunderblogs.com/failbetter
JOÃO PAULO CUENCA — www.carmencarmen.blogger.com.br
SANTIAGO NAZARIAN — www.santiagonazarian.blogspot.com
SIMONE CAMPOS — www.simonecampos.blogspot.com

RUMOS LITERATURA 2007-2008

RUMOS PARA ALÉM DOS MUROS

Claudia Nina

Foi preciso fôlego, confesso. E aí me lembro de Umberto Eco, para quem ler um grande (e bom) romance equivale a subir uma montanha. Mal ou bem comparando, ler todos os projetos pré-selecionados para o programa *Rumos Literatura 2007-2008* e mapear os "rumos" do pensamento de tantos pesquisadores vindos de diferentes cantos do país, com ideias e ousadias também diversas, foi como aceitar o desafio da escalada. As surpresas do caminho revelaram que o jogo no qual eu entrava foi melhor e mais divertido do que o esperado — subir a montanha valeu por um exercício de conhecimento que mostrou como a literatura brasileira contemporânea é objeto (vivo e gritante) para o desejo de pesquisa de tantos que encontraram na iniciativa do programa uma forma de espraiar leituras e análises muito além das academias.

Grande parte da produção intelectual brasileira está circunscrita aos limites e às fronteiras acadêmicas e circula apenas nos corredores das universidades. A divulgação das obras alcança, só muito lentamente, os domínios além dos muros das academias. Tem-se a impressão de que os intelectuais dialogam apenas com seus pares, o que não deveria ocorrer, já que o conhecimento é sempre um valor a ser dividido. O fato é que, lamentavelmente, a produção acadêmica encontra grande dificuldade de divulgação em outros meios além das publicações internas, ou seja, as revistas e os cadernos das instituições, sobretudo quando os autores são graduandos, mestrandos ou doutorandos que acabam de iniciar seus percursos intelectuais. Todos precisam encontrar meios de expressão — e também outros públicos leitores — fora do restrito ambiente dos congressos e das bancas examinadoras de teses e dissertações.

Geografia dos inscritos

O programa *Rumos Literatura 2007-2008* recebeu um total de 577 inscrições provenientes de 24 estados brasileiros. Acre, Rondônia e Roraima não apresentaram registro de inscrições. Desse total, 107 foram trabalhos inscritos na categoria Crítica Literária e 470, na categoria Produção Literária. Depois do processo de triagem e exclusão de trabalhos que por um motivo ou outro não atendiam às exigências do edital, foram encaminhados aos membros da comissão de seleção 269 projetos. Essa pré-seleção registrou 34 trabalhos na categoria Crítica Literária e 235 em Produção Literária.

Na categoria Crítica Literária, foram selecionados projetos de ensaio que têm como objetos aspectos da produção literária na contemporaneidade em gêneros e suportes diversos; na segunda — Produção Literária — o pensamento crítico é colocado sob suspeita a fim de se investigar a produção da crítica nesses cenários pós-modernos ou pós-utópicos — a nomenclatura fica à escolha de cada um.

Os cinco estados de onde vieram os maiores números do total de inscrições registradas foram: São Paulo (180), seguido por Rio de Janeiro (82), depois Minas Gerais (47), Rio Grande do Sul (42) e Paraná (41). Os demais estados apresentaram os seguintes números de inscritos: Alagoas (5); Amapá (1); Amazonas (7); Bahia (26); Ceará (20); Distrito Federal (21); Espírito Santo (7); Goiás (25); Maranhão (2); Mato Grosso do Sul (12); Mato Grosso (4); Pará (4); Paraíba (2); Pernambuco (17); Piauí (4); Rio Grande do Norte (3); Santa Catarina (19); Sergipe (4); e Tocantins (2).

Entre os 269 pré-selecionados, os números por estado se mantiveram em um ranking semelhante, sendo que São Paulo apresentou 73 inscrições; Rio de Janeiro, 38; Minas Gerais 27; Paraná 24 e Rio Grande do Sul 18. Os demais estados ficaram assim representados no processo de pré-seleção: Alagoas (2); Amazonas (5); Bahia (7); Ceará (8); Distrito Federal (11); Espírito Santo (4); Goiás (13); Maranhão (2); Mato Grosso do Sul (6); Mato Grosso (3); Pará (5); Pernambuco (10); Rio Grande do Norte (1); Santa Catarina (10); e Tocantins (2).

Ao final, 16 projetos foram selecionados, sendo que oito vieram de São Paulo (cinco da capital; um de Campinas; um de Mauá e um de Taboão da Serra); um do Rio de Janeiro (capital); dois de Minas Gerais (Belo Horizonte e Uberlândia); um de Santa Catarina (capital); um de Pernambuco (capital); um do Distrito Federal, Brasília; um de Goiás (de

Inhumas); e um da Bahia (capital). A seleção apresentou um total de 11 mulheres e cinco homens com idades variando entre 20 e 51 anos.

O CRÍTICO DE HOJE: CONTEMPORÂNEO DE SI MESMO?

A leitura dos 269 trabalhos que passaram pelo crivo da comissão e chegaram à fase final de seleção aponta, entre os diversos aspectos a serem analisados, para a valorização do crítico, que não apenas reflete sobre o objeto literário, mas exerce uma função histórica, devendo, portanto, estar em sintonia com seu próprio tempo, ainda que se articule no silêncio de uma atividade solitária.

Várias interrogações surgem na arena livre dos projetos. Algumas revelam inquietações: o crítico contemporâneo é contemporâneo de si mesmo? O que se espera do crítico diante das inovações sofridas pelo texto e seus suportes ao longo das últimas décadas? Se a crítica escolhe seus objetos, para onde debruça seu olhar e de onde desvia? Qual é o estatuto da crítica? Arte, ciência, literatura? Como essa mesma crítica, que oscila em se definir com precisão, é capaz de separar o literário, o que fica na história dos tempos, e o descartável, que hoje é moda, mas vai se dissolver amanhã?

A maioria dos projetos pré-selecionados na categoria Crítica Literária não se restringe a um determinado autor, mas abre as possibilidades de investigação e entendimento sobre a crítica contemporânea de um ponto de vista genérico, revelando a desorientação — crise, impasse, que rumos? — do discurso crítico. Alguns poucos se situam no universo de um único crítico/autor (a visão de Flora Sussekind sobre a poesia contemporânea é um exemplo), ao passo que outros propõem um olhar comparativo entre Roberto Schwarz e Silviano Santiago, por exemplo, ou ainda a crítica de autores como Bernardo Carvalho e Silviano Santiago. A maior parte das propostas, porém, busca entender aspectos tão diversos e genéricos quanto os temas: as categorias da crítica literária contemporânea; a crítica feminista; as tendências da crítica na reavaliação do texto em prosa; os alicerces da crítica contemporânea; a pós-crítica; a crítica nos suplementos; as formas na crítica na contemporaneidade; o mercado editorial; o *manguescience* pela ecocrítica; a crítica literária e a Internet; a recepção crítica da literatura marginal e a crítica literária dos anos 1980.

São propostas que enfocam, em sua maioria, indagações referentes à posição, aos critérios e ao papel da crítica literária neste preciso momento da história. Alguns dos nomes que fundaram a crítica moderna no Brasil são bastante citados nas bibliografias dos 34 trabalhos pré-selecionados na categoria de Crítica Literária. São eles: Alfredo Bosi, a mais frequente referência, com *História concisa da literatura brasileira*, citado 34 vezes e, portanto, em TODOS os projetos de Crítica Literária; Antonio Candido, que tem os livros *Literatura e sociedade* e *Formação da literatura brasileira*, citados 32 vezes e 21 vezes, respectivamente; Silviano Santiago, com três livros de crítica entre os 30 mais citados, sendo dois deles destacados entre os 20 livros mais citados nas bibliografias do total dos 269 pré-selecionados: *Nas malhas da letra* e *Uma literatura nos trópicos*, além de *O cosmopolitismo do pobre*, nessa ordem; Flora Sussekind (*Literatura e vida literária*), Roberto Schwarz (*Sequências brasileiras*), Davi Arrigucci Jr. (*Enigma e comentário*) e Luiz Costa Lima (*História. Ficção. Literatura*) também estão entre os 20 autores de crítica mais citados no grupo desses 34 projetos na categoria de Crítica Literária.

Quanto ao total das bibliografias, ou seja, os livros de crítica mais citados pelos 269 proponentes, por ordem de citação, destacam-se as seguintes obras que se somam àquelas citadas no parágrafo acima, quais sejam: *Obras escolhidas. Magia e técnica, arte e política: ensaios sobre literatura e história da cultura*, de Walter Benjamin (40 vezes); *Teoria da literatura brasileira: uma introdução*, de Terry Eagleton (27 vezes); *Identidade cultural na pós-modernidade*, de Stuart Hall (27 vezes); *Questões de literatura e estética*, de Mikhail Bakhtin (24 vezes); *Poética do pós-modernismo*, de Linda Hutcheon (23 vezes); *Mimesis*, de Erich Auerbach (21 vezes); *Educação pela noite e outros ensaios*, de Antonio Candido (16 vezes); *Arte poética*, de Aristóteles (15 vezes); *O prazer do texto*, de Roland Barthes (15 vezes); *Notas de literatura 1*, de Theodor Adorno (14 vezes); *Seis propostas para o próximo milênio*, de Ítalo Calvino (13 vezes); *As palavras e as coisas*, de Michel Foucault (12 vezes); *Pós-modernismo*, de Fredric Jameson (11 vezes); e *A escritura e a diferença*, de Jacques Derrida (10 vezes).

Tais autores são referências imprescindíveis para o estudo da literatura. Entretanto, uma provocação surge a partir de uma pergunta quase inevitável: esses críticos estão pensando a contemporaneidade literária contemporaneamente? Os critérios que a maioria deles adotou até a modernidade ainda se sustentam diante do que se produz hoje nos vários suportes nos quais a literatura se apresenta? São apenas algumas questões que talvez mereçam uma atenção maior uma vez que poderão ser recuperadas neste momento em que a produção dos trabalhos toma outros rumos/fronteiras e, com isso, avança no sentido de aguçar novas discussões.

A IMERSÃO NO DIGITAL

A literatura e a crítica publicadas *on-line*, assim como a produção digital, com suas ferramentas específicas, narrativas não lineares, interativas, multimídias, levantam uma série de indagações que, assim como as questões acima mencionadas, ainda estão em processo de elaboração por parte da crítica brasileira. Pergunta-se: os *blogs* se configuram em um novo gênero literário? O suporte pode determinar a qualidade de um texto? Para os que torcem o nariz ao que se produz na Internet, há que se pensar se um bom autor não sustenta um texto de qualidade em qualquer meio — no livro ou na web — enquanto o inverso também acontece: num mercado inflacionado de livros, muito lixo chega às livrarias com "tarja" de literatura.

No universo das propostas de ensaio que chegaram até a avaliação da comissão, há um total de 10 trabalhos voltados para o tema da literatura virtual em seus diversos aspectos e gêneros: a revolução eletrônica e o código literário; as características da ciberpoesia; a nova ficção científica na Era da Internet; a interatividade na produção *on-line*; os *blogs* e a produção literária que surge a partir da rede (dois trabalhos semelhantes apontam para essa direção — um é mais genérico e aborda uma série de autores que surgiram a partir de suas produções *on-line*, como Clara Averbuck, João Paulo Cuenca, Joca Terron e Cecília Gianetti; o outro circunscreve a proposta de análise ao autor Joca Reiners Terron); um deles propõe a análise da relação entre a poesia e as novas mídias, incluindo a digital. Há dois trabalhos relacionados ao estudo de *sites*, um deles o "Escritoras suicidas" e o outro ao "Overmundo".

Oportuno observar que raras são as propostas que não localizam em suas bibliografias fontes de pesquisa que, em um passado não muito distante, seriam vistas com descrédito pela academia; são enxertos de *blogs*, portais e semelhantes. Hoje, qualquer suporte é válido como objeto de reflexão, até porque muito do que se produz em termos de crítica acerca da nova produção nacional, sobretudo em crítica de poesia, ainda não foi sistematizado e reunido em livros. Uma pequena ressalva: os projetos que trazem os *blogs* como objeto de pesquisa ajudam a lembrar que os leitores já não são mais sujeitos passivos que se alojam do outro lado da página; deslocaram-se diante dos processos de colaboração, interatividade e criação. Tem-se, então, um duplo comando: os leitores são potencialmente autores, ao passo que os *blogs* são ao mesmo tempo fonte e foco de pesquisa.

Com base na leitura das propostas acima mencionadas, talvez se possa questionar se não falta uma ousadia maior no sentido da sugestão de temas acerca da produção digital especificamente — e não apenas a literatura ou a crítica *on-line*. A questão se refere às características particulares de leitura relacionadas à interatividade e à inserção de elementos vários que compõem um universo marcadamente multimídia. A dimensão do digital é uma seara ainda a se conhecer com mais amplitude a fim de se investigar seus limites, aplicações e possibilidades múltiplas de leitura.

Acrescenta-se, a partir daí, uma interrogação: será que a critica está sabendo ler a literatura *on-line*, no sentido de ter conhecimento horizontal de sua existência, e a produção digital, no sentido vertical de entendê-la com um alcance mais aprofundado? Questionamentos nessa direção são úteis para forçar uma guinada na orientação dos protocolos dos críticos e intelectuais que ainda relutam em conhecer a produção de qualidade que se faz neste mundo invisível, impalpável, mas tão real quanto o chão, como é o universo virtual.

Interseções, hibridismo e deslocamentos

Crítica e produção literária nunca estiveram tão juntas. "Escrever sobre escrever é o futuro do escrever", antecipou Haroldo de Campos em *Galáxias*. Essa interseção está refletida na própria imprecisão (aqui usada positivamente) de algumas propostas de produção que poderiam ter sido alocadas em crítica e vice-versa. Onde termina o crítico e começa o escritor? Como traçar uma linha divisória, separando as duas atividades, quando os gêneros se tornaram tão híbridos? Como querer que o escritor seja apenas escritor e o crítico apenas crítico, quando a interdisciplinaridade dilui as fronteiras entre os saberes, e o confinamento das disciplinas se torna inadequado? Impossível. "Não temos o direito de repartir as pessoas em escaninhos, como se almas fossem gabinetes: aqui as facas da crítica literária, ali as sedas da ficção", escreve o crítico-escritor José Castello em sua coluna semanal no suplemento literário *Prosa & Verso*, de *O Globo*.

Importante lembrar que não só os críticos promovem interdisciplinaridade em suas atividades nem são apenas os ficcionistas que bebem da fonte de outros saberes — e a crítica está entre eles. É comum ver autores de textos de filosofia, por exemplo, buscarem, na literatura, questões que provocam reflexões e enriquecem seus temas. A história, por sua vez, faz o mesmo: um dado histórico pode ser contado de vários pontos de vista, e é a possibilidade de a história construir uma narrativa com verossimilhança que a aproxima da ficção.

Não é por acaso, então, que o crítico e escritor Silviano Santiago, híbrido de teórico e ficcionista por excelência, autor de obras tão díspares como *Em liberdade* e *Nas malhas da letra*, está incluído não apenas entre as referências mais frequentes nas bibliografias dos trabalhos como já foi observado aqui, mas também entre os mais citados nos temas. Silviano Santiago é objeto de sete trabalhos, um a menos do que o escritor Luiz Ruffato no total dos 269 projetos pré-selecionados. A obra do crítico, poeta, ensaísta, tradutor e ficcionista permite tantas confluências e diálogos possíveis que analisar sua múltipla atividade é quase um caminho natural no momento histórico em que migração de saberes está na ordem do dia.

Uma observação no que se refere à interdisciplinaridade é quanto ao número representativo de trabalhos que trazem o diálogo entre literatura e música como proposta, totalizando dez dentre os 269 pré-selecionados. Destes, dois abordam a canção popular de maneira genérica; outros dois, o rap, sendo que um deles é centrado na obra do poeta Marcelino Freire junto a um terceiro elemento — o repente. Outros dois propõem a análise das letras de Chico Buarque de Hollanda (entre os dez autores mais citados como temas de trabalhos, incluindo música e literatura), sendo que um propõe a inusitada aproximação de Chico com João Gilberto Noll, e um entrosamento entre prosa, poesia e música. Há ainda os que se referem aos versos de Cazuza, ao funk carioca e aos caminhos da identidade nas canções de Itamar Assumpção.

Curioso como o cinema, que tem se nutrido cada vez mais da literatura, é pouco analisado nos trabalhos pré-selecionados. Apenas quatro trabalhos trazem uma abordagem interdisciplinar entre cinema e literatura. O teatro como espetáculo é igualmente pouco representado e surge em apenas quatro propostas de ensaio, entre elas uma que aborda o texto para teatro de Caio Fernando Abreu, que, a seguir, será visto aqui como um dos autores mais citados como tema dos trabalhos.

Os MARGINAIS INTEGRADOS

E agora, depois do crítico, o autor. O que dizer dos autores de ficção mais citados nos temas das propostas apresentadas pelos pré-selecionados? Focaliza-se, de imediato, o primeiro lugar no ranking das referências mais constantes: Hilda Hilst, quem diria, a escritora que reclamava da falta de leitores ganha destaque, em pleno século XXI, como a síntese da contemporaneidade no projeto que elege como objeto de pesquisa uma de suas obras mais polêmicas — *O caderno rosa de Lori Lamby*. Hilda é citada como tema central único ou em divisão com outros autores 13 vezes no montante dos 269 projetos pré-selecionados.

Três anos após a morte da autora, sobram motivos para se falar de Hilda Hilst. Se até bem pouco tempo seus livros eram quase sempre publicados por editoras de pobre distribuição, e a recepção ficava à margem dos grandes sucessos, desde 2001 a Globo está relançando as obras completas, com organização do professor Alcir Pécora, diretor do Instituto de Estudos da Linguagem da Unicamp. Soma-se à movimentação do mercado editorial a evidência de que Hilda Hilst precisava mesmo ser revista.

Em 1990, após publicar uma obra de fôlego, a autora dizia-se cansada de sua impopularidade. Ainda que não fizesse concessões ao fácil, queria vender mais livros e ser reconhecida por um público mais abrangente. Foi por isso, ou pelo menos com esse pretexto, que, a partir daquele momento, iniciou sua tetralogia pornográfica com o polêmico *O caderno rosa de Lori Lamby*, seguindo-se de *Contos d'escárnio*, *Textos grotescos*, *Cartas de um sedutor* e *Bufólicas*. Para muitos desavisados, era chegada "a hora do lixo" de Hilda Hilst.

Engano, porém, supor que a autora se desvencilhara da complexidade; nesses livros, mais do que a temática, a própria literatura é a matéria-prima de inusitadas promiscuidades linguísticas, nas quais os gêneros e as vozes intertextuais se confundem em uma grande orgia. É auspicioso o desejo de se investigar uma autora como Hilda Hilst, cuja literatura, de uma contemporaneidade perturbadora, pede um leitor atento e maduro, apto a mergulhar em refinadas viagens metalinguísticas. Além dos romances, em especial *Lori Lamby* e também *A obscena senhora D*, as propostas que apresentam Hilda Hilst como tema enfocam a obra poética da autora nos aspectos linguísticos, incluindo recorrências ao imaginário simbólico, ao tempo, à morte, à ausência e ao erótico, evidentemente.

Outro nome que está entre os mais lembrados é Caio Fernando Abreu, citado 12 vezes nos temários dos trabalhos pré-selecionados que propõem a pesquisa da obra do autor nos gêneros diversos, incluindo o teatro, as crônicas, os contos e até as cartas — objeto de dois projetos. A leitura das propostas só ratifica a observação de Ignácio de Loyola Brandão em relação ao fato de o autor de *Morangos mofados* ter se tornado, mais de dez anos após sua morte, um escritor *cult*. Se estivesse vivo, Caio talvez se espantasse com tanto interesse por sua obra. Antes que seus livros começassem a ser publicados em países europeus, com boa recepção e, no Brasil, leitores e crítica despertassem para sua arte, no início dos anos 1990, Caio Fernando Abreu sentia-se à margem da literatura brasileira, como relembra Marcelo Secron Bessa, no prefácio à seleção dos melhores contos recém-publicada pela Global. O autor tinha para si a imagem de uma figura atípica e por isso não encontrava lugar onde se encaixar, a não ser nas proximidades de João Gilberto Noll ou de Sérgio Sant'Anna. Um dos motivos para sua possível "marginalidade", acreditava o autor, era o fato de que seus textos tocaram em temas que, durante muito tempo, foram rotulados de malditos, como drogas, sexo ou astrologia — assuntos antes considerados pouco dignos de serem absorvidos pela "grande literatura".

Ao elegerem tanto Caio Fernando Abreu quanto Hilda Hilst para os temas de suas pesquisas sobre os rumos da literatura brasileira, os que apresentaram tais propostas de ensaio se revelam afinados com a percepção de que o pensamento acerca da contemporaneidade passa por autores-chave que ajudaram a formar os caminhos até este precioso momento que se chama, genericamente, de contemporâneo.

Nesta lista, incluem-se autores importantes para a criação do panorama literário da atualidade, como o escritor João Gilberto Noll, também um dos dez mais citados como objeto de pesquisa, inclusive, em um deles, em uma proposta de diálogo com Caio Fernando Abreu sobre a recepção crítica de ambos. Curioso que o próprio Noll se localiza, igualmente, em uma posição deslocada, fora do eixo ou da mídia, embora bem menos do que Hilda Hilst, é verdade, mas também, provocativamente, situa-se à parte do burburinho dos grandes eventos, das entrevistas ou das premiações.

Os ficcionistas que produzem na atualidade mais recente formam o grupo dos demais escritores campeões de citação nos temas das 269 propostas pré-selecionadas de estudo: Bernardo Carvalho (nove vezes), Luiz Ruffato (oito vezes), Chico Buarque e Milton Hatoum, ambos citados dez vezes. Os projetos focalizam temas que giram em torno de aspectos semelhantes, tais como as identidades híbridas ou estilhaçadas, as narrativas fragmentadas, os deslocamentos internos e geográficos, o nomadismo e as precárias fronteiras entre realidade e ficção, bem como a autorreferencialidade.

Poderia ser pensada, a partir daí, a possibilidade de uma poética do romance na contemporaneidade (genérico demais?), com base nos aspectos fundamentais da produção de alguns dos autores mais expressivos do momento, como será visto a seguir na análise da preferência dos projetos quanto ao gênero romance.

Os marginais periféricos

Note-se que em vários parágrafos acima as palavras "margem" e "marginalidade" foram citadas, primeiro quanto a Hilda Hilst depois quanto a Caio Fernando Abreu e João Gilberto Noll. Cabe aqui uma recolocação desses conceitos para situar nesse mapeamento o que muitos entendem como "literatura marginal" ou "literatura periférica".

Uma tentativa de abordagem sociológica predomina entre as propostas que apresentam como tema o estudo da marginalidade na literatura, em seus diversos aspectos. No universo de 269 projetos pré-selecionados, verifica-se que 11 enfocam o tema da marginalidade e permeiam campos literários distintos, passando por autores consagrados no "centro", ou seja, já "legitimados", como é o caso de Milton Hatoum ou Luiz Ruffato, até os autores considerados "marginais" por serem originários da periferia das grandes cidades, e suas obras ainda não terem caído no gosto das grandes editoras e conquistado tanta divulgação nos suplementos e revistas especializadas, embora já tenham alcançado certa visibilidade no chamado "eixo", como Férrez.

Ressaltam-se, ainda, quatro propostas mais evasivas que trazem títulos semelhantes ao movimento marginal na literatura brasileira contemporânea, além de três projetos ligados especificamente à "literatura dita carcerária" — um deles propõe a análise do conto "Cela forte", de Luiz Alberto Mendes; outro se refere à literatura como estratégia de sobrevivência nos cárceres da Bahia; e um terceiro objetiva o estudo da obra de André du Rap, em *Sobrevivente* André du Rap, sobre a história do detento que presenciou o massacre do Carandiru.

A partir dessa leitura, observa-se que o conceito de literatura marginal se aplica aqui, majoritariamente, à produção de autores que escrevem a partir de uma perspectiva periférica, já que apenas dois dos projetos em um universo de 11 não optaram por esses autores em suas análises. Neste caso, são ficções que têm como ambientação a realidade vivida pelos excluídos e designam uma produção proveniente das classes populares, dos que se sentem à margem da sociedade e escrevem textos fora do padrão formal: usam gírias e ortografia próprias. A questão remete novamente ao tema da crítica apontada no início dessa reflexão, já que tal produção também exige a reelaboração dos protocolos estéticos do crítico, uma vez que os textos destoam da norma culta da língua.

Os projetos que enfocam o tema "literatura marginal" sugerem algumas perguntas: poderia se enquadrar, por exemplo, a literatura de cordel no âmbito da literatura marginal? E a literatura indígena, como se situa no universo dos que produzem fora dos centros dominantes irradiadores de sentido? Será que a expressão "literatura marginal" não seria um conceito a ser elaborado, processado, desenvolvido a partir de uma perspectiva mais ampla? É só uma pergunta a mais, entre tantas que podem aqui ganhar espaço em uma futura discussão.

O CONTEMPORÂNEO EM VERSÃO INFANTIL E JUVENIL

É representativo que, no total dos 269 trabalhos pré-selecionados, 18 sejam relativos à produção infantil ou juvenil. Os seis mais específicos enfocam subtemas variados, como a representação da adolescência e os ritos de iniciação; a africanidade da literatura infantil brasileira contemporânea; a participação no negro nas obras do referido gênero; a questão do preconceito em obras voltadas para o público infantil; e a literatura infantil e juvenil indígena. O romance policial juvenil é lembrado em um projeto. Há ainda um deles que se refere ao conceito de literatura infantil e juvenil a partir da leitura da obra de três autores brasileiros contemporâneos — Arthur Nestrovski, Wilson Bueno e Péricles Prade. A obra de Bartolomeu Campos Queirós, pelo viés do trágico, é também tema de um projeto de ensaio.

Dois trabalhos com temas gerais buscam fazer um apanhado da produção literária contemporânea para crianças. Três giram em torno da obra de Lygia Bojunga Nunes (representação da morte, o sofrimento e a violência urbana). A obra infantil de Manoel de Barros é objeto de uma proposta (há também um projeto que explora a concepção da infância na poética do autor, mas não trata especificamente do gênero infantil), assim como a obra de Vivina de Assis Viana. Dois trabalhos abordam a produção juvenil de Marina Colasanti sob a ótica da estética da recepção. Somado a esse repertório de obras e livros de papel, há ainda uma proposta voltada para as narrativas infantis, embora seja centrada na palavra cantada: o projeto que traz como tema o trabalho de Francisco Marques, o Chico dos Bonecos.

As bruxas existem?

Outro aspecto a ser considerado nesse mapeamento é a reflexão sobre temas ligados à sexualidade, ao erotismo, ao obsceno e à questão do gênero. A literatura homoerótica no Brasil; a homossexualidade na literatura brasileira contemporânea; a poesia erótica; a obscenidade e seus diversos sentidos na obra de Sérgio Sant'Anna; o obsceno em discussão em três narrativas de Hilda Hilst; um estudo dos travestis na literatura brasileira; o sexo na literatura com vistas a uma possível expressão literária tipicamente feminina são os temas correlatos que aparecem em sete trabalhos e que se somam a outros quatro, quais sejam: o trabalho que enfoca as polêmicas envolvendo a crítica literária feminista no Brasil; o que aborda as representações de gênero na prosa de Adélia Prado; um estudo sobre a identidade feminina com base nos escritos de Heloísa Seixas; e ainda uma análise do *site Escritoras suicidas*, que busca, entre outros aspectos, a investigação acerca da existência (ou não) de uma escrita marcadamente feminina.

A princípio, pode parecer que estes sejam temas bem distintos em sua natureza; contudo, o que se pretende observar é que há um elemento comum a todos os trabalhos que enfocam a questão da homossexualidade, do erotismo ou do feminino: a procura de aspectos capazes de postular se existe — ou não — um olhar diferenciado ou uma forma de escrever que caracterize, na literatura, a marca de uma sexualidade. O tema gera polêmica e anima discussões. No que toca à questão da literatura feminina especificamente, e que de certa forma pode ser estendido para a literatura homossexual ou homoerótica, convoca-se o interessante depoimento da escritora Cíntia Moscovich, durante o colóquio *Encontros de Interrogação*, realizado pelo Itaú Cultural em 2004. Ao tentar responder se existiria ou não uma literatura feminina, Cíntia responde: "A literatura feminina é uma assombração: teima-se em dizer que o adjetivo é restritivo e que não se deve limitar uma atividade como a literatura que se pretende universal. Mas acho que, se existe uma literatura feminina ou não, é como dizer — não creio em bruxas, mas que elas existem, existem".

A interrogação persiste.

O ROMANCE RESISTE E A POESIA TAMBÉM

Antes das observações finais, uma consideração importante a ser discutida a partir da leitura destes 269 projetos pré-selecionados é quanto aos gêneros privilegiados. Aproximadamente 60% das propostas giram em torno do romance, seguido de perto pela poesia, em seus diferentes suportes — livro, música e Internet. Os demais, nesta ordem, são os contos, a literatura infanto-juvenil, o teatro e a crônica.

Dois projetos, especificamente, tocam em um ponto crucial: como o romance se sustenta na contemporaneidade? Um deles questiona se o gênero estaria vivendo um período de vigor ou de crise e parte da leitura de obras de Milton Hatoum (autor-chave no universo dos trabalhos que colocam em discussão o romance, já que Hatoum é citado dez vezes como tema, como foi visto aqui); o outro igualmente questiona o lugar do romance na literatura brasileira contemporânea, também partindo de Milton Hatoum, aproximando-o de João Ubaldo Ribeiro e Chico Buarque.

Observa-se que uma inquietação permeia todos os que trabalham com o gênero e se encontra, de certa forma, resumida em um dos projetos de ensaio, intitulado "Por uma nova escola literária — análise da obra dos 16 autores que participam do projeto Amores Expressos". Busca-se descobrir, no panorama marcado pela diversidade de temas e formas, se haveria uma escola se formando no meio da multifacetada geração de autores e obras. Um projeto que igualmente busca uma definição de como a contemporaneidade, nos romances atuais, pode trazer a marca de uma forma singular de apreensão do mundo é o projeto Zâpeur e a cidade: a narrativa caleidoscópica de Luiz Ruffato.

O questionamento acerca da resistência do romance como gênero, porém, ratifica aqui um velho chavão, à medida que, em vários momentos da história, o romance viveu suas crises e sobreviveu a todas elas. Talvez o questionamento submerso a todos esses projetos que enfocam uma reflexão sobre o gênero seja o que se refere aos rumos que a fragmentação elevada à última potência — lembrando que o hipertexto fragmenta ainda mais o que já está cindido — poderá levar essa secular forma de narrativa, já que não há nada de novo sob o sol, e a palavra "vanguarda" não se aplica à contemporaneidade.

Será?

Mais questões, mais discussão

Ainda no que se refere aos gêneros, uma informação importante surge a partir do grande interesse observado nas propostas de ensaio em relação à poesia. O que se ressalta é a diversidade na seleção de autores e obras nos suportes do livro — Mário Quintana, Manoel de Barros, Ferreira Gullar, Ana Cristina César, Augusto de Campos, Glauco Mattoso, Hilda Hilst, Carlos Drummond de Andrade e Helena Armond, para situar os mais conhecidos — e, de outro lado, os que atuam em espaços e suportes diversos, conforme pode ser visto nos projetos que enfocam a ciberpoesia, as possibilidades multimídias da poesia contemporânea (sonora, visual e digital), as múltiplas dimensões da ordem poética de Arnaldo Antunes — articulação entre dimensões gráfica e sonora — e também o trabalho bastante original de Marcelino Freire em sua constante interação entre música e poesia.

Nada de conclusões

Difícil chegar a um ponto final desse mapeamento, uma vez que as propostas pré-selecionadas lançam questões que desfiam um longuíssimo tecido e mostram que o debate que agora se inicia é apenas o começo de inúmeras tramas futuras. Essas são apenas algumas das muitas possibilidades de seleção de aspectos a serem discutidos.

Para finalizar, mas sem o propósito de concluir no sentido de fechar uma ideia, retomo a linha de raciocínio com a qual esta reflexão se iniciou: momentos como este aqui são oportunidades preciosas em que a pesquisa sobre crítica literária salta os muros das academias e mostra os rumos do pensamento — para além de quaisquer obstáculos temáticos ou restrições de orientadores desta ou daquela linha de condução intelectual. Um caminho de liberdade que o *Rumos Literatura* "orienta" numa direção bastante promissora.

QUEM É QUEM

O *Rumos Literatura 2007-2008* contou com a participação de críticos, escritores, professores universitários e estudantes. O Itaú Cultural agradece a participação de todos, independentemente do papel que exerceram nesses dois anos — selecionados, debatedores, consultores etc.

ADELAIDE CALHMAN DE MIRANDA (selecionada) pesquisa a relação da literatura com gênero, sexualidade e espaço em Brasília (DF). É arquiteta e urbanista formada pela Universidade de Brasília (UnB), onde fez mestrado em Teoria Literária.

ADEMIR ASSUNÇÃO (debatedor) é poeta, escritor, editor e letrista de música residente em São Paulo (SP). Publicou *Lsd Nô*, *Zona branca* e *Adorável criatura Frankenstein*, entre outros, e escreve para a revista *Coyote*.

ALBERTO MUSSA (debatedor) é escritor e tradutor de poesia árabe pré-islâmica, residente no Rio de Janeiro (RJ). Autor de *Elegbara*, *O trono da rainha Jinga*, *O enigma de Qaf* e *O movimento pendular*.

ALCIDES CARDOSO DOS SANTOS (debatedor) é professor da Universidade Estadual Paulista (Unesp) em Araraquara (SP). É coordenador do GRECC – Grupo de Estudos em Crítica Contemporânea, além de organizador do livro *Estados da crítica*.

ALCIR PÉCORA (debatedor) é ensaísta, professor e diretor do Instituto de Estudos da Linguagem da Universidade Estadual de Campinas (Unicamp). Autor, entre outros, de *Teatro do sacramento* e *Máquina de gêneros*.

ALCKMAR LUIZ DOS SANTOS (integrante da comissão de seleção, debatedor e mediador do laboratório) é poeta, ensaísta, professor de literatura brasileira da Universidade Federal de Santa Catarina (UFSC), em Florianópolis, e pesquisador do Conselho Nacional de Desenvolvimento Científico e Tecnológico (CNPq).

AMADOR RIBEIRO NETO (curador e debatedor) é poeta e professor da Universidade Federal da Paraíba (UFPB), autor de *Barrocidade* e organizador e coautor de *Literatura na universidade,* é também colunista do site *Cronópios* e do jornal *A União.*

ANDRÉ VALLIAS (debatedor) é poeta, designer gráfico e produtor de mídia interativa no Rio de Janeiro (RJ). Organizou, junto com Friedrich W. Block, a I Mostra Internacional de Poesia Feita em Computador, a "p0es1e-digitale dichtkunst", na Alemanha.

ANDRÉA CATRÓPA (selecionada) é mestre em Teoria Literária pela Faculdade de Filosofia e Letras da Universidade de São Paulo (USP), onde participa do Grupo de Pesquisa de Poesia Moderna e Contemporânea. Edita o jornal de literatura *O Casulo.*

ANTONIO FERNANDO BORGES (debatedor) é escritor e jornalista em Niterói (RJ). Coeditor do *blog As Farpas*, publicou o livro de contos *Que fim levou Brodie?*, os romances *Braz, Quincas & Cia.* e *Memorial de Buenos Aires* e o ensaio *Não perca a prosa.*

ANTONIO MARCOS PEREIRA (selecionado) leciona no Instituto de Letras da Universidade Federal da Bahia (UFBA), em Salvador. É doutor em Linguística pela Universidade de Federal de Minas Gerais (UFMG).

ARALI LOBO GOMES (selecionada) estuda Letras na Universidade de São Paulo (USP) e atua como revisora da Editora Linux New Media.

ASTIER BASÍLIO (debatedor) é poeta e jornalista. Repórter de cultura do *Jornal da Paraíba*, em João Pessoa, tem matérias e poesias publicadas em veículos como *Continente Multicultural, Poesia Sempre, Zunai* e *Cronópios.*

BEATRIZ RESENDE (debatedora) é escritora, professora da Universidade do Rio de Janeiro (Unirio) e pesquisadora do Programa Avançado de Cultura Contemporânea da Universidade Federal do Rio de Janeiro (UFRJ).

Betânia Amoroso (debatedora) é tradutora, professora e pesquisadora da Universidade Estadual de Campinas (Unicamp), e autora dos livros *Pier Paolo Pasolini* e *Orelha — A queda da Baliverna*, entre outros.

Benjamin Abdalla Junior (debatedor) é professor da Universidade de São Paulo (USP). Publicou *Literatura, história e política* e *Fronteiras múltiplas, identidades plurais: um ensaio sobre mestiçagem e hibridismo cultural*, entre outras obras.

Benedito Nunes (debatedor) é professor aposentado da Universidade Federal do Pará (UFPA), em Belém. Lecionou na França e nos Estados Unidos. Autor de *Introdução à filosofia da arte*, *O dorso do tigre* e *O Nietzsche de Heidegger*.

Bernardo Ajzenberg (debatedor) é escritor e jornalista. Autor de *Carreiras cortadas*, *Efeito suspensório* e *A gaiola de Faraday*, entre outros livros. Ex-ombudsman da *Folha de S.Paulo*, é coordenador executivo do Instituto Moreira Salles.

Cecilia Almeida Salles (debatedora) é professora da Pontifícia Universidade Católica de São Paulo (PUC/SP). É autora do livro *Gesto inacabado: processo de criação artística* e *Redes da criação: construção da obra de arte*.

Cíntia Moscovich (debatedora) é escritora e jornalista em Porto Alegre (RS), tendo exercido atividades de professora, tradutora, consultora, revisora e assessora de imprensa. Publicou, entre outros, *Por que sou gorda, mamãe?* e *O reino das cebolas*.

Claudia Nina (debatedora e pesquisadora) é professora, escritora e jornalista. Doutora em Letras pela Universidade de Utrecht (Holanda), editou o caderno Ideias & Livros, do *Jornal do Brasil*. Na Internet assina o site www.claudianina.com.br.

Claudio Daniel (selecionado) publicou vários livros de poesia, entre os quais, *A sombra do leopardo* e *Figuras metálicas*. Reside em São Paulo (SP), onde edita a revista eletrônica *Zunái* e mantém o *blog Cantar a Pele de Lontra*.

Cristovão Tezza (debatedor) é professor e escritor em Curitiba (PR). Publicou as ficções *O fotógrafo; Breve espaço entre cor e sombra; Trapo; Juliano Pavollini;* e o ensaio *Entre a prosa e a poesia — Bakhtin e o formalismo russo*.

Delmo Montenegro (debatedor) é poeta, tradutor e ensaísta em Recife (PE). Autor de *Os jogadores de cartas* e *Ciao cadáver*. Organizou, com o poeta Pietro Wagner, a antologia *Invenção Recife*. É um dos editores da revista de literatura *Entretanto*.

Douglas Pompeu (selecionado) estuda Linguística na Universidade Estadual de Campinas (Unicamp). Tem se dedicado à pesquisa, produção e tradução de poesia e também inicia estudos na área de Estética e Semiótica.

Earl Jeffrey Richards (debatedor) é professor de literaturas românicas na Bergische Universität, autor de livros sobre Dante e Christine de Pizan e artigos sobre Auerbach, Curtius, Jauss e a romanística alemã no século XX.

Eduardo de Araújo Teixeira (selecionado) dirige curtas-metragens, produz documentários e edita o *blog Revide*, além de lecionar no Instituto Henfil. Doutor em Estudos Comparados pela Universidade de São Paulo (USP), reside em Mauá (SP).

Fabio de Souza Andrade (debatedor) é professor, crítico literário e tradutor em São Paulo (SP). Autor de *O engenheiro noturno: a lírica final de Jorge de Lima* e *Samuel Beckett: o silêncio possível*, entre outros livros, é colunista da *Folha de S.Paulo*.

Felipe Lindoso (curador e debatedor) é antropólogo, editor e jornalista em São Paulo (SP). Autor de *O Brasil pode ser um país de leitores?*, foi consultor do Cerlalc — Centro Regional para el Fomento del Libro en América Latina y el Caribe.

Flávio Aguiar (debatedor) é mestre e doutor em Letras e pós-doutor pela Université de Montreal (Canadá). Professor da Universidade de São Paulo (USP), é também autor de *A comédia nacional no teatro de José de Alencar*, entre outros.

Flávio Carneiro (debatedor) é professor, ensaísta, romancista, crítico literário e roteirista em Teresópolis (RJ). Publicou, entre outros, *No país do presente — ficção brasileira no início do século XXI*, *Prezado Ronaldo* e *A confissão*.

FLÁVIO STEIN (debatedor) é músico, dramaturgo e roteirista em Curitiba (PR). Trabalhou no Theater an der Ruhr (Mülheim/Alemanha) e, no Brasil, dirigiu *Sallinger*, de B. M. Koltès, e *Crianças do Paraíso*, baseado em J. Prevert e M. Carné.

FLORA SÜSSEKIND (debatedora) é crítica literária, pesquisadora da Casa de Rui Barbosa, autora, entre outras obras, de *Cinematógrafo das Letras*, *O Brasil não é longe daqui* e *Papéis colados*.

FREDERICO AUGUSTO GARCIA FERNANDES (debatedor) é mestre e doutor em Letras e professor da Universidade Estadual de Londrina (UEL), no Paraná. Autor de *A voz e o sentido: poesia oral em sincronia*.

FREDERICO BARBOSA (oficineiro) é poeta em São Paulo (SP). Autor, entre outros, de *Nada feito nada*. Organizador de diversas publicações, como as coletâneas *Cinco séculos de poesia* e *Sermão do bom ladrão e outros sermões escolhidos*.

GLÁUCIA VIEIRA MACHADO (debatedora) é poeta, ensaísta e professora em Maceió (AL). Foi curadora do Colóquio Internacional de Poesia Sonora e publicou, entre outros, o livro *Todas as horas do fim*.

GLAUCO MATTOSO (debatedor) é poeta, ficcionista, biblioteconomista, ensaísta e articulista em diversas mídias. Autor de *O glosador motejoso*, *Sonetos musicais* e *Haicais paulistanos*, entre outros. Reside em São Paulo (SP).

GONZALO AGUILAR (debatedor) é professor da Universidade de Buenos Aires (Argentina) e pesquisador do Conselho Nacional de Investigações Científicas e Técnicas. Autor de *Poesia concreta brasileira: as vanguardas na encruzilhada modernista*.

HÉLIO GUIMARÃES (debatedor) é professor de literatura brasileira na Universidade de São Paulo (USP). Autor de *Os leitores de Machado de Assis* e *O romance machadiano e o público de literatura no século XIX*.

HELENA BONITO COUTO PEREIRA (debatedora), é professora universitária em São Paulo (SP) e vice-presidente da Associação Brasileira de Literatura

Comparada. Publicou *Intermediações literárias Brasil-França,* em coautoria com Maria Luiza G. Atik.

HELOÍSA BUARQUE DE HOLLANDA (integrante da comissão de seleção e consultora) é professora e coordena o Programa Avançado de Cultura Contemporânea da Universidade Federal do Rio de Janeiro (PACC/UFRJ). Autora, entre outros, de *Impressões de viagem.*

IRENE MACHADO (debatedora) é escritora e professora da Escola de Comunicações e Artes da Universidade de São Paulo (ECA/USP). É, também, pesquisadora do Conselho Nacional de Desenvolvimento Científico e Tecnológico (CNPq).

ÍTALO MORICONI (debatedor) é poeta, contista, ensaísta, doutor em Letras e professor de literatura brasileira e comparada da Universidade do Estado do Rio de Janeiro (UERJ).

JAIME GINZBURG (integrante da comissão de seleção, consultor e debatedor) é professor e coordenador do programa de pós-graduação em literatura brasileira da Universidade de São Paulo (USP).

JANETE EL HAOULI (curadora) é pianista e musicóloga, mestre em Ciências da Comunicação, doutora em Artes/Rádio, professora da Universidade Estadual de Londrina (UEL), no Paraná, e coordenadora do Projeto Rádio-Ação.

JANILTON ANDRADE (debatedor) é professor e membro da Comissão de Vestibular e do Comitê Científico e de Pesquisa da Universidade Católica de Pernambuco, em Recife. Autor, entre outros, de *Da beleza à poética* e *Por que não ler Paulo Coelho.*

JOANA DARC RIBEIRO (selecionada) reside em Inhumas (GO). É bacharel e mestre em Letras pela Universidade Federal de Goiás (UFG) e doutora em Letras pela Universidade Estadual de São Paulo - Assis (Unesp/Assis).

JOÃO CEZAR DE CASTRO ROCHA (debatedor) é ensaísta, escritor, pesquisador e professor. Mestre em Letras e doutor em Letras e em Literatura Comparada, atualmente leciona na Universidade Estadual do Rio de Janeiro (UERJ).

Joel Birman (debatedor) é autor de diversos livros, entre os quais *Cartografias do feminino*, *Estilo, modernidade em psicanálise*, *Mal-estar na atualidade*, *Gramáticas do erotismo* e *Arquivos do mal-estar e da resistência*. Reside no Rio de Janeiro (RJ).

José Castello (curador e debatedor) é jornalista e escritor em Curitiba (PR). Colunista de *O Globo*, é autor, entre outros, de *O poeta da paixão*, *Na cobertura de Rubem Braga*, *João Cabral de Melo Neto: o homem sem alma* e do romance *Fantasma*.

José Miguel Wisnik (debatedor) é professor da Universidade de São Paulo (USP), músico, compositor e autor dos ensaios *O coro dos contrários — a música em torno da semana de 22*, *O nacional e o popular na cultura brasileira* e *O som e o sentido*.

Lau Siqueira (debatedor) é poeta, tendo publicado os livros: *O comício das veias*, *O guardador de sorrisos* e *Sem meias palavras*. Integra a antologia *Na virada do século — poesia de invenção no Brasil*. Reside em João Pessoa (PB).

Leda Tenório da Motta (integrante da comissão de seleção, debatedora e consultora) é professora da Pontifícia Universidade Católica de São Paulo (PUC-SP). Autora de *Sobre a crítica literária brasileira no último meio século* e de *Céu acima — Para um Tomblau de Haroldo de Campos*.

Leopoldo Waizbort (debatedor) é mestre, doutor e livre-docente em Ciências Sociais. Professor associado da Universidade de São Paulo (USP), é, também, autor de *As aventuras de Georg Simmel* e *A passagem do três a um*.

Linaldo Guedes (debatedor) é poeta e jornalista em João Pessoa (PB). Publicou *Os zumbis também escutam blues e outros poemas* e *Intervalo lírico*. Edita o caderno de cultura e o suplemento literário *Correio das Artes*, ambos do jornal *A União*.

Lourival Holanda (integrante da comissão de seleção e debatedor) é crítico literário e professor da Universidade Federal de Pernambuco (UFPE), em Recife. Autor de *Sob o signo do silêncio* e *Fato e fábula*.

Lucia Santaella (debatedora) é professora da Pontifícia Universidade Católica de São Paulo (PUC-SP). Doutora em Teoria Literária, coordena o programa de pós-graduação em Tecnologias da Inteligência e Design Digital daquela universidade.

Luciana Araujo (selecionada) formou-se em jornalismo e atualmente faz mestrado em Teoria Literária da Universidade de São Paulo (USP). Trabalhou, entre outros veículos, para a *Folha de S.Paulo* e revista *EntreLivros*.

Luciene Azevedo (selecionada) leciona na Universidade Federal de Uberlândia. Doutora em Letras pela Universidade Estadual do Rio de Janeiro (UERJ), atualmente pesquisa temas como narrativa contemporânea latino-americana e autoficção.

Luis Augusto Fischer (integrante da comissão de seleção, consultor e debatedor) é professor de literatura brasileira na Universidade Federal do Rio Grande do Sul (UFRGS) em Porto Alegre. Publicou vários livros, entre os quais *Mario Quintana: uma vida para a poesia* e *Dicionário de Porto-Alegrês*.

Luís Camargo (debatedor) é doutor em letras pela Universidade Estadual de Campinas (Unicamp). Editor, escritor e ilustrador de livros infantis, organizou os livros *Literatura e música* e *Literatura, cinema e televisão*. Reside em São Paulo (SP).

Luisa Destri (selecionada) é jornalista formada pela Fundação Cásper Líbero e mestranda em Teoria Literária na Unicamp. Pesquisa a vida e a obra de Hilda Hilst desde 2005. Atua como repórter *freelance*.

Luiz Percival Leme Britto (debatedor) é doutor em linguística pela Universidade Estadual de Campinas (Unicamp). Presidiu a Associação de Leitura do Brasil e publicou, entre outros, *Letramento no Brasil*. Reside em São Paulo (SP).

Luiz Roncari (debatedor) é professor e escritor em São Paulo (SP). Autor, entre outros, de *Literatura brasileira: dos primeiros cronistas aos últimos românticos*, *O Brasil de Rosa* e *O cão do sertão*.

Luz Pinheiro (selecionada) formou-se em História pela Universidade Federal do Amazonas (UFAM), em Manaus. É mestre em Literatura Brasileira e Doutora em Teoria Literária e Literatura Comparada, ambos pela Universidade de São Paulo (USP).

Manuel da Costa Pinto (debatedor) é jornalista, autor de *Albert Camus — um elogio do ensaio* e *Literatura brasileira hoje*. Colunista da *Folha de S.Paulo*, é, também, coordenador editorial do Instituto Moreira Salles, em São Paulo (SP).

Manya Millen (debatedora) é jornalista. Atualmente edita o caderno literário *Prosa & Verso* do jornal *O Globo*, no Rio de Janeiro.

Marcelino Freire (debatedor e performer) é escritor em São Paulo (SP). Autor, entre outros, de *Angu de sangue* e *Contos negreiros*, organizou a antologia *Os cem menores contos brasileiros do século*. Mantém o *blog* www.eraodito.blogspot.com.

Marcelo Moutinho (debatedor) é escritor e jornalista no Rio de Janeiro (RJ). Autor dos livros *Memória dos barcos* e *Somos todos iguais nesta noite*, colabora para os suplementos *Prosa & Verso* (*O Globo*) e *Ideias* (*Jornal do Brasil*).

Marcio Souza (debatedor) é escritor, roteirista de cinema, dramaturgo e diretor de teatro e ópera. Autor, entre outros, de *Galvez, imperador do Acre*, *Mad Maria* e da tetralogia *Crônicas do Grão-Pará e Rio Negro*. Reside em Manaus (AM).

Marco Lucchesi (debatedor) é professor, poeta e tradutor em Niterói (RJ). Publicou, entre outros, *Meridiano celeste & bestiário*, *Sphera*, *Os olhos do deserto*, *Saudades do Paraíso*, *O sorriso do cão* e *Teatro alquímico*.

Marco Polo (debatedor) é escritor e jornalista em Recife (PE). Publicou os livros de poesias *Voo subterrâneo* e *A superfície do silêncio* e o de contos *Narrativas*. É editor da revista *Continente Multicultural*.

Marcos Paiva (performer) é contrabaixista, arranjador e compositor. Tem atuado em shows com as cantoras Zizi Possi, Célia e Virgínia Rosa. É, ainda, produtor do primeiro CD de Fabiana Cozza. Reside em São Paulo (SP).

Marcos Siscar (debatedor) é doutor em Letras pela Universidade de Paris e professor da Universidade Estadual Paulista (Unesp) de São José do Rio Preto. Poeta, é também tradutor de poesia francesa e autor de *Metade da arte* e *O roubo do silêncio*.

Marcus Bastos (debatedor) é professor da Pontifícia Universidade Católica de São Paulo (PUC-SP) e ensaísta, além de desenvolver projetos como o curta-metragem *livre/os radicais* e a curadoria da segunda edição do Arte.Mov, em Belo Horizonte (MG).

Maria Esther Maciel (debatedora) é professora universitária e escritora em Belo Horizonte (MG). Autora, entre outros, de *As vertigens da lucidez: Poesia e crítica em Octavio Paz* e *A memória das coisas — ensaios de literatura, cinema e artes plástica*.

Mariana Ianelli (debatedora) é jornalista e crítica literária em São Paulo (SP). Autora dos livros *Trajetória de antes*, *Duas chagas*, *Passagens*, *Fazer silêncio* e *Almádena*. Mantém o site www.uol.com.br/marianaianelli.

Marisa Lajolo (debatedora) é escritora, ensaísta e professora universitária em São Paulo (SP). Autora, entre outros títulos, de *Monteiro Lobato, um brasileiro sob medida* e *Do mundo da leitura para a leitura do mundo*.

Marlova Aseff (selecionada) é formada em jornalismo. Doutora em Teoria Literária pela Universidade Federal de Santa Catarina (UFSC), em Florianópolis, onde reside, fez estágio de doutorado na Universitat de Barcelona (Espanha).

Martin Elsky (debatedor) é professor da City University de Nova York, especialista em literatura renascentista e autor de *Authorizing Words: Speech, Writing, and Print in the English Renaissance*.

Martín Kohan (debatedor) é ensaísta, escritor e professor da Universidade de Buenos Aires (Argentina). Autor de de dois volumes de contos e seis romances, entre os quais *Duas vezes junho* e *Ciências morais*, já traduzidos para o português.

Mauricio Arruda Mendonça (debatedor) é poeta, tradutor, ensaísta e dramaturgo em Londrina (PR). Integra o conselho editorial da *Coyote — Revista de Literatura e Arte*.

Michel Laub (debatedor) é escritor e jornalista. Professor de criação literária da Academia Internacional de Cinema de São Paulo (SP), é, ainda, coordenador de publicações e cursos do Instituto Moreira Salles.

Micheliny Verunschk (performer) é poeta, com obras publicadas em *sites* como *Jornal de Poesia* e *Le Mangue*, e nas revistas *Cult* e *Poesia Sempre*. Atualmente reside em Recife (PE).

Miguel Sanches Neto (debatedor) é professor da Universidade Estadual de Ponta Grossa (UEPG), no Paraná. Romancista, poeta e contista, é também cronista da *Gazeta do Povo* e escreve para as revistas *CartaCapital*, *Veja* e *Entrelivros*.

Mirella Falcão (debatedora) é jornalista em Recife (PE) e atualmente desenvolve projetos sobre cultura popular. Foi selecionada pelo *Rumos Jornalismo Cultural 2004-2005*.

Moacyr Scliar (debatedor) é escritor em Porto Alegre (RS). Autor de 80 obras entre romance, conto, crônica, ensaio e ficção juvenil, com textos adaptados para cinema, teatro e televisão. Colabora para órgãos da imprensa nacional e estrangeira.

Natalia Brizuela (debatedora) é Ph.D. pela Universidade de Nova York e professora do Departamento de Espanhol e Português da Universidade Berkeley (EUA). Atualmente reside em Buenos Aires (Argentina).

Nelson de Oliveira (debatedor) é escritor e diretor de arte em São Paulo (SP). Publicou vários livros de ficção para jovens e adultos, e organizou as antologias *Geração 90: manuscritos de computador* e *Geração 90: os transgressores*.

Paula Barcellos (curadora e debatedora) é jornalista, mestre em literatura brasileira, colaboradora do jornal *Rascunho* e gerente de comunicação da conta da Odebrecht na Companhia de Notícias (CDN). Atualmente, reside em São Paulo (SP).

PAULO FRANCHETTI (debatedor) é professor da Universidade Estadual de Campinas (Unicamp) e diretor da editora da mesma universidade. Poeta, prosador e ensaísta, publicou, entre outros, *Haicais*, e *O sangue dos dias transparentes*.

PAULO MARCONDES SOARES (debatedor) é professor da Universidade Federal de Pernambuco (UFPE) em Recife. Poeta e compositor, faz pesquisas no campo da Sociologia da Arte, especificamente a música popular, o cinema e as artes plásticas.

PEDRO MEIRA MONTEIRO (debatedor) é professor no Departamento de Espanhol e Português da Universidade de Princeton (Nova Jersey, EUA). Autor de, entre outros, *Um moralista nos trópicos: o visconde de Cairu e o duque de La Rochefoucauld* e organizador, com J.K. Eugenio, de *Sergio Buarque de Holanda: perspectivas*.

RACHEL BERTOL (debatedora) é editora assistente do *Prosa & Verso*, suplemento de literatura do jornal *O Globo*, e mestra em comunicação pela Universidade Federal do Rio de Janeiro (UFRJ).

RAIMUNDO CARRERO (debatedor) é autor de 15 livros, entre eles *As sombrias ruínas da alma* e *Somos pedras que se consomem*. Reside em Recife (PE) e mantém uma oficina literária virtual no *site* www.raimundocarrero.com.br.

REGINA DALCASTAGNÉ (debatedora) é professora da Universidade de Brasília (UnB), onde coordena o Grupo de Estudos em Literatura Brasileira Contemporânea. Autora de, entre outros títulos, *Entre fronteiras e Cercado de armadilhas*.

RENATO CORDEIRO GOMES (debatedor) é mestre e doutor em Letras e professor associado da Pontifícia Universidade Católica do Rio de Janeiro (PUC-RJ). É organizador de coletâneas como *Comunicação, representação e práticas sociais*.

RENATO LIMA (debatedor) é jornalista e administrador de empresas em Recife (PE). Diretor do *Café Colombo,* programa sobre literatura transmitido pela Rádio Universitária FM, de Pernambuco, e também pelo *site* www.cafecolombo.com.br.

Ricardo Aleixo (debatedor) é poeta, compositor e professor de Design Sonoro na Fundação Mineira de Educação e Cultura (Fumec), em Belo Horizonte. Autor de *Trívio* e *Máquina zero*, entre outros livros, desenvolve o projeto multimídia *Modelos vivos*.

Ricardo Araujo (debatedor) é professor da Universidade de Brasília (UnB). Pesquisador, escritor e tradutor, publicou *Edgar Allan Poe: um homem em sua sombra*, *Vídeo poesia — poesia visual* e *Poesia e pós-modernidade*.

Rinaldo de Fernandes (debatedor) é professor na Universidade Federal da Paraíba (UFPB), em João Pessoa. Autor de *O perfume de Roberta* e *Rita no pomar*, é colunista do jornal *Rascunho* e do suplemento literário *Correio das Artes*.

Rodrigo Almeida (selecionado) cursa Jornalismo na Universidade Federal de Pernambuco (UFPE), em Recife. Estagiou na Massangana Multimídia Produções, da Fundação Joaquim Nabuco (Fundaj).

Rogério Ivano (debatedor) é mestre e doutor em História. Atualmente leciona na Universidade Estadual de Londrina (UEL), no Paraná. Tem se dedicado aos estudos de temas como historiografia, teoria, literatura e cultura.

Ronaldo Correia de Brito (debatedor) é médico, escritor e dramaturgo em Recife (PE). Autor de *Fac* e *Livro dos homens*, é também colunista das revistas *Continente Multicultural* e *Terra Magazine*.

Ronald Polito (debatedor) é poeta e tradutor. Publicou, entre outros, o livro *Terminal*. Preparou edições com obras de Tomás Antônio Gonzaga, Santa Rita Durão, Silva Alvarenga e Joaquim Manuel de Macedo. Reside em Taboão da Serra (SP).

Samantha Braga (selecionada) leciona na Pontifícia Universidade Católica de Minas (PUC-MG). Doutoranda em Literatura Comparada, ainda coordena o curso de Comunicação Social do Centro Universitário UNA, em Belo Horizonte.

Samuel Titan Jr. (curador) é professor de literatura comparada na Universidade de São Paulo (USP). É também tradutor, entre outros, de Flaubert, Canetti e Bioy Casares.

Sandra Vasconcelos (debatedora) é professora de Literaturas de Língua Inglesa na Universidade de São Paulo (USP). Autora de *Puras misturas*, *Dez lições sobre o romance inglês do século XVIII* e *A formação do romance inglês: ensaios teóricos*.

Shirley de Souza Gomes Carreira (selecionada) leciona na Universidade Grande Rio (Unigranrio), na qual é coordenadora de Língua Inglesa do curso de Letras. Integra o Banco de Avaliadores do Sistema Nacional de Avaliação do Ensino Superior (SINAES/ BASis).

Silviano Santiago (debatedor) é professor da Universidade Federal Fluminense (UFF) em Niterói. Ensaísta e escritor, publicou livros como *Vale quanto pesa*, *Uma literatura nos trópicos*, *Stella Manhattan* e *Keith Jarrett no Blue Note*.

Tania Ramos (consultora) é professora de Literatura Brasileira da Universidade Federal de Santa Catarina (UFSC), na qual é pesquisadora e coordenadora do curso de Pós-Graduação em Literatura. Reside em Florianópolis (SC).

Vera Lúcia Follain de Figueiredo (debatedora) é pesquisadora e professora da Pontifícia Universidade Católica do Rio de Janeiro (PUC-RJ). Autora, entre outros, do livro *Da profecia ao labirinto: imagens da história na ficção latino-americana contemporânea*.

Zaíra Turchi (debatedora) é escritora e professora da Universidade Federal de Goiás (UFG), em Goiânia. Autora, entre outros livros, de *Ferreira Gullar: a busca da poesia* e *Literatura e antropologia do imaginário*.

PARCEIROS

O *Rumos Literatura 2007-2008* contou com a parceria de instituições e entidades que de uma forma ou de outra colaboraram com o processo de realização do programa. São eles:

Associação Médica de Londrina (Londrina/PR)
Av. Harry Prochet, 1055 CEP 86047-040
Telefone: (43) 3341-1055
http://www.aml.com.br/home/

Centro Cultural Justiça Federal (Rio de Janeiro/RJ)
Av. Rio Branco, 241 CEP 20040-009
Telefone: (21) 3212-2550

Espaço Cultural José Lins do Rego (João Pessoa/PB)
Rua Abdias Gomes de Almeida, 800
Telefone: (83) 3211-6276

Livraria Cultura (Recife/PE)
Shopping Paço Alfândega
Rua Madre de Deus, s/n, loja 135 CEP 50030-110
Fone: (81) 2102-4033

Teatro Paiol (Curitiba/PR)
Pça. Guido Viaro s/n
Bairro Rebouças CEP 80215-180
Fone (41) 3213-1340

NIED — Núcleo de Informática Aplicada à Educação (Campinas/SP)
UNICAMP — Universidade Estadual de Campinas
Cidade Universitária Zeferino Vaz, s/n
Bloco V da Reitoria - 2º piso CEP 13083-970
Fone (19) 3521-7350
nied@unicamp.br
www.nied.unicamp.br

Este livro foi composto em Myriad pela *Iluminuras* e terminou de ser impresso no dia 20 de agosto de 2009 nas *oficinas da gráfica Parma*, em Guarulhos, SP, em papel Pólen Soft 70 g.